中国文库
文学类

京派小说选

吴福辉 编选

中国出版集团
人民文学出版社

图书在版编目(CIP)数据

京派小说选/吴福辉编选. - 北京:人民文学出版社,2011
(中国文库)
ISBN 978-7-02-008500-2

Ⅰ.①京… Ⅱ.①吴… Ⅲ.①现代小说:中篇小说-小说集-中国②现代小说:短篇小说-小说集-中国 Ⅳ.①I246.7

中国版本图书馆CIP数据核字(2011)第032173号

责任编辑:王培元
责任校对:刘光然
整体设计:翁 涌 李 梅
责任印制:王铁生

京派小说选
Jingpai Xiaoshuo Xuan
吴福辉 编选

人民文学出版社 出版
http://www.rw-cn.com
北京市朝内大街166号 邮编:100705
北京瑞古冠中印刷厂印刷 新华书店经销
2011年9月第1版 2011年9月第1次印刷
开本:880毫米×1230毫米 1/32 印张:14.125
字数:356千字 印数:1-4500
ISBN 978-7-02-008500-2
定价:31.50元

“中国文库”出版前言

“中国文库”主要收选20世纪以来我国出版的哲学社会科学研究、文学艺术创作、科学文化普及等方面的优秀著作。这些著作，对我国百余年来的政治、经济、文化和社会的发展产生过重大积极的影响，至今仍具有重要价值，是中国读者必读、必备的经典性、工具性名著。

大凡名著，均是每一时代震撼智慧的学论、启迪民智的典籍、打动心灵的作品，是时代和民族文化的瑰宝，均应功在当时、利在千秋、传之久远。“中国文库”收集百余年来的名著分类出版，便是以新世纪的历史视野和现实视角，对20世纪出版业绩的宏观回顾，对未来出版事业的积极开拓，为中国先进文化的建设，为实现中华民族伟大复兴做出贡献。

大凡名著，总是生命不老，且历久弥新、常温常新的好书。中国人有“万卷藏书宜子弟”的优良传统，更有当前建设学习型社会的时代要求，中华大地读书热潮空前高涨。“中国文库”选辑名著奉献广大读者，便是以新世纪出版人的社会责任心和历史使命感，帮助更多读者坐拥百城，与睿智的专家学者对话，以此获得丰富学养，实现人的全面发展。

为此，我们坚持以邓小平理论和“三个代表”重要思想为指导，深入贯彻落实科学发展观，坚持贯彻“百花齐放、百家争鸣”的方针，坚持按照“贴近实际、贴近生活、贴近群众”的要求，以登高望远、海纳百川的广阔视野，披沙拣金、露钞雪纂的刻苦精神，精益求精、探赜索隐的严谨态度，投入到这项规模宏大的出版工作中来。

“中国文库”所收书籍分列于6个类别，即：(1)哲学社会科学类

(哲学社会科学各门类学术著作);(2)史学类(通史及专史);(3)文学类(文学作品及文学理论著作);(4)艺术类(艺术作品及艺术理论著作);(5)科技文化类(科技史、科技人物传记、科普读物等);(6)综合·普及类(教育、大众文化、少儿读物和工具书等)。计划出版约1000种,分辑出版。自2004年以来,已先后出版四辑,每辑约100种,分精平装两类。2011年时值辛亥革命100周年,特将"中国文库"第五辑作为"纪念辛亥革命100周年"特辑推出,主要收选民国时期原创性人文社科类名著。

"中国文库"所收书籍,有少量品种因技术原因需要重新排版,版式有所调整,大多数品种则保留了原有版式。一套文库,千种书籍,庄谐雅俗有异,版式整齐划一未必合适。况且,版式设计也是书籍形态的审美对象之一,读者在摄取知识、欣赏作品的同时,还能看到各个出版机构不同时期版式设计的风格特色,也是留给读者们的一点乐趣。

"中国文库"由中国出版集团发起并组织实施。收选书目以中国出版集团所属出版机构出版的书籍为基础,并邀约其他数十家出版机构参与,共襄盛举。书目由"中国文库"编辑委员会审定,中国出版集团与各有关出版机构按照集约化的原则集中出版经营。编辑委员会特别邀请了我国出版界德高望重的老专家、领导同志担任顾问,以确保我们的事业继往开来,高质量地进行下去。

"中国文库",顾名思义,所收书籍应当是能够代表中国出版业水平的精品。我们希望将所有可以代表中国出版业水平的精品尽收其中,但这需要全国出版业同行们的鼎立支持和编辑委员会自身的努力。这是中国出版人的一项共同事业。我们相信,只要我们志存高远且持之以恒,这项事业就一定能持续地进行下去,并将不断地发扬光大。

"中国文库"编辑委员会

“中国文库·第五辑”
编辑委员会

中国文库

(第五辑)

【哲学社科类】

孙中山著作选编　陈铮选编 …………………………… 中华书局
黄兴集　湖南省社会科学院编 ………………………… 中华书局
宋教仁集　陈旭麓主编 ………………………………… 中华书局
廖仲恺集　广东省社会科学院历史研究所编 ………… 中华书局
朱执信集　广东省哲学社会科学研究所历史研究室编 … 中华书局
中国政治思想史　陶希圣著 ……………… 中国大百科全书出版社
民国政制史　钱端升等著 ……………………… 上海人民出版社
民国政党史　谢彬撰　章伯锋整理 ……………………… 中华书局
经学历史　皮锡瑞著　周予同注释 ……………………… 中华书局
清代学术概论　梁启超著　朱维铮校订 ………………… 中华书局
新唯识论　熊十力著 ………………………… 上海书店出版社
逻辑　金岳霖著 …………………………… 中国人民大学出版社
科学与玄学　罗家伦著 ……………………………… 商务印书馆
中国古代经济史稿　李剑农著 ……………… 武汉大学出版社
中国近代经济史　汪敬虞主编 ……………………… 人民出版社
中国交通史　白寿彝著 ……………………………… 团结出版社
中国经济原论　王亚南著 ……………… 中国大百科全书出版社
中国经济思想史　唐庆增著 ………………………… 商务印书馆
财政学　何廉、李锐著 ……………………………… 商务印书馆
货币与银行　杨端六著 ……………………… 武汉大学出版社
刑法学　蔡枢衡著 ………………………… 中国民主法制出版社
乡土中国　费孝通著 ………………………………… 人民出版社
文化人类学　林惠祥著 ……………………………… 商务印书馆
优生概论　潘光旦著 ………………………… 北京大学出版社
西洋文化史纲要
　雷海宗撰　王敦书整理导读 ……………… 上海古籍出版社
西学东渐记　容闳著　徐凤石　恽铁樵等译
　钟叔河导读、标点 ……………… 生活·读书·新知三联书店
中国现代语法　王力著 ……………………………… 商务印书馆
语言学史概要　岑麒祥编著　岑运强评注 …… 世界图书出版公司

蔡元培教育论著选　高平叔编 …………………… 人民教育出版社
陶行知教育论著选　董宝良主编 ………………… 人民教育出版社
中国报学史　戈公振著 ……………… 生活·读书·新知三联书店
陆费逵文选　陆费逵著 ……………………………………… 中华书局
张元济论出版　张元济著　张人凤　宋丽荣选编 …… 商务印书馆
韬奋文录新编　邹韬奋著 …………… 生活·读书·新知三联书店

【史学类】

国故论衡　章太炎撰　庞俊　郭诚永疏证 …………… 中华书局
国史大纲　钱穆著 ………………………………………… 商务印书馆
通史新义　何炳松著 ……………………………………… 商务印书馆
台湾通史　连横著 ……………………… 生活·读书·新知三联书店
武昌革命史　曹亚伯著 …………………… 中国大百科全书出版社
辛亥革命与袁世凯　黎澍著 ……………… 中国大百科全书出版社
北洋军阀史　来新夏等著 ………………………… 东方出版中心
中国国民党史稿　邹鲁编著 ……………………… 东方出版中心
中华民国外交史　张忠绂编著 ………………………… 华文出版社
西洋史　陈衡哲著 ………………………… 中国大百科全书出版社
欧化东渐史　张星烺著 …………………………………… 商务印书馆
清末立宪史　高放著 ……………………………………… 华文出版社

【文学类】

秋瑾诗文选注　郭延礼　郭蓁编选 ………………… 人民文学出版社
邹容集　张梅编注 ……………………………………… 人民文学出版社
陈天华集　刘晴波　彭国兴编　饶怀民补订 …… 湖南人民出版社
于右任诗词选　杨中州选注 ……………………… 河南文艺出版社
南社诗选　林东海　宋红选注 …………………… 人民文学出版社
鸳鸯蝴蝶派作品选　范伯群编选 ………………… 人民文学出版社
文学研究会小说选　李葆琰编选 ………………… 人民文学出版社
创造社作品选　刘纳编选 ………………………… 人民文学出版社
太阳社小说选　李松睿　吴晓东编选 …………… 人民文学出版社
湖畔派诗选　刘纳编选 …………………………… 人民文学出版社
浅草－沉钟社作品选　张铁荣编选 ……………… 人民文学出版社
《语丝》作品选　张梁编选 ………………………… 人民文学出版社
未名社作品选　黄开发编选 ……………………… 人民文学出版社
新月派诗选　蓝棣之编选 ………………………… 人民文学出版社

象征派诗选　　孙玉石编选 ………………………… 人民文学出版社
新感觉派小说选　　严家炎编选 …………………… 人民文学出版社
现代派诗选　　蓝棣之编选 ………………………… 人民文学出版社
论语派作品选　　庄钟庆编选 ……………………… 人民文学出版社
京派小说选　　吴福辉编选 ………………………… 人民文学出版社
东北作家群小说选　　王培元编选 ………………… 人民文学出版社
七月派作品选　　吴子敏编选 ……………………… 人民文学出版社
西南联大文学作品选　　李光荣编选 ……………… 人民文学出版社
九叶派诗选　　蓝棣之编选 ………………………… 人民文学出版社
荷花淀派小说选　　冯健男编选 …………………… 人民文学出版社
山药蛋派作品选　　高捷编选 ……………………… 人民文学出版社
红楼梦辨　　俞平伯著 ………………………………… 商务印书馆
中国诗史　　陆侃如、冯沅君著 …………………… 百花文艺出版社
中国文学发展史　　刘大杰著 ……………………… 复旦大学出版社

【艺术类】

万木草堂论艺　　康有为著 ………………………… 荣宝斋出版社
中国绘画史　　潘天寿著 ……………………………… 团结出版社
中国绘画理论　　傅抱石著 ………………………… 江苏教育出版社
中国雕塑艺术史　　王子云著 ……………………… 人民美术出版社
中国陶瓷史　　吴仁敬　辛安潮著 …………………… 团结出版社
中国戏剧史　　徐慕云著 …………………………… 东方出版中心
洪深戏剧论文集　　洪深著 ………………………… 东方出版中心
焦菊隐戏剧论文集　　焦菊隐著 ……………………… 华文出版社
中国古代乐论选辑　　吴钊　伊鸿书　赵宽仁　古宗智
　　吉联杭编 ………………………………………… 人民音乐出版社
素月楼联语　　张伯驹编著 …………………………… 华文出版社
中国书法理论体系　　熊秉明著 …………………… 人民美术出版社
夏衍电影论文集　　夏衍著 ………………………… 东方出版中心
银幕形象塑造　　赵丹著　赵青整理 ……………… 东方出版中心

【科技文化类】

自然辩证法在中国　　龚育之著 …………………… 北京大学出版社
科学家谈 21 世纪　　李四光等著　………… 中国大百科全书出版社
继承与叛逆——现代科学为何出现于西方
　　陈方正著 ………………………… 生活・读书・新知三联书店

中国医学史　陈邦贤著……………………………团结出版社
化学史通考　丁绪贤著……………………中国大百科全书出版社
科学概论　王星拱著………………………………武汉大学出版社
竺可桢科普创作选集　竺可桢著…………中国大百科全书出版社

【综合普及类】

书林清话　叶德辉著……………………………………华文出版社
文坛五十年　曹聚仁著………………生活·读书·新知三联书店
张菊生先生七十生日纪念论文集
　　胡适　蔡元培　王云五等编…………………………商务印书馆
佛教常识问答　赵朴初著………………………………华文出版社
词心笺评　邵祖平著……………………………复旦大学出版社
西潮与新潮　蒋梦麟著…………………………………东方出版社

目　录

前　言

吴福辉

一

每一个文化地域绝非注定便能产生一种文化或文学的流派的。如果历史让它产生了,这个流派虽然很难囊括这块土地上一切纷繁的文学现象,却实实在在可以成为一部分文化的代表。这里所说的"京派",并不专指旧北平的文学或只反映旧北平的文学,仅仅是借用、沿用。与一九三三年沈从文、苏汶、鲁迅那场著名的"京派与海派"论争中使用的概念,也不尽相同。大约自二十世纪二十年代末期中国文学中心南移上海以后,在当时的北平和北方,确实形成过一个不小的作家群,除了没有正式结社外,其他的流派特征无不显露,且发展得较为完备。当时便有人用"京派"来称呼它,也有称其为"北方作家"、"大公报作家"的。似乎后面这两个历史名词都不及"京派"二字更来得简单明了,只需给它下一个界说便成。

"京派"的文学倾向导源于文学研究会滞留在北方而始终没有参加"左联"(包括"北平左联")的分子。显然与"左翼"有社会政治和文学观念的双重分野,又决不与右翼文学认同。逐渐地,清华、北大、燕京等一些大学师生组合成一个松散的群体,先后出版了带有初步流派意识的《骆驼草》、《文学月刊》、《学文月刊》、《水星》等刊物。特别以一九三三年沈从文执掌主编《大公报·文艺副刊》为流派确立的标志。开初每周两刊，一九三五年九月后每周四刊，京派“新人”萧乾也加入编辑事务，一直延续到抗战前，使这个著名的副刊成为北方文坛的重镇和“京派”文学的主要发祥地。一九三七年五月，朱光潜为商务印书馆主编《文学杂志》。此刊在抗战期间被迫停办，一九四七年六月复出①，京派的壁垒更为分明。汪曾祺的早期作品便在这里问世，使这个流派更为年轻的一代作家在萧乾之后出现了。另一个重要之点是《文学杂志》通过《我对于本刊的希望》、《复刊卷头语》等文，直接提出了京派的文学主张和理想：既反对“拿文艺做工具去宣传某一种道德的、宗教的或政治的信条”，也反对“为文艺而文艺”的“不健全的文艺观”②，大声标明文学“是一个国家民族的完整生命的表现”③，应“使文艺播根于人生沃壤”，达到“宽大自由而严肃”④。这就使得京派文学汇成一股独立的潮流，一股民主的、民族的潮流。

以比较相近的人生目标和文艺追求相吸引，“京派”形成了自己稳定的作家队伍。即便持一种狭义的观点，以《大公报·文艺副刊》、《文学杂志》周围聚集起来的作家为主来加以认定，也便有小说家：沈从文、凌叔华、废名、芦焚、林徽因、萧乾、汪曾祺；散文家：沈从文、废名、何其芳、李广田、芦焚、萧乾；诗人：冯至、卞之琳、林庚、何其芳、林徽因、孙毓棠、梁宗岱；戏剧家：李健吾；理论批评家：刘西渭（李健吾）、梁宗岱、李长之、朱光潜等。真可称人材济济。到了三十年代中期，“京派”内部产生类似“文艺沙龙”的聚会，比如在北平后门朱光潜家里按时举行的“读诗会”，参加者甚

① 朱光潜主编的《文学杂志》，1937年仅出至一卷四期，1947年复刊后自二卷一期出到三卷六期止。均为月刊。

②④ 朱光潜《我对于本刊的希望》，载1937年5月1日《文学杂志》创刊号。

③ 朱光潜《复刊卷头语》，载1947年6月1日《文学杂志》二卷一期。

众,也读诗以外的作品①。另外,《大公报》文艺奖金实际上是"京派"的一种文学奖,评选的主持人便是沈从文、萧乾等,唯一的一次发奖在一九三七年五月,被评上的有王长简(芦焚)的小说集《谷》、何其芳的散文集《画梦录》、孙毓棠的长诗《宝马》和曹禺的剧本《日出》,主要的便是青年京派作家的力作,流派的特点再鲜明不过。京派的作品这时也有了专门的结集,一九三六年林徽因受邀主持选辑了《大公报文艺丛刊·小说选》,由大公报馆出版,标明是第一集,如果不是抗战爆发,相信一定会一集一集地继续出下去的。林徽因这位京派"才女"在书前的题记中较早试图归纳大公报小说的创作趋向,认为它们"趋向农村或少受教育分子或劳力者的生活描写",创作态度"认真","诚实的重要还在题材的新鲜,结构的完整,文字的流丽之上"②。指出的这几点,都较敏感地接近着京派的本体。这个时候,"京派"已经形成了大体共同的文学思想特征及审美旨趣:对于现代人生的深入体味,对于当时社会现实的不满和政治上的中间态度,强调发挥文学自己本来的功能,尽力试验文体的完美程度,并有意让它与政治、党派保持距离,充满一种诚朴、真挚、执著追求民族文学重造的理想主义态度。它不仅有队伍,有阵地,甚至专门有集会,有评奖,有编集等活动,作为一个文学流派的形态和各种特征,已经相当具备,我们不能不承认它的存在。

某些京派作家过去长期受到漠视,或者被视为右翼文人,这是因为"京派"与"左联"的对峙关系往往被夸大所致。历史的误会还是要经由历史自身来清理,来辨正。"左联"的历史功绩,"普罗文学"的广大影响,革命现实主义文学的"主流"地位,自然显示了

---

① 见沈从文《谈朗诵诗》,载 1938 年 10 月 1 日—5 日《星岛日报·星座》。也见陈世骧《对于诗刊的意见》,载 1935 年 12 月 6 日《大公报·文艺副刊》。

② 林徽因《文艺丛刊小说选题记》,载《大公报文艺丛刊小说选》1936 年 8 月大公报馆版。

时代对文学的巨大选择能力。这样，有意远离政治斗争两极的京派，便填补了中国现代左翼文学与右翼文学之间的广阔地带（包括其他各种民主主义作家的文学），发挥着自己独特地认识中国社会，用现代精神继承传统文化，努力探视文学内部规律的特长。只是因为中国的右翼文学太布不成阵了，倒使得“京派”经常以左翼文学对立物的面貌出现。这种误解是双方的，有时在彼此的评论文章中更显示出这种对峙性。实际上，“京派”代表民主性的文学思潮，是一个与中外进步文学息息相通的文化现象。京派文学显示了三十年代前后中国现代文学的丰富性。如果去掉了这样一个把中国乡土小说、中国抒情体小说和民俗文化小说发展得较为成熟的小说流派，则将无法追寻现代小说多样的发展。如果忽视这样一个讲究艺术表现、艺术个性的写实派，也无法描述中国现实主义文学演变进化的轨迹。仅有左翼文学和右翼文学，是展现不出中国现代文学的全貌的。这是“京派”的研究价值所在。

中国现代文学的流派发展并不完善。“五四”时期涌现过各种争奇斗艳的写实的、浪漫的、现代主义的文学派别，不久便退潮了。后来的许多社团往往以非文学因素作为识别标记，“中国左翼作家联盟”，带有国民党背景的“中国文艺协会”①，或表明文艺界形成统一战线的“中华全国文艺界抗敌协会”，都很难当作一个文学流派来看，虽然它们结了社。而“京派”由于嫌恶一切党派，虽然已经具有高张某种文学旗帜的条件，却压抑了自己的流派意识、集团意识，声称追求一种广博的包容性，反转来使得创作缺乏一种更自觉的文学推进力。但是，文学史的研究如果把流派作为一条线索，这对于探讨文学思潮此消彼长的矛盾运动，对于摸索文学发展的自身规律性，还是十分有益的。所以，中国现代文学史的

① 于1937年3月28日成立。见该年3月29日—30日《申报》:《中国文艺协会上海本会昨日成立，到汪馥泉等百余人，通过章程及宣言》等。

研究家们应当对流派取一种宽宏的态度，大可不必那样严峻。事实上，像“京派”这样未曾结社或未曾明确喊出某种文学口号来的文学流派，在中外古今的文学史迹中是不乏先例的。所幸我们现在已能举出不少这样宽宏地认定京派的见解，比如丁玲一九八一年在美国介绍五代中国作家时，明确指出沈从文是“当年京派作家的领衔者”①。姚雪垠也称沈从文为“在北京的年轻一代的‘京派’代表”②。朱光潜回忆说，沈从文“他编《大公报·文艺副刊》，我编商务印书馆的《文学杂志》，把北京的一些文人纠集在一起，占据了这两个文艺阵地，因此博得了所谓‘京派文人’的称呼”③。司马长风提出“独立作家群”的名称，即指“以北平为中心，被人称为京派的一群作家”④。可以说，“京派”已经得到世人的承认。

新时期文学广阔的眼界必然带来不少历史的重新发现。这种发现往往便酿成了所谓“某某热”，像潮流一样涌来涌去。这种“热”，也曾加诸于京派的某几位作家身上，引起了许多不同的回响。我们应当严肃地科学地面对这种现象。这种“热”，不管转瞬即逝也罢，经久不衰也罢，终究还是要逐渐地平静下去，冷却下去的。最后，便凝结为化石：真正的历史经验。从京派文学中选出最有成绩的小说，编成这个集子，其用意大概便在于此吧。

二

“京派”的小说作者如果单从文化背景视之，则既有沈从文这样来自蛮荒一隅，自学而成的“土著”作家，也有林徽因这样出身名门、学历高深的留洋作家。李健吾和萧乾自下而上，生于京畿贫

---

① 丁玲《五代同堂　振兴中华》，收入《访美散记》。

② 姚雪垠《学习追求五十年(一)》，载《新文学史料》1980 年 3 期。

③ 朱光潜《从沈从文的人格看沈从文的文艺风格》，载《花城》1980 年 5 期。

④ 司马长风《中国新文学史·跋》，1978 年 12 月昭明出版社版。

民之区，靠自我奋斗进入名大学，又先后出过洋。京派一群，令人难以置信地将高层知识者与“乡下人”合为一体，他们是凭借着共同的文学精神特征、相似的文化心理结构和文化性格聚合而成的。

这主要便是充分继承了“文学研究会”的“为人生”的倾向。京派作家忠实于现实，却在三十年代日趋激烈的社会阶级斗争面前看不到政治前途。抱着对政治功利性、党派性及文学商品性的浓厚怀疑，他们要将他们文学的“希腊小庙”①建于政治漩涡之外，却并不缺少一份诚朴、正直和对历史文化的是非观念，从而深深地介入到中国的人生中去。借用周作人的譬喻，他们既非“叛徒”，也非“隐士”。试读一读沈从文《巧秀和冬生》里美丽而野蛮的沉潭场面，了解一下芦焚《百顺街》那条衰微、腐败、荒诞的中国市镇街道，或者想想沈从文的《八骏图》、《绅士的太太》，季康（杨绛）的《路路》，凌叔华的《弟弟》，前羽的《享福》展露的现代爱情、现代婚姻和现代家庭关系、人际关系的一个角落，你会感到京派小说对中国人生范围内的封建文明的嫌恶和现代文明的疑惧。这种心境，显然不同于左翼小说反封建主义和反殖民主义的神圣憎恨和昂扬的战斗姿态，也不同于海派如穆时英小说对资本主义文明的空虚哀叹和禁不住的依恋。这有些接近英国的哈代，在现代工业文明侵入农村宗法社会后产生的那点复杂矛盾的心态。京派把人生看得大于时代，把时代称作狭义的人生，他们避开时代生活激流面前文学的政治选择，转而采用观照理想人生的文化选择，使得他们的缺乏政治批判力的小说，具备了文化批判的一定深度。比如“京派”小说针对现代道德沦丧而发的对传统道德、民间道德的呼唤，以传统文化的精华部分为标准，对农村、市井、知识阶层生活进行的厘定，就充满了博大的文化审视态度。这就产生了京派小说追寻过去的独特模式。如沈从文借作品中一个人物所感悟的：

① 沈从文《习作选集代序》。

"走到任何一处皆将为回忆所围困。新的有什么可以把我从泥淖里拉出?"①强调了对旧的留恋之深,造成思想感情上的某种回忆性。汪曾祺更从审美感情上加以总结,指出:"我以为小说是回忆。必须把热腾腾的生活熟悉得像童年往事一样,生活和作者的感情都经过反复沉淀,除净火气,特别是除净感伤主义,这样才能形成小说。"②这在京派小说里是运用得极普遍的。像林徽因《模影零篇》中的《钟绿》,对一个再难重现的美人的回忆,《吉公》对一个再难重现的被压抑的技术天才(在意象上正如《钟绿》的"薄命美人"的命题)的回忆,李健吾的《坛子》对卑屈女人一生如一个未成为瓶子的破坛儿的回忆,以及汪曾祺在人生的"过去"式之外加上的"最后"式,写出《戴车匠》对最后一个车匠的回忆,《鸡鸭名家》对最后一门孵化绝技的回忆,《异秉》对最后一次檐下设摊的回忆,都显示了京派小说这类平静地回溯人生的模式。这种模式,让你强烈感受到京派艺术的独立个性。这种"追寻过去"的从容、自然、通达,以及在斗争年代的曲高和寡,某种意义上正象征了他们人生追求与艺术追求的寂寞感。

京派小说家最普遍的文化特征还有他们的平民性,以及对于普通乡民、市民的平凡生活方式的肯定,对于俗人俗物的热爱与亲近。沈从文身上且有少数民族的血统,少年时代便长期生活在人民底层,谙熟川、湘、鄂、黔四省交界的那块土地及延长千里的沅水流域,了解"湘西"的农人、土兵、店伙、商贩,终生漂泊的水手船工,吊脚楼的娼妓及这些人的喜怒哀乐和鲜明的"生命形式"。京派作家对淳朴乡情民俗、民间文化,都具有特殊的审美敏感。废名对农村静美生活的熟悉程度,芦焚的《谷》、《里门拾记》等集表现出的北方农村的没落、停滞、倒退的情景,汪曾祺拥有的对苏北乡

① 沈从文《八骏图》。

② 汪曾祺《桥边小说三篇·后记》,载1986年《收获》第2期。

镇市井的生活知识，都是极其惊人的。就连生活在大学区内的杨振声、林徽因也知道一些渔民、挑夫、人力车夫的恩恩怨怨。他们从普通的人生命运中细加品味，加入自己的主观体验，挖掘平凡生活内层的诗意、哲理，寄托一定的社会、文化理想。仿佛普通人蝼蚁一样的生命，在京派作家眼中都是那样的庄重，任意而活的水手柏子（沈从文《柏子》）、不觉其可悲命运的童养媳萧萧（沈从文《萧萧》）、奴性的长工叉头老叔（芦焚《人下人》）、大胆求生的丫鬟文珍（林徽因《文珍》）、憨厚刚直的小贩邓山东（萧乾《邓山东》）、阅历丰富而讲究实际的校工老鲁（汪曾祺《老鲁》），都个个历经磨难，过着可怜甚至愚昧的生活，但透过这可怜或愚昧，京派力图显示普通人的坚忍、倔强、极强盛的生命力，从而认为美即在平凡的生命形式之中，稳定而不表露的劳动具有它的永恒价值，黯淡也即光明。他们所创造的平民世界，提供了各样的“生活发现”，可以使人长久地玩味。当然，京派的平民性，由于其人道主义思想只是与民主主义结合，而未与社会主义结合，不免留下保守的一面。最明显的，便是他们虽写尽了生活中的“常”与“变”，但往往是由“常”看“变”的。京派从他们那种执拗的乡镇立场出发，从敬畏天命的小民立场出发，来看待二十世纪中国的动荡，就不由自主地会害怕变动，只能在变动中发现旧有的美，不能在变动中发现急进的新。小说中的人物很少把人生的企求寄托在大变动之中，倒是喜欢退回到传统文化崇尚的淡泊、与世无争的地步，在自在状态的生活圈内获得自足。这一点，在某几个青年京派身上已经发生微妙的变化，封闭凝固的生活圈已在被逐步打破。这就反映出京派内部的“常”与“变”了。

京派作家的文化性格多笃厚、通达、从容、中和状，少昂扬激烈，其小说往往达到一种和谐、圆润、静美的境地，表现出一种纯情性。只因为一心追求纯美，包括生命之纯美和艺术之纯美的统一，才会使他们的作品那样热衷于表现一系列纯洁少女的形象。沈从文《三三》中的三三,《边城》的翠翠,《长河》的夭夭,皆温柔、明净、晶莹剔透,从内心到外表都是姣好的。至于乡民,往往纯朴到浑然不觉,暗示着一种民族性格的内核。还有一个特点,是喜用儿童的视角来写成人的世界,从凌叔华的《弟弟》、《一件喜事》,叔文(张兆和)的《小还的悲哀》,林徽因的《吉公》、《文珍》,到萧乾的《篱下》、汪曾祺的《戴车匠》,这种叙述者运用之广泛,反射出京派小说家的拳拳童心。由此,写出他们内心深藏的那块人类童年期的土地,保存的那点原始自然美、人情美的光影,象征着他们对明日人类社会、人性完美的无限向往。这种文学的纯情性,自然带有理想色彩,不切实际,特意与社会现实保持了距离。这个距离,给京派实现美文学的愿望留下了足够的心理平衡的空间。

与同时期的"左翼"小说相比,京派开放的民族性更为显著。京派刊物重视介绍当代的世界文学潮流,沈从文的小说观念与西方现代的心理学、人类学、哲学,与莫泊桑、哈代、屠格涅夫、契诃夫都有联系。大学经院的文化氛围自然使大部分京派作家修养深厚,眼界宽泛,思想上的民主意识、自由意识以及文学的现代意识,结合成他们的现代性。但是他们与海派小说有声有色地表现现代大都会的快速节奏,光怪陆离的光影情味,骚动着的爱欲和机械压迫下狂放的病态,与商业化和殖民地化的模仿欧美现代派的"穆时英笔调",实在大相径庭。中国三十年代的某些洋场小说是西方现代派的赝品,而京派小说是牢牢地植根于民族生活、民族语言的土壤的。你可以通过读沈从文、林徽因、废名、汪曾祺,欣赏到一种富有中国气派的文化小说。它们非常注重人物的文化性格与人物活动其中的场所,这种场所经常不强调社会斗争的严峻性质,仅仅是人物精神成长的社会文化环境。比较一下本集所收的《丈夫》、《菱荡》和汪曾祺的四篇小说,每篇之前都有很长的环境交待,乍看起来显得拖沓、散漫,但确实汇成一种生活格调,一种浸染全篇的文化气氛,似乎环境也有文化性格。而京派最为欣赏的平民传统精神，如重义、轻利、诚厚、守节，正是赖此形成的。京派小说家代表了“五四”以后由面向世界又重新回归到重视民族的一部分知识分子的心理。他们从北方文化出发进而表现中国文化，到最后提出民族性格和民族文化的重造①，虽然这样一个历史课题加在京派身上显得格外的沉重、力不胜任，但它究竟是被严肃地提出来了，而且成为京派小说民族性与现代性兼有的有力佐证。

三

“京派”小说并不限于表现旧北平，它的色调也不仅仅统一在地方性的京味上面。“京派”的文学世界远比这个广大。

如果只举李健吾、凌叔华、林徽因、萧乾这几位看，他们确实写出不少旧北平的角落。从北平城的上层官僚家庭、知识者家庭，直至城根下贫民大杂院的悲喜辛酸，一齐奔集到他们的笔下。但是更多的京派作家主要写的是农村。试看沈从文创造的湘西世界，废名的湖北故乡和北京的城郊世界，芦焚的河南果园城世界，汪曾祺的苏北乡镇世界，真是精彩纷呈，几乎无一不是中国现代小说史上极富社会、文化和艺术意味的章节。连同他们的城市描写，也统属于上述小说系统之中，成为一个乡村性的叙述整体。这样看来，京派甚至不能说只是表现北方的，进入他们文学视野的，正是他们心目中的那一个“乡村中国”！

乡村中国显示出中国特性。由一个端庄而变得衰落、颓败的农村世界，来刻画中国，大概很难突现一个前进中的中国形象，却很能反映我们这个古老、积弱，又不断地在自身内部艰难地酝酿新生的国家和民族。京派小说在总体上唱出了宗法社会日渐解体的美丽哀歌，它虽没有正面写出这一场“震动”的社会斗争画面，却

---

① 见沈从文《风雅与俗气》、《〈边城〉题记》、《〈长河〉题记》诸文。

暗示了在城市商业文明的包围、侵袭下，农村缓慢发生的一切。由于觉出宗法农村的逐渐消失并未伴随着一个健康社会的诞生，京派的历史文化的思考变得丰富而复杂。他们不仅看到中国令人痛心的衰败，礼教、宗族的野蛮统制，还有民族固有美德的失落，未蒙教化的原始文明的淳厚朴实，未遭现代文明侵染之前的一片干净土地。应当说，中国除了东南沿海小块发达地区之外，广大内地的城镇莫不是乡村社会的延长。从这个意义上看，无论是思想文化面貌、经济面貌与生活面貌，旧北平岂不是更像一个放大的县城？京派所写的北平与内地城镇，岂不比左翼和海派集中表现的沪杭宁地区和东南沿海较发达的城乡，更像那个正在逝去的大多数人的中国？

可以说，茅盾等左翼作家是立足于中国的先进地区来观察中国的。即便是审视农村，也如《子夜》所显示的那样，是从大工业的都会出发，明晰地看到了中国前资本主义（半殖民主义）和社会主义两个命运的激烈交战。京派小说家则是从中国沉落的地区，从历史脚步来得缓慢的地区看待中国的。他们用乡村中国的目光（经由一个从农村到城市的心理振荡）打量着都市中国，在这个城市与乡村的历史差距中，通过他们独特的审美体验来感受古老中国的崩坏和未来中国的朦胧之光。这种观察点的不同，造成了两种作家艺术世界的绝大差异。

以沈从文为代表，在京派乡村中国世界的描写系统里面，存在着乡村与城市两种文化的基本对峙，包括两种生活形态、两种文化环境、两种人性的对立性的描写。经过对这个基本模式的文化的、艺术的观照，寄托了京派丰盈的人生感情、审美理想和他们的历史哲学。

刻意描画中国内地乡镇与城市的两种生活形态，并有意营造为一个相互比较的艺术天地，沈从文可能是最自觉地这样做的。他用《八骏图》、《绅士的太太》里的城市世界来与他的边城世界相比，显出城市精致文化的虚伪、矫情，衬托出农村粗俗文化的自然之美，这里包含山川风俗之美、乡民生活之美、民情人性之美。《三三》从农村“生”的一面暗示城市生命的“死”和“萎缩”。《丈夫》反转来由城市丑恶暗示乡村生命的觉醒。京派其他小说家不同程度都从城乡两面，或者其中的一面来支持着沈从文建立的这一艺术世界。废名、芦焚、汪曾祺仿佛在补充着沈从文的乡镇图画，他们提供的也是一个自在、自足的乡村社会，一个与城市具有特异的人际关系、伦理标准、生活理想的社会，“礼崩乐坏”了，却依然美丽，没有人造的那一份丑陋。只是依据每个作家的艺术个性，废名的乡村更放达一些，芦焚的更哀伤一些，汪曾祺的更结实一些罢了。而一支笔纯朴得水一般柔和，强劲得水一样奔放的，自然是沈从文。凌叔华、林徽因、萧乾，又与沈从文一起，进行着城市文化批判的艺术努力。凌叔华描写中国城市家庭内部似网笼罩的人情、亲情关系，细致入微。林徽因、萧乾表现城市内部上层文化与下层文化的冲突，由于两人对城市憎恨程度的差别，在对前者进行嘲讽时，感情色彩有强弱不同，但都揭开现代城市人生虚假的帷幕。其艺术的成功都汇入京派城乡文化形态的总描写序列之中。

在京派眼里，偏僻乡民千年不变的生活状态，构成了我们整个社会的物质大厦和精神支柱。平民、小民的生活，才是人的生活，虽然落后，虽然不可避免地受到现代物质文明的侵蚀，仍是我们民族生活中最健康的部分。他们竭力否定城市的文化病态，包括性道德的畸形，物的生活对人的生活的压迫，人性的全面扭曲。从而对文明的进程提出自己的怀疑。这些描写，客观上暴露了二十世纪中国社会随着现代文明产生的种种罪恶，但在大部分京派小说家的主观世界上，主要是现实黑暗与其理想的人的自然蓬勃生命的严重对立。他们追求一种健全美好的生命体系，按照人类向上的理想，在小说中完成自然迸发的生命表现，赞美“一种‘优美、健康、自然，而又不悖乎人性的人生形式'"[1]。在京派看来，这才是他们的文学理想。因为生命的发展在以城市为中心的政治、文化生活中受到束缚、压抑，他们就在落后的农村去发现自由生命的对应物，一厢情愿地加以发掘、弘扬，企图用回归自然、返归农村文化来改造现代社会。在这种远非深刻的社会文化思索中，乡村中国的乡村，美的山水、人情与保守的文化道德、生活秩序（并不是不表现其受破坏）打成了一片，一切皆写得如此之美。京派充满时代变革矛盾性的城乡小说，究竟还是取得了审美的统一。

所谓矛盾性，也体现在通过文学提出的重建民族文化、重建民族性格的思想里面。民族，这是京派文学的崇高角度。他们在关心中国社会的要不要变革及如何变革上面，经世济民之心，一丝也不差。不过是脱离了阶级政治的现实轨道，宁肯"很寂寞的从事于民族复兴大业"[2]。于是，反省"这个民族过去伟大处与目前堕落处"[3]，不断探求"民族品德的消失与重造"[4]，成了他们的文学主旨和作品内涵。假若撇开京派单纯从"过去"与"消失"中寻求民族未来生机的陈旧一面，而注意到他们把文学提高到对新的民族文化、新的民族性格的追寻与对不可追寻的沉忧隐痛的美的感悟，应当说这是一个不低的目标，虽然他们是在人性的范畴内来考虑民族性的。京派在对民族进行"'过去'和'当前'对照"[5]时，他们仍采取以城市代表"当前"，以乡村代表"过去"的模式，肯定乡村的文化和下层的人性，否定上层的文化和城市的人性，认为前者是人性与自然的契合，后者是违背自然的人性扭曲。显然，他们是要在乡村人民的身上构造起健全的民族性格，来寄托他们民族重造的希望。他们特别称赞粗人的"硬中软"的生活哲学，使人不禁想到中国古代哲学先贤的那些教导。沈从文《虎雏》一类小说所

---

① 沈从文《习作选集代序》。

②③ 沈从文《〈边城〉题记》。

④⑤ 沈从文《〈长河〉题记》。

写的湘西人的野性、不驯服、雄强，而又守信自约，杨振声《报复》里的山东渔民对待恩怨的坦荡之态，李健吾的《陷阱》、萧乾的《邓山东》里北京市民小贩的仁义之情，无不显现出这种诚厚坚韧的品性。京派小说热衷描写底层人民生命力的强盛，在困苦环境下仍能保持的稳定、自尊的生活态度。沈从文《长河》里的老水手满满，饱尝艰辛，洞察世情，甘于贫苦而放达乐观，与汪曾祺大部分作品中人物的淡泊、自然、从容、静中有动的风貌，都是互相贯通的。这些平凡的人物，皆由一个极端自重的品格支撑，对人世具有坚强的信念，似乎是中国古代侠士、隐士和现代贫民的结合体。这些显然脱胎于传统文化的性格描写，曲折地表达了生于乱世的京派作家激流勇退，洁身自好，坚守人格独立的心态。其一心向往恬然、淳朴的人格品德，也是为了与那些顺乎时代潮流与政治斗争需要的急进、昂扬的人格特征，保持一个他们所需要的距离。包括所写人物的反抗意识，一般也属个人性质的，它们与充满集团意识的阶级反抗性格，自然迥异。对于"京派"来说，民族性格的建造，似乎仅仅是一种文化建设，一种教育，而与民族斗争的现实脱节。这一点是具有幻想成分的。

但是，与对城市人性极端的嫌恶态度不同，乡村人民对自已身上深潜优美人性的不自知，是使京派小说家深感忧虑的。所以，沈从文的《丈夫》、《贵生》，芦焚的《人下人》，写人性的觉醒，或者看沈从文的《萧萧》、《柏子》，写人性的不觉，都有目的相仿的呼唤作用。觉与不觉，"社会"在这里扮演的均是压抑人性的不光彩的角色。在这一点上，京派与左翼作家一样在做着批判不合理的社会的工作，只是思想的归宿和批判的着重点有所不同罢了。

如果由"五四"时期鲁迅开创的"改造国民性"的文学题旨来考察一下中国现代小说，我们将不难发现，三十年代的左翼作家已经把"国民性"的描写，转变为对阶级新人的描写，转变为对阶级使命、集体意识的觉与不觉的描写。到了抗日战争烽火一起，又迅速转变为对民族意识觉醒与不觉醒的描写。这些描写的重要特征是弃旧图新式,即人物将昨天的民族性的旧我因素埋葬在今日的新生之中。而作家们往往表现出捕捉萌芽状态中的民族新性格的高度敏锐。但是,“京派”小说几乎是长久地将“五四”“改造国民性”问题保持在一个民族性与人性的范畴里面。在批判民族劣根性的时候,不是把笔锋指向奴性和“阿Q精神”,不是对老中国的儿女,尤其是广大落后农民的精神创伤,进行深层的历史心理的挖掘,而是将目光转向城市,转向上层,着重批判它们的虚假文明。如果说奴性的发现是一种与百年中国的屈辱,与社会性的人的改造紧密相连的文学发现的话,那么,京派揭示人的非自然的“阉寺性”,主要是一种文化认识,很难直接引向社会革新。在为了改变民族的落后现状而向民族以往的历史文化进行追踪的时候,鲁迅“改造国民性”的思考引发了“民族魂”的锻造,所谓发现民族的“脊梁”与继承百折不回、虽死不悔的韧性战斗精神,发扬的正是传统文化中的精华部分。京派为了聚集民族的精力,到传统文化中去与“原有的素朴与光明”①认同,不免芜菁混杂,它赞美人的质朴、纯粹,含着简单愚昧、平和、达观,透出与世无争,自信、自重带有宗教式的热忱及对人类的悲悯。在一个政治斗争激烈的社会,把“任自然”的思想提高到一种很高的人生境界,其不合潮流的时代误会性是早就埋伏下来的。民族生活和民族性格重造的内容和途径究竟在哪里呢?乡村中国的智慧目光,给京派的文化判断带来限制,而这种判断与审美的一体化,也使他们的小说显出特异的价值。

四

三十年代的中国小说形态比较起“五四”时期已成熟得多了。

---

① 《〈看虹摘星录〉后记》。

文体意识自觉程度的普遍加强,成为一时的风气。各派作家大体如此。左翼作家在使文学与无产阶级斗争结合的同时,大部分人明确地致力于小说的风格化、个性化,夹杂着不断克服自身对艺术的忽视倾向。海派有意引进外国现代派的小说观念,把中国的鸳蝴体洋化了,使文学走入异途,但它的出现不能不说是文体自觉化的标志之一:究竟为了一种小说体便树起一个流派,这还是罕有的。在这样的文学大趋势面前,京派独树一帜,以强烈的审美意识压倒他们的社会意识,造成不断试验中国小说文体的热情,其艺术指向主要是对小说内部的深入探视。

"京派"文学本来直承文学研究会,这里可以有多种的承接与发展,小说的写实精神便是其一。重视观察,善于描摹人生世界,发挥小说内在的纪实特性和能力,文学研究会小说的视点一般是凌驾于物象、人象之上的。在这个基础上,京派特别强调感情、感觉在创作中的作用。沈从文简捷地称文学为"情绪的体操"①,便是这个意思。他自己说在运用文字叙述时,"习惯于应用一切官觉"②,使直觉印入物象,做到灵动而富生气。《八骏图》里意象丰满,其中的紫女、黄女,两点颜色的出色运用,全凭视觉发生对人物的想象。《边城》、《三三》这样的湘西小说,水一般柔和、清丽,感情平缓而深远,如自然生命之流注。废名的《菱荡》、《桃园》,芦焚的大部分作品,也都是这种诗意写实的例子,它们并不依靠第一人称的叙述功能,就将小说的视点由外面稍稍转向内面,做到内外兼得。在中国现代小说的发展中,京派在写实旗帜下融入主观感受的新机,辟出一脉支流,与茅盾等的社会分析小说正好各执一端。

由于京派的观念是将文学与生命并提,生命形态不愿受束缚,小说便自然要摆脱开重情节、重故事的文学成规,趋向生活化、散

---

①② 沈从文《情绪的体操》。

文化。所谓生活化，即是使现实进入作品时，较少人造痕迹，更逼近于生活的原状。如沈从文说的，“一切都带着‘原料’意味”①。这也是汪曾祺的看法，“小说是谈生活，不是编故事”②。所以，京派小说里的生活图画就像一张张素描，信笔写来，不事雕饰。有时有人物无故事，有时连人物也没有，只有点感情。这样的小说打破了小说的严格界线，有的简直像一篇随笔。好几个“京派”作家的小说结构常不随人物为转移，而围绕表现生活，想怎么写就怎么写。开篇完全是散文式的，铺叙环境，写出气氛，认为背景即人物，气氛即人物。林徽因的名著《九十九度中》运用北平城里两个阶层人生片断互相穿插、勾连，像一串连续不起来的珠子。还有废名的《四火》，生活场景都是残简断片似的。这种结构就以接近生活本体为依据，认为生活本来就没有那样集中、严整。废名的小说与散文形式更难严格划分，《竹林的故事》、《枣》、《桥》及本集所选各篇，往往被小说和散文的各种选本互选，他的散文化的小说从外国文学中获取某些意念，从中国古典散文中摄取叙述方式，从结构到语言，如生活本身，均散到不能再散。汪曾祺每一篇作品皆采用不起波澜、没有高潮的叙述法，也正是此意。在《戴车匠》的末尾，他故意加了这样一段：“我跟你说了这么些平淡而不免沉闷的琐屑事情，又无起伏波澜，又无镕裁结构，逶逶迤迤，没一个完。”“真没有法子，我们那里就是这样的，一个平淡沉闷，无结构起伏的城，沉默的城。”他这里用的是文学语言，他自然不是提倡无结构，他的美学追求恰是艺术形式与生活自然形态的胶合统一。可以说，京派小说的散文化，在一定程度上破坏了、也扩大了小说的功能。这在我们这个古典散文极其发达的国度，在笔记小说具有相当成功积累的民族文化中，都能找到它的有力的支持点。同时，与世界

① 沈从文《新废邮存底·二十三——一首诗的讨论》。
② 汪曾祺《桥边小说三篇·后记》。

小说逐渐倡导打破故事叙述模式的现象相联系,也不难发现它的现代性的。

但是,散文化并非淡而无味。散化了的京派小说读起来偏是声韵俱佳的。它依赖的是情绪、意念的支撑,创作中凡属开拓情绪、意念内涵的事,均不遗余力。他们的小说注重造境,写小说像写诗一样用力。沈从文说:"重要的,也许还是培养手与心那个'境'。一个比较清虚寥廓,具有反照反省能够消化现象与意象的境。"[①]《边城》构造的现实与梦幻结合的境界,颤动着能引人共鸣的体味人生悲凉命运的情丝,"反照反省"出"受过长期压迫而又富于幻想和敏感的少数民族"和"旧一代知识分子"的"沉郁隐痛"[②]。这样,小说虽然以平凡生活形态展现在面前,你却能感受到它的纵深度。芦焚的《过岭记》极得李健吾(刘西渭)称赞[③],因为这三人过岭的境界直如人生。废名运用中国古典诗词的意境化入他的小说,晦涩有味,极有工力(有时不免用力过度)。这就是京派小说圆润、蕴藉的格调。本集中就有不少这样富有暗示性、寓意性的佳构。它们诉说人物的行状,扑朔迷离,故意留下无数空白,不予填补,以激起读者的创造性想象,造成情绪的绵延(见《八骏图》、《坛子》诸篇)。有时又竭力铺张,唯恐不用尽心力,汪曾祺的小说一写到民性民俗、劳动技艺,便不能自禁。《戴车匠》、《鸡鸭名家》里面,淡泊的生活态度与用桦木车床车二尺长的大滑车和极小的螺丝弓的手艺,孵化鸭崽掌握火候(炕鸭)的绝活,都被描画得细致入微。这种铺叙显出丰厚、博大,有感情、知识的双重蕴含之美,读后也感余味无穷。

---

① 沈从文《习作举例——从徐志摩作品学习"抒情"》。

② 朱光潜《从沈从文先生的人格看他的文艺风格》。

③ 见《〈里门拾记〉——芦焚先生作》,称其为"动人的杰作"。又说:"无论是没有未来的退伍的老兵,无论是充满希望的健康的小茨儿,我们全该手拉手来翻山越岭——人生。"

这一切，还得力于小说语言的创造性运用。京派作家的语言天分与修养，一般都较高。民间口语、歌谣、俗谚的熟稔程度，以及对中国古代文言语、外国文人书面语的吸收，构成了他们有真意、去伪饰的新鲜词句。起初如早期的沈从文，还有废名，文白杂糅的痕迹明显，时有拗句，但已经可以看出精确而曲折的表达功能。李健吾尝试过京腔京白，得到朱自清的鼓励①。林徽因、汪曾祺语言纯正，极有美感。它们总的特色是与一种追求美文学的目标相一致的，那就是纯真。汪曾祺说："小说当然要讲技巧，但是：修辞立其诚。"②这首先是情感的真诚。京派语言重感兴，每有所感必自然流出，纵情随意写去，达到自然、和谐，毫不造作。也讲究恰当，知分寸，知节制，字里行间闪露出静谧型的情感美，色彩美。它们是能泄露作者的心声，表现作者的真心情、真个性的。也经过锻造琢磨，如沈从文说的，"扭屈文字试验它的韧性，重摔文字试验它的硬性"③，是对祖国语言文字的娴熟把握与发挥，并非天成。

京派的文学贡献之一还在于它发展了"五四"以来的多种小说体式，特别是抒情体小说和讽刺体小说。按照一般的理解，擅长抒情笔致的作家应当只喜爱牧歌情调、浪漫题材和诗，差不多是与粗重的暴露绝缘的。但是中国现代社会的特定条件决定了讽刺的广泛存在。京派反映乡土，使用的是抒情笔墨，当他们以乡村中国的眼光，转过来面对都市时，便不禁露出嘲讽的尖刺。本集所选沈从文《八骏图》、《顾问官》，凌叔华《弟弟》，废名《莫须有先生下乡》，芦焚《百顺街》，季康《路路》，前羽《享福》，都属于讽刺类。人们如果吃惊于此派讽刺之多，编者用意的一部分也便达到了。京派在左翼的社会讽刺、政治讽刺文学之外，专门致力于世态讽刺、风俗讽刺，其政治解剖力不强，却能挖掘到民族文化的病根，甚

① 朱自清读李健吾《一个兵和他的老婆》后，写《给作者》。

② 汪曾祺《桥边小说三篇·后记》。

③ 沈从文《情绪的体操》。

至还有芦焚的充满哀伤情调的传奇性寓意讽刺,都是颇出色的。当然,京派从废名到沈从文、芦焚的笔下,发展得最为完备的还是抒情小说,包含作家的人生体验的感情投射,象征的运用,抒情主人公的确立,纯情人物的描写,自然背景与人物的融和,抒情语言的色调等。这种抒情文体,根据情味的不同,在京派内互相渗透,又沿着两条线索流动:沈从文乡土的抒情气质可以从汪曾祺,从刘祖春、林蒲、邢楚均那里感受得到,带有古老牧歌情调,地方性浓重,质朴、清朗、微涩。凌叔华知识型的抒情气质,一直连贯到林徽因、杨季康(杨绛)、前羽,是一种智者的机敏,能探入社会人际心理的微妙处,细密、聪慧、流动。京派抒情小说在描写民俗民风,刻画妇女和两性,运用自叙传体,融进神话、自然、文化因素等方面,给现代小说带来的深远影响,一直延伸到今天,都是有迹可寻的。

五

本书既然是一个流派的小说选本,它的最高原则显然是要体现流派的总体特征。因此,在编选时并不单单满足于使这个集子成为几个京派小说名家优秀作品的集纳。这个任务该由他们各自的选集去担负。因此,编者过去虽然已经翻检过一些属于京派的报刊,这次,仍勉力地从《大公报·文艺副刊》、《骆驼草》、《学文月刊》、《水星》、《文学杂志》(朱光潜主编)重新读起,小心加意地进行选择。再辅之以对各种重要代表集的遴选阅读。这样来保证本书作为一个选本的独立价值及选品一定的新鲜程度。

从“京派”坛主沈从文的大量小说中指定某几篇,这实在是个大难题。现在所选的四篇并不一定就是他的最好的小说。《八骏图》已能代表他的城市批判,《绅士的太太》便没有再选,倒是选了两篇以表现乡村为主,兼顾了城乡对比的《三三》和《丈夫》。《顾问官》一篇是我故意挑出的,为了说明京派确有真正的讽刺,并且讽刺的矛头并不仅仅指向城市。凌叔华、杨振声、李健吾，均为“五四”资深作家，三人的写作时间延续很长，杨振声更是前辈，这里没有选他们早期的小说。凌叔华长于心理透视，喜用儿童视角，《一件喜事》似乎没有入集，是一种平静的辛酸叙述。杨振声的这篇脍炙人口的《报复》，是发表在《大公报·文艺副刊》上的。李健吾热衷于追寻过去，哀伤过分。他们的小说都很精致。废名是京派的中坚，沈从文也承认其乡土文学的倾向对自己的影响①。废名小说的乡情，丰富的民俗知识，语言的情趣与意境，在《菱荡》、《四火》两篇中表现十足。《莫须有先生下乡》是他的莫须有先生历史（有自叙色彩）的开场。他也能体现一个“京派”作者可能是最好的抒情者，又是讽刺者这一特点。林徽因的小说没有编过集子，这位充满了灵秀之气的女作家似乎偶然写写小说，便达到很高的水平。《九十九度中》发表后当时便引出了很好的评论②。《模影零篇》中的三篇，都包括对人生的悲感理解，但写得很美，书面文字表现力很强。芦焚改笔名为师陀后，政治倾向性加强，流派关系上也脱离了原先北方的轨道。所以，没有选他在抗战期内写作、于胜利后出版的《果园城记》里的名篇，而选了他早期的《谷》和《里门拾记》两集中的三篇小说，从中已能看到未来果园城世界的端倪。萧乾是京派第二代青年作家，沈从文的学生。他早期小说表现旧北平，多半采用儿童视角，写到《邓山东》里的斋务长、《篱下》里的姨父、《参商》里的神父等，再也冷静不下，表现的人性恶已与大部分的京派作家不同，代表了京派内部的分化。所以，萧乾较后的作品这里也不选。而汪曾祺才是真正承接他的老师沈从文创作的，选了四篇，一方面是汪曾祺的作品处处都合京派的气度标准，流派味道最足，一方面是他解放前收入《邂逅集》的作品，读者

---

① 见沈从文《论冯文炳》一文中的自述。

② 如李健吾（刘西渭）的《九十九度中——林徽因女士作》。

已不易得到。《异秉》则似乎是集外的。叔文曾写过一篇《费家的二小》，这篇《小还的悲哀》，写爱国主义如何渗入普通市民和儿童心灵之中，也有特色。季康的《路路》一篇对现时的爱情文化投入批判，笔法细致而轻淡，驾驭文字纯熟。刘祖春的《荤烟划子》和叔文的《费家的二小》一样，很得各种现代文学选本的青睐。刘祖春在《大公报·文艺副刊》上发表的小说不少，粗略统计就还有《姐姐》、《收获时候》、《动》、《生》、《无题》、《除夕》等，但因都与《荤烟划子》的水平相差较远，所以，仍选了这篇可与沈从文《丈夫》互相媲美的作品入集。其他的前羽、林蒲、邢楚均等人，都是《大公报·文艺副刊》、《文学杂志》上经常的作者，现在已鲜为人知了。前羽的《享福》写新老两代人的隔膜，微讽的风格极像凌叔华，也更同情"过去"。林蒲的《渔夫李矮子》、邢楚均的《棺材匠》，描写生活场景及语言文字的风格都酷似沈从文。京派对下层生活的熟知，在这里又一次得到证实。本书适量地选进一些京派无名作家的作品，是为了更可看出这个流派的全貌和已经达到的文学的平均水准。

全书所选作品按作者归并。而作者的顺序及所选作品的多寡，既考虑其在京派文学成就中的地位，又照顾到他们在文坛出现的先后。每位作者的作品则以发表的次序为列。选文一般采用初次发表的版本，有些则遵照作者的定本。对作品中个别脱漏错讹的字与标点，进行了校勘。凡查出选文原始出处者，一律在文末另用括弧加注。

"京派"作为一个流派得到确认，是近五六年间的事。对它的研究目前尚在展开，在学术界自然还有各种不同的意见。这个选本只能说是提供了一种较趋一致的看法，也是为了进一步推动对中国现代文学流派的认识而作的一项初步工作。所以，它的错误及不妥当之处，是肯定会被读者和专家们一眼看到的。一种选本公之于世了，它只能坦诚地等待时间的检验，历史对待它，或认为不可取，或认为较有可取，或倏忽间烟消灰灭，自有它的标准。作为一个编者，倒是期待着有更好的选本出现，以迅速取代自己的。他期待着进步。

1987年2月12日于三源里

沈从文

丈　夫

落了春雨，一共有七天，河水涨大了。

河中涨了水，平常时节泊在河滩的烟船、妓船，离岸极近，船皆系在吊脚楼下的支柱上。

在楼上四海春茶馆喝茶的闲汉子，俯身在临河一面窗口，可以望到对河的宝塔“烟雨红桃”好景致，也可以知道船上妇人陪客烧烟的情形。因为那么近，上下都方便，有喊熟人的声音，从上面或从下面喊叫。到后是互相见到了，谈话了，取了亲昵样子，骂着野话粗话，于是楼上人会了茶钱，从湿而发臭的甬道走去，从那些肮脏地方走到船上了。

上了船，花钱半元到五块，随心所欲吃烟睡觉，同妇人毫无拘束的放肆取乐。这些在船上生活的大臀肥身的年青女人，就用一个妇人的好处，服侍男子过夜。

船上人，她们把这件事也像其余地方一样称呼，这叫做“生意”。她们都是做生意而来的。在名分上，那名称与别的工作，同样不和道德相冲突，也并不违反健康。她们从乡下来，从那些种田挖园的人家，离了乡村，离了石磨同小牛，离了那年青而强健的丈夫的怀抱，跟随到一个熟人，就来到这船上做生意了。做了生意，慢慢的变成为城市里人，慢慢的与乡村离远，慢慢的学会了一些只有城市里才需要的恶德，于是妇人就毁了。但那毁，是慢慢的，因为需要一些日子，所以谁也不去注意了。而且也仍然不缺少在任何情形下还依然会保留到那乡村气质的妇人。所以在市的小河妓船上，决不会缺少年青女子的来路。

事情非常简单，一个不亟亟于生养孩子的妇人，到了城市，能够每月把从城市里两个晚上所得的钱，送给那留在乡下诚实耐劳、种田为生的丈夫处去，在那方面就可以过了好日子，名分不失，利益存在。所以许多年青的丈夫，在娶妻以后，把妻送出来，自己留在家中，安分过日子，竟是极其平常的事了。

这种丈夫，到什么时候，想及那在船上做生意的年青的妻，或逢年过节，照规矩要见见妻的面了，自己便换了一身浆洗干净的衣服，腰带上挂了那个工作时常不离口的烟袋，背了整箩整篓的红薯、糍粑之类，赶到市上来，像访远亲一样，从码头第一号船上问起，一直到认出自己女人所在的船上为止。问明白了，到了船上，小心小心的把一双布鞋放到舱外护板上，把带来的东西交给了女人，一面便用着吃惊的眼睛，搜索女人的全身。这时节，女人在丈夫眼下自然已完全不同了。

大而油光的发髻，用小钳子由人工扯成的细细眉毛，脸上的白粉同绯红胭脂，以及那城市里人神气派头、城市里人的衣裳，都一定使从乡下来的丈夫感到极大的惊讶，有点手足无措。那呆相是女人很容易看到的。女人到后开了口，或者问："那次五块钱得了么?"或者问："我们那对猪养儿子了没有?"女人说话时口音自然也完全不同了，就是变成城市里做太太的大方自由，完全不是做媳妇的神气了。

但听女人问到钱，问到家乡豢养的猪，这作丈夫的看出自己做丈夫的身分，并不在这船上失去，看出这城里奶奶还不完全忘记乡下，胆子大了一点，慢慢的摸出烟管同火镰。第二次惊讶，是烟管忽然被女人夺去，即刻在那粗而厚大的手掌里，塞了一枝"哈德门"香烟的缘故。吃惊也仍然是暂时的事，于是这做丈夫的，一面吸烟一面谈话，……

到了晚上，吃过晚饭，仍然在吸那有新鲜趣味的香烟。来了客，一个船主或一个商人，穿生牛皮长统靴子，抱兜一角露出粗而发亮的银链，喝过一肚子烧酒，摇摇荡荡的上了船。一上船就大声的嚷要亲嘴要睡。那洪大而含胡的声音，那势派，皆使这作丈夫的想起了村长同乡绅那些大人物的威风。于是这丈夫不必指点，也就知道怯生生的往后舱钻去，躲到那后梢舱上去低低的喘气，一面把含在口上那支卷烟摘下来，毫无目的的眺望河中暮景。夜把河上改变了，岸上河上已经全是灯。这丈夫到这时节一定要想起家里的鸡同小猪，仿佛那些小小东西才是自己的朋友，仿佛那些才是亲人；如今与妻接近，与家庭却离得很远，淡淡的寂寞袭上了身，他愿意转去了。

当真转去没有？不。三十里路，路上有豺狗，有野猫，有查夜放哨的团丁，全是不好惹的东西，转去自然做不到。船上的大娘自然还得留他上"三元宫"看夜戏，到"四海春"去喝清茶。并且既然到了市上，大街上的灯同城市中的人皆不可不去看看。于是留下了，坐到后舱看河中景致取乐，等候大娘的空暇。到后要上岸了，就由小阳桥板篷架到船头；玩过后，仍然由那旧地方转到船上，小心小心使声音放轻，省得留在舱里躺到床上烧烟的人发怒。

到要睡觉的时候，城里起了更，西梁山上的更鼓咚咚响了一会，悄悄的从板缝里看看客人还不走，丈夫没有什么话可说，就在梢舱上新棉絮里一个人睡了。半夜里，或者已睡着，或者还在胡思乱想，那太太抽空爬过了后舱，问是不是想吃一点糖。本来非常欢喜口含冰糖的脾气，是做太太不能忘却的，所以即或说已经睡觉，已经吃过，也仍然还是塞了一小片冰糖在口里，太太用着略略抱怨自己那种神气走去了。丈夫把冰糖含在口里，正像仅仅为了这一点理由，就得原谅妻的行为，尽她在前舱陪客，自己也仍然很和平的睡觉了。

这样丈夫在黄庄多着！那里出强健女子同忠厚男子。女子出乡卖身，男人皆明白这做生意的一切利益。他懂事，女人名分仍然归他，养得儿子归他，有了钱总有一部分归他。

那些船，排列在河下，一个陌生人，数来数去是永远无法数清的。明白这数目，而且明白那秩序，记忆得出每一个船与摇船人样子，是五区一个老“水保”。

水保是个独眼睛的人。这独眼据说在年青时节杀过人，因为杀人，同时也就被人把眼睛抠瞎了。但两只眼睛不能分明的，他一只眼睛却办到了。一个河里都由他管事。他的权力在这些小船上，比一个中国的皇帝在地面上的权力还统一。

涨了河水，水保比平时似乎忙多了。他得各处去看看，是不是有些船上做父母的上了岸，小孩子在哭奶了。是不是有些船上在吵架，是不是有些船因照料无人，有溜去的危险。在今天，这位大爷，并且要到各处去调查一些从岸上发生影响到了水上的事情。岸上这几天来发生三次小抢案，据公安局那方面人说，则是凡地上小缝小罅皆找寻到了，还是毫无痕迹。地上小缝小罅都亏那些体面的在职人员找过，于是水保的责任便到了。他得了通知，就是那些说谎话的公安局办事处通知，要他到半夜会同水面武装警察上船去搜索。

水保得到这个消息时是上半天。一个整白天他要做许多事。他要先尽一些从平日受人款待好酒好肉而来的义务了。于是沿了河岸，从第一号船起始，每个船上去谈谈话。他得先调查一下，得问问这船上是不是留容得有不端正的外乡人。

做水保的人照例是水上一霸，凡是属于水面上的事情他无有不知。这人本来就是一个吃水上饭的人，是立于法律同官府对面，按照习惯被官吏来利用，处治这水上一切的。但人一上了年纪，世界成天变，变去变来这人有了钱，成过家，喝点酒，生儿育女，生活安舒，这人慢慢的转成一个和平正直的人了。在职务上帮助了官府，在感情上又亲近了船家。在这些情形上面他建设了一个道德的模范。他受人尊敬不下于官，他做了许多妓女的干爹。

他这时正从一个木跳板上跃到一只新油漆过的“花船”头，那船位置在较清静的一家莲子铺吊脚楼下，他认得这只船归谁管，一上船就喊“七丫头”。

没有声音。年青的女人不见出来，年老的掌班也不见出来。老年人很懂事情，以为或者是大白天有年青男子上船做呆事，就站在船头眺望，等了一会。

过一阵，他又喊了两声，又喊伯妈，喊五多；五多是船上的小毛头，人很瘦，声音尖锐，平时大人上了岸就守船，买东西煮饭，常常挨打，爱哭。但是喊过五多了，也仍然得不到结果。因为听到舱里又似乎实在有声音，类人出气，不像全上了岸，也不像全在做梦。水保就偻身觑舱口，向暗处问“是谁在里面”。

里面还是不作答。

水保有点生气了，大声的问：“哪一个？”

里面一个很生疏的男子声音，又虚又怯，说：“是我。”接着又说：“都上岸去了。”

“都上岸了么？”

“上岸了的。她们……”

好像单单是这样答应，还深恐开罪了来人，这时觉得有一点义务要尽了，这男子于是从暗处爬出来，在舱口，小心小心扳到篷架，非常拘束的望到来人。

先是望到那一对峨然巍然似乎是用柿油涂过的猪皮靴子，上去一点是一个赭色柔软麂皮抱兜，再上去是一双回环抱着的毛手，手上一颗其大无比的黄金戒指，再上去才是一块正四方形像是无数桔子皮拼合而成的脸膛。这男子，明白这是有身分的主顾了，就学到城市里人说话，说：“大爷，您请里面坐坐，她们就来。”

从那说话的声音，以及干浆衣服的风味上，这水保一望就明白这个人是才从乡下来的种田人。本来女人不在船就想走，但年青人忽然使他发生了兴味，他留着了。

“你从甚么地方来的？”他问他，为了不使人拘束，水保取的是做父亲的和平样子，望到这年青人。“我认不得你。”

他想了一下，好像也并不认得客人，就回答：“我昨天来的。”

“乡下麦子抽穗了没有？”

“麦子吗？水碾子前我们那麦子，哈，我们那猪，哈，我们……”

这个人，像是忽然明白了答非所问，记起了自己是同一个有身分的城里人说话，不应当说“我们”，不应当说“我们水碾子”同“猪”。把字眼儿用错，所以再也接不下去了。

因为不说话，他就怯怯的望到水保笑，他要人了解他，原谅他。

水保是懂这个意思的。且在这对话中，明白这是船上人的亲戚了，他问年青人：“老七到什么地方去了？什么时候可以回来？”

这时，这年青人答语小心了。他仍然说：“是昨天来的。”他又告水保，他“昨天晚上来的”；末了才说，老七同掌班同五多上岸烧香去了，要他守船。因为守船必得把守船身分说出，他还告给了水保，他是老七的“汉子”。

因为老七平常喊水保都喊“干爹”，这干爹第一次认识了女婿，不必年青人挽留，再说了几句话，不到一会儿，两人皆爬进舱中了。

舱中有小小床，床上有锦绸同红印洋布铺盖，折叠得整整齐齐。来客皆应坐在床沿，光线从舱口来，所以在外面以为舱中极黑，到里面却一切分明。

年青人为客找烟卷，找自来火，毛脚毛手打翻了身边一个贮栗子的小缸，圆而发乌金光泽的板栗便在薄明的船舱里各处滚去，年青人各处用手去捕捉，仍然放到小缸中去，也不知道应当请客人吃点东西。但客人却毫不客气，从舱板上把栗拾起咬破了吃，且说这风干的栗子真好。

“这个很好,你不欢喜么?”因为水保见到主人并不剥栗子吃。

“我欢喜。这是我屋后栗树上长的。去年生了好多,乖乖的从刺球里爆出来,我欢喜。”他笑了,近于提到自己儿子模样,很高兴说这个话。

“这样大不容易得到。”

“我选出来的。”

“你选?”

“是的,因为老七欢喜吃这个,我才留下到今年。”

“你们那里有猴栗?”

“什么猴栗?”

水保就把故事所说的:“猴子在大山上住,被人辱骂时,抛下拳大栗子打人。人想这栗子,就故意去山下骂丑话,预备捡栗子。”——说给乡下人听。

因为栗子,正苦无话可说的年青人,得到同情他的人了。他就告水保另外属于栗子的种种事情。他又说栗树下发生的一切事情。他又说到地名“栗坳”的新闻。他又说到一种栗木作成的犁柄如何结实合用。这人是太需要说到这些了。昨天来一晚上都有客人吃酒烧烟,把自己关闭在小船后梢,同五多说话,五多睡得成死猪。今天一早上,本来应当有机会同妻谈到乡下事情了,女人又说要上岸过七里桥烧香,派他一个人守船。坐船上等了半天,还不见人回,到后梢去看河上景致,一切新奇不同,全只给自己发闷。先一时,正睡在舱里,就想这满江大水若到乡下涨,鱼梁上不知道应当有多少鲤鱼上梁!把鱼捉来时,用柳条穿腮到太阳下去晒,正计算那数目,总算不清楚。忽然客人来到船上,似乎一切鱼都跳到水中去了。

来了客人,且在神气上看出来人是并不拒绝这些谈话,所以这年青人,凡是预备到同自己妻说的各样事情,这时得到了一个好机会，都拿来同水保谈了。

他告给水保许多乡下情形，说到小猪捣乱的脾气，叫小猪名字是“乖乖”。又说到新由石匠整治过的那副石磨，顺便告给了一个石匠的笑话。又说到一把失去了多久的镰刀，一把水保梦想不到的小镰刀，他说：

“你瞧，奇怪不奇怪？我赌咒它是我各处都找到了。我们的床下、门枋上、谷仓里，什么不找到？它躲了。我为这件事骂老七。老七哭过。可是都仍然不见。鬼打岩，蒙蒙眼，它在饭箩里！半年躲在饭箩里！它吃饭！锈得像生疮。这东西多坏！我说这个你明白我没有？怎么会到饭箩里半年？那是一只做样子的东西，挂到斗窗上。我记起那事了，是我削尖劈，手上刮了皮，流了血，生了大气，赌气把刀一丢。……到水上磨了半天，还不错，仍然能吃肉，你一不小心，就得流血。我还不曾同老七说到这个，她不会忘记那哭得伤心的一回事。找到了，哈哈，真找到了。”

“找到它就好了。”

“是的，得到了它那是好的。因为我总疑心这东西是老七掉到溪里，不好意思说明。我知道她不骗我了。我明白了。我知道她受了冤屈，因为我说过：‘找不出么？那我就要打人！’我并不曾动过手。可是生气时也真吓人。她哭了半夜！”

“你是用得着它割草么？”

“嗨，哪里，用处多咧。是小镰刀，那么精巧，你怎么说割草？那是削一点薯皮，刮刮箫，这些这些用的。小得很，值三百钱，钢火妙极了。我们都应当有这样一把刀，放到身边，不明白么？”

水保说：“明白明白。都应当有一把，我懂你这个话。”

他以为水保当真是懂的！什么也说到了。甚至于希望明年来一个小宝宝，这样只合宜于同自己的妻睡到一个枕头上的话也说到了。年青人毫无拘束的还加上许多粗话蠢话。说了半天，水保起身要走，他才记起问客人贵姓。

"大爷,您贵姓?留一个片子到这里,我好回话。"

"你告她有这么一个大个儿到过船上,穿这样大靴子,告她晚上不要接客,我要来。"

"不要接客,您要来?"

"就是这样说。我一定要来的。我还要请你喝酒。我们是朋友。"

"好,我们是朋友。"

水保用他那大而厚的手掌,拍了一下年青人的肩膊,从船头上岸,走到别一个船上去了。

在水保走去后,年青人就一面等候,一面猜想到这个大汉子是谁。他还是第一次同这样尊贵的人物谈话,他不会忘记这很好的印象的。人家今天不仅是同他谈话,还喊他做朋友,答应请他喝酒!他猜想这人一定是老七的"熟客"。他猜想老七一定得了这人许多钱。他忽然觉得愉快,感到要唱一个歌了,就轻轻的唱了一首山歌,用四溪人体裁,他唱的是"水涨了,鲤鱼上梁,大的有大草鞋那么大,小的有小草鞋那么小"。

但是等了一会,还不见老七回来,一个鬼也不回来,他又想起那大汉子的丰采言谈了。他记起那一双靴子,闪闪发光,以为不是极好的山柿油涂到上面,是不会如此体面好看的。他记起那黄而发沉的戒指,说不分明那将值多少钱,一点不明白那宝贝为甚么如此可爱。他记起那伟人点头同发言,一个督抚的派头,一个军长的身分——这是老七的财神!他于是又唱了一首歌,用杨村人不庄重口吻,唱的是"山坳里团总烧炭,山脚的地保爬灰;爬灰红薯才肥,烧炭脸庞发黑"。

到午时,各处船上皆已有人烧饭了。湿柴烧不燃,烟子各处窜,使人流泪打嚏。柴烟平铺到水面时如薄绸。听到河街馆子里大师傅用铲敲打锅边的声音,听到邻船上白菜落锅的声音。老七还不见回来。可是船上烧湿柴的本领年青人还没有学会,小钢灶总是冷冷的不发吼。做了半天还是无结果,只有把它放下一个办法了。

应当吃饭时候不得吃饭,人饿了,坐到小凳上敲打舱板,他仍然得想一点事情。一个不安分的估计在心上滋长了。正似乎为装满了钱钞便极其骄傲模样的抱兜,在他眼下再现时,把和平失去了。一个用酒糟同红血所捏成的橘皮红色四方脸,也是极其讨厌的神气,保留在印象上。并且,要记忆有什么用?他记忆得到那嘱咐,是当到一个丈夫面前说的!“今晚上不要接客,我要来。”该死的话,是那么不客气的从那吃红薯的大口里说出!为什么要说这个?有什么理由要说这个?……

胡想使他心上增加了愤怒,饥饿重复揪着了这愤怒的心,便有一些原始人就不缺少的情绪,在这个年青简单的人反省中长大不已。

他不能再唱一首歌了。喉咙为妒嫉所扼,唱不出什么歌。他不能再有什么快乐。按照一个做田人的身分,他想到明天就要回家。

有了脾气,再来烧火,更不行了,于是把所有的柴全丢到河里去了。

“雷打你这柴!要你到洋里海里去!”

但那柴是在两丈以外,便被别个船上的人捞起了的。那船上人似乎正等待一点从河面漂流而来的湿柴,把柴捞上,即刻就见到用废缆一段引火,且即刻满船发烟,火就带着小小爆裂声音燃好了。看到这一切,新的愤怒使年青人感到羞辱,他想不必等待人回船就要走路。

在街尾却遇到女人同小毛头五多两个人,牵了手走来,已经刚要出街口了。五多手上拿得有一把胡琴,崭新的样子,这是做梦也不曾做到的一件家伙！

“你走哪里去？”

“我——要回去。”

“要你看船船也不看，要回去，甚么人得罪了你，这样小气？”

“我要回去，你让我回去。”

“回到船上去！”

看看妻，样子比说话还硬。并且看到一张胡琴，明知道这是特别买来给他的，所以不能坚持。摸了摸自己发烧的额角，幽幽的说：“转去也好，转去也好。”就跟了妻的身后跑转船上。

掌班大娘也赶来了。原来提了一副猪肺，好像东西只是乘便偷来的，深恐被人追上带到衙门里去，所以颧骨发了红，喘气不止。大娘一上船，女人在舱中就喊：

“大娘，你瞧，我家汉子想走！”

“谁说的，戏都不看就走！”

“我们到街口碰到他，他生气样子，一定是怪我们不回来。”

“那是我的错；是菩萨的错；是屠户的错。我不该同屠户为一个钱吵闹半天，屠户不该肺里灌了这样多水。”

“是我的错。”陪男子在舱里的女人，这样说了一句话，坐下了。对面是男子汉。她于是有意的在把衣服解换时，露出极风情的红绫胸褡。

男子觑着不说话。有说不出的什么东西，在血里窜着涌着。

在后梢，听到大娘同五多谈着柴米。

“怎么，柴都被谁偷去了？”

“米是谁淘好的？”

“一定是火烧不燃。……姐夫是乡下人，只会烧松香。”

“我们不是昨天才解散一捆柴么？”

“都完了。”

“去前面搬一捆，不要说了。”

“姐夫知道淘米!”

听到这些话的年青汉子,一句话不说,坐到舱里,望到那一把新买来的胡琴。

女人说:“弦都配好了,试拉拉看。”

先是不作声,到后把琴搁在膝上,查看松香。调弦时,生疏的音从指间流出,拉琴人便笑了。

不到一会满舱是烟,男子被女人喊出去,仍旧把琴拿到外面去,据船头调弦。

到后吃中饭时,五多说:

“姐夫你回头拉《孟姜女》,我唱。”

“我不会!”

“我听到你拉,很好,你骗我,谎我。”

“我不骗你。”

大娘说:“我听到老七说你拉得好,所以到庙里,见到这琴,我才说就为姐夫买回去吧。是运气,烂贱就买来了。这到乡里一块钱还恐怕买不到,不是么?”

“是的,值多少钱?”

“一吊六。他们都说值得!”

五多说:“谁说值得?”

大娘声色俱厉的说:“毛丫头,谁说不值得?”

因为这琴是从一个卖琴熟人手上拿来,一个钱不花。听到大娘的谎话,五多分辩,老七却笑了。男子以为这是笑大娘不懂事,所以也在一旁笑。

男子先把饭吃完,就动手拉琴,新琴声音又清又亮。五多放下碗筷唱,被大娘打了一筷子头,才忙到吃饭,收碗,洗锅子。

到了晚上,前舱盖了篷,男子拉琴,五多唱歌,老七也唱歌。美孚灯罩子有红纸剪成的遮光帽,全舱灯光如办大喜事作红颜色。

年青人在热闹中像过年心上开了花。有兵士从河街过身，喝得烂醉，听到这声音了。

两个醉鬼踉踉跄跄到了船边，两手全是污泥，用手扳船，口含胡桃那么混混胡胡的嚷叫：

“甚么人唱，报上名来！好，好，赏一个五百。不听到么？老子赏你五百！”

里面琴声戛然而止，沉静了。

醉鬼用脚踢船，篷篷篷发钝而沉闷的声音。且想推篷，搜索不到篷盖接榫处。“不要赏么，婊子狗造的！装聋，装哑？甚么人敢在这里作乐？我怕谁？皇帝我也不怕。大爷，我怕皇帝我不是人！……”

另一个喉咙发沙的说道：

“骚婊子，出来拖老子上船！”

且即刻听到用石头打船篷，大声的辱宗骂祖，一船人皆吓慌了。大娘忙把灯扭小一点，走出去推篷，男子听到那汹汹声气，夹了胡琴就往后舱钻去。不到一会，就听到醉人已经进到前舱了，两个人一面说着野话，一面要争到同老七亲嘴，同大娘、五多亲嘴。且听到问：“是谁在此唱歌作乐？把拉琴的抓来，再唱一个歌。”

大娘不敢作声，老七也无主意了，两个酒疯子就大声的骂人：

“臭×，喊龟子出来，跟老子拉琴，赏一千！英雄盖世的曹孟德也不会这样大方！我赏一千，一千个红薯。快来，不出来我烧掉你们这船！听着没有，老东西！赶快，莫使老子们生了气，认不得人！”

“大爷，这是我们自己家几个人玩玩，不……”

“不？不？不？老婊子，你不中吃。你老了。快叫拉琴的来！杂种！我要拉琴，我要自己唱！”一面说一面便站起身来，想向后舱去搜寻。大娘弄慌了，把口张大合不拢去。老七急了，拖着那醉鬼的手，安置到自己的大奶上。醉人懂到这意思，又坐下了。“好的，妙的，老子出得起钱。老子今天晚上要到这里睡觉！”

这一个在老七左边躺下去了，另一个不说什么，也在右边躺了下去了。

年青人听到前舱仿佛安静了一会，在隔壁轻轻的喊大娘。正感到一种侮辱的大娘，爬过去，男子还不大分明是什么事情：“甚么事？”

“营上的副爷，醉了，像猫。等一会儿就得走。”

“要走才行。我忘记告你们了，今天有一个大方脸人来，好像大官，吩咐过我，他晚上要来，不许留客。”

“是大皮靴子，说话像打锣么？”

“是的，是的。他手上还有一个大金戒子。”

“那是干爹。他今早上来过了么？”

“来过的。他说了半天话才走，吃过些栗。”

“他说些什么？”

“他说一定要来，一定莫留客，……还说一定要请我喝酒。”

大娘想想，难道是水保自己要来歇夜？难道是老对老，水保注意到……？想不通，一个老鸨虽说一切丑事做成习惯，什么也不至于红脸，但被人说到“不中吃”时，是多少感到一种羞辱的。她悄悄的回到前舱，看到新事情不成样子，伸伸舌头，骂了一声“猪狗”，仍归又转到后舱来了。

“怎么？”

“不怎么。”

“怎么，他们走了？”

“不怎么，他们睡了。”

“睡——？”

大娘虽看不清楚这时男子的脸色，但她很懂这语气，就说：“姐夫，我们可以上岸玩去，今夜三元宫夜戏，我请你坐高台子，是《秋胡三戏结发妻》。”

男子摇头不语。

兵士走后，五多、大娘、老七都在前舱灯光下说笑，说那兵士的醉态。男子留在后舱不出来。大娘到门边喊过了二次，不应，不明白这脾气从什么地方发生。大娘回头就来检查那四张票子的花纹，因为她已经认得出票子的真假了。票子是真的，她在灯光下指点给老七看那些记号，那些花，且放到鼻子上嗅嗅，说这个一定是清真馆子里找出来的，因为有牛油味道。

五多第二次又走过去，“姐夫，姐夫，他们走了，我们应当把那个唱完，我们还得……”

女人老七像是想到了什么心事，拉着了五多，不许她说话。

一切沉默了。男子在后舱先还是正用手指扣琴弦，作小小声音，这时手也离开那弦索了。

四个人都听到从河街上飘来的锣鼓、唢呐声音。河街上一个做生意人做喜事，客来贺喜，唱堂戏，一定有一整夜的热闹。

到后过了一会，老七一个人轻脚轻手爬到后舱去，但即刻又回来了。

大娘问：“怎么了？”

老七摇摇头，叹了一口气。

先以为水保恐怕不会来的，所以仍然睡了觉，大娘、老七、五多三个人在前舱，只把男子放到后面。

查船的在半夜时，由水保领来了。鸦雀无声，四个警察守在船头，水保同巡官进到前舱。这时大娘已把灯捻明了，她懂得这不是大事情。老七披了衣坐在床上，喊“干爹”，喊“老爷”，要五多倒茶。五多还只想到梦里在乡下摘莓！

男子被大娘摇醒揪出来，看到水保，看到一个穿黑制服的大人物，吓得不能说话，不晓得有什么事情发生。“什么人？”

水保代为答应："老七的汉子，才从乡下来的。"

老七说道："老爷，他昨天才来的。"

巡官看了一会儿男子，又看了一会儿女人，仿佛看出水保的话不是谎话，就不再说话了。随意在前舱各处翻翻，注意到那个贮风干栗子的小坛子，水保便抓了一把栗子，塞到巡官那件体面制服的大口袋里去。巡官只是笑。

一伙人一会儿就走到另一船上去了。大娘刚要盖篷，一个警察回来了：

"大娘，告老七，巡官要回来过细考察她一下，懂不懂？"

大娘说："就来么？"

"查完事就来。"

"当真吗？"

"我什么时候同你说过谎？"

大娘欢喜的样子，使男子很奇怪。因为他不明白为甚么巡官还要回来考察老七。但这时节望到老七睡起的样子，上半晚的气是已经没有了，他愿意讲和，愿意同她在床上说点话，商量件事情，就坐到床沿不动。

大娘像是明白男子的，她明白男子的欲望，也明白他不懂事，故只同老七打知会，"巡官就要来的！"

老七咬着嘴唇不作声，半天发痴。

男子一早起来就要走路，沉默的一句话不说，端整了自己的草鞋，找到了自己的烟袋。一切归一了，就坐到那矮床边沿，像是有话说又说不出口。

老七问他："你不是昨晚答应过干爹，今天到他家中吃中饭吗？"

"……"摇摇头不作答。

"人家办了酒席特意为你！"

“……”

“戏也不看看么?”

“……”

“‘满天红’的荤油包子,到半日才上笼,那是你欢喜的包子。”

“……”

一定要走了,老七很为难,走出船头呆了一会,回身从荷包里掏出昨晚上那士兵给的票子来,点了一下数目,是四张,捏成一把塞到男子左手心里去。男子无话说。老七似乎懂到那意思了,“大娘,你拿那三张也送我。”大娘将钱取出。老七又把这钱,塞到男子右手心里去。

男子摇摇头,把票子撒到地下,把两只大而粗的手掌捂到脸孔,像小孩子那样莫名其妙的哭了。

五多同大娘都逃到后舱去了。五多心想这真是怪事,那么大的人会哭,好笑!她站在后梢舵边,看到挂在梢舱顶梁上的胡琴,很愿意唱一个歌,可是也总唱不出声音来。

水保来船上请远客吃酒,只有大娘同五多在船上,问到时,才明白两夫妇皆回乡下去了。

四月十三于吴淞

(原载1930年4月10日《小说月报》第21卷第4号)

三　三

杨家碾坊在堡子外一里路的山嘴路旁。堡子位置在山弯里，溪水沿到山脚流过去，平平的流，到山嘴折弯处忽然转急，因此很早就有人利用到它，在急流处筑了一座石头碾坊。这碾坊，不知从什么时候起，就叫杨家碾坊了。

从碾坊往上看，看到堡子里比屋连墙，嘉树成荫，正是十分兴旺的样子。往下看，夹溪有无数山田，如堆积蒸糕；因此种田人借用水力，用大竹扎了无数水车，用椿木做成横轴同撑柱，圆圆的如一面锣，大小不等竖立在水边。这一群水车，就同一群游手好闲的人一样，成日成夜不知疲倦的伊伊呀呀唱着意义含胡的歌。

一个堡子里只有这样一座碾坊，所以凡是堡子里碾米的事都归这碾坊包办。成天有人轮流挑了仓谷来，把谷子倒到石槽里去后，抽去水闸的板，枧槽里水冲动了下面的暗轮，石磨盘带着动情的声音，即刻就转动起来了。于是主人一面谈着一件事情，一面清理到簸箩筛子，到后头上包了一块白布，拿着一个长把的扫帚，追逐磨盘，跟着打圈儿，扫除溢出槽外的谷米，再到后，谷子便成白米了。

到米碾好了，筛好了，把米糠挑走之后，主人全身是灰，常常如同一个滚入豆粉里的汤圆。然而这生活，是明明白白比堡子里许多人生活还从容，而为一堡子中人所羡慕的。

凡是到杨家碾坊碾过谷子的，皆知道杨家三三。妈妈十年前嫁给守碾坊的杨，三三五岁，爸爸就丢下碾坊同母女，什么话也不说死去了。爸爸死去后，母亲作了碾坊的主人，三三还是活在碾坊里，吃米饭同青菜，小鱼，鸡蛋过日子，生活毫无什么不同处。三三先是望到爸爸成天全身是糠灰；到后爸爸不见了，妈妈又成天全身是糠灰，……于是三三在哭里笑里慢慢的长大了。

妈妈随着碾槽转，提着小小油瓶，为碾盘的木轴铁心上油，或者很兴奋的坐在屋角拉动架上的筛子时，三三总很安静的自己坐在另一角玩。热天坐到有风凉处吹风，用包谷秆子作小笼，冬天则伴同猫儿蹲在火桶里，拨灰煨栗子吃。或者有时候从碾米人手上得到一个芦管作成的唢呐，就学着打大傩的法师神气，屋前屋后吹着，半天还玩不厌倦。

这碾坊外屋墙上爬满了青藤，绕屋全是葵花同枣树，疏疏树林里，常常有三三葱绿衣裳的飘忽。因为一个人在屋里玩厌了，就出来坐在废石槽上洒米头子给鸡吃；在这时，什么鸡欺侮了另一只鸡，三三就得赶逐那横蛮无理的鸡，直等到妈妈在屋后听到声音，代为讨情时才止。

这碾坊上游有一潭，四面有大树覆荫，六月里阳光照不到水面。碾坊主人在这潭中养得有白鸭子，水里的鱼也比上下溪里特别多。照一切习惯，凡靠自己屋前的水，也算为自己财产的一份。水坝既然全为了碾坊而筑成的，一乡公约不许毒鱼下网，所以这小溪里鱼极多。遇到有不甚面熟的人来钓鱼，看潭边幽静，想蹲一会儿，三三见到了时，总向人说："不行，这鱼是我家潭里养的，你到下面去钓吧。"人若顽皮一点，听了这个话等于不听到，仍然拿着长长的竿子，搁到水面上去安闲的吸着烟管，望着这小姑娘发笑，使三三急了，三三便喊叫她的妈："娘，娘，你瞧，有人不讲规矩钓我们的鱼，你来折断他的竿子，你快来！"娘自然是不会来干涉别人钓鱼的。

母亲就从没有照到女儿意思折断过谁的竿子，照例将说："三三，鱼多咧，让别人钓吧。鱼是会走路的，上面总爷家塘里的鱼，因为欢喜我们这里的水，都跑来了。"三三照例应当还记得夜间做梦,梦到大鱼从水里跃起来吃鸭子,听完这个话,也就没有什么可说了,只静静的看着,看这不讲规矩的人,钓了多少鱼去。她心里记着数目,回头还得告给妈妈。

有时因为鱼太大了一点,上了钓,拉得不合式,撇断了钓竿,三三可乐极了,仿佛娘不同自己一伙,鱼反而同自己是一伙了的神气。那时就应当轮到三三向钓鱼人咧着嘴发笑了。但是三三却常常急忙跑回去,把这事告给母亲,母女两人同笑。

有时钓鱼的人是熟人,人家来钓鱼时,见到了三三,知道她的脾气,就照例不忘记问:“三三,许我钓鱼吧?”三三便说:“鱼是各处走动的,又不是我们养的,怎么不能钓!”

钓鱼的是熟人时,三三常搬了小小木凳子,坐在旁边看鱼上钩,且告给这人,另一时谁个把钓竿撇断的故事。到后这熟人回碾坊时,把所得的大鱼分一些给三三家。三三看着母亲用刀剖鱼,掏出白色的鱼脬来,就放在地上用脚去踹,发声如放一枚小爆仗,听来十分快乐。鱼洗好后,揉了些盐,三三就忙取麻线来把鱼穿好,挂到太阳下去晒。到有客时,这些干鱼同辣子炒在一个碗里待客。母亲如想到折钓竿的话,将说:“这是三三的鱼。”三三就笑,心想着:“怎么不是三三的鱼?潭里的鱼若不是我照管,早被看牛孩子捉完了。”

三三如一般小孩,换几回新衣,过几回节,看几回狮子龙灯,就长大了。熟人都说看到三三是在糠灰里长大的。一个堡子里的人,皆愿意得到这糠灰里长大的女孩子作媳妇,因为人人都知道这媳妇的妆奁是一座石头作成的碾坊。照规矩,十五岁的三三,要招郎上门也应当到时候了。但妈妈有了一点私心,记得一次签上的话语,不大相信媒人的话语,所以这碾坊还是只有母女二人,一时节不曾有谁添人。

三三大了,还是同小孩一样,一切得傍着妈妈。母女两人把饭吃过后,在流水里洗了脸,望到行将下沉的太阳,一个日子就打发走了。有时听到堡子里的锣鼓声音,或是什么人接亲,或是什么人做斋事,“娘,带我去看,”又像是命令又像是请求的说着;若无什么别的理由推辞时,娘总得答应同去。去一会儿,或停顿在什么人家喝一杯蜜茶,荷包里塞满了榛子、胡桃,预备回家时,有月亮天什么也不用,就可以走回家。遇到夜色晦黑,燃了一把油柴,毕毕剥剥的响着爆着,什么也不必害怕。若到总爷家寨子里去玩时,总爷家还有长工打了灯笼火把送客,一直送到碾坊外边。只有这类事是顶有趣味的事。在雨里打灯笼走夜路,三三不能常常得到这机会,却常常梦到一人那么拿着小小红纸灯笼,在溪旁走着,好像只有鱼知道这回事。

当真说来,三三的事情,鱼知道的比母亲应当还多一点,也是当然的。三三在母亲身旁,说的是母亲全听得懂的话;那些凡是母亲不明白的,差不多都在溪边说的。溪边除了鸭子就只有那些水里的鱼。鸭子成天自己嘎嘎的叫个不休,那里还有耳朵听别人说话?

这个夏天,母女两人一吃了晚饭,不到日黄昏,总常常过堡子里一个人家去,陪一个将远嫁的姑娘谈天,听一个从小寨来的人唱歌。有一天,照例又进堡子里去,却因为谈到绣花,使三三回碾坊来取样子,三三就一个人赶忙跑回碾坊来。快到屋边时,黄昏里望到溪边有两个人影子,有一个人到树下,拿着一根竿子,好像要下钓的神气。三三心想,这一定是来偷鱼的,照规矩喊着,“不许钓鱼,这鱼是有主人的!”一面想走上前去看是什么人。

就听到一个人说,“谁说溪里的鱼也有主人?难道溪里活水也可养鱼吗?”

另一人又说:“这是碾坊里小姑娘说着玩的。”

那先一个人就笑了。

旋即又听到第二个人说:“三三,三三,你来,你鱼都捉完了!”

三三听到人家取笑她,声音好像是熟人,心里十分不平。就冲过去，预备看是谁在此撒野，以便回头告给母亲。走过去时，才知道那第二回说话的人是总爷家管事先生，另外同一个从不见过面的年青男人。那男人手里拿的原来只是一个拐杖，不是什么钓竿。那管事先生是一个堡子里知名人物，他认得三三，三三也认识他，所以当三三走近身时，就取笑说：

“三三，怎么鱼是你家里养的？你家养了多少鱼呀？”

三三见是总爷家管事先生，什么话也不说了，只低下头笑。头虽低低的，却望到那个好像从城里来的人白裤白鞋，且听到那个男子说：“女孩很聪明，很美，长得不坏。”管事的又说：“这是我堡里美人。”两人这样说着，那男子就笑了。

到这时，她猜测男子是对她望着发笑，三三心想：“你笑我干吗？”又想：“你城里人只怕狗，见了狗也害怕，还笑人，真亏你不羞。”她好像这句话已说出了口，为那人听到了，故打量跑去。管事先生知道她要害羞跑了，故说：“三三，你别走，我们是来看你碾坊的，你娘呢？”

“娘不在碾坊房。”

“到堡子里听小寨人唱歌去了，是不是？”

“是的。”

“你怎么不欢喜听那个？”

“你怎么知道我不欢喜？”

管事先生笑着说：“因为看你一个人回来，还以为你是听厌了那歌，担心这潭里鱼被人偷尽，所以……”

三三同管事先生说着，慢慢的把头抬起，望到那生人的脸目了，白白的脸好像在什么地方看到过，就估计：莫非这人是唱戏的小生，忘了擦去脸上的粉，所以那么白？……那男子见三三不再怕人，就问三三：

“这是你的家里吗？”

三三说:“怎么不是我家里!”

因为这答话很有趣味,那男子就说:

“你不怕水冲去吗?”

“嗨,”三三抿着小小的美丽嘴唇,狠狠的望了这陌生男子一眼,心里想:“狗来了,狗来了,你这人吓倒落到水里,水就会冲去你。”想着当真冲去的情形,一定很是好笑,就不理会这两个人笑着跑去了。

从碾坊取了花样子回向堡子走去的三三,在潭边再上游一点,望到那两个白色影子还在前面,不高兴又同这管事先生打麻烦,故跟到这两个人身后,慢慢的走着。听两个人说到城里什么人什么事情,听到说开河,听到说学务局要总爷办学校。因为这两人皆不知道有人在后面,所以自己觉得很有趣味。到后又听到管事先生提起碾坊,提起妈妈怎么人好,更极高兴。再到后,就听那城里男人说:

“女孩子倒真俏皮,照你们乡下习惯,应当快放人了。”

那管事的先生笑着说:“少爷欢喜,要总爷做红叶,可以去说说。不过这碾坊是应当由姑爷管业的。”

三三轻轻的呸了一口,停顿了一下,把两个指头紧紧的塞了耳朵。但仍然听到那两人的笑声。想知道那个由城里来好像唱小生的人还要说些什么,故不久就仍然跟上前去。

那小生说些什么,可听不明白,就只听那个管事先生一人说话。那管事先生说:“少爷做了碾坊主人,别的不说,成天可有新鲜鸡蛋吃,也很值得的!”话一说完,两人又笑了。

三三这次可再不能跟上去了,就坐在溪边的石头上,脸上发着烧,十分生气。心里想:“你要我嫁你,我偏不嫁你!我家里的鸡纵成天下二十个蛋,我也不会给你一个蛋吃。”坐了一会,凉凉的风吹脸上,水声淙淙使她记忆到先一时估计中那男子为狗吓倒跌在溪里的情形,可又快乐了,就望到溪里水深处,一人自言自语说:

"你怎么这样不中用？管事的救你，你可以喊他救你！"

到宋家时，正听宋家婶子说到一件已经说了一会儿的事情，只听到宋家妇人说：

"……他们养病倒稀奇，说是养病，日夜睡在廊下风里让风吹。……脸儿白得如闺女，见了人就笑。……谁说是总爷的亲戚，总爷见他那种恭敬样子，你还不见到。福音堂洋人还怕他，他要媳妇有多少！"

母亲就说："那么他养什么病？"

"谁知道是什么病？横顺成天吃那些甜甜的药，在床上躺着。到城里是享福，到乡里也是享福。老庚说，害第三期的病，又说是痨病，说也说不清楚。谁清楚城里人那些病名字。依我想，城里人欢喜害病，所以病的名字也特别多，我们不能因害病耽搁事情，所以除疟疾就只发烧肚泻，别的名字的病，也就从不到乡下来了。"

另外一个妇女因为生过瘰疬，不大悦服宋家妇人武断的话，就说："我不是城里人，可是也害城里人的病。"

"你舅妈是城里人！"

"舅妈管我什么事？"

"你文雅得像城里人，所以才生疬子！"

这样说着，大家全笑了。

母女两人回去时，在路上三三问母亲："谁是白白脸庞的人？"母亲就照先前一时听人说过的话，告给三三，堡子里总爷家中如何来了一位城里的病人，样子如何美，性情如何怪。一个乡下人，对于城中人隔膜的程度，在那些描写里是分明易见的，自然说得十分好笑。在平常时节，三三对于母亲在叙述中所加的批评与稍稍过分的形容，总觉得母亲说得极其俨然，十分有味，这时不知如何却不相信这话了。

走了一会，三三忽问："娘，娘，你见到那个城里白脸人没有呢？"

妈妈说:“我怎么见到他?我这几天又不到总爷家里去。”

三三心想:“你不见到怎么说了那么半天。”

三三知道妈妈不见到的,自己倒早见到了,把这件事秘密着,却十分高兴。以为只有自己明白这件事情,凡是说到城里人的都不甚可靠。

两人到潭边时,三三又问:

“娘,你见总爷家管事先生没有?”

若是娘说没有见过,反问她一句,那么,三三就预备把先前遇到总爷家那两个人的一切,都说给妈妈听了。但母亲这时正想到别一个问题,完全不关心到三三身上的事,所以三三把方才的事情瞒着母亲,一个字不提。

第二天,三三的母亲到堡子里去,在总爷家门前,碰到那个从城里来的白脸客人,同总爷的管事先生。那管事先生告她,说他们昨天曾到碾坊前散步,见到三三。又告给三三母亲说,这客人是从城里来养病的客人。到后就又告给那客人,说这个人就是碾坊的主人杨伯妈。那人说,真很同三小姐相像。那人又说三三长得很好,很聪明,做母亲的真福气。说了一阵话,把这老妇人说快乐了,在心中展开了一个幻象,想到自己觉得有些近于糊涂的事情,忙匆匆的回转碾坊去,望着三三痴笑。

三三不知母亲为什么今天特别乐,就问母亲到了些什么地方,遇到了谁。

母亲想,应当怎么说才好?想了许久才说:

“三三,昨天你见到谁?”

三三说:“我见到谁?”

娘就笑了,“三三你记记,晚上天黑时,你不见到两个人吗?”

三三以为是娘知道一切了,就忙说:“人是有两个,一个是总爷家管事的先生,一个是生人……怎么?”

“不怎么。我告你,那个生人就是城里来的少爷。今天我见到他们，他们说已经同你认识了，所以我们说了许多话。那像个姑娘样子。"母亲说到这里时，想起一件事好笑。

三三以为妈妈是在笑她，偏过头去看土地上灶马，不理母亲。

母亲说："他们问我要鸡蛋，你下半天送二十个去，好不好？"

三三听到说鸡蛋，打量昨天两个男人说的笑话都为母亲知道了，心里很不高兴，说道："谁去送他们鸡蛋？娘，娘，我说……他们是坏人！"

母亲奇怪极了，问："怎么是坏人？"

三三红了脸不愿答应。母亲说：

"三三，你说甚么事？"

迟了许久，三三才说："他们背地里要找总爷做媒，把我嫁给那个白脸人。"

母亲听到这话什么也不说，笑了好一阵。到后估计三三要跑了，才拉着三三说："小报应，管事先生他们说笑话，这也生气吗？谁敢欺侮你？总爷是一堡子的主人，他会为你骂他们！……"

说到后来，三三也被说笑了。

她到后来就告给娘城里人如何怕狗的话，母亲听到不作声，好久以后，才说："三三，你真是还像个小丫头，什么也不懂。"

第二天，妈妈要三三送鸡子到总爷家去，三三不说什么，只摇头。妈妈既然答应了人家，就只好亲自送去。母亲走后，三三一个人在碾坊里玩，玩厌了，又到潭边去看鸭子，看了一会鸭子，等候母亲还不回来，心想莫非管事先生同妈妈吵了架，或者天热到路上发了痧？……心里老不自在，回到碾坊里去。

但母亲可仍然回来了，回到碾坊一脸的笑，跨着脚如一个男子神气，坐到小凳上，告给三三如何见到那少爷，那少爷如何要她坐到那个用粗布做成的软椅子上去，摇着荡着像一个摇篮。又说到城里人说的三三为何不念书，城里女人是全念书。又说到……

三三正因为等了母亲半天，十分不高兴。如今听到母亲说到的话，莫名其妙，不愿意再听，所以不让母亲说完就走了。走到外边站在溪岸旁，望着清清的溪水，记起从前有人告诉她的话，说这水流下去，一直从山里流一百里，就流到城里了。她这时忖想……什么时候我一定也不让谁知道，就要流到城里去，一到城里就不回来了。但若果当真要流去时，她愿意那碾坊、那些鱼、那些鸭子，以及那一匹花猫，和她在一处流去。同时还有，她很想母亲永远和她在一处，她才能够安安静静的睡觉。

母亲看不见三三，站在碾坊门前喊着：

"三三，三三，天气热，你脸上晒出油了，不要远走，快回来！"

三三一面走回来，一面就自己轻轻的说："三三不回来了！"

下午天气较热，倦人极了，躺到屋角竹凉床上的三三，耳中听着远处水车陆续的懒懒的声音，眯着眼睛望到母亲头上的髻子，仿佛一个瘦人的脸。越看越活，蒙蒙眬眬便睡着了。

她还似乎看到母亲包了白帕子，拿着扫帚追赶碾盘，绕屋打着圈儿，就听到有人在外面说话，提到她的名字。

只听到说："三三到什么地方去了，怎么不出来？"

她奇怪这声音很熟，又想不起是谁的声音，赶忙走出去，站在门边打望，才望到原来又是那个白脸的人，规规矩矩坐在那儿钓鱼。过细看了一下，却看见那个钓竿，原来是总爷家管事先生的烟杆。

拿一根烟杆钓鱼，倒是极新鲜的事情，但身旁似乎又已经得到了许多鱼，故三三非常奇怪。正想去告母亲，忽然管事先生也从那边走来。

好像又是那一天的那种情景，天上全是红霞，妈妈不在家，自己回来原是忘了把鸡关到笼子里，故跑回来捉鸡的。如今碰到这两个人：管事先生同那白脸城里人，都站在那石墩子上，轻轻的在商量一件事情。这两人声音很轻，三三却听得出是一件关于不利于自己的行为。因为听到说这些话，又不能嚇人走开，又不能自己走开,三三就非常着急,觉得自己的脸上也像天上的霞一样。

那个管事先生装作正经人样子说:“我们是来买鸡蛋的,要多少钱把多少钱。”

那个城里人,也像唱戏小生那么把手一扬,就说:“你说错了,要多少金子把多少金子。”

三三因为人家用金子恐吓她,所以说:“可是我不卖给你,不想你的钱,你搬你家大块金子,到场上去买吧。”

管事先生于是又说:“你不卖行吗?你舍不得鸡蛋为我做人情,你想想,妈妈以后写庚帖,还少得了管事先生没有?”

那城里人于是又说:“向小气的人要什么鸡蛋,不如算了吧。”

三三生气似的大声说:“就算我小气也行,我把鸡蛋喂虾米,也不卖给人!因为我们不羡慕别人的金子宝贝。你同别人去说金子,恐吓别人吧。”

可是两个人还不走,三三心里就有点着急,很愿意来一只狗向两个人扑去。正那么打量着,忽然从家里就扑出来一条大狗,全身是白色,大声汪汪的吠着,从自己身边冲过去,即刻这两个恶人就落到水里去了。

于是溪里的水起了许多水花,起了许多大泡,管事先生露出一个光光的头在水面,那城里人则长长的头发,缠在贴近水面的柳树根上,情景十分有趣。

可是一会儿水面什么也没有了,原来那两个人在水里摸了许多鱼,把鱼全拿走了。

三三想去告给妈妈,一滑就跌下了。

刚才的事原来是做一个梦,母亲似乎是在灶房煮夜饭,因为听到三三梦里说话,才赶出来的。见三三醒了,摇着她问:“三三,三三,你同谁吵闹?”

三三定了一会儿神,望妈妈笑着,什么也不说。

妈妈说:“起来看看,我今天为你焖芋头吃。你去照照镜子,脸睡得一片红!”虽然照母亲说的,去照了镜子,还是一句话不说。人虽醒了,还记得梦里一切的情景。到后来又想起母亲说的同谁吵闹的话,才反去问母亲,听到吵闹些什么话。妈妈自然不注意这些,所以说听不分明,三三也就不再问什么了。

直到吃饭时,妈妈还说到脸上睡得发红,所以三三就告给老人家先前做了些什么梦,母亲听来笑了半天。

第二次送鸡蛋去时,三三也去了,那时是下午。吃过饭后,两人进了总爷家的大院子。在东边偏院里,看到城里来的那个客,正躺在廊下藤椅上,望到天上飞的鸽子。管事的不在家,三三认得那个男子,不大好意思上前去,就逗母亲过去,自己站在月门边等候,母亲上前去时节,三三又为出主意,要妈妈站在门边大声说“送鸡蛋的来了”,好让他知道。母亲自然什么都照到三三主意作去。三三听到母亲说这句话,说到第三次,才为那个白白脸庞的少爷注意到,自己就又急又笑。

三三这时是站在月门外边的。从门罅里向里面窥看,只见到那白脸人站起身来,又坐下去,正像梦里那种样子。同时就听到这个人同母亲说话,说起天气同别的事情,妈妈一面说话一面尽掉过头来望到三三所在的一边。白脸人以为她就要走去了,故说:

“老太太,你坐坐,我同你说话很好。”

妈妈于是坐下了,可是同时那白脸城里人也注意到那一面门边有一个人等候了,“谁在那里?是不是你的小姑娘?”

看到情形不好,三三就想跑,可是一回头,却望到管事先生站到身后,不知已站了多久。打量逃走自然是难办到的,到后就被管事先生拉着,牵进小院子来了。

听到那个人请自己坐下,听到那个人同母亲说那天在溪边见到自己的情形,三三望到另一边,傍到母亲身旁,一句话不说。

坐了一会儿,出来了一个穿白袍戴白帽、古怪装扮的女人。三三先还以为是男子,不敢细细的望。后来听到这女人说话,且看她站到城里人身旁，用一根小小管子塞到那白脸男子口里去，又抓了男子的手捏着，捏了好一会，拿一支好像笔的东西，在一张纸上写了些什么记号，那少爷问“多少‘豆’”？就听到回答说：“同昨天一样。”且因为另外一句话听到这个人笑，才晓得那是一个女人。这时似乎妈妈那一方面，也刚刚才明白这是一个女人，且听到说“多少‘豆’”，以为奇怪，所以两人互相望到，都笑了。

看到这母女生疏疏的情形，那白袍子女人也觉得好笑，就不即走开。

那白脸城里人说：“周小姐，你到这地方来一个朋友也没有，就同这小姑娘做个朋友吧。她家有个好碾坊，在那边溪头，有一个动人的水车，前面一点还有一个好堰堤。你同她做朋友，就可到那儿去玩，还可以钓些鱼回来。你同她去那边林子里玩玩吧，要这小姑娘告你那些花名、草名。”

这周小姐就笑着过来，拖了三三的手，想带她走去。三三想不走，望到母亲，母亲却做样子努嘴要她去，不能不走。

可是到了那一边，两人即刻就熟了。那看护把关于乡下的一切，这样那样问了她许多。她一面答着，一面想问那女人一些事情，却找不出一句可问的话，只很稀奇的望到那一顶白帽子发笑。

过后听到母亲在那边喊自己的名字，三三也不知道还应当同看护告别，还应当说些什么话，只说“妈妈喊我回去，我要走了”，就一个人忙忙的跑回母亲身边，同母亲走了。

母女两人回到路上走过了一个竹林，竹林里正当到晚霞的返照，满竹林是金色的光。三三把一个空篮子戴在头上，扮作钓鱼翁的样子，同时想起总爷家养病服侍病人那个戴白帽子的女人，就同妈妈说：

“娘，你看那个女人好不好？”

母亲说：“哪一个女人？”

三三好像以为这答复是母亲故意装作不明白的样子，故稍稍有点不高兴,向前走去了。

妈妈在后面说:“三三,你说谁?”

三三就说:“我说谁,我问你先前那个女子,你还问我!”

“我怎么知道你是说谁?你说那姑娘,脸庞红红白白的,是说她吗?”

三三才停着了脚,等着她的妈。且想起自己无道理处,悄悄的笑了。母亲赶上了三三,推着她的背,“三三,那姑娘长得体面,你说是不是?”

三三本来就觉得这人长得体面,听到妈妈先说,所以就故意说:“体面什么?像一条菜瓜,也是体面!”

“人家是读过书来的,你不看过她会写字吗?”

“娘,那你明天要她拜你做干妈吧。她读过书,娘近来只欢喜读书的。”

“嗨,你瞧你!我说读书好,你就生气。可是……你难道不欢喜读书的吗?”

“男人读书还好,女人读书讨厌咧。”

“你以为她讨厌,那我们以后讨厌她得了。”

“不,干吗说‘讨厌她得了’?你并不讨厌她!

“那你一人讨厌她好了。”

“我也不讨厌她!”

“那是谁该讨厌她?三三,你说。

“我说,谁也不该讨厌她。”

母亲想着这个话就笑,三三想着也笑了。

三三于是又匆匆的向前走去。因为黄昏太美了,三三不久又停顿在前面枫树下了,还要母亲也陪她坐一会,送那片云过去再走。母亲自然不会不答应的。两人坐在那石条子上,三三把头上的篮儿取下后,用手整理到头发,就又想起那个男人一样短短头发的女人。母亲说:“三三,你用围裙揩揩脸,脸上出汗了。”三三好像没听到妈妈的话，望到另一方，她心中出奇，为甚么有许多人的脸，白得像茶花。她不知不觉又把这个话同母亲说到了，母亲就说，这就是他们称呼为“城里人”的理由，不必擦粉，脸也总是很白的。

三三说：“那不好看。”母亲也说“那自然不好看”。三三又说：“宋家的黑子姑娘才真不好看。”母亲因为到底不明白三三意思所在，所以再不敢搀言，就只貌作留神的听到，让三三自己去作结论。

三三的结论就只是故意不同母亲意见一致，可是母亲若不说话时，自己就不须结论，也闭了口，不再作声了。

是另外一天，有人从大寨里挑谷子来碾坊的，挑谷子的男人走后，留下一个女人在旁边照料一切。这女人具一种欢喜说话的性格，且不久才从六十里外一个寨上吃喜酒回来，有一肚子的故事，同许多消息，得同一个人说说才舒服，所以就拿来与碾坊母女两人说。母亲因为自己有一个女儿，有些好奇的理由，专欢喜问人家到什么地方吃喜酒，看到些什么体面姑娘，看到些什么好嫁妆。她还明白，照例三三也愿意听这些故事。所以就问那个人，问了这样又问那样，要那人一五一十说出来。

三三听到这些话，却静静的坐在一旁，用耳朵听着，一句话不说。有时说的话那女人以为不是女孩子应当听的，声音较低时，三三就装作毫不注意的神气，用绳子结连环玩，实际上仍然听得清清楚楚。因为听到些怪话，三三忍不住要笑了，却别过头去悄悄的笑，不让那个长舌妇人注意到。

到后那两个老太太，自然而然就说到总爷家中的来客，且说到一个白袍白帽的女人了。那妇人说：她听说这白帽白袍女人，是用钱雇来的一个女人，雇来照料到那个先生，好几两银子一天。但她却又以为这话不十分可靠，她以为这人一定就是城里人的少奶奶，或者小姨太太。

三三的妈妈意见却同那人的恰恰相反，她以为那白袍女人，决不是少奶奶。

那妇人就说:“你怎么知道不是少奶奶?”

三三的妈说:“怎么会是少奶奶。”

那人说:“你告我些道理。”

三三的妈说:“自然有道理,可是我说不出。”

那人说:“你又不看到,你怎么会知道?”

三三的妈说:“我怎么不看到? ……”

两人争着不能解决,又都不能把理由说得完全一点,尤其是三三的母亲,又忘记说是听到过那少爷喊叫过周小姐的话,来用作证据。三三却记到许多话,只是不高兴同那个妇人去说。所以三三就用别种的方法打乱了两人不能说清楚的问题。三三说:“娘,莫争这些事情,帮我洗头吧,我去热水。”

到后那妇人把米碾完挑走了。把水热好了的三三,坐在小凳上一面解散头发,一面带着抱怨神气说:

“娘,你真奇怪,欢喜同那老娘子说空话。”

“我说了些什么空话?”

“人家媳妇不媳妇,管你什么事!”

…………

母亲想起什么事来了,抿着口就痴了半天,似乎还叹了一口气。

过几天,那个白帽白袍的女人,却同总爷家一个小女孩子到碾坊来玩了。玩了大半天,说了许多话。妈妈因为第一次有这么一个客人,所以走出走进,只想杀一只母鸡留客吃饭,但又不敢开口,所以十分为难。

三三则把客人带到溪下游一点有水车的地方去,玩了好一阵,在水边摘了许多金针花,回来时又取了钓竿,搬了凳子,到溪边去陪白帽子女人钓鱼。

溪里的鱼好像也知道凑趣。那女人一根钓竿，一会儿就得了四条大鲫鱼，使她十分欢喜。到后应当回去了，女人不肯拿鱼回去，母亲可不答应，一定要她拿去。并且因为白帽子女人说南瓜子好吃，就又为取了一口袋的生瓜子，要同来的那个小女孩代为拿着。

再过几天，那白脸人同总爷家管事先生，也来钓了一次鱼，又拿了许多礼物回去。

再过几天，那病人却同女人在一块儿来了，来时送了一些用瓶子装的糖，还送了些别的东西，使得主人不知如何措置手脚。因为不敢留这两个尊贵人吃饭，所以到两人临走时，三三母亲还捉了两只活鸡，一定要他们带回去。两人都说留到这里生蛋，用不着捉去，还不行。到后说等下一次来再杀鸡，那两只鸡才被开释放下了。

自从这两个客人到碾坊这次以后，碾坊里有点不同过去的样子，母女两人说话，提到"城里"的事情，就渐渐多了。城里是什么样子，城里有些什么好处，两人本来全不知道。两人用总爷家的派头，同那个白脸男子、白袍女人的神气，以及平常从乡下听来的种种，作为想象的根据，摹拟到城里的一切景况，都以为城里是那么一种样子：一座极大的用石头垒就的城，这城里就竖了许多好房子。每一栋好房子里面住了一个老爷同一群少爷；每一个人家都有许多成天穿了花绸衣服的女人，装扮得同新娘子一样，坐在家中房里，什么事也不必作。每一个人家，房子里一定还有许多跟班同丫头，跟班的坐在大门前接客人的名片，丫头便为老爷剥莲心，去燕窝的毛。城里一定有很多条大街，街上全是车马。城里有洋人，脚杆直直的，就在这类大街上走来走去。城里还有大衙门，许多官如"包龙图"一样，威风凛凛，一天审案到夜，夜了还得点了灯审案。城里还有铺子，卖的是各样稀奇古怪的东西。城里一定还有许多庙，庙里成天有人唱戏，成天也有人看戏。看戏的全是坐在一条板凳上,一面看戏一面剥黑瓜子。

自然这些情形都是实在的。这想象中的都市,像一个故事一样动人,保留在母女两人心上,却永远不使两人痛苦。她们在自己习惯中得到幸福,却又从幻想中得到快乐,所以若说过去的生活是很好的,那到后来可说是更好了。

但是,从另外一些记忆上,三三的妈妈却另外还想起到了一些事情,因此有好几回同三三说话到城里时,却忽然又住了口不说下去。三三询问到这是什么意思,母亲就笑着,仿佛意思就只是想笑一会儿,什么别的意思也没有。

三三可看得出母亲笑中有原因,但总没有方法知道这另外原因是件什么事情。或者是妈妈预备要搬进城里,或者是作梦到过城里,或者是因为三三长大了,背影子已像一个新娘子了,妈妈惊讶着,这些躲在老人家心上一角儿的事可多着呐。三三自己也常常发笑,且不让母亲知道那个理由。每次到溪边玩,听母亲喊"三三你回来吧",三三一面走一面总轻轻的说:"三三不回来了,三三永不回来了。"为什么说不回来,不回来又到什么地方来落脚,三三是不曾认真打量过的。

有时候两人都说到前一晚上梦中到过的城里,看到大衙门大庙的情形,三三总以为母亲到的是一个城里,她自己所到又是一个城里。城里自然有许多,同寨子差不多一样,这个三三早就想到了的。三三所到的城里一定比母亲所到的还远一点,因为母亲凡是梦到城里时,总以为同总爷家那堡子差不多,只不过大了一点,却并不很大。三三因为听到那白帽子女人说过,一个城里看护至少就有两百,所以她梦到的,就是两百个白帽子女人的城里!

妈妈每次进寨子送鸡蛋去,总说他们问三三,要三三去玩,三三却怪母亲不为她梳头。但有时头上辫子很好,却又说应当换干净衣服才去。一切都好了,三三却常常临时又忽然不愿意去了。母亲自然不强着三三的。但有几次母亲有点不高兴了,三三先说不去，到后又去；去到那里，两人是都很快乐的。

人虽不去大寨，等待妈妈回来时，三三总很愿意听听说到那一面的事情。母亲一面说，一面望到三三的眼睛，这老人家懂得到一点三三心事。她自己以为十分懂得三三，所以有时话说得也稍多了一点。譬如关于白帽子的女人，如何照料白脸的男子那一类事，母亲说时总十分温柔，同时看三三的眼睛，也照样十分温柔。于是，这母亲，忽然又想到了远远的什么一件事，不再说下去；三三也想到了另外一件事，不必妈妈说话了。这母女就沉默了。

总爷家管事，有次过碾坊来了，来时三三已出到外边往下溪水车边采金针花去了。三三回碾坊时，望到母亲同那个管事先生商量什么似的在那里谈话，一见到三三，就笑着什么也不说。三三望望母亲的脸，从母亲脸上颜色，也看出像有些什么事，很有点蹊跷。

那管事先生见到三三就说："三三，我问你，怎么不到堡子里去玩，有人等你！"

三三望到自己手上那一把黄花，头也不抬说："谁也不等我。"

管事先生说："你的朋友等你。"

"没有人是我的朋友。"

"一定有人！"

"你说有就有吧。"

"你今年几岁，是不是属龙的？"

三三对这个谈话觉得有点古怪，就对妈妈看着，不即作答。

管事先生却说："你不说我也知道，你妈妈还刚刚告我，四月十七，你看对不对？"

三三心想，四月十七、五月十八你都管不着，我又不稀罕你为我拜寿。但因为听说是妈妈告的，三三就奇怪，为什么母亲同别人谈这些话。她就对母亲把小小嘴唇扁了一下，怪着她不该同人说到这些；本来折的花应送给母亲，也不高兴了，就把花放在休息着的碾盘旁，跑出到溪边，拾石子打飘飘梭去了。

不到一会儿，听到母亲送那管事先生出来了，三三赶忙用背对到大路，装着望到溪对岸那一边牛打架的样子，好让管事先生走去。管事先生见三三在水边，却停顿到路上，喊三姑娘，喊了好几声，三三还故意不理会，又才听到那管事先生笑着走了。

到了晚上，母亲因为见到三三不说话，与平时完全不同了，母亲说："三三，怎么，是不是生谁的气？"

三三口上轻轻的说"没有"，心里却想哭一会儿。

过两天，三三又似乎仍然同母亲讲和了，把一切事都忘掉了，可是再也不提到大寨里去玩，再也不提醒母亲送鸡蛋给人了。同时母亲那一面，似乎也因为了一件事情，不大同三三提到城里的什么，不说是应当送鸡蛋到大寨去了。

日子慢慢的过着，许多人家田堤的新稻，为了好的日头同恰当的雨水，长出的禾穗皆垂了头。有些人家的新谷已上了仓，有些人家摘着早熟的禾线，舂出新米各处送人尝新了。

因为寨子里那家嫁女的好日子快到了，搭了信来接母女两人过去陪新娘子。母亲正新给三三缝了一件葱绿布围裙，故要三三去住两天。三三没有什么理由可以说不去，所以母女两人就带了些礼物到寨子里来了。到了那个嫁女的家里，因为一乡的风气，在女人未出阁以前，有展览妆奁的习惯，一寨子的女人都可来看，所以就见到了那个白帽子的女人。她因为在乡下除了照料病人就无什么事情可作，所以一个月来在乡下就成天同乡下女人玩玩，如今随了别的女人来看嫁妆，所以就碰到了这母女两人。

一见面，这白帽子女人就用城里人的规矩，怪三三母亲，问为什么多久不到总爷家里来看他们；又问三三为什么忘了她。这母女两人自然什么也不好说，只按照到一个乡下人的方法，望到略显得黄瘦了的白帽子女人笑着。到后来这白帽子的女人，就告给三三妈妈，说病人的病还不怎么好，城里医生来了一次，以为秋天还要换换地方，预备八月里就回城去，再要到一个顶远的有海的地方去养息。因为不久就要走了,所以她自己同病人,都很想母女两人,同那个小小碾坊。

这白帽子女人又说:曾托过人带信要她们来玩的,不知为什么她们不来。又说,她很想再来碾坊那小潭边钓鱼,可是又因为天气热了一点。

这白帽子女人,望到三三的新围裙,就说:

"三三,你这个围腰真美,妈妈自己作的是不是?"

三三却因为这女人一个月以来脸晒红多了,就只望到这个人的红脸好笑。

母亲说:"我们乡下人,要什么讲究东西,只要穿得上身就好了。"因为母亲的话不大实在,三三就轻轻的接下去说:"可是改了三次。"

那白帽女人听到这个话,向母女笑着,"老太太你真有福气,做你女儿的也真有福气。"

"这算福气吗?我们乡下人哪里比得城里人好。"

因为有两个人正抬了一盒礼物过去,三三追了过去想看看是什么时,白帽子女人望着三三的背影,"老太太,你三姑娘陪嫁的,一定比这家还多。"

母亲也望那一方说:"我们是穷人,嫁不出去的。"

这些话三三都听到,所以看完了那一抬礼,还不即过来。

说了一阵话,白帽子女人想邀母女两人到总爷家去看看病人,母亲看到三三有点不高兴,同时且想起是空手,乡下人照例不好意思空手进人家大门,所以就答应过两天再去。

又过了几天,母女二人在碾坊,因为谈到新娘子敷水粉的事情,想起白帽子女人的脸,一到乡下后就晒红了许多的情形,且想起那天曾答应人家的话了,故妈妈问三三,什么时候高兴去寨子里总爷家看"城里人"。三三先是说不高兴,到后又想了一下,去也不什么要紧,就答应母亲,不拘哪一天去都行。既然不拘什么时候，那么，自然第二天就可以去了。

因为记起那白帽子女人说的话，很想来碾坊玩，故三三要母亲早上同去，好就便邀客来，到了晚上再由三三送客回去。母亲则因为想到前次送那两只鸡，客人答应了下次来吃，所以还预备早早的回来，好杀鸡款客。

一早上，母女两人就提了一篮鸡蛋，向大寨走去。过桥，过竹林，过小小山坡，道旁露水还湿湿的。金铃子像敲钟一样，叮叮的从草里发出声音来，喜鹊喳喳的叫着从头上飞过去。母亲走在三三的后面，看到三三苗条如一根笋子，拿着棍儿一面走一面打道旁的草，记起从前总爷家管事先生问过她的话，不知道究竟是些什么意思。又想到几天以前，白帽子女人说及的话，就觉得这些从三三日益长大快要发生的事，不知还有许多。

她零零碎碎就记起一些属于别人的印象来了……一顶凤冠，用珠子穿好的，搁到谁的头上？二十抬贺礼，金锁金鱼，这是谁？……床上撒满了花，同百果，莲子，枣子，这是谁？……四个奶妈还说不合式，这是谁？……那三三是不是城里人？……

若不是滑了一下，向前一窜，这梦还不知如何放肆做下去。

因为听妈妈口上连作呸呸，三三才回过头来，“娘，你怎么？想些什么？差点儿把鸡蛋篮子也摔了。你想些什么？”

“我想我老了，不能进城去看世界了。”

“你难道欢喜城里吗？”

“你将来一定是要到城里去！”

“怎么一定？我偏不上城里去！”

“那自然好极了。”

两人又走着，三三忽然又说：“娘，娘，为什么你说我要到城里去？”

母亲忙说：“你不去城里，我也不去城里。城里天生是给城里人预备的；我们自然有我们的碾坊，不会离开。”

不到一会儿，就望到大寨子那门楼了，总爷家在大寨南方，门前有许多大榆树和梧桐。两人进了寨门向南走，快要走到时，就望见榆树下面，有许多人站立，好像看热闹似的，其中还有一些人，忙手忙脚的搬移一些东西，看情形好像是总爷家发生了什么事情，或者来了远客，或者还是别的原因。所以母女两人也不怎么出奇，仍然慢慢的走过去。三三一面走一面说："莫非是衙门的官来了？娘，我在这里等你，你先过去看看吧。"妈妈随随便便答应着，心里觉得有点蹊跷，就把篮子放下，要三三等着，自己赶上前去了。

这时恰巧有个妇人抱了自己孩子向北走，预备回家去，看到三三了，就问："三三，怎么你这样早，有些什么事？"但同时却看到了三三篮里的鸡蛋了，"三三，你送谁的礼呢？"

三三说："随便带来的。"因为不想同这人说别的话，故低下头去，用手攀弄那个盘云的绿围腰扣子。

那妇人又说："你妈呢？"

三三还是低着头用手向南方指着，"过那边去了。"

那女人说："那边死了人。"

"是谁死了？"

"就是上个月从城中搬来在总爷家养病的少爷，只说是病，前一些日子还常常同管事先生出外面玩，谁知就死了。"

三三听到这个，心里一跳，心想："难道是真话吗？"

这时节，母亲从那边也知道消息了，匆匆的跑回来，脸儿白白的，到了三三跟前，什么话也不说，拉着三三就走。好像是告三三，又像是自言自语的说："就死了，就死了，真不像会死！"

但三三却立定了，三三问："娘，那白脸先生死了吗？"

"都说是死了的。"

"我们难道就回去吗？"

母亲想想，"真的，难道就回去？"

因此母女两人又商量了一下，还是到总爷家去看看，知道究竟是些什么原因。三三且想见见那白帽子女人,找到白帽子女人一切就明白了。但一走进总爷家门边,望到许多人站在那里,大门却敞敞的开着。两人又像怕人家知道他们是来送礼的,不敢进去。在那里就听许多人说到这个病人的一切,说到那个白帽子女人,称呼她为病人的媳妇,又说到别的,都显然证明这些人并不同这两个城里人有什么熟识。

三三脸白白的拉着妈妈的衣角,低声的说:“走。”两人就走了。

…………

到了磨坊,因为有人挑了谷子来在等着碾米,母亲提着蛋篮子进去了。三三站到溪边,望到一泓碧流,心里好像掉了什么东西,极力去记忆这失去的东西的名称,却数不出。

母亲想起三三了,在里面喊着三三的名字,三三说:“娘,我在看虾米呢。”

“来把鸡蛋放到坛子里去,虾米在溪里可以成天看!”因为母亲那么说着,三三只好进去了。磨盘正开始在转动,母亲各处找寻油瓶,三三知道那个油瓶挂在门背后,却不做声,尽母亲各处去找。三三望着那篮子就蹲到地下去数着那篮里的鸡蛋,数了半天,到后来碾米的人,问为什么那么早拿鸡蛋到别处去送谁,三三好像不曾听到这个话,站起身来又跑出去了。

起八月五日讫九月十七日(青岛)

(原载1931年9月《文艺月刊》第2卷第9期)

顾 问 官

驻防湖南省西部地方的三十四师，官佐士兵伕同各种位分的家眷人数约三万，枪枝约两万，每到月终造名册具结领取省里协饷却只四万元；此外就靠大烟过境税，和当地各县种户吸户的地亩捐、懒捐、烟苗捐、烟灯捐以及妓院花捐等等支持。军中饷源既异常枯竭，收入不敷分配，因此一切用度都来自对农民的加重剥削。农民虽成为竭泽而渔的对象，本师官佐士兵伕固定薪俸仍然极少，大家过的日子全不是儿戏。兵士十冬腊月还常常无棉衣。从无一个月按照规矩关过一次饷。一般职员单身的，还可以混日子，拖儿带女的就相当恼火。只有少数在师部里的高级幕僚红人，名义上收入同大家相差不多，因为可以得到一些例外津贴，又可以在各种税卡上挂个虚衔，每月支领笔干薪，人若会“夺弄”，还可以托烟帮商人，赊三五挑大烟，搭客作生意，不出本钱却稳取利息，因此每天无事可作，还能陪上司打字牌进出三五百块钱不在乎。至于落在冷门的家伙，即或名分上是“高参”、“上校”，生活可就够苦了。

师部的花厅里每天有一桌字牌，打牌的看牌的高级官佐，经常有一桌席位，和八洞神仙一般自在逍遥。一到晌午炮时，照例就放下了牌，来吃师长大厨房备好的种种点心。圆的、长的、甜的、淡的、南方的、北方的，轮流吃去。如果幕僚中没有这些贤豪英俊人才，好些事情也相当麻烦不好办。这从下文就可知道。

这时节，几张小小矮椅上正坐得有禁烟局长、军法长、军需长同师长四个人抹着字牌打跑和。坐在师长对手的是军需长，正和了个“红四台带花”，师长恰好“做梦”歇憩，一手翻开那张剩余的字牌，是个大红拾字，牌上有数，单是做梦的收入就是每人光洋十六块。师长一面哈哈大笑，一面正预备把三十二块大洋钱捡进抽屉匣子里时，忽然从背后伸来一只干瘦姜黄的小手，一把抓捏住了五块洋钱，那只手就想赶快缩回去，哑声儿带点谄媚神气嚷着说：

"师长运气真好，我吃五块钱红！"

拿钱说话的原来是本师少将顾问赵颂三。他那神气似真非真，因为是师长的老部属，平时又会逢场作趣，这时节乘顺水船就来那么一手。他早有了算计，钱若拿不到手，他作为开玩笑，打哈哈；若上了手，就预备不再吃师长大厨房的炸酱面，出衙门赶过王屠户处喝酒去了。他原已站在师长背后看了半天牌，等候机会，所以师长纵不回头，也知道那么伸手白昼行劫的是谁。

师长把头略偏，一手扣定钱，笑着嚷道："这是怎么的？吃红吃到梦家来了！军法长，你说，真是无法无天！查查你那条款，白日行劫，你得执行职务！"

军法长是个胖子，早经胖过了标准，常常一面打牌一面打盹。这时节已输了将近两百块钱，正以为是被身后那一个牵线把手气弄痞了，不大高兴。就带讽刺口气说：

"师长，这是你的福星，你尽他吃五块钱红吧，他帮你忙不少了！"

那瘦手于是把钱抓起赶快缩回，依旧站在那里，唧唧的把几块钱在手中转动。

"师长是将星，我是福星——我站在你身背后，你和了七牌，算算看赢了差不多三百块！"

师长说："好好，福星，你赶快拿走吧。不要再站在我身背后，我不要你这个福星。我知道你有许多重要事情待办，街上有人等着你，赶快去吧。"

顾问本意即刻就走，但是经这么一说，倒似乎不好意思起来了。一时不即开拔，只搭讪着，走过军法长身后来看牌。军法长回过头来对他愣着两只大眼睛说：

“三哥，你要打牌我让你来好不好？”

话里虽然有根刺，这顾问用一个油滑的微笑，拔去了那根看不见的刺，却回口说：

“军法长，你发财，你发财！哈哈，看你今天那额角，好晦气！我俩赌个手指头，你不输掉裤带才真是运气！……”一面说一面笑着，把手中五块雪亮的洋钱唧唧的转着，摇头摆脑的走出师部衙门上街了。

这人一出师部衙门，就赶过东门外王屠户那里去。到了那边，刚好午炮咚的一响。王屠户正用大钵头焖了两条牛鞭子，业已稀烂，钵子、酒碗都摊在地下，且团团转蹲了好几个老相好。顾问来得恰是时候，一加入这个饕餮群后，就接连喝了几杯“红毛烧”，还卷起袖子和一个官药铺老板大吼了三拳，一拳一大杯。他在军营中只是个名誉“军事顾问”，在本地商人中却算得是个真正“商业顾问”。大家一面大吃大喝，一面畅谈起来，凡有问的他必回答。

药店中人说：

“三哥，你说今年水银收不得，我听你的话，就不收。可是这一来尽城里达生堂把钱赚去了。”

“我看老《申报》，报上说政府已下令不许卖水银给日本鬼子，谁敢做卖国贼秦桧？到后来那个卖南瓜的×××自己卖起国来，又不禁止了。这难道是我的错吗？”

一个杂货商人接口说：

“三哥，你前次不是说桐油会涨价吗？”

“是呀，汉口挂牌十五两五，怎么不涨？老《申报》美国华盛顿通信，说美国赶造军舰一百七十艘，预备大战日本鬼。日本自然也得添造一百七十艘，兵对兵，将对将，老汉对婆娘。油船要的是桐油！谁听诸葛卧龙妙计，谁就从地下捡金子！”

"捡金子！商会上汉口来电报，落到十二两八！"

那顾问听说桐油价跌了，显然军师妙计有了错，有点害臊，便嚷着说：

"那一定是毛子发明了电油，你们不明白科学，不知道毛子科学厉害。他们每天发明一样东西。谁发明谁就专利。正像福音堂牧师发明了上帝，牧师就专利一样。报上说，他们还预备从海水里取金子，信不信由你。他们一定发明了电油，中国桐油才跌价！"

王屠户插嘴说：

"福音堂美国洋人怀牧师讲卫生，买牛里肌带血吃，百年长寿。他见我案桌上大六月天有金蝇子，就说：'卖肉的，这不行，这不行，这有毒害人，不能吃！'（学外国人说中国话调子。）还答应送我大纱布作罩子，肏他祖宗，我就偏让金蝇子贴他要的那个，看福音堂耶稣保佑他！"

一个杀牛的助手，从前作过援鄂军的兵士，想起湖北荆州、沙市土娼唱的赞美歌，笑将起来了，学土娼用窄喉咙唱道：

"耶稣爱我，我爱耶稣；耶稣爱我白白脸，我爱耶稣大洋钱……"

到后几人接着就大谈起卖淫同迷信各种故事，又谈到《麻衣》、《柳庄》相法。有人说顾问额角放光，像是个发达相，最近一定会作县知事。一面吃喝一面谈笑，正闹得极有兴致，门外屠桌边，忽然有个小癞子头晃了两下。

"三伯，三伯，你家里人到处找你，有要紧事，你就去！"

顾问一看说话的是邻居弹棉花人家的小癞子，知道所说不是谎话。就用筷子拈起一节牛鞭子蘸了盐辣水，把筷子一上一下同逗狗一样，"小癞子，你吃不吃牛鸡巴，好吃！"小癞子不好意思吃，只是摇头。顾问把它塞进自己口里，又同王屠户对了一杯，同药店中人对了一杯，同城中土老儿王冒冒对了一杯，且吃了半碗牛鞭酸白菜汤，用衣袖子抹着嘴上油腻，连说有偏，辞别众人忙匆匆赶回家去了。

这顾问履历是前清的秀才,圣谕宣讲员,私塾教师。入民国又作过县公署科员,警察所文牍员。(一卸职就替人写状子,作土律师。)到后来不知凭何因缘,加入了军队,随同军队辗转各处。二十年来的湘西各县,即全由军人支配,他也便如许多读书人一样,寄食在军队里,一时作小小税局局长,一时包办屠宰捐,一时派往邻近地方去充代表,一时又当禁烟委员。因为职务上的疏忽,或账目上交接不清,也有过短时间的拘留,查办,结果且短时期赋闲。某一年中事情顺手点,多捞几个外水钱,就吃得油水好些,穿得光彩些,脸色也必红润些;带了随从下乡上衙门时,气派仿佛便是个"要人",大家也好像把他看得重要得多。一年半载不走运,捞了几注横财,不是输光,就是躺在床上打摆子吃药用光了。或者事情不好,收入毫无,就一切胡胡混混,到处拉扯。凡事不大顾全脸面,完全不像个正经人,同事熟人也便敬而远之了。

近两年来他总好像不大走运,名为师部的军事顾问,可是除了每到月头写领条过军需处支取二十四元薪水外,似乎就只有上衙门到花厅里站在红人背后看牌,就便吸几支三五字的上等卷烟。不看牌便坐在花厅一角翻翻报纸。不过因为细心看报,熟悉上海、汉口那些铺子的名称,熟悉各种新货各种价钱,加之自己又从报纸上得到了些知识,因此一来,他虽算不得"资产阶级",当地商人却把他尊敬成为一个"知识阶级"了。加之他又会猜想,又会瞎说。事实上人也还厚道,间或因本地派捐过于苛刻,收款人并不是个毫无通融的人,有人请顾问帮忙解围,顾问也常常为那些小商人说句把公道话。所以他无日不在各处吃喝,无处不可以赊账。每月薪水二十四元虽不够开销,总还算拉拉扯扯勉强过得下去。

他家里有一个怀孕七个月的妇人,一个三岁半的女孩子。妇人又脏又矮,人倒异常贤惠。小女孩因害疳结病,瘦得剩一把骨头，一张脸黄姜姜的，两只眼大大的向外凸出，动不动就如猫叫一般哭泣不已。他却很爱妇人同小孩。

妇人为他孕了五个男孩子，前后都小产了，所以这次怀孕，顾问总担心又会小产。

回到家里，见妇人正背着孩子在门前望街，肚子还是胀鼓鼓的，知道并不是小产，才放了心。

妇人见他脸红气喘，就问他为什么原因，气色如此不好看。

"什么原因！小癞子说家里有要紧事，我还以为你又那个！"顾问一面用手摸着他自己的腹部，做出个可笑姿势，"我以为呱哒一下，又完了。我很着急，想明白你找我作什么！"

妇人说：

"大庸杨局长到城里来缴款，因为有别的事情，当天又得赶回观音寺，说是隔半年不见赵三哥了，来看看你。还送了三斤大头菜。他说你是不是想过大庸玩。……"

"他就走了吗？"

"等你老等不来，叫小癞子到苗大处赊了一碗面请局长吃。派马夫过天王庙国术馆找你，不见。上衙门找你，也不见。他说可惜见你不着，今天又得赶到粑粑坳歇脚，恐怕来不及，骑了马走了。"

顾问一面去看大头菜，扯菜叶子给小女孩吃，一面心想这古怪。杨局长是参谋长亲家，莫非这"顺风耳"听见什么消息，上面有意思调剂我，要我过大庸作监收，应了前天那个捡了一手马屎的梦？莫非永顺县出了缺？

胡思乱想心中老不安定，忽然下了决心，放下大头菜就跑，在街上挨挨撞撞，有些市民不知道是什么原因，还跟着他乱跑了一阵。出得城来直向××大路追去。赶到五里牌，恰好那局长马肚带脱了，正在那株大胡桃树下换马肚带。顾问一见欢喜得如获"八宝精"，远远的就打招呼：

“局长,局长,你是上天空来朝玉皇？怎不多玩一天,喝一杯,就忙走!”

那局长一见是顾问,也显得异常高兴。

“哈,三哥,你这个人！我在城里茅房、门角落灯笼火把哪里不找你,你这个人！简直是到保险柜里去了!”

“嗨,局长,什么都找到,你单单找不到王屠户案桌后边！我在那儿同他们吃牛鸡巴下茅台酒!”

“吓,你这个人！不上忠义堂做智多星,一定要蹲地下划拳才过瘾!”

两人坐在胡桃树下谈将起来,顾问才明白,原来这个顺风耳局长,果然在城里听说今年十一月的烟亩捐,已决定在这个八月就预借。这好消息真使顾问喜出望外。

原来军中固定薪俸既极薄,在冷门上的官佐,生活太苦,照例到了收捐派捐时,师部就临时分别选派一些监收人,往各县会同当地军队催款。名分上是催款,实际上就调剂调剂,可谓公私两便。这种委员如果机会好,派到好地方,本人又会“夺弄”,照例可以捞个一千八百;机会不好,派到小地方,也总有个三百五百。因此每到各种催捐季节,师部服务人员都可望被指派出差。不过委员人数有限,人人希望借此调剂调剂,于是到时也就有人各处运动出差。消息一传出,市面酒馆和几个著名土娼住处都显得活跃起来。

一作了委员,捞钱的方法倒很简便。若系查捐,无固定数目派捐,则收入以多报少。若系照比数派捐或预借,则随便说个附加数目,走到各乡长家去开会,限乡长多少天筹足那个数目;乡长又走到各保甲处去开会,要保甲多少天筹足那个数目;保甲就带排头向各村子里农民去敛钱。这笔钱从保甲过手时,保甲扣下一点点,从乡长过手时,乡长又扣下一点点,其余便到了委员手中。委员懂门径为人厉害歹毒的,可多从乡长、保甲荷包里挖出几个;委员老实脓包的,乡长、保甲就乘浑水捞鱼,多弄几个了。十天半月把款筹足回师部呈缴时，这些委员再把入腰包的赃物提出一部分，点缀点缀军需处同参副两处同事，委员下乡的工作就告毕了。

当时顾问得到了烟款预借消息，心中异常快乐，但一点钟前在师部里还听师长说今年十一月税款得涓滴归公，谁侵吞一元钱就砍谁的头。军法长口头上且为顾问说了句好话，语气里全无风声，所以顾问就说：

“局长，你这消息是真是假？”

那局长说：

“我的三哥，亏你是个诸葛卧龙，这件事情还不知道。人家早安排好了，舅老爷去花垣，表大人去龙山，还有那个‘三尾子’，也派定了差事。只让你梁山军师吴用坐在鼓里摇鹅毛扇！”

“胖大头军法长瞒我，那猪头三（学上海人口气）刚才还当着我面同师长说十一月让我过乾城！”

“这中风的大头鬼，正想派他小舅子过我那儿去，你赶快运动，热粑粑到手就吃。三哥，迟不得，你赶快那个！”

“局长，你多在城里留一天吧，你手面子宽，帮我向参谋长活动活动，少不得照例……”

“你找他去说那个这个……岂不是就有了边了吗？”

“那自然，那自然，你我老兄弟，我明白，我明白。”

两人嘀嘀咕咕商量了一阵，那局长为了赶路，上马匆匆走了。顾问步履如飞的回转城里，当天晚上就去找参谋长，傍参谋长靠灯效劳，在烟灯旁谈论那个事情。并用人格担保一切照规矩办事。

顾问奔走了三天，盖着巴堂大红印的大庸地方催款委员的委任令，居然就被他弄到手，第四天，便带了个随从，坐了三顶拐轿子出发了。

过了二十一天，顾问押解捐款缴师部时，已经变成二千块大洋钱的资产阶级了。除了点缀各方面四百块，孝敬参谋长太太五百块，还足巴巴剩下光洋一千一百块压在箱子里。妇人见城里屋价高涨，旁人争起了新房子，便劝丈夫买块地皮，盖几栋茅草顶的房子，除自己住不花钱，还可以将它分租出去，收二十元月租作家中零用。顾问满口应允，说是即刻托药店老板看地方，什么方向旺些就买下来。但他心里可又记着老《申报》，因为报上说及一件出口货还在涨价，他以为应当不告旁人，自己秘密的来干一下。他想收水银，使箱子里二十二封银钱，全变成流动东西。

上衙门去看报，研究欧洲局势，推测水银价值，好相机行事。师长花厅里牌桌边，军法长吃酒多患了头痛，不能陪师长打牌了，三缺一正少了个角色。军需长知道顾问这一次出差弄了多少，就提议要顾问来填角。没有现款，答应为垫两百借款。

师长口上虽说"不要作孽，不要作孽"，可是到后仍然让这顾问上了桌子。当顾问官把衣袖一卷坐上桌子时，这一来，当地一个"知识阶级"暂时就失踪了。

一九三五年四月二十六日作

（原载1935年7月《文学》第5卷第1号）

八 骏 图

“先生,您第一次来青岛看海吗?”

“先生,您要到海边去玩,从草坪走去,穿过那片树林子,就是海。”

“先生,您想远远的看海,瞧,草坪西边,走过那个树林子——那是加拿大白杨树,那是银杏树,从那个银杏树夹道上山,山头可以看海。”

“先生,他们说,青岛海比一切海都不同,比中国各地方海美丽。比北戴河呢,强过一百倍。您到过北戴河吗? 那里海水是清的,浑的?”

“先生,今天七月五号,还有五天学校才上课。上了课,您们就忙了,应当先看看海。”

青岛住宅区福山路山上,一座白色小楼房,楼下一个光线充足的房间里,到地不过五十分钟的达士先生,正靠近窗前眺望窗外的景致。看房子的听差,一面为来客收拾房子,整理被褥,一面就同来客攀谈。这种谈话很显然是这个听差希望客人对他得到一个好印象的。第一回开口,见达士先生笑笑不理会。顺眼一看,瞅着房中那口小皮箱上面贴的那个黄色大轮船商标,觉悟达士先生是出过洋的人物了,因此就换口气,要来客注意青岛的海。达士先生还是笑笑的不说什么,那听差于是解嘲似的说,青岛的海与其他地方的海如何不同,它很神秘,很不易懂。

分内事情作完后,这听差搓着两只手,站在房门边说:“先生,您叫我,您就按那个铃。我名王大福,他们都叫我老王。先生,我的话您懂不懂?”

达士先生直到这个时候方开口说话:“谢谢你,老王。你说话我全听得懂。”

“先生,我看过一本书,学校朱先生写的,名叫《投海》,有意思。”这听差老王那么很得意的说着,笑眯眯的走了。天知道,这是一本什么书。

听差出门后,达士先生便坐在窗前书桌边,开始给他那个远在两千里外的美丽未婚妻写信。

> 瑗瑗:我到青岛了。来到了这里,一切真同家中一样。请放心,这里吃的住的全预备好好的!这里有个照料房子的听差,样子还不十分讨人厌,很欢喜说话,且欢喜在说话时使用一些新名词,一些与他生活不大相称的新名词,这听差真可以说是个“准知识阶级”,他刚刚离开我的房间。在房间帮我料理行李时,就为青岛的海,说了许多好话。照我的猜想,这个人也许从前是个海滨旅馆的茶房。他那派头很像一个大旅馆的茶房。他一定知道许多故事,记得许多故事。我想当他作一册活字典,在这里两个月把他翻个透熟。我窗口正望着海,那东西,真有点迷惑人!可是您放心,我不会跳到海里去的。假若到这里久一点,认识了它,了解了它,我可不敢说了。不过我若一不小心失足掉到海里去了,我一定还将努力向岸边泅来,因为那时我心想起你,我不会让海把我攫住,却尽你一个人孤孤单单。

达士先生打量捕捉一点窗外景物到信纸上,寄给远地那个人看看,停住了笔,抬起头来时窗外野景便朗然入目。草坪树林与远海,衬托得如一幅动人的图画。达士先生于是又继续写道:

> 我房子的小窗口正对着一片草坪,那是经过一种精密的设计,用人工料理得如一块美丽毯子的草坪,上面点缀了一些

不知名的黄色花草，远远望去，那些花简直是绣在上面。我想起家中客厅里你作的那个小垫子。草坪尽头有个白杨林，据听差说那是加拿大种白杨林。林尽头便是一片大海，颜色仿佛时时刻刻都在那里变化；先前看看是条深蓝色缎带，这个时节却正如一块银子。

达士先生还想引用两句诗，说明这远海与天地的光色。一抬头，便看见草坪里有个黄色点子，恰恰镶嵌在全草坪最需要一点黄色的地方。那是一个穿着浅黄颜色袍子女人的身影。那女人正预备通过草坪向海边走去。随即消失在白杨树林里不见了。人俨然走入海里去了。

没有一句诗能说明阳光下那种一刹而逝的微妙感印。

达士先生于是把寄给未婚妻的第一个信，用下面几句话作了结束。

学校离我住处不算远，估计只有一里路，上课时，还得上一个小小山头，通过一个长长的槐树夹道。山路上正开着野花，颜色黄澄澄的如金子。我欢喜那种不知名的黄花。

达士先生下火车时是上午七点二十分。到地把住处安排好了，写完信，就过学校教务处去接洽，同教务长商量暑期学校十二个钟头讲演的分配方法。事很简便的办完了，就独自一人跑到海滨一个小餐馆吃了一顿很好的午饭。回到住处时，已是下午两点了，便又起始给那个未婚妻写信，报告半天中经过的事情。

瑗瑗：我已经过教务处把我那十二个讲演时间排定了。所有时间皆在上午十点前。有八个讲演，讨论的问题，全是我在北京学校教过的那些东西。我不用预备就可以把它讲得很好。另外我还担任四点钟现代中国文学，两点钟讨论几个现代中国小说家所代表的倾向。你想象得出，这些问题我上堂同他们讨论时，一定能够引起他们的兴味。今天五号，过五天方能够开学。

我应当照我们约好的办法，白天除了上堂上图书馆，或到海边去散步以外，就来把所见所闻一一告给你。我要努力这样作。我一定使你每天可以接到我一封信，这信上有个我，与我在此所见社会的种种，小米大的事也不会瞒你。

我现在住处是一座外表很可观的楼房。这原是学校特别为几个远地聘来的教授布置的。住在这个房子里一共有八个人，其余七个人我皆不相熟。这里住的有物理学家教授甲，生物学家教授乙，哲学家教授丙，史汉专家教授丁，以及六朝文学史专家教授戊等等。这些名流我还不曾见面，过几天我会把他们的神气一一告诉你。

我预备明天方过校长处去，我明天将到他那儿吃午饭。我猜想得到，这人一见我就会说，“怎么样，还可……？应当邀你那位来海边看看！我要你来这里不是害相思病，原就只是让你休息休息，看看海。一个人看海，也许会跌到海里去给大鱼咬掉的！”瑗瑗，你说，我应如何回答这个人？

下车时我在车站外边站了一会儿，无意中就见到一种贴在阅报牌上面的报纸。那报纸登载着关于我们的消息。说我们两人快要到青岛来结婚。还有许多事是我们自己不知道的，也居然一行一行的上了报，印出给大家看了。那个作编辑的转述关于我的流行传说时，居然还附加着一个动人的标题，“欢迎周达士先生”，我真害怕这种欢迎。我担心一会儿就会有人来找我。我应当有个什么方法，同一切麻烦离远些，方有时间给你写信。你试想想看，假若我这时正坐在桌边写信，一个不速之客居然进了我的屋子里，猝然发问：“达士先生，你又在写什么恋爱小说！你一共写了多少？是不是每个故事都是真的？都有意义？”这询问真使人受窘！我自然没有什么可回答。然而一到第二天，他们仍然会写出许多我料想不到的事情！他们会说：达士先生亲口对记者说的。事实呢，他也许就从不见过我。

达士先生离开××时，与他的未婚妻瑗瑗说定，每天写一个信回××。但初到青岛第一天，他就写了三个信。第三个信写成，预备叫听差老王丢进学校邮筒里去时，天已经快夜了。

达士先生在住处窗边享受来到青岛以后第一个黄昏。一面眺望窗外的草坪，——那草坪正被海上夕照烘成一片浅紫色。那种古怪色泽引起他一点回忆。

想起另外某一时，仿佛也有那么一片紫色在眼底炫耀。那是几张紫色的信笺，不会记错。

他打开箱子，从衣箱底取出一个厚厚的杂记本子，就窗前余光向那个书本寻觅一件东西。这上面保留了这个人一部分过去的生命。翻了一阵，果然的，一个"七月五日"标题的记事被他找出来了。

> 七月五日
>
> 一切都近于多余。因为我走到任何一处皆将为回忆所围困。新的有什么可以把我从泥淖里拉出？这世界没有"新"，连烦恼也是很旧了的东西。

读完这个，有一点茫然自失。大致身体为长途折磨疲倦了，需要一会儿休息。

可是达士先生一颗心却正准备到一个旧的环境里散散步。他重新去念着那个二年前七月五日寄给南京的×请她去××代他看看瑗瑗的一个信稿。那个原信是用暗紫色纸张写的，那个信发出时，也正是那么一个悦人眼目的黄昏。

这几个人的关系是×欢喜他，他却爱瑗瑗，瑗瑗呢，不讨厌×。

当瑗瑗听人说到×极爱达士先生时，便说："这真是好事情。"然而人类事情常常有其相左的地方，上帝同意的人不同意，人同意的命运又不同意。×终于怀着一点儿悲痛,嫁给一个会计师了。×作了另外一个人的太太后,知道达士先生尚在无望无助中遣送岁月,便来信问达士先生,是不是要她作点什么事,她很想为他效点劳。因为她觉得他虽不爱她,派她作点事,尚可借此证明他还信任她。来信说得多委婉,多可怜!当时他被她一点点隐伏着的酸辛把心弄软了,便写了个信给×,托她去看看瑷瑷。这个信不单是信任×,同时也就在告给×,莫用过去那点幻想折磨她自己。

×,你信我已见到了,一切我都懂。一切不是人力所能安排的,我们总莫过分去勉强。我希望我们皆多有一分理智,能够解去爱与憎的缠缚。

听说你很柔顺贞静作了一个人的太太,这消息使熟人极快乐。……死去了的人,死去了的日子,死去了的事,假若还能折磨人,都不应当留在人心上来受折磨;所以不是一个善忘的人企想"幸福",最先应当学习的就是善忘。我近来正在一种逃遁中生活,希望从一切记忆围困中逃遁。与其尽回忆把自己弄得十分软弱,还不如保留一个未来的希望较好。

谢谢你在来信上提到那些故事,恰恰正是我讨厌一切写下的故事的时节。一个人应当去生活,不应当尽去想象生活!若故事真如你称赞的那么好,也不过只证明这个拿笔的人,很愿意去一切生活里生活,因为无用无能,方转而来虐待那一只手罢了。

您可以写小说,因为很明显的事,您是个能够把文章写得比许多人还好的女子。若没有这点自信力,就应当听一个朋友忠厚老实的意见。家庭生活一切过得极有条理,拿笔本不是必需的事。为你自己设想可不必拿笔,为了读者,你不能不拿笔了。中国还需要这种人,忘了自己的得失成败,来做一点事情。我听人说到你预备去当伤兵看护,实际上你的长处可以当许多男子受伤灵魂的看护,后者职务实在比你去侍候伤兵还精细在行。你不觉得您写点文章比掉换绷带方便些?你需要一点自觉,一点自信。

我不久或过××来,我想看看那“我极爱她她可毫不理我”的瑗瑗。三年来我一切完了。我看看她,若一切还依然那么沉闷,预备回乡下去过日子,再不想麻烦人了。我应当保持一种沉默,到乡下生活十年,把最重要的一段日子费去。×,您若是个既不缺少那点好心也不缺少那种空闲的人,我请您去为我看看她。我等候您一个信。您随便给我一点见她以后的报告,对于我都应当说是今年来最难得的消息。

再过两年我会不会那么活着?

一切人事皆在时间下不断的发生变化。第一,这个×去年病死了。第二,瑗瑗如今已成达士先生的未婚妻。第三,达士先生现在已不大看得懂那点日记与那个旧信上面所有的情绪。

他心想:人这种东西够古怪了,谁能相信过去,谁能知道未来?旧的,我们忘掉它。一定的,有人把一切旧的皆已忘掉了,却剩下某时某地一个人微笑的影子还不能够忘去。新的,我们以为是对的,我们想保有他,但谁能在这个人间保有什么?

在时间对照下,达士先生有点茫然自失的样子。先是在窗边痴着,到后来笑了。目前各事仿佛已安排对了。一个人应知足,应安分。天慢慢的黑下来,一切那么静。

瑗瑗:

暑期学校按期开了学。在校长欢迎宴席上,他似庄似谐把远道来此讲学的称为“千里马”;一则是人人皆大名赫赫,二则是不怕路远。假若我们全是千里马,我们现在住处,便应当称为“马房”了!

我意思与校长稍稍不同。我以为几个人所住的房子,应当称为“天然疗养院”,才名实相副。你信不信,这里的人从医学观点看来，皆好像有一点病。（在这里我真有个医生资格！）我不是说过我应当极力逃避那些麻烦我的人吗？可是，结果相反，三天以来同住的七个人，有六个人已同我很熟习了。我有时与他们中一个两个出去散步，有时他们又到我屋子里来谈天，在短短时期中我们便发生了很好的友谊。教授丁，丙，乙，戊，尤其同我要好。便因为这种友谊，我诊断他们都是病人。我说的一点不错，这不是笑话。这些教授中至少有两个人还有点儿疯狂，便是教授乙同教授丙。

我很觉得高兴，到这里认识了这些人，从这些专家方面，学了许多应学的东西。这些专家年龄有的已经五十四岁，有的还只三十左右。正仿佛他们一生所有的只是专门知识，这些知识，有的同“历史”或“公式”不能分开，因此为人显得很庄严，很老成。但这就同人性有点冲突，有点不大自然。一个不到三十岁的小说作家，年龄同事业，从这些专家看来，大约应当属于“浪漫派”。正因为他们是“古典派”，所以对我这个“浪漫派”发生了兴味，发生了友谊。我相信我同他们的谈话，一面在检察他们的健康，一面也就解除了他们的“意结”。这些专家有的儿女已到大学三年级，早在学校里给同学写情书谈恋爱了，然而本人的心，真还是天真烂漫。这些人虽富于学识，却不曾享受过什么人生。便是一种心灵上的欲望，也被抑制着，堵塞着。我从这儿得到一点珍贵知识，原来十多年大家叫喊着“恋爱自由”这个名词，这些过渡人物所受的刺激，以及在这种刺激之下，藏了多少悲剧，这悲剧又如何普遍存在。瑗瑗，你以为我说的太过分了是不是？我将把这些可尊敬的朋友神气，一个一个慢慢的写出来给你看。

达　士

教授甲把达士先生请到他房里去喝茶谈天，房中布置在达士先生脑中留下那么一些印象：

房中小桌上放了张全家福的照片，六个胖孩子围绕了夫妇两人。太太似乎很肥胖。

白麻布蚊帐里，有个白布枕头，上面绣着一点蓝花。枕旁放了一个旧式扣花抱兜。一部《疑雨集》，一部《五百家香艳诗》。大白麻布蚊帐里挂一幅半裸体的香烟广告美女画。

窗台上放了个红色保肾丸小瓶子，一个鱼肝油瓶子，一贴头痛膏。

教授乙同达士先生到海边去散步。一队穿着新式浴衣的青年女子迎面而来，擦身走过。教授乙回身看了一下几个女子的后身，便开口说：

"真稀奇，这些女子，好像天生就什么事都不必做，就只那么玩下去，你说是不是？"

"……"

"上海女子全像不怕冷。"

"……"

"宝隆医院的看护，十六元一月，新新公司的售货员，四十块钱一月。假若她们并不存心抱独身主义，在货台边相攸的机会，你觉不觉得比病房中机会要多一些？"

"……"

"我不了解刘半农的意思。女子文理学院的学生全笑他。"

走到沙滩尽头时，两人便越马路到了跑马场。场中正有人调马。达士先生想同教授乙穿过跑马场，由公园到山上去。教授乙发表他的意见，认为那条路太远，海滩边潮水尽退，倒不如湿沙上走走有意思些。于是两人仍回到海滩边。

达士先生说：

"你怎不同夫人一块来？家里在河南，在北京？"

"……"

"小孩子读书实在也麻烦，三个都在南开吗？"

"……"

"家乡无土匪倒好。从不回家，其实把太太接出来也不怎么费事，怎么不接出来？"

"……"

"那也很好，一个人过独身生活，实在可以说是洒脱、方便。但是，有时候不寂寞吗？"

"……"

"你觉得上海比北平好？奇怪。一个二十来岁的人，若想胡闹，应当称赞上海。若想念书，除了北平往哪里走。你觉得上海可以——"

那一队青年女子，恰好又从浴场南边走回来。其中一个穿着件红色浴衣，身材丰满高长、风度异常动人，赤着两只脚，经过处，湿沙上便留下一列美丽的脚印。教授乙低下头去，从女人一个脚印上拾起一枚闪放珍珠光泽的小小蚌螺壳，用手指轻轻的很情欲的拂拭着壳上黏附的沙子。

"达士先生，你瞧，海边这个东西真美丽。"

达士先生不说什么，只是微笑着，把头掉向海天一方，眺望着天际白帆与烟雾。

哲学教授丙，从住处附近山中散步回到宿舍，差役老王在门前交给他一个红喜帖，"先生，有酒喝！"教授丙看看喜帖是上海×先生寄来的。过达士先生房中谈闲天时，就说起×先生。

"达士先生，您写小说我有个故事给您写。民国十二年，我在杭州××大学教书，与×先生同事。这个人您一定闻名已久。这是个从五四运动以来过了好一阵戏剧性热闹日子的人物！这×先生当时住在西湖边上，租了两间小房子，与一个姓×的爱人同住。各自占据一个房间，各自有一铺床。两人日里共同吃饭，共同散步,共同作事读书,只是晚上不共同睡觉。据说这个叫作“精神恋爱”。×先生为了阐发这种精神恋爱的好处,同时还著了一本书,解释它,提倡它。性行为在社会引起纠纷既然特别多,性道德又是许多学者极热烈高兴讨论的问题。当时倘若有只公鸡,在母鸡身边,还能作出一种无动于中的阉鸡样子,也会为青年学者注意。至于一个男人,能够如此,自然更引人注意,成为了不起的一件大事了。社会本是那么一个凡事皆浮在表面上的社会,因此×先生在他那分生活上,便自然有一种伟大的感觉,日子过得仿佛很充实。分析一下,也不过是佛教不净观,与儒家贞操说两种鬼在那里作祟罢了。

“有朋友问×先生,你们过日子怪清闲,家里若有个小孩,不热闹些吗?×先生把那朋友看得很不在眼似的说,嗨,先生,你真不了解我。我们恋爱哪里像一般人那种兽性;你真是——有眼不识泰山。你没看过我那本书吗?他随即送了那朋友一本书。

“到后丈母娘从四川远远的跑来了,两夫妇不得不让出一间屋子给丈母娘住。两人把两铺床移到一个房中去,并排放下。另一朋友知道了这件事,就问他,×先生如今主张变了吧?×先生听到这种话,非常生气的说,哼,你把我当成畜生!从此不再同那个朋友来往。

“过了一年,那丈母娘感觉生活太清闲,那么过日子下去实在有点寂寞,希望作外祖母了。同两夫妇一面吃饭,一面便用说笑话口气发表意见,以为家中有个小孩子,麻烦些同时也一定可以热闹些。两夫妇不待老母亲把话说完,同声齐嚷起来:娘,你真是无办法。怎不看看我们那本书?两夫妇皆把丈母娘当成老顽固,看来很可怜。以为没受过高等教育的人,除了想儿女为她养孩子含饴弄孙以外,真再也没有什么高尚理想可言!

“再过一阵,女的害了病,害了一种因贫血而起的某种病。×先生陪她到医生处去诊病。医生原认识两人,在病状报告单上称女的为×太太，两夫妇皆不高兴，勒令医生另换一纸片，改为×小姐。医生一看病人，已知道了病因所在，是在一对理想主义者，为了那点违反人性的理想把身体弄糟了。要它好，简便得很。医生有作医生的义务，就老老实实把意见告给×先生。×先生听完，一句话不说，拉了女的就走。女的还不明白是怎么回事。×先生说，这家伙简直是一个流氓，一个疯子，哪里配作医生。后来且同别人说，这医生太不正经，一定靠卖春药替人堕胎讨生活。我要上衙门去告他。公家应当用法律取缔这种坏蛋，不许他公然在社会上存在，才是道理。

“于是女人另换医生服中药，贝母当归煎剂吃了无数，延缠半年，终于死去了。×先生在女的坟头立了个纪念碑，石上刻字：我们的恋爱，是神圣纯洁的恋爱！当时的社会是不大吝惜同情的，自然承认了这件事。凡朋友们不同意这件事的，×先生就觉得这朋友很卑鄙龌龊，不了解人间恋爱可以作到如何神圣纯洁与美丽，永远不再同那个朋友往来。

“今天我却接到这个喜帖，才知道原来×先生八月里在上海又要同上海交际花结婚了，有意思。潮流不同了，现在一定不再坚持那个了。”

达士先生听完了这个故事，微笑着问教授丙：

“丙先生，我问您，您的恋爱观怎么样？”

教授丙把那个红喜帖折叠成一个老猪头。

“我没有恋爱观，我是个老人了，这些事应当是儿女们的玩意儿了。”

达士先生房中墙壁上挂了个希腊爱神照片，教授丙负手看了又看，好像想从那大理石胴体上凹下处凸出处寻觅些什么，发现些什么。到把目光离开相片时，忽然发问：

“达士先生，您班上有个杨秀青，是不是？”

“真有这样一个人。您怎么认识她？这个女孩子真是班上顶美……"

"她是我的内侄女。"

"哦,你们是亲戚!"

"这孩子还聪敏,书读得不坏,"说着,教授丙把视线再度移到墙头那个照片上去,心不在焉的问道:"达士先生,这照片是从希腊人的雕刻照下的吗?"这种询问似乎不必回答,达士先生很明白。

达士先生心想,"丙先生倒有眼睛,认识美。"不由得不来一个会心微笑。

两人于是同时皆有一个苗条圆熟的女孩子影子,在印象中晃着。

教授丁邀约达士先生到海边去坐船。乳白色的小游艇,支持了白色三角形小帆,顺着微风,向作宝石蓝颜色镜平放光的海面滑去。天气明朗而温柔。海浪轻轻的拍着船头和船舷,船身略侧,向前滑去时轻盈得如同一只掠水的小燕儿。海天尽头有一点淡紫色烟子。天空正有白鸟三五,从容向远海飞去。这点光景恰恰像达士先生另外一个记载里的情形。便是那只船,也如当前的这只船。有一点儿稍稍不同,就是坐在达士先生对面的一个人,不是医生,却换了一个史汉专家了。

两人把船绕着小青岛去。讨论着当年若墨医生与达士先生讨论尚未得出结果的那个问题——女人,一个永远不能结束定论的议题!

教授丁说:

"大概每个人皆应当有一种辖治,方能像一个人。不管受神的,受鬼的,受法律的,受医生的,受金钱的,受名誉的,受牙痛的,受脚气的,必需有一点从外而来或由内而发的限制,人才能够像一个人。一个不受任何拘束的人,表面看来极其自由,其实他做什么也不成功。因为他不是个人。他无拘束,同时也就不会有多少气力。

“我现在若一点儿不受拘束,一切欲望皆苦不了我,一切人事我不管,这决不是个好现象。我有时想着就害怕。我明白,我自己居然能够活下去,还得感谢社会给我那一点拘束。若果没有它,我就自杀了。

“若墨医生同我在这只小船上的座位虽相差不多,我们又同样还没结婚。可是,他讨厌女人,他说:一个女人在你身边时折磨你的身体,离开你身边时又折磨你的灵魂。女子是一个诗人想象的上帝,是一个浪子官能的上帝。他口上尽管讨厌女人,不久却把一个双料上帝弄到家中作了太太,在裙子下讨生活了。我一切恰恰同他相反。我对女人,许多女人皆发生兴味。那些肥的,瘦的,有点儿装模作样或是势利浅浮的,似乎只因为她们是女子,有了女子的好处,也有女子的弱点,我就永远不讨厌她们。我不能说出若墨医生那种警句,却比他更了解女子。许多讨厌女子的人,皆在很随便情形下同一个女子结了婚。我呢,我欢喜许多女人,对女人永远倾心,我却再也不会同一个女人结婚。

“若依我自己的意见来说,我早就应当自杀了。然而到今天还不自杀,就亏得这个世界上还有一些女人。这些女人我皆很爱她们。我在那种想象荒唐中疯人似的爱着她们。其中有一个我尤其倾心,但我却极力制止我自己的行为,始终不让她知道我爱她。我若让她知道了,她也许就会嫁给我。我不预备这一着。我逃避这一着。我只想等到她有了四十岁,把那点女人极重要的光彩大部分已失去时,我再去告她,她失去了的,在我心上还好好的存在。我为的是爱她,总觉得单是得到了她还不成,我便尽她去嫁给一个明明白白一切皆不如我的人,使她同那男子在一处消磨尽这个美丽生命。到了她本身已衰老时,我的爱一定还新鲜而活泼。您觉得怎么样,达士先生?”

达士先生有他的意见：

“您的打算还仍然同若墨医生差不多。您并不是在那里创造哲学，不过是在那里被哲学创造罢了。您同许多人一样，放远期账，表示远见与大胆，且以为将来必可对本翻利。但是您的账放得太远了，我为您担心。这种投资我并无反对理由，因为各人有各人耗费生命的权利和自由，这正同我打量投海，觉得投海是一种幸福时，您不便干涉一样。不过我若是个女人，对于您的计划，可并无多少兴味。您虽有哲学，却缺少常识。您以为您到了那个年龄，脑子还能有如今这样充满幻想，且以为女子到了四十岁，也还会如十八岁时那么多情善感。这真是胡涂。我敢说您必输到这上面。您若有兴味去看一本关于××的书籍，您会觉得您那哲学必需加以小小修改了。您爱她，得给她。这是自然的道理。您爱她，使她归您，这还不够，因为时间威胁到您的爱，便想违反人类生命的秩序，而且说这一切是在为女人着想。我看看，这同束身缠脚一样，不大自然，有点残忍。”

“你以为这个事太不近情，是不是？我们每一个人都可以听凭自己意志建筑一座礼拜堂，供奉自己所信仰的那个上帝。我所造的神龛，我认为是世界上最美丽的神龛。这事由你看来，这么办耗费也许人一点。可是恋爱原本就是一种奢侈的行为。这世界正因为吝啬的人太多了，所以凡事总做不好。我觉得吝啬原邻于愚蠢。一个人想把自己人格放光，照耀蓝空，炫人眼目如金星，愚蠢人决做不出。”

“您想这么作是中了戏剧的毒。您能这么作可以说是很有演剧的天才。我应当承认您的聪明。”

“您说对了。我是在演剧。很大胆的把角色安排下来，我期待的就正是在全剧进行中很出众，然而近人情，到重要时忽然一转，尤其惊人。”

达士先生说：

"说得对。一个人若真想把自己的生活放在热闹紧张场面上发展,放在一种变态的不自然的方法中去发展,从一个艺术家眼里看来,没有反对的道理。一切艺术原皆不容许平凡。不过仍然用演戏取譬,你想不想到时间太久了一点,您那个女角,能不能支持得下去?世界上尽有许多女人在某一时具有为诗人与浪子拜倒那个上帝的完美,但决不能持久。您承认她们到某一时会把生命光彩失去,却不想想一个表面失去了光彩的女人,还剩下一些什么东西。"

"那你意思怎么样?"

"爱她,得到她。爱她,一切给她。"

"爱她,如何能长久得到她?一切给她,什么是我?若没有我,怎么爱她?"

达士先生知道教授戊是个结了婚后一年又离婚的人,想明白他对于这件事的意见同感想。下面是教授戊的答案:

女人,多古怪的一种生物!你若说"我的神,我的王后,你瞧,我如何崇拜你!让莎士比亚的胸襟为一个女人而碎吧,同我来接一个吻!"好辞令。可是那地方若不是戏台,却只是一个客厅呢?你将听到一种不大自然的声音(她们照例演戏时还比较自然),她们必回答你说:"不成,我并不爱你。"好,这事也就那么完结了。许多男子就那么离开了她的爱人,男的当然便算作失恋。过后这男子事业若不大如意,名誉若不大好,这些女人将那么想:"我幸好不曾上当。"但是,另外某种男子,也不想作莎士比亚,说不出那么雅致动人的话语。他要的只是机会。机会许可他傍近那个女子身边时,他什么空话都不必说,就默默的吻了女人一下。这女子在惊慌失措中,也许一伸手就打了他一个耳光。然而男子不作声,却索性抱了女子,在那小小嘴唇上吻个一分钟。他始终没有说话,不为行为加以解释。他知道这时节本人不在议会,也不在课室,他只在作一件事!结果,沉默了。女人想:"他已吻过我了。"同时她还知道了接吻对于她毫无什么损失。到后,她成了他的妻子。这男人同她过日子过得好,她十年内就为他养了一大群孩子,自己变成一个中年胖妇人;男子不好,她会解说:这是命。

是的,女人也有女人的好处。我明白她们那些好处。上帝创造她们时并不十分马虎,既给她们一个精致柔软的身体,又给她们一种知足知趣的性情,而且更有意思,就是同时还给她们创造一大群自作多情又痴又笨的男子,因此有恋爱小说,有诗歌,有失恋自杀,有……结果便是女人在社会上居然占据一种特殊地位,仿佛凡事皆少不了女人。

我以为这种安排有一点错误。从我本身起始,想把女人的影响,女人的牵制——尤其是同过家庭生活那种无趣味的牵制,在摆脱得开时乘早摆脱开。我就这样离了婚。

达士先生向草坪望着,"老王,草坪中那黄花叫什么名?"

老王不曾听到这句话,不作声,低头作事。

达士先生又说,"老王,那个从草坪里走来看庚先生的女人是什么人?"

听差老王一面收拾书桌一面也举目从窗口望去,"××女子中学教书先生。长得很好,是不是?"说着,又把手向楼上指指,轻声的说,"快了,快了。"那意思似乎在说两人快要订婚,快要结婚。

达士先生微笑着,"快什么了?"

达士先生书桌上有本老舍作的小说,老王随手翻了那么一下,"先生,这是老舍作的,你借我这本书看看好不好?怎么这本书名叫《离婚》?"

达士先生好像很生气的说:

"怎么不叫《离婚》?我问你,老王。"

楼上电铃忽响,大约住楼上的教授庚,也在窗口望见了经草坪里通过向寄宿舍走来的女人了,呼唤听差预备一点茶。

一个从××寄过青岛的信——

达士先生：

你给我为历史学者教授辛画的那个小影，我已见到了。你一定把它放大了点。你说到他向你说的话，真不大像他平时为人。可是我相信你画他时一定很忠实。你那支笔可以担保你的观察正确。这个速写同你给其他先生们的速写一样，各自有一种风格，有一种跃然纸上的动人风格，我看他时非常高兴。不过我希望你——因为你应当记得住，你把那些速写寄给什么人。教授辛简直是个疯子。

你不是说宿舍里一共有八个人吗？怎么始终不告诉我第七个是谁，你难道半个月以来还不同他相熟？照我想来这一定也有点原因。好好的告给我。

天保佑你。

瑗　瑗

达士先生每当关着房门，记录这些专家的风度与性格到一个本子上去时，便发生一种感想："没有我这个医生，这些人会不会发疯？"其实这些人永远不会发疯，那是很明白的。并且发不发疯也并非他注意的事情，他还有许多必须注意的事。

他同情他们，可怜他们。因为他自以为是个身心健康的人。他预备好好的来把这些人物安排在一个剧本里，这自以为医治人类灵魂的医生，还将为他们指示出一条道路，就是凡不能安身立命的中年人，应勇敢走去的那条道路。他把这件事，描写得极有趣味，寄给那个未婚妻去看。

但这个医生既感觉在为人类尽一种神圣的义务，发现了七个同事中有六个心灵皆不健全，便自然引起了注意另外那一个健康人的兴味。事情说来稀奇，另外那个人竟似乎与他"无缘"。那人的住处，恰好正在达士先生所住房间的楼上，从××大学欢迎宴会的机会中，那人因同达士先生座位相近，×校长短短的介绍，他知道那是经济学者教授庚。除此以外，就不能再找机会使两人成为朋友了。两人不能相熟，自然有个原因。

达士先生早已发现了，原来这个人精神方面极健康，七个人中只有他当真不害什么病。这件事得从另外一个人来证明，就是有一个美丽女子常常来到寄宿舍，拜访经济学者庚。

有时两人在房子里盘桓，有时两人就在窗外那个银杏树夹道上散步。那来客看样子约有二十五六岁，同时看来也可以说只有二十来岁。身材面貌皆在中人以上。最使人不容易忘记，就是一双诗人常说“能说话能听话”的那种眼睛。也便是这一双眼睛，因此使人估计她的年龄，容易发生错误。

这女人既常常来到宿舍，且到来以后，从不闻一点声息，仿佛两人只是默默的对坐着。看情形，两个人感情很好。达士先生既注意到这两个人，又无从与他们相熟，因此在某一时节，便稍稍滥用一个作家的特权，于一瞥之间从女人所得的印象里，想象到这个女子的出身与性格，以及目前同教授庚的关系。

这女子或毕业于北平故都的国立大学，所学的是历史，对诗词具有兴味，因此词章知识不下于历史知识。

这女子在家庭中或为长女。家中一定是个绅士门阀，家庭教育良好，中学教育也极好。从×大学历史系毕业后，就来到××女子中学教书，每星期约教十八点钟课，收入约八十元左右。在学校中很受同事与学生敬爱，初来时，且间或还会有一个富冒险心而不大知趣的山东籍国文教员，给她一种不甚得体的殷勤。然而那一种端静自重的外表，却制止了这男子野心的扩张。还有个更重要的原因，便是北平方面每天有一个信给她，这件事从学校同事看来，便是“有了主子”的证明，或是一个情人，或是一个好友，便因为这通信，把许多人的幻想消灭了。这种信从上礼拜起始不再寄来，原来那个写信人教授庚已到了青岛，不必再写什么信了。

这女人从不放声大笑，不高声说话，有时与教授庚一同出门，也静静的走去，除了脚步声便毫无声响。教授庚与女人的沉默，证明两人正爱着，而且贴骨贴肉如火如荼的爱着。惟有这种症候中，两个人才能够如此沉静。

女人的特点是一双眼睛，它仿佛总时时刻刻警告人，提醒人。你看她，它似乎就在说："您小心一点，不要那么看我。"一个熟人在她面前说了点放肆话，有了点不庄重行动，她也不过那么看看。这种眼光能制止你行为的过分，同时又俨然在奖励你手足的撒野。它可以使俏皮角色诚实稳重，不敢胡来乱为，也能使老实人发生幻想，贪图进取。它仿佛永远有一种羞怯之光，这个光既代表贞洁，同时也就充满了情欲。

由于好奇，或由于与好奇差不多的原因，达士先生愿意有那么一个机会，多知道一点点这两人的关系，因为照他的观察来说，这两人关系一定不大平常，其中有问题，有故事。再则女的那一分沉静实在吸引他，使他觉得非多知道她一点不可。而且仿佛那女人的眼光，在达士先生脑子里，已经起了那么一种感觉："先生，我知道你是谁。我不讨厌你。到我身边来，认识我，崇拜我，你不是个糊涂人，你明白，这个情形是命定的，非人力所能抗拒的。"这是一种挑战，一种沉默的挑战，然而达士先生却无所谓。他不过有点儿好奇罢了。

那时节，正是国内许多刊物把达士先生恋爱故事加以种种渲染，引起许多人发生兴味的时节。这个女人必知道达士先生是个什么人，知道达士先生行将同谁结婚，还知道许多达士先生自己也不知道的事情，就是那种按照上海流行风气，失去真实性的某一种铺排得极其动人的谣言。

达士先生来到青岛的一切见闻，皆告诉给那个未婚妻，上面事情同一点感想，却保留在一个日记本子上。

达士先生有时独自在大草坪散步，或从银杏夹道上山去看海，有三四次皆与那个经济学者一对碰头。这种不期而遇也可以说是什么人有意安排的。相互之间虽只随随便便那么点一点头各自走开，然而在无形中却增加了一种好印象。当达士先生从那个女人眼睛里再看出一点点东西时，他逃避了那一双稍稍有点危险的眼睛，散步时走得更远了一点。

他心想：“这真有点好笑。若在一年前，一定的，目前的事会使我害一种很厉害的病。可是现在不碍事了。生活有了免疫性，那种令人见寒作热的病不至于上身了。”他觉得他的逃避，却只是在那里想方设法使别人不至于害那种病。因为那个女人原不宜于害病，那个教授庚，能够不害那一种病，自然更好。

可是每种人事原来皆俨然被一只看不见的手所安排。一切事皆在凑巧中发生，一切事皆在意外情形下变动。××学校的暑期学校演讲行将结束时，某一天，达士先生忽然得到一个不具名的简短信件，上面只写着这样几句话：

学校快结束了，舍得离开海吗？（一个人）

一个什么人？真有点离奇可笑。

这个怪信送到达士先生手边时，凭经验，可以看出写这个信的人是谁。这是一颗发抖的心同一只发抖的手，一面很羞很怯，又一面在狡猾的微笑，把信写好亲自付邮的。不管这个人是谁，不管这信写得如何简单，不管写这个信的人如何措辞，达士先生皆明白那种来信表示的意义。达士先生照例不声不响，把那种来信搁在一个大封套里。一切如常，不觉得幸福也不觉得骄傲。间或也不免感到一点轻微惆怅。且因为自己那分冷静，到了明知是谁以后，表面上还不注意，仿佛多少总辜负了面前那年青女孩子一分热情，一分友谊。可是这仍然不能给他如何影响。假若沉静是他分内的行为,他始终还保持那分沉静。达士先生的态度,应当由人类那个习惯负一点责。应当由那个拘束人类行为,不许向高尚纯洁发展,制止人类幻想,不许超越实际世界,一个有势力的名辞负点责。达士先生是个订过婚的人。在“道德”名分下,把爱情的门锁闭,把另外女子的一切友谊拒绝了。

得到那个短信时,达士先生看了看,以为这一定又是一个什么自作多情的女孩子写来的。手中拈着这个信,一面想起宿舍中六个可怜的同事,心中不由得不侵入一点忧郁。“要它的,它不来;不要的,它偏来。”这便是人生?他于是轻轻的自言自语说:“不走,又怎么样?一个真正古典派,难道还会成一个病人?便不走,也不至于害病!”的确,就因事留下来,纵不走,他也不至于害病的。他有经验,有把握,是个不怕什么魔鬼诱惑的人。另外一时他就站过地狱边沿,也不炫目,不发晕。当时那个女子,却是个使人值得向地狱深阱跃下的女子。他有时自然也把这种近于挑战的来信,当成青年女孩子一种大胆妄为的感情的游戏,为了训练这些大胆妄为的女孩子,他以为不作理会是一种极好的处置。

瑗瑗:

我今天晚车回××。达士。

达士先生把一个简短电报亲自送到电报局拍发后,看看时间还只五点钟。行期既已定妥,在青岛勾留算是最后一天了。记起教授乙那个神气,记起海边那种蚌壳。当达士先生把教授乙在海边拾蚌壳这件事告给瑗瑗时,回信就说:不要忘记,回来时也为我带一点点蚌壳来,我想看看那个东西!

达士先生出了电报局,便向海边走去。

到了海水浴场,潮水方退,除了几个骑马会的外国人骑着黑马在岸边奔跑外,就只有两个看守浴场工人在那里收拾游船,打扫沙地。达士先生沿着海滩走去，低着头寻觅这种在白沙中闪放珍珠光的美丽蚌壳。想起教授乙拾蚌壳那副神气，觉得好笑。快要走到东端时，忽然发现湿沙上有谁用手杖斜斜的划着两行字迹，走过去看看，只见沙上那么写着：

> 这个世界也有人不了解海，不知爱海。也有人了解海，不敢爱海。

达士先生想想那个意思，笑了。他是个辨别笔迹的专家，认识那个字迹，懂得那个意义。看看潮水的印痕，便知道留下这种玩意儿的人，还刚刚离此不久。这倒有点古怪。难道这人就知道达士先生今天一早上会来海边，恰好先来这里留下这两行字迹？还是这人每天皆来到海边，写那么两行字，期望有一天会给达士先生见到？不管如何，这方式显然的是在大胆妄为以外，还很机伶的狡猾，达士先生皱眉头看了一会，就走开了。一面仍然低头走去，一面便保护自己似的想道："鬼聪明，你还是要失败的。你太年轻了，不知道一个人害过了某种病，就永远不至于再传染了！你真聪明，你这点聪明将来会使你在另外一件事情上成就一件大事业，但在如今这件事情上，应当承认自己赌输了！这事不是你的错误，是命运。你迟了一年。……"然而不知不觉，却面着大海一方，轻轻的抒了一口气。

不了解海，不爱海，是的。了解海，不敢爱海，是不是？

他一面走一面口中便轻轻数着，"是——不是？不是——是？"

忽然间，沙地上一件新东西使他愣住了。那是一对眼睛，在湿沙上画好的一对美丽眼睛。旁边还那么写着："瞧我，你认识我！"是的，那是谁，达士先生认识得很清楚的。

一个爬沙工人扛一把平头铲沿着海岸走来，走过达士先生身边时，达士先生赶着问："慢点走，我问你，你知不知道这是谁画的?”说完他把手指着那些骑马的人。那工人却纠正他的错误,手指着山边一堵浅黄色建筑物,“哪,女先生画的!”

“你亲眼看见是个女先生画的?”

工人看看达士先生,不大高兴似的说,“我怎不眼见?”

那工人说完,扬扬长长的走了。

达士先生在那沙地上一对眼睛前站立的一分钟,仍然把眉头略微皱了那么一下,沉默的沿海走去了。海面有微风皱着细浪。达士先生弯腰拾起了一把海沙向海中抛去。“狡猾东西,去了吧。”

十点二十分钟达士先生回到了宿舍。

听差老王从学校把车票取来,告给达士先生,晚上十一点二十五分开车,十点半上车站不迟。

到了晚上十点钟,那听差来问达士先生,是不是要他把行李先送上车站去,就便还给达士先生借的那本《离婚》。达士先生会心微笑的拿起那本书来翻阅,却给听差一个电报稿,要他到电报局去拍发。那电报说:

> 瑗瑗:我害了点小病,今天不能回来了。我想在海边多住三天,病会好的。达士。

一件真实事情,这个自命为医治人类魂灵的医生,的确已害了一点儿很蹊跷的病。这病离开海,不易痊愈的,应当用海来治疗。

在青岛福山路山大宿舍写

(原载1935年8月《文学》第5卷第2号)

凌叔华

李先生

“又是星期了!”李志清,C女中学的学监这天照常坐在写字台前含笑对来写外出簿的学生打招呼。

“淑英,”她叫住一个学生道,“你没有写上那儿呢?”

“要去地方太多,格子里填不下了,”淑英回到台前一边说一边嘻嘻抿着嘴笑,笑声有些妖媚,像是新学来的,还不自然。“我想先看了舅母,再到二姑妈,三姑妈家,末了到堂嫂子家再去找玉贞一道买东西,一大串字不是吗?”

“你这一大串倒不容易写,末了到那家就写那家吧。不是学校爱管你们闲事,不过有时或者会发生意外的事,要找你们的,写清楚了于自己方便。”她说完恐怕淑英多心,笑着又补一句,“若不是为学生方便,其实这样簿子都可以不要。”

淑英也笑着过去填簿子。她穿着一件金红色镶白花边的袍子,身上搽了喷香的香水,志清见了不觉又要说话,但她不肯直说。

“那天什么副刊上有一篇文章议论我们校风奢侈,这自然是那些恨我们的人造的谣,可是我们顶好自己仔细些,定堵那些人的嘴。”

她说完不觉盯了淑英一下。此时室中并无第三人,所以淑英虽知是挑她的妆束,却没着恼。她仍旧眯眼笑道:

“嘻嘻,您也瞧这件袍子照眼不是吗?方才我就不肯穿,都是表姊叫我穿的,她说出去看人去穿件鲜亮衣服要什么紧,现在不穿,留到脸皮打褶做老姑娘时穿吗?”

末了的话是故意说的,志清也明白,她仍含笑答道:

“本来也是,为的要穿才做新衣服,放在箱子里做什么呢?”

“对了,不过那些爱造谣的人,嘴是关不住,倒是有些可怕。”淑英觉得方才的话有些过分,所以这样说。“想换过一件也不行,表姊把钥匙带走了。”

“偶然穿一次还不要紧。”

隔着窗志清望到淑英穿着那件花袍子,像鸟一样轻轻跳着跑出去,脚上穿的一双高跟鞋,鞋上的金花迎着日光一闪一闪的。

“这样高兴!”她不觉这样吁一口气。

一个正当十七八的姑娘,脸上学得那样妖媚表情,穿着这样艳丽,谁都会想到她是去会恋人吧。十几年前,就是志清年青时,女学生有了恋人比做了贼还可耻,家里知道,有辱门楣的闹,学校还要给她挂一个行止不端,有玷学风的开除牌子。现在呢,新潮流到了,是青年人所说的恋爱神圣时代了。神圣的东西谁也干涉不得,主持全国教育的当局也不敢哼一个字呢。

她想到无可奈何的事,总是说一句“都是这样!”便算完了。今天有些奇怪,照样说了这一句,可是心里总还像有什么堵着。她坐在那里,脸上还是往常一样堆着笑同来写簿子的学生打招呼,眼里却见来的人都有些像淑英,她望到迎门挂的大镜内映出一双女孩子装老太婆,脸上却装出咧嘴哭的样子。

她们是什么意思?淘气!她惘然自语着,好容易捱到十一点半,她懒懒的踱到休息室。

学校休息室,只陈设七八张轻便的木椅和两张可以放茶具并吃饭的桌子,虽有休息室之名,可是谁也没有在那里歇过多少时间。她想起最近有个女友来,在这里坐了一会儿,临走时笑说,“有空你还是到我们家玩去吧,这样椅子坐得人骨头怪痛的。”这话是不错,自然住家的人不要这样硬板的椅子了。若是她有一个家，至少应当有两三张带弹簧的软沙发或几张精巧的铺上棉垫子的藤椅了。办完事时，歪在上面，沏一壶热茶，慢慢的喝着，旁边坐着一两个自己的人，不拘是大人或小孩子，说些听了不用存心的话，那怕是无聊的，荒唐的都不碍，只要是一种自己爱听的声调，呵，那才是休息呢！

她想着就不坐下，走到窗前想望望新种的草花，忽然一阵笑声吹来，使她又想起淑英来。

想到方才淑英的样子，使她感到做管理员的一日比一日难了。正在闷闷时，女仆送进一大捧信来。

这些是全校中各人的信，照例得经她检查过方插到存信板上，等各人认领。她做学监已有五年，校内学生，谁的信多信少，谁的亲友姓张姓王，她都清楚，有时见到一些粉红淡碧的信封，是否情书，她大约也猜得到，并非拆过信看，不过她是心绪特别清晰的人，学生的一举一动，都在她意想之中罢了。

每逢星期日，一堆信内，情书大约占多数。"也难怪，这些孩子也是到了爱写情书的时候了。"她有时这样笑向一个老女仆说着就把信交了出去。今天不知为什么，望到一些娇艳颜色的信皮，就有些懒得看了。

"把这些拿去吧。"她默默的抽出自己的几封来，其余的看也不看就推到女仆身前去。

她先把外边来的三封拆看，一封是一个同事的女儿结婚的帖，一封是朋友招吃满月酒的，一封是教育局召开中学教职员会议，内有关于管理与学潮的问题。

"又开什么会议，白糟塌工夫！"她折了末了的一封，同时她又想起上回会议时她提出女生服制改正议案，那教育局长面上显出不耐烦，可是经那教唱歌的女教员何丽卿起来解说一下，他那面容立刻变了，连忙也起身发表意见。"亏得他意见来得那样快呀！"她叹了一口闷气，把那两封信挟在一块儿，"又是不相干来撒网子的顽意儿，其实我十多年都不曾惊动人家做一次什么人情，他们一个月里倒叫我做好几次。”

末了的是二哥二嫂的请吃晚饭，短短两三句话的信，这该是一封含着情感与慰安的了。不过心绪清楚的她，比旁人看得不同些，她是一个什么都要弄得清清楚楚的人，她想受了人家半斤就应还人八两，这才是人情往来，世上都如是公平交易，感情就不会变了。

她共有三双哥嫂，大的二的都在本地住，这几年除了年节生日或孩子满月的时候，哥嫂们邀她去吃一顿饭外，余时很少来往。那样饭在她近一两年看来也不容易吃，因为每去一处，至少得给侄子们捎些礼物，想到选择礼物的繁琐，觉得吃一顿饭也无味，有时她竟推事不去了。

这次二嫂请吃饭虽没说明为什么，大约不会没事吧。她记学校的学生十分清楚，可是记哥嫂的孩子们，永远弄不清，因为生得不少，夭殇的也多，却都是偶然问起才知道。

“这也许是那个宝贵孩子的生日吧？”她想到的哥嫂宠爱的大宝或三妞儿，“不，大宝是夏天，三妞是年假时的，……小兰要订婚了吧，上个月就听说有人家来提，可是若是订婚的大事，为什么不明说呢？也许二嫂又生了孩子，不想大规模请酒，所以没说明。”

可是她知道二嫂是喜欢应酬热闹的人，有了机会，还不告诉她吗？她又是不会白吃，一定有一份像样的礼送去的。上次我到她家时，还只像有三四月的身孕，绝不能经过三四个月就生出来吧。

想了一会儿，还不明白。打电话去问吧，碰着二哥，他又要讥笑她拘礼得很了，不问清楚，就不能办礼物，空着手怎好去呢？

愈想愈不妥当，上次已经托事不能去，这次再不去，不但嫂子见怪，连哥哥恐怕都说自己有意和他们生分了。可是，怎能这样去，明知他们没事不会请吃饭的。

“写封信问大哥还来得及呢。”她想到便写，立刻打发校役送去。

已到午饭时了，星期日的饭，常常只是她独吃。对于饮食，她向来看作一种义务，端到来就该吃，吃过了好像就算完了一桩事。

用过饭后她照例洗一洗脸，醒一醒神。张妈想到今天星期她也许要整齐点出门看人，所以把镜子蜜水都拿出来，不料镜子滑下地，捡起来幸而还没有破损，她擦干净了笑着递与志清查看。

她平时几乎不用镜子，每天早上顶多对着那面办公室模糊长水锈的古镜拉直衣裳，弄顺了头发。现在接过镜来，偶然一看，镜里人面几乎不认识了。

镜中人，确是有些年纪了，额前眼角满了细细的皱纹，皮肤一些都不存从前的红润壮实了，只冷冷的露出一色黄褐，几乎令人疑惑这里头装的血也不会是红的了。

其实才四十三岁的人，不应该这样衰老，二嫂比她大一岁，还天天拍粉抹胭脂，穿长着短的一时一套呢。

"这简直像妈的样子了！"她忽然想到妈临死两年的样子，便不能再看下去，心里只觉一阵惘怅，支持不了，丢了镜子就往床上歪着。

这是她近几年做成的一种习惯，每逢想到母亲，就往床上一躺，闭了目把过去的日子都搬回来，细细的咀嚼，想到伤心，起先还要流泪，这几年才不哭了，不过叹气之时，胸部常隐隐作痛，第二天的饭就吃不下。

张妈看她躺下，笑着走出去道，"今天小姐们都出去了，清静得很，您正好多躺一会儿。"

"不，还有三个没出去，你们要留一个在里头才好。"

志清话刚说过，三个没出去的学生来了，她们叫道，

"李先生，我们簿子写好了。"

"好吧，早些回来。"她照例说这么一句话。

"今天我们要吃过饭才回来，吴美玉的妈给我们煮饺子吃呢。"一个笑道。

“李先生，你不嫌我们饺子不好，也请去吃吧？”美玉笑问。

“谢谢了，我今晚也出去吃饭。”

“吃过饭我们还要买许多东西，我们早回不来，李先生。”

“李先生一个月都不出一回门，老蹲在这里，若是我，早闷死了。”

“没事就不要出去了。”志清答。

三个女孩子说着，嘻嘻哈哈的走出去。

“闷死了？若叫她做到我，也不会想到出门怎样有趣吧。妈还活着的话，我也早就回去了。谁愿意总蹲在一个地方早晨盼天黑，到了天黑又盼天亮的过？”

她想着，不觉的又想到过去的事了。

在十七八那年，有个亲戚来同她说亲，男家大约是她的伯房中表，人才很不差，两方大概都中意了，可是媒人临走时向她妈笑说，小姐眼下之痣不吉，他们想能除去才好。

第二天她妈要带她出门除痣，给二哥说了句笑话，因羞变恼，她拼死不肯去除，并宣言不出嫁了。

自此以后，什么人来提亲，她都一口回绝了，母亲是体谅儿女的人，所以也不勉强她。父亲死后，家计一日比一日困难，她二十岁在中学毕了业，就做小学教员，一月虽挣二十多元，倒也帮了家中不少忙。三个哥哥虽在大学毕了业，做事收入极微，娶了亲之后，每人又不断的轮流生儿育女，年青的父母，照顾不来，这祖母的义务一年比一年加重了。这时尚未分家，母亲当家，时感入不敷出的苦，幸而她的薪水加了些，又是都交出来，这常使母亲叹息，幸而她还没出嫁，不然，这日子不知怎样过呢！

这几年内虽也有好几个相当人家来与她提亲，有两处因为人材很好，母亲还苦苦劝过她将就应允，她可是不忍丢下母亲去熬，她想帮得一时算一时，竟平白的拒绝了。

她到了二十九岁，两个哥哥的薪水都加了，三哥也带了妻儿去外省做事，家用就不须添补了。哥嫂们渐渐也露出不愿她不嫁的意思，母亲尤为着急，两人坐到一处，母亲总是提起这事，什么话都说尽了，她总是笑着开解，有时妈急出泪来，她还会逗回她笑。

整三十那年，妈在病床上一边呻吟，一边叮嘱她不要错打主意，年青人想不到那是……话还没完，就咽了气了。这光景什么时想起都像是昨天的一样。

过了母亲的百日之后，她谨守不吃家饭的主意，就搬到学校住，哥哥们也各立门户的过起来了。她为了手足情份，头一年常去看他们，不过没了母亲，十分乏味，后来除了有事，或年或节才去走走。

近年呢，她非但想不起去，连请都有些踌躇了，她是不喜欢做无聊的酬应，所以哥嫂们也常想不起她来了。

想到这里，觉得心口有些作痛，近日校医告诉她好些次，心口痛时，千万不可躺在床上想事情，最好觉着有些痛立刻就站起来走走。记起这话，她长长的呼一口气，就起来了。

抽屉内满月和结婚的请帖重新拿出来看一看日子，不做人情就要得罪人，她决定一会儿大哥回信来，立意买什么礼物？一齐买了算了。

“满月的是一件小绸料子或一顶花帽子都使得，结婚的一盒添妆吧。”她计划着，“二嫂处，小孩们生日呢，一盒洋点心，一包洋糖，若是小兰订婚呢，照例是送一个生花篮或是几盒花也就可以了，只是二嫂向来是看价钱评定东西的，光送花，不知她挑不挑眼？”

“若是大哥也不晓得有什么事，便怎好呢，空手去，没那个理，虽然我向来没缺过礼，可是二嫂也没有一次忘过给我做生日……”

正在没主意，校役回来了，他说李先生李太太都出去了，没有回信。

终不成空手就去吗？她走来走去的想，可是看看钟已经三点半了，收拾一下，雇得车来，就四点多，到那里也许五点了。二哥信上嘱她早些去，去了就吃饭，有些太见外，所以还得早去。

"送礼也可以用红封标……"她忽然想到一包上写富贵寿考，一包写花金，孩子生日用上一包，订婚用下一包，带起来也方便，受的人也没有什么不如意吧。

校役买了红纸封，写好时入了银票，换了身衣裙，揣了这轻便的礼物，走出校门。

坐在人力车上，她得意的自笑一向都未曾想到这样简便送礼法，过年想到了就不用听侄子们说谁的糖好吃些，谁的盒子好看些，姑姑有意把那好看的帽子给谁的话了。若是一律的给放一块钱的封标，不是省事多了吗？

一会儿她又踟蹰这两封内的钱不知合式不合式，生日应当比花金少，可是花金四元也许少些，这是二嫂的第一个女儿，薄了也许不高兴。

经过两三条街，到了十字路口，忽然望见对面洋车上坐着她的大哥。

"大哥，等一等。"她急叫道。

两辆车都停下来，她问二哥家今天有何庆事，邀她去吃晚饭。

"他们今天做了好多菜给妈上供，所以邀我们都去吃饭。"大哥答。

"哦，妈的忌日！他们今年怎做起来了？"她的哥嫂虽然供了祖先神位，可是多年没有在忌辰上供了，她忽然想到不觉说出来。

"因为他们新搬的房子有神堂，所以把祖先神位让给他们供了，上个月才搬去的。我说着玩说现在有了像样的神堂，将来上供，我们到你们家可以好好的吃一顿了。今天二嫂就做了许多菜，这是她心细的地方，你大嫂就不……"

大哥见她不作声，就上车说，"我们一道去吧。"

大哥的车拉起去了，她的车夫也催她上车，她只觉得心口一阵阵作痛，勉强上了车，痛得更厉害。车夫提了脚跑了半条街，忽然车上人颤声叫住道：

“喂，拉回去，回去……”

弟　弟

一个下午弟弟独自蹲在饭厅的一张椅子前头数纸烟筒里装的小人画,《水浒传》里的一百另八个像,还差好多张,连武松,鲁智深的都还没有,那能比得上王家哥哥存的那一盒子全括?

“来一张武松打虎,再来一张鲁智深大闹山亭。”他把一张张的小人纸摆开,口里喊着没有的名字。

“你的《水浒》很熟呵!”忽然门推开,林先生进来满面带笑道。“剩你一个人看家吗?”

“都出去了,林先生。……还短一个黑旋风李逵,一个一丈青三娘教子。”弟弟受了称赞,更想卖弄一下,声音提高了些。

“这个可错了,一丈青扈三娘可不是三娘教子的三娘。”林先生挨在椅子上,一边看着小人画说。

“怎样不是那扈三娘?”弟弟有些不服气。

“一丈青的三娘是会打仗的,三娘教子的三娘是文的,她不是教她儿子念书吗?”

弟弟想到大前天白叔叔带他看的三娘教子,脸有些不好意思了。他一把捡起椅子上的小人画,一张一张掷进一个盛饼干用的铁罐子里,口里嘟囔着:

“白叔叔答应给我送小人画来也没来,妈妈说叫三舅舅替我留起小人画也给忘啦!”

“好弟弟,明天我同你上书铺买一套带画的《水浒传》去吧。”林先生笑望着弟弟撅起的嘴,那尖尖的可爱的红润小嘴唇很像他的二姊。

“我二姊那天教我看她的《水浒》，那上边的小人没有颜色的。”他忽然想起问道：“我不晓得还差多少张，你替我看看。昨天大姊说差几张让他们的小叔叔分一些给我。”

“我也不大记得清楚，找你姊姊那套《水浒》来，我教你对对看就知道还差多少了。”

“姊姊书房的书多着呢，你同我去找吧。”他站起来往东边屋跑去。林先生在后边跟着。

他们在四个书架子都找过了，找不到《水浒》。弟弟正在着急，林先生忽然同他说：

“想起来了，我有个朋友在南洋烟草公司办事，明天我找他替你要一张全套《水浒》的小人画不好吗？”

“你得要全一百另八个像的，可别少了一个啊！要了来我挂在床上。”弟弟高兴得紧拉着林先生的手，那双带着可爱长睫毛的大眼发光的向着林先生。

林先生在注意看着墙上的相片，妈妈同大姊小时照的，爸爸穿着礼服站在中间。弟弟的五张小的贴在一个镜框里，很好看的摆着。弟弟在旁边很有趣味的指着像片给林先生讲说。

“姊姊抽屉里还有你的像片。你那张照得不好，脸上很黑的。”弟弟忽然想起来说。

“你看错了，不是我的像片吧？”林先生很喜欢可又不信的样子。

“是你的，那天我看见姊姊从那本报上剪下来的。不信我找给你看。”他说着就去拉开姊姊书桌底下一个抽屉。翻出一大搭从报上剪下来的字纸堆在桌上，末了找出一块有花的硬纸片，笑让林先生瞧。

“是我吗？”林先生赶紧跑过来拿过相片来看。

“这个脸照得太黑，不像你。我喜欢这块纸，这些花多好看，都是姊姊画的。那天我问她要，她不给我。贴上这一张像片，多难看呵！”

弟弟见林先生不作声的笑着出神看像片，他知道他也喜欢那块花纸。

“这张纸多好看，可是你别拿走呀。”他见林先生拿着不放下来，不免有点害怕，说着他就夺过来仍旧放在抽屉里边。

“你看这堆纸都有你的林字，这是姊姊天天从报上剪下来的，不知她留着做什么。给她放好了吧，你别看了，这上头没有画的。”他从林先生手里夺过那一搭的字纸放在抽屉里，拉着他出了书房，嘴里说着，“咱们出去吧，妈妈不让我在这书房里玩的。”

“姊姊同妈妈一道回来吗？”林先生同弟弟坐在饭厅的大椅子上。

“她们说得五点钟才回来，你等等她们吧。爸爸可是要到黑了才回来呢。”弟弟张着自己的小手戴着林先生的手套弄着玩。

“好，你同我谈谈天等她们回来。”林先生划着火点上一根烟，一只手轻轻的抚着弟弟的头，又说：“你姊姊天天晚上做什么？你一定听她讲不少笑话了吧？”

“从前吃过晚饭我就拉她说笑话，这些日子，她懒得讲，晚上常坐在屋里看报，有时拿着报纸剪着玩。刚才抽屉里那些都是她剪出来的。”他闭着小眼望着烟卷冒出的烟。忽然又记起小人画，他的小身子挨倒在林先生臂上，笑着叮嘱。

“明天你可别忘了去给我要小人儿的画呵。”

“一定不忘记，若是要着，我立刻拿来送给你。”他搂抱着他。

“你真是我的好朋友，林先生。”他想到修身那一课“友爱”。一个人待那个人好就是一个好朋友，上礼拜张先生讲的。

“你也是我的好朋友！”他笑着问，“你明天让你姊姊给我一张方才看的那样的画片行不行？”

“那张可不能给你，她看都不许人看的。我央给她画一张新的给你吧。”

"你姊姊不许人看,你怎知道有我的像片呢?"他伸伸腰半躺式的挨着大椅。

"昨晚上我走进去叫她替我在红模纸上画圈儿,那个抽屉正开着,我看见了。平常她不许我翻抽屉的,今天我们偷着开她的抽屉,你可别告诉一个人呵,好朋友!啊,姊姊晓得要生气的。"

"告诉她们我看见那照片不要紧吧?"

"可别——昨晚上姊姊看见我看那抽屉,她立刻就关上,告诉我以后不许偷看人家的抽屉。"他说着有些怕起来,"你答应了不要告诉人说我开姊姊的抽屉呵?"

"不要紧的。"林先生好像很平常的答。

"不,你起一个誓,你要说了你是什么呢?"他接着道。

"说了就不是好朋友。"林先生笑应着甩了手上那枝烟头。

弟弟才很高兴的哼哼着学堂的唱歌。老杨忽从厨房喊着,"张妈,太太小姐不回家吃饭了。"

张妈走进饭厅来笑道:

"原来小少爷在这里同林先生谈天呢,我还老等他去洗澡。林先生来了我们都不晓得,茶还没有倒吧?"她转身要去倒茶。林先生掏出表来,连忙止着道:

"别倒茶吧,时候不早了,我这就得走。"他说着就站起来穿大氅,拉着弟弟的手说,"再见好朋友。回来替我问爸爸妈妈好。明天我再来。"弟弟也站起来。张妈吩咐:

"小少爷,送林先生出去。"

弟弟送客出了院子,他很恳切的又叮嘱一次:

"你明天一定拿小人儿画来呵!"

"好,明天礼拜六姊姊不上学吧?"林先生忽然问。

"她礼拜六没有课。你来可不要告诉她我开她的抽屉。"

"好朋友,再见!"

"再见,好朋友!"

第二天弟弟散学后，连白叔叔带他去公园都不要去，坐在饭厅里看《小朋友》等林先生。

一会儿门铃响了，他喜欢得跳出去，大姊夫和大姊来了。

大姊拉着他的手走进客厅，爸爸妈妈都在那边，大家坐下谈话。弟弟想起了小叔叔可以分一些小人儿画给他的话，只来回的在大姊身边走动，他又不敢问一问。妈妈告诉过，大人说话，小孩子不许搭岔的，只好等着。

“我们今天给林先生做冰人来。”听大姊提到林先生，弟弟才提起精神来。

“唔。”妈妈正在抽烟，一枝纸燃完了，见弟弟在旁边，便叫他拿去。

拿回纸燃来，还挨在大姊身边，只听爸爸说：

“我们没有什么，只要你二妹妹同意。”

弟弟听着摸不着门儿，什么冰人哪，同人哪，门当户对的什么哪，这些话都不是他的言语里所有的字眼，那里耐烦听下去？忽然想起小人儿画，还跑到饭厅里等林先生去。

一本《小朋友》又看完了，他还不来。他索性爬在靠窗户的桌子上，守着院子看，呵气在玻璃上，用手指头画着各样东西玩。

他画了猫，狗，耗子，长虫，都不很合意，后来画了一辆大汽车，像得很，连开车的一手扶着轮，一手按着让路钟都画上了，里头还坐了三个人，爸爸妈妈和二姊，二姊带着她的绒绳帽，一个大绒球歪在脸的一边。

他高兴极了，正想跳下桌子拉人来看看，忽然二姊走进客厅，一会儿就掀帘出来，他赶着大声叫道：

“姊姊你看我这汽车！”

二姊却似乎没有听见，没答应他，脸上涨红，好像生气的样子，下了台阶，一直往自己屋里跑。

太阳下了，他的好朋友还没送小人儿画来，正想走到厨房看看

解闷，妈妈喊他，

“弟弟，大哥大姊要走了，你来送送。”

“姊姊呢？”弟弟奇怪为什么她不出来，因为每次都是他们俩替爹妈送客的。

“她躺着了。二妹妹虽然是学堂出来，还是这样不大方。”妈妈转头向大姊夫说。

弟弟陪客下了台阶，一边自语，

“怎么林先生还不送我的画儿来呢？他说了今天来的。”

“林先生那里想起你的画呀，他只想你姊姊的画了！”大姊夫笑着的说。

“姊姊的什么画儿呢？”他不懂得说的什么。但是从大姊夫的笑样子看来，有些奇怪。他们今天来说的话也不大懂，常提起林先生同姊姊。有什么事呢？

弟弟忽然脸上热起来，想道，“坏了，林先生一定把昨天我开开二姊姊抽屉的事情告诉他们了。他们来告诉妈妈吧？什么姊姊的画？怪不得姊姊方才生我的气。”

他愈想愈怕！送走了客人，也不敢进妈妈屋子，在地上拾起一根木头，拿起来，在饭厅门口走来走去装巡警玩。

晚饭时，姊姊只低头吃了一碗饭，话也不说。他没有猜错，姊姊方才气了，若不是，怎么吃得这样少，也不同他说话呢？他后悔极了，“别是大姊夫真的来告诉她们我昨天偷开她的抽屉了吧？”

吃饭时，妈妈很起劲的同爸爸商量德义馆好或忠信堂好，什么多少人多少钱的一份的算计着，吃完了饭，也不同弟弟说话。

“妈妈也生我的气了，今晚连菜都不给我捡，也不搭理我。”

他一声不响的低着头走出去，心想，“这都是林先生不好，弄得姊姊妈妈都生我的气。起了誓也不算的，不是好人，再来，我不理他。”

第二天是星期，他好容易盼了六天的早十点真光的学生电影，姊姊也没带他去看。每个星期日都同他去的,这次一定很气他,所以取消了。妈妈早上很忙的吩咐厨子做点心,他开不开盛玩艺的柜子,喊她也不答应,吃过午饭上东安市场买东西也没带他去,他白戴帽子在院子等,还被厨子笑话。

"都是他害的,弄得妈妈姊姊都不见我好了。"他恨恨的又想起林先生。

妈妈买了许多一包包的吃食东西回来。他吩咐厨子做饺子馅,煮馄饨汤,又忙着打电话。张妈告诉他在妈妈身旁帮拿东西,他刚刚跟着走出去一次,又跟了进来,妈妈忽然理会了,吩咐他,

"出去玩吧,别在这里挡道儿。"

妈妈向来没有不理过他,见了不耐烦的事儿,更不曾有过。他委屈得要哭出来。

四点多钟,黄升来报客来,弟弟连忙跑出去看,原来是大姊夫,大姊和林先生,他手里拿着一大把花,一个大纸包。

"他又来做什么呢!"弟弟厌恨林先生的自语。忽然一大张花花绿绿闪金子光的《水浒》小人儿画现在脑子里,但是一霎时便不见了。

"好朋友,昨天我没空儿来,你等我了吗?"林先生笑着喊他。

"谁是你的……"弟弟很委曲的在嗓子里讲着这几个字。脸上飞红,回身便想跑开。

"弟弟,过来。"倒是大姊一把拖住他。

"你红什么脸,二姊派你做代表吗?"大姊夫逗他笑。

"我给你带了小人儿的画来了。"林先生也拉着他的小手。他红着脸装不答理的样子。

"一张是《水浒》一百另八个像,还有一套《封神演义》,都是画得很好看的画。"林先生说着,就递给他手上一个纸卷。

"你打开看看就知道了。"

他的脸涨得更红一些,摇着头一摔手就想跑。

“这是你喜欢的小人画——拿着吧，我们俩是好朋友，不要客气。”林先生又递纸卷给他。

“不要，你不是我的好朋友。”他的话带着哭声。纸卷已落在地上。他使劲摔脱了手，跑向小院子去。从背后望他一对大耳朵，涨得很红。

张妈正从小院出来，他见了一把抱着她，便呜呜哭起来。

“谁欺负我们的孩子了？好乖乖，别哭，上房看新姊夫去，还有好东西吃呢。”张妈很怜惜的轻轻摸着他的头发。

（原载1927年1月《现代评论》二周年增刊）

一 件 喜 事

早上张妈给凤儿穿衣服的时候告诉她说：今天得给她换件新衣服。

“穿新衣服，要过年吗？”凤儿看到那件粉红色的闪缎袍子，便感到喜悦，妈妈只许她在过年那天穿过一次。

“今天新姨太太进门，你得给你爸爸磕头道喜。”张妈低声说，停了一下又接下道，“你们小孩子还得给妈妈，三娘五娘都道喜，给新姨娘行见面礼。”

凤儿似乎昨天听见四姊告诉六姊说过今天有个什么新姨娘来，家里要摆酒席请客，五娘哭了一天。她问新姨娘是谁，为什么五娘要哭，两个姊姊都像不耐烦答这孩子气的问话，问了两遍，四姊才答道，“谁知道是谁，你明天就看见了。”说完她们便支使她出去，她惘然的回头看见四姊伏在六姊肩上，喳喳的说了又笑，笑了又说。讲什么好玩事情，怪闷人的！

好容易盼到今天，一清早张妈居然便提起这事。张妈脾气好，向不嗤脱人的，谁都说。凤儿想到便问，“新姨娘是谁，张妈？我见过没有？”

“你没见过，我也没见过。”

“妈妈像片本上有没有她的像片？”她记得平常听说起什么没见过的人，妈便翻像片给她看。

“那会有她的像片，傻孩子！妈妈也就在昨天才知道。”张妈停一下自言自语道，“看不出你爸爸这一回这样能藏事，好像谁都没听说过。”

“张妈，我怎样给爸爸道喜。是不是像过年一样？”凤儿穿好新袍子，想到过年的热闹，笑嘻嘻的问道。

张妈拿过梳子来便打开凤儿的辫子给她梳头，迟迟应道，“唔，差不多吧！”

“五娘昨儿哭了一天连饭都不吃，你知道不知道？”凤儿悠然想着昨天的话问道。

“谁告诉你的？”张妈问道。

“四姊告诉六姊，我听见的。五娘干吗哭？”

“小孩子别乱说话，妈妈听见不喜欢的。”张妈正经的说完这句话，辫子也梳完。两条辫子尾上她都用两三条大红绒绳结出一个蝴蝶式，这给凤儿增加真的像过年的感觉。

张妈跟她换了那双挖绣云头如意的绿花鞋，配上雪白的线袜，鞋头上一对大红绒球，走一步颠一颠。

凤儿很高兴的跳跳蹦蹦就要往前面厅子去。她说道，“张妈，我就去给妈妈磕头吧！？”

“不。回来，我告诉你。”张妈轻轻的，不知为什么，她忽然板起脸孔说话道，“你到堂屋跟大家吃点心去好了，吃过点心看见他们跟爸爸磕头你就跟着磕。妈妈叫你给谁磕头你就磕，不要自己瞎来，听见没有？乖乖的跟着妈妈，不要多话，惹她生气。六岁的姑娘，也该懂点事了。”

凤儿呆呆的立着听，她是个顶听话又会看眼色（所以讨人疼）的孩子。话听不懂有时想问一下，瞧瞧大人脸色不对，便悄然的打住了。

张妈见她不动看着她，笑道，“可把我闹糊涂了，穿着这样漂亮，脸光光的不打扮可寒伧呢。过来，总得擦点粉涂点胭脂才行。”

说着她已拿出一盒水粉一块胭脂来，拉过凤儿给她淡淡的拍了些水粉，眉心用梅花簪的模子印了三个胭脂梅花一直到额头上，然后才歇手端详她，自语道，“我看我们的姑儿比谁的都不含糊。一张瓜子脸，一双又长又大的眼，细细的眉毛，真像你妈一样俏。”

凤儿见夸又高兴起来，自己爬到椅子上扒到那墙上挂的一面镜子照了又照，镜里的小人儿，花花梢梢的，像年画的小孩子一样美。

“不早了，快去吃点心吧，晚了妈妈会说的。”张妈笑迷迷的说，看着凤儿一只鸟似的飞了出去。

果然不早了，堂屋两张八仙桌上已经坐满了人，人人都穿了新衣服，都在笑嘻嘻很高兴的说话。

凤儿走到东面妈妈坐的桌边，照例的叫了爸爸，姑妈，妈妈，三娘，五娘“早晨好”，然后方回到西边小孩子们的桌上（正好八个人）吃早餐。

真的什么都像过年，祖先神龛前点了一对大红蜡烛，正中香炉插了三对高香，檀香炉放满了香，神桌前铺了一块猩红的拜毡，桌上摆了三杯酒，三双筷，三碗素供。大约还要供酒席，此时尚未到时候。

“一会儿还要放鞭炮！”凤儿望到门口台阶旁一根长长的竹竿吊着一大串猩红的鞭炮，啧啧的向七姊称赏道。

“爸爸还要给我们一人一只元宝呢！”七姊笑着说。

“瞎说！谁告诉你的？”六姊正色道。

“你不信去问一问好了。”七姊得意的答。

“今天是有封标给我们的。”四姊说。

正巧三娘拿着一碗吃剩水饺子过来问小孩子还吃不吃，她今天穿了粉蓝色的素缎袍子，圆白的脸上一团的笑，七姊便拉着她问是不是爸爸说过要给一个孩子一个元宝作封标。

“许是的。爸爸高兴的时候什么不给你们，你们要金元宝，就给金的。”三娘答。

“我们就要金的，”六姊笑迷迷的又说，“可是让谁去要？”

“凤儿去。”七姊指着凤儿道，“你去爸爸一定给。不给金的给银的也好，只要是元宝就好，不要洋钱。”

凤儿又怯又喜的不敢答岔，却频频歪头望着大人的桌上，不一会儿，只见爸爸走向花厅那面去了。孩子们此时也吃过早饭，大家擦嘴走出去院子里玩。

堂屋门口前面有两棵海棠，此时正浸在阳光里开着粉红色的一球一球花。旁边是两个芍药花坛，含着花苞，红的紫的白的都有，在日光中也微微吐出一种香涩的味儿。

妈默默的立在花坛前好一会儿，才笑向姑妈说，“今年的花也特别开得热闹。”

“是这样才好，‘家门兴旺’。”姑妈托着水烟袋笑吟吟的答。

五娘今天穿的更美了，那是什么材料，凤儿可不知道，只觉得她像一枝红芍药花，可是闪着银白色的光。她的脸相可没有平日可爱，狠狠的闭着嘴，方才妈妈笑着逗她说话，她都不笑。吃过早饭，一溜烟的跑回自己房里去了。

碰着今天正是星期，哥哥姊姊们都没去上学，他们三三两两的陆续跑了出去，七姊等得不耐烦，找出一个空钟来教凤儿转着玩。

白鸽子在翠蓝的天空打着圈儿一阵阵的飞过，脚上的小铃子响得很好听。妈妈陪姑妈在堂屋说话，爸爸走出书房两三次，他长长的脸上挂着笑，摸着八字须很出神的看着孩子们玩。

爸爸穿着一件大团龙宝蓝的绫绸袍子，黑缎瓜皮帽子上有个大红结子。脚上登着一双黑缎鞋，衬着雪白的线纱袜。他本来生得高大，立在廊前朱红的粗圆柱子旁，格外显得合式。见凤儿望着他，他笑问道。

“怎么不去画画去？”

“妈妈叫我等着给你磕头。”凤儿答。

“怎么新姨娘还不来呢？”七姊笑嘻嘻向爸爸问道。

“你已经不耐烦等了吗？”爸爸笑着回她。

七姊歪着头笑，忸怩的道，“我想快点得到一只小元宝。”

爸爸哈哈的笑向窗内坐的妈妈道，“你看这些小财迷！”

忽然门口哔哔剥剥放起鞭炮。王升气喘喘的跑向堂屋道，“新姨太太到了。”

“快些点着那大串鞭炮吧！”姑妈吩咐道。

在纷乱的炮竹声中，一群小孩子女仆人拥挤着一个年青女人走进内院。

所有的眼都望着她。她穿着一条粉红缎子绣花裙，蓝缎绣花短上衣，头上戴着些珍珠花，发旁插着一大朵红绒蝙蝠。脚上登着花鞋，斯斯文文的低着头走进堂屋。

七姊拉六姊一旁低声说，“脸多长！像马脸，没有三娘五娘好看。”

“我妈妈可比她美得多。”六姊很懂事似的低声讥笑说。

“什么好看！她给我妈做丫环都不配。”五姊快意的低声说。

凤儿觉得五姊六姊的话都满好玩。可是她还没十分看得清新姨娘怎样，她急要看个清楚。于是她分开仆人挤到祖先前拜坛边立着。此时屋内黑压压的站满了人，爸爸妈妈姑妈，三娘五娘都出来了。

新姨娘斯斯文文的向祖先牌位行三跪三叩礼，桌上不知什么时已摆满一桌酒席，齐齐整整的一对大红蜡烛照着，“真像过年……”凤儿心下想。

拜完了祖先，新姨娘便给爸爸姑妈磕头，他们立着受了头便递过一个红纸包儿，里面是什么，可惜起先没有问一问姑妈。

接着她给妈妈，三娘五娘都对磕了一个头，彼此又交换了一个红纸包。七姊狠狠的回头望一望五姊，她心里大约很可惜妈妈给新姨娘什么东西。七姊知道妈妈送她什么东西吗？正想到这里，只听姑妈笑吟的高声道。

“新姨坐下歇一歇吧。让小孩子来给你行礼。”

妈妈于是过来拖过四姊七姊，三娘来拉别的孩子。让大的先磕头，好在新姨拼命拉着三哥四姊不许磕下去，末了只许每人请一个安，她照样还礼。行过礼后，她身后的女仆便捧出一大盘礼物，一个小孩一件衣料。

“别走，到花厅去，给你们爸爸磕头道喜去。”妈妈这样喊，孩子们才知道爸爸不知什么时候已溜出堂屋了。

当一群孩子拥进花厅时，见五娘坐在紫檀贵妃床上拿着小铲子弄香炉，头低低的见人来了也不抬起来看。爸爸笑嘻嘻的向她说话。

“爸爸恭喜！”八个孩子同声说了这话，便高高低低跪下去磕头。爸爸站着连声的笑喊“快起来”。孩子们叩过头，先是女仆来，后是男仆，男女老少合起来，数一数竟有十三个人，爸爸连声吩咐“说过就行，不要磕头”，但都像没听见。四姊低声和六姊笑说，“不磕下去，拿不到封标吧！”

奇怪得很，妈妈竟同三娘也来给爸爸道喜，她们也要磕头，都给爸爸用力拉着不让跪下去，末了各人只请了一个安。五娘出其不意的忽然走过来，迎着爸爸扑通一交便跪下去，爸爸来不及拉住就把她由地上半拖半提的弄起来，安到一张椅上坐。惹得孩子们哈哈大笑，三娘笑得身子软了，倒在一张沙发上。屋里满了笑声，幸好佣仆行过礼都退出，每人都可以找一座位坐下去。

帐房陆先生穿了件新绸袷袍斯斯文文走进来笑着给爸爸作了一个揖算道喜。

“把我们前年存起来二两一锭的小元宝拿出来，一个孩子给一个。”爸爸这句话真响亮，孩子们彼此看着笑。

“我们的呢？”三娘向爸爸问过，便大声笑起来，接着道，“小的可不要呢。”

爸爸笑着搔头发，不作声。

五娘冷笑说，“你想要多大的？今天说还是金口玉言，明天就成废话连篇了。”

妈妈一直是默默含着笑，此刻方开口道，“亏你们好意思的跟小孩子争封标！”

“有什么不好意思的，封标就是钱，钱就是命！”三娘说过咯咯的笑起来。孩子们也大笑，觉得这话说来得干脆。

爸爸笑向陆先生道，“姨太太是一人一张一百块票子。早点送出来吧。”

大家默默听完都不作声。过了一霎，五娘埋怨三娘道，“都是你闹的，一张纸银票有什么好玩？一百，一百的，倒是好兆头！”

三娘楞了一下才笑道，“你说不好玩，送给我花好了。”说完这话便走了出去。

哥哥姊姊都连着走出去。五娘拉了妈妈的手要走，爸爸止住她道，“谢谢你给我研点墨，今天得写好周家的寿屏，明天便来不及了。”

“我们一会还要去听戏，现在我就预备预备，吃过饭就赶去，这么多人都不支使，现在又添一个，倒专支使我，不怕我养胖了！”五娘说。

“谁叫你研得好。今晚再去听戏好了。”爸爸说。

“老爷子，今晚的戏码还不改，他们老唱一样的戏吗？白天有《游园惊梦》，李又辰去小生，好得很。不去太可惜了。在晚上小孩子又不能去。”

爸爸笑着叹一口气没答话。五娘见凤儿坐在矮脚凳上摊开一堆影印画本凝神低头的看，便向她说道，“凤儿，先回屋换衣服。”凤儿没有抬头，似乎没听见有人同她说话。她走近一步道，“小书呆子，快起来，一会儿带你听戏去，今天有李吉瑞的《安天会》呢。”

“《安天会》有孙猴子的是不是？”凤儿此刻方笑着问道。

五娘不答话只点了一下头，拉起凤儿的手，一阵风似的溜出花厅。

快活的日子常像闪电一般闪过，这一天飞快的便过完了。凤儿跟了五娘一整天，到晚上吃过饭她也不知不觉的跟了她到卧房里去（五娘还没有小孩），她点了纸捻给她抽烟。她洗脸，她给她递手巾递胰子。五娘收拾完催凤儿好几次回房去睡觉。她只答不困，其实她在戏园内锣鼓喧吵的当儿已经睡了一觉了。

“我看五姨太就留凤小姐做女儿算了，省得我两头跑。”张妈来接时笑道。

“她妈妈不舍得，我倒提过两次来的。”五娘答，又道，“你先回去，我反正会招呼她。一家人在那间房子睡不一样。”

凤儿这时很洽意的留下了，挨在大床上剥桔子吃。她边吃边问《游园惊梦》的故事。她就不明白为什么那小姐做一个梦便要生病，生了病便要死，翻来覆去问了好几次。五娘有点乏了，她连连搓眼叹了一口气。

“五娘，你为什么叹气？”凤儿惊奇的问道。

“想心事。”

“什么叫想心事？”

“你们小孩子不懂得的。”

“我懂得，你讲给我听。”

五娘不作声又叹了一口气说，“我只想死，死了什么都忘记了。”

“你真的喜欢死！”凤儿爬前一点搂着五娘的脖子，又道，“你别死。”

“喜欢死的人死了，就快活了。”她拿手遮了眼说。

“真的么？”凤儿睁大了眼望着问。只见她的尖长的脸在灯下更加青白很像一粒南瓜子，她的眼呆呆的望着灯，嘴唇有些抖擞。

“凤儿，我死了你哭不哭？”她咬着唇问。

“我天天到你坟上哭你，你的坟在那里呢？”想到灰鸦头天天去哭妈妈的故事，凤儿答道。

五娘不作声。大粒大粒眼泪滴下来，像一串散了线的珠子。

凤儿呆望着她，一会儿低声道，“五娘，你怎的哭了？”

六月，武昌。

（原载1936年8月9日《大公报·文艺副刊》）

杨振声

报复

小翠也如其余岛上的女孩子一样，虽是长到十五岁了，所最熟识的还只是一些鱼的名字和那一家的船头上画了两只老虎眼睛。她最快乐的时候，是扇着一双扁鱼脚，从东邻踱到西舍，找同伴耍石子，在王二娘的磨盘上。见了生人，她也只会把个食指咬在口里，瞪着两个大眼睛呆呆的望。

当她妈把她许配给高二，她知道见了高二害羞——这是她见了男人害羞的第一次。在街上碰见他，她不敢咬着指头望他，扭身就跑，回家来关上门。若是同伴提起高二，她就狠狠的在人腿上扭那末一把。"穷根子嚼舌！"口里还如此咕哝着。

以后刘五多给了她妈一些礼钱，她妈又把她许配给刘五。这一来，她有点为难了。她不知道再见了高二，用不用跑。

刘五要娶她的头三天晚上，半夜三更里，高二约了一群好汉来抢亲。把她从妈的炕上拖下来，她只吓的哭。高二把她架到家中，教她不要哭，她就不哭。过了几天，她就那末的作了高二的媳妇。可是她又不知道见了刘五，用不用跑。

高二与刘五的渔船在海上碰着头，刘五瞪眼看高二，又用力摇那橹，还骂那橹是强盗的儿子。高二是坦然，慢摇着橹唱渔歌。

一次刘五从高二门前过，小翠正在门前晒满太阳的空场上补网。刘五站住脚，两眼钉住小翠不放，小翠红了脸，只低头补网。网是补糟了。幸亏对门张大嫂子带出孩子到场上玩，小翠才敢喘出一口气，刘五才歪歪扭扭的转过墙角。张家的黑狗见他走了，也才放开嗓门，旺旺的叫个痛快。

在海边的小酒店里，刘五有时闯进去，要四两白干，坐在墙角上独酌。一个短短的身子，紫红脸，像只矮虎蹲在那里。谁的头要往他的方向转，他的眼便望你这边瞪。旁人的眼光都避着他的，对着其他的人笑。有时碰到高二也在酒店里，刘五的目光便更亮，他桌子上的酒壶酒盅也更摔得响。高二与旁人说话，声音也更高起来，笑的次数多而嘹亮。他听旁人说话也像更从容，一手托了腮，一手用指头敲着桌子，在眼角上瞟着刘五，脸上挂一种轻蔑的笑——那是表示"你能把老子怎样"的笑。他是个宽膀子，高大身材，配上脸上的微笑，更显得堂皇。

二更初下，高二就站起身来要回家。这每惹起大家的笑。高二满不在乎的从笑声中走出去。刘五的酒壶在桌子上一摔，喊声"再来二两"。大家的笑声停止，眼光都向他射。刘五在这种高烈的情调之下，二两白干一仰脖颈便下去，站起来似将有所表示。

"你也早点回家，搂着枕头睡罢！"酒店里一个连腮胡子顾客不等到刘五开口先放火。裂着嘴呵呵的笑。

"强盗，咱们白刀子进去，红刀子出来！看罢！"刘五说完，曳着腿向外踱，门砰的一声，他出去了。

小翠有一天下午去山里挖菜，慌慌张张的跑回来，头发蓬松，两腮红涨，脖子上还搔了几道血痕。人问她是"怎么啦？"她不说，只是哭。到家里关上房门，半天不出来。

高二后来听见了。用何种威吓，逼出小翠的口供来，以及口供的内容如何，外面俱不得而知。只是高二的样子变了。有几天两眼灯亮，像疯狗一般的到处找寻刘五，怀里还藏了一把渔刀。到海边的小酒店里，拼命喝酒。进门先用眼四处搜刮。坐下两眼钉着门，这似乎是在等刘五，但刘五连影子也没有。

高二本是个外面粗硬，心里细软的汉子，他不怕硬只怕软。一句好话会使他像绵羊的驯柔。可是你若撞翻了他的脾气，他就不同你客气。那怕你是块石头，他也拿头撞你个粉碎。这块得罪他的石头，他若找不到，他会去撞墙，撞石碑，找一切石头的本家来出气。

他的性子变得这样坏，谁见了他都得陪小心，特别是姓刘的。他吃了酒后，至于四处找架打，就是不姓刘也得躲远点。碰到旁人有不平的事情，不用你找他，他就会去找你的敌人，打一个落花流水。

他回到家来常是带了酒，性子像烈火一样。听到他的声音，小翠的两只腿都发软。她不敢问他一句话，因为一问就会出岔。她侍候他吃饭，睡觉，就像一只猫去侍候狗的那样畏怯。但他对她只有怒视，或是吼骂几声，从未打过她。

他有时酒喝多了，会哭，那样一条大汉子，在个弱小的女人跟前哭！她不敢过去安慰他，因为她一安慰，他的悲哀马上会变成暴怒，像雨后骄阳的猛烈。她又不敢不理会他，因为哭，总留着小孩子当日对付母亲的一套，不理会，他会越来越凶，像春雨变成夏雨，有时还来个暴雷。她几番经验里得来的最好的方法是陪着他哭。这样，他的悲哀就像多出两只眼孔作泄道。不久他会安静下去，爬到炕上乖乖的睡。小翠就蜷在一边，一声气息也没有，像母亲怕惊醒她的小孩子。

岛上的人，心中都为此事有点紧张，头顶上像似要打雷。

好歹挨到渔忙，没出乱子。各人悬在空中的心，一忙便好似有了交代。

春天的太阳底下，无数的女人孩子在海滩上补网，男人在海上捕鱼。日里满海的白帆，夜间满海的灯火，海岸上晒网的，腌鱼的，修船的，补帆的，男人，女人，孩子们如开庙会的热闹。全岛在忙碌中，现出活动与快乐。

但海风吹不散高二的怒，笑容盖不住小翠的愁，太阳也照不见刘五的影子。

一日黄昏，太阳特别红，天气也格外热。风是一丝不流，海面上碧澄澄的一波不起，像青天万里，并无一缕烟云。满海的白帆在微红的夕阳里，往来像溜冰一般。入夜后渔船上都掌起灯火，千点万点，与天上的星光上下映照。鱼在海里浪漫起来，打的水面乱响，这是渔家的快乐！

将近二更，西北方忽然起了乌云，渔人知是风头，便快快落帆收网。但鱼多网重，一时不及收完。那乌云已上到半天。一阵风起，吹灭了渔灯，掩藏了星斗，海上是漆黑。不到几分钟，海浪如山起谷落，那些渔舟也如沸锅的豆子一样，在水里乱滚。海上一片的哭声，风声与涛声。

岛上的女人孩子，一群群的跑到海岸。提高了风灯，向海上乱叫，又是一片的喊声，哭声与涛声。

在一片混杂不清的声音中，有多少舟子的喊声是消失了，人与船也消失了！

有两只渔船离岸只有一箭地的远近了。一起高浪赶来，把一只船摔向一峰乱石上。浪花卷回，借着岸上的灯光，看出来飘着几片碎板与一个尸身。岸上起了一片哭喊。又一冲浪头把那尸身泊近了那另一只船的左近。岸上卷起一片“救人”的喊声，接着又是一片“不要救”的喊声。那船上立起一个高身的舟子，一头撞下水去，浪头过处，见他已经一手捉住那具尸身，另一手向船上挣扎。但浪起浪落，那船已离开一丈远近。挣扎有十分钟光景，人力已尽，那船却更远了。再不到一分钟，只见两个尸身出现在水面。

几番浪头，把他们泊近海岸，已不到三丈多远。岸上几个汉子，在大家催促声中下水将他们打捞起来，一群风灯围照在他们的脸上。在大家惊异的眼光下看出了救人的是高二，被救的又恰是刘五，他们俩却都已死过去。

几个人把他们抬向高二家中，小翠吓得只跟在后面哭。

屋子里生起火来。几个人用干布在尸身上搓擦。

擦过几个时辰以后,高二先苏醒过来。他睁开眼向屋子里瞭了一瞭,明白这是他的家。把头在枕上动了动,大概是表示感谢大家救他的意思。又把眼闭上了。刘五是在高二苏醒过半个时辰以后才醒转过来的。他吐出最后的几口水,又昏沉一阵,再睁眼看一看,要想坐起来。大家按住他,他说不要紧,已经好了,要回家去,大概他已经明白他是在谁的家里!

高二也听出这是谁的声音。他不相信他的耳朵,睁开眼向声音来处望。此时天已放亮,窗纸都发白了。这又清清楚楚看出躺在另一个床上的,不是别人,正是他的冤家!他要他死,但是他死了,他又把他救活了。并且是自己死过一次才救活的!他不相信他的眼,他挣扎起来,探着身子细细看,从他眼里射出的怒光来判断,你可知道假使他手边有一把斧头,他会拿起来一斧砍死这个被他救活的人!

大家因为他们俩在一起,都没敢离开。见此情形,就把高二按着躺下。高二在炕上滚来滚去,像似心里有火在烧着。

刘五呢?大概一切都清楚了。眼也不敢瞧高二。只说要回家。

小翠先是看到他们俩死在一屋里,吓得哭都不敢哭;后来看到他们俩都活过来,又吓得笑也不敢笑。她早已躲藏起来了。直至大家把刘五扶走了,她才敢进来侍候她丈夫。

高二睡过一长觉之后,睁眼已是下午时分了。太阳从窗棂斜射进来,飞尘在一道道阳光中游泳。屋子里不知怎地那般沉静。小翠坐在床脚边小兀凳上低头缝旧衣,只听得一丝丝拉线的声音。她见高二醒了,抬起头望他一望,像似想问他要不要吃东西,但又像似有所畏怯而不敢开口。只是把头低下去,一声不响的继续她的缝纫。一线阳光正射在她的脸上,映出她长长的睫毛与一双怯怯的眼光。她不是以前咬着指头看人的小翠了,生命的艰苦已经把她磨炼成一个女人了！

高二在炕上翻动一回，又安静下去。两眼大张着望一回顶棚，又望一回小翠。他确是在想些什么，他由烦躁渐入安静，脸上的风云也渐渐的开霁了，他的心境分明是起了一种变化。

他叫小翠去盛碗稀饭来。小翠忙放下针线去取饭。赶小翠捧着饭进来，他已经背靠着墙，坐在床上了。他吃着饭，又很温和的问小翠："一夜没睡不累吗？也上炕倚着歇回吧。"这在小翠，真是受宠若惊。自从她上山挖菜之后，久不见这样的声音笑貌了。"为什么他忽然变好了？"她在想，在莫名其妙。

不错，不独高二不同从前，刘五也有点奇异。他不像小翠被抢后的刘五了，因为他不是那样凶；也不像小翠挖菜后的刘五了，因为他不是那样险；更不像好久好久以前的刘五了，因为他又不是那样浮。那末他像什么呢？他像一只挨了打的狗，用怯懦的目光看人；又像一头驾在犁上的牛，终日低了头工作。总之，他是变了。

刘五似乎怕见高二而又心想见着他。高二呢，救人以后，也不到酒店吃酒，也没人听见他在背后再骂刘五。有一次他们俩在街上碰了头。刘五远远望见对面来的是高二，他不由己的望望左面的一条岔路，但是他却没有走那岔路。他又不由己的脚步放慢了，但仍是低了头往前走。走到高二跟前，他又不由己的抬起头来望望高二，像似想说话，但是他又没有说话。高二望见刘五之后，没有把脚步放慢，却也没有放快。没有把头低下去，却也没有把头扬起来。他仍是一样的往前走。刘五望他的时候，他也转过脸来看看刘五。当他看见刘五眼光中所表现的意思，他似乎想对刘五点点头。但是忽然他又硬了脸，仍如以前的不快不慢的走过去了。他们俩对背的时候，刘五又不由己的回过头来望望高二，又低下头走了。高二呢？并没有回头。

小翠呢？渐渐也恢复到她被抢后挖菜前的常态。但她也不敢过分高兴，有时高二还会来一阵风云，无缘无故的。不过那样的坏天气一日比一日少，她也长得一日比一日好看点。

海边的小酒店里，一盏昏红的煤油灯，照出几个粗皮大手的汉子围坐在一张桌子上。他们几两白干下肚，常是争吵式的议论这两个人——高二与刘五。他们争论的焦点，不在刘五的改变，这个他们都了解；却在高二的异常，这个他们不明白。有人以为他是教海水灌"瘪"啦。又有人以为他是教小翠"媚上"啦。黄胡子李大比他们有了点年纪，也多了点知识。他的左耳朵动了两动——这是他要发表高见的预征。嘴咧到耳朵边，"哈哈！"他笑道："你们说的都是瞎子相面，摸不到头脑！你们见过高二同罗小黑打架吗？罗小黑打他不过，这小子，狗尾巴失火，急啦！咬了高二一口。高二一气，猛一个老虎翻身，把小黑扑倒在地上，擎起拳头就打。你猜，罗小黑怎么样？这杂种，磨坊的驴子带眼罩，不要脸。他说'你打罢，我反正躺在这里，你打死我，我也不回手。'高二的拳头擎在空中，棺材进了坟，老停在那儿！"

"罗小黑，他偷我的鱼。这小子就真该揍！"一个粗眉大眼的渔子敲着桌子说。

"谁说不是？"黄胡子李大接道。"可是他碰的是高二，王大娘的鞋底，怕软不怕硬。"李大停了停，又睁圆两个小小的黄眼睛说："刘五就好比躺在地上的罗小黑，高二的拳头打不下去。"

"那末他就饶了刘五吗？"又一个在怀疑。

"不饶怎么样？刘五现在是软皮蛋，高二下不得口！"黄胡子说罢，眼睛眯成两道线。

"也真他妈的凑巧，他偏偏救了他的冤家！"又一个在叹息。

"就是这个作怪。"黄胡子说："你自己救活的人，你就不忍得再打死他。长虫总够歹毒，它也吞不下自己的蛋！"

酒店的人们是如此议论着。

快到端午节了。在渔家的日月，春天渔市一过，各人腰包里都有几个大，也正如农家过了秋收一般。且感觉松闲得像金鱼一样。

高二收了渔帐回来，肩上一个钱搭子沉甸甸的。路过海边上的小酒店。酒店红脸掌柜的陈老兴正坐在门前夕阳里喷闲烟。一群鸡在他的周围刨食吃。一只大锦鸡咕咕在唤母鸡，他是找到了个虫子，很有武士风度的让母鸡来吃。一群母鸡跑过去，刚争着伸嘴，大锦鸡却一低头，先把虫子吞下了。又弓起脖颈来，对母鸡们行个遣散礼。

“久不见啦！新到的好营口，来上一杯，试试这劲儿。”陈老兴在逗引高二。高二摇摇头，却站住脚不动。

“得啦，钱多了要压坏箱子底。就算我请你，桂子，打四两给高二叔。”

高二坐下了。三杯之后，是不在乎再来三杯的。酒喝多了，忘记的心事也会找上门来。心事一来，酒是不计较的。他喝到一更以后，幌幌荡荡的肩着钱搭子往家里走。刚一出门，碰见罗小黑走进酒店。

钱搭子很重，他走得发热。那酒力便似火上加油一般，涌将上来。他望着人家窗前的灯，一盏变成百盏，千盏；身子也荡荡的像在船中，正似那次刮大风的样子。他忽见前面一个人影，“是刘五这小子，这次不救他了！”他心想。忽起一种回忆，像火点炮门一般，他举起钱搭子，往那影子摔过去。扑的一声，那钱搭子在龙王庙的旗杆底下。他踹过去，没有人，蹲下摸那钱搭子，摸着了，放在平地上像个枕头。他就把头放上去，睡着了。

一觉醒来，太阳已红红的照在旗杆顶上。他浑身发板，头皮也杠的痛。他坐起来一看，枕的是自己的钱搭子，方想起昨天收帐吃酒的事。又见钱搭子上滴滴点点的血，他摸摸头再摸摸鼻子，都没有血。放开钱搭子一看，钱也没有动。“也怪，那里来的血。”想想昨天的事，出了酒店以后，又都不记得了。他揹上钱搭子抱着一肚子疑闷回了家。

有人传说罗小黑包着头，教人打得鼻青眼肿的。谁问他，他也不肯说是怎么回事。这与我的钱搭子有血无关，高二这样想。

端阳节到了。家家门旁插着香艾，贴着各色花纸剪的老虎，蝎子，守宫，蚰蜒，蜈蚣之类。小女孩子们都换上绿衣，红裤子，辫子上插上香艾，耳唇上抹着雄黄。穿着新绣的老虎鞋，一歪一扭的聚集到海滩上去拣蚌壳。

黄胡子李大听了点奇怪的消息，便去找高二。进门见小翠擦了一脸红粉在那儿包粽子，高二也穿件新蓝布小褂坐在对面抽烟。黄胡子接过高二送来的旱烟袋，抽着烟，理着他那短而粗硬的胡子说："你那天告诉我你那钱搭子上面有血，你猜到了是那里来的血吗？"高二摇摇头。

"量你猜不到！"黄胡子咧着嘴得意。"你那天一出酒店，碰见罗小黑？"

"那个我记得很清楚。"高二点头说。

"你走到龙王庙前，见过什么人吗？"李大很精明的像个法官。

"那我可不记得了。"高二说。

"你在龙王庙前碰见了刘五。"胡子不慌不忙的说。

小翠手里的粽子米撒了一地，忙的用脚去压着。

"怎么？"高二跳起来，眼里冒火道："是那小子！"

"你别急！"李胡子道。"顶风驶船，急也没用。我刚说刘五在庙前碰到你。见你醉了，他想过去扶你。你知道这小子现在变成好心眼了！你用钱搭子摔人，他就躲在庙门洞里。后来你睡了，他不放心，坐在那里看守你。你不信？你摇头！老鼠拉车，大的在后，你听着罢。不久罗小黑这王八蛋偷偷摸摸的跟来啦。作贼眼快，他知道是你躺在那儿，过去偷了钱搭子就走。你猜怎么啦？刘五跳过去从后面一把揪住他。两个人就滚了屎蛋。小黑死也不放手那钱搭子，教刘五打的头破血出，他才放手跑了。这叫作贼遇到路劫，一户欺一户。刘五把钱搭子又放在你头下，他还不敢走。直在庙前等到天亮才回家睡觉。这小子心眼真不错！"李大一气讲完，胡子都竖起来，两个黄眼睛瞪得溜圆。又点着头，足上一句。“你现在信不信？”

高二听了低下头，又在地上踱来踱去。黄胡子的两个眼睛像猫头鹰一般望着他转。高二忽然停止了脚步，对小翠说：“咱们今天就请刘五来过节，好不好？”

小翠红了脸，一声也不敢响。

黄胡子把脚一跺说：“好。真痛快！”

高二转身对李大道：“就劳你驾去请他，回头你们俩一块来。”

李大像炮弹一般的飞出去了。小翠的粽子却老是包不好。

高二急得跑到门外去等他们。小翠把粽子包完，蒸在锅里。加上柴火。听到门外一阵笑声，吓得跑到房里去了，他们三个人进门，高二叫她出来，半天她才露面，脸上红得像鸡冠子一般。刘五也红着脸站起来，问一声“高二嫂你好”。她连一个字也吐不出口，一直跑到锅台，低下头去作菜。

他们吃起酒来，小翠上菜，手脚都不听调动。她越想安安静静的，那盘子里的碗碟越响得厉害。往桌子上放汤，碗也歪了，汤都撒出来。

几杯白酒下肚之后，变成他们脸上的绛红。李大脖子上的筋都跳起来，像鱼网的错综。高二与刘五见面都说不出话来，现在有酒蒙着羞，也都不顾忌的说出他们的心腹话。刘五先不济，话渐多也渐不清楚。但谁都听清楚他对高二说了这个：

“大哥，我不能再喝了，尿鳖子不是盛酒的家伙，哈哈！”他忽转庄重道：“嗐！自从你救过我之后，我也不知道怎么说好啦！我觉得我这条命是你给的。你就像我的亲哥一样！”他说过，酒像清醒一点，心里也像似去掉一块积痞的轻快了。

高二听罢，又喝上一大杯，嘻嘻的笑。把身子向前一扑，扑在桌子上，眯着醉眼望刘五：“唉，唉！兄弟！你那脸上多了一块疤！哈哈！”

他们的快乐传染给李胡子，勾成满脸的笑纹，那干枣红的脸。他用半欣赏的声调说道："报仇不忘恩，冤家变成亲！"这是他们粗人的哲学。

也怪，粗人倒比细人明白！

小翠坐在屋角上，半天木木的。见他们这般的傻笑，她也禁不住笑了。她又想往嘴里插指头，但手到半路又放下来，她确是一个女人了！

（原载1934年1月13日《大公报·文艺副刊》）

菱 荡

陶家村在菱荡圩的坝上，离城不过半里，下坝过桥，走一个沙洲，到城西门。

一条线排着，十来重瓦屋，泥墙，石灰画得砖块分明，太阳底下更有一种光泽，表示陶家村总是兴旺的。屋后竹林，绿叶堆成了台阶的样子，倾斜至河岸，河水沿竹子打一个湾，潺潺流过。这里离城才是真近，中间就只有河，城墙的一段正对了竹子临水而立。竹林里一条小路，城上也窥得见，不当心河边忽然站了一个人，——陶家村人出来挑水。落山的太阳射不过陶家村的时候（这时游城的很多），少不了有人攀了城垛子探首望水，但结果城上人望城下人，仿佛不会说水清竹叶绿，——城下人亦望城上。

陶家村过桥的地方有一座石塔，名叫洗手塔。人说，当初是没有桥的，往来要“摆渡”。摆渡者，是指以大乌竹做成的筏载行人过河。一位姓张的老汉，专在这里摆渡过日，头发白得像银丝。一天，何仙姑下凡来，度老汉升天，老汉道：“我不去。城里人如何下乡？乡下人如何进城？”但老汉这天晚上死了。清早起来，河有桥，桥头有塔。何仙姑一夜修了桥。修了桥洗一洗手，成洗手塔。这个故事，陶家村的陈聋子独不相信，他说，“张老头子摆渡，不是要渡钱吗？”摆渡依然要人家给他钱，同聋子“打长工”是一样，所以决不能升天。

塔不高，一棵大枫树高高的在塔之上，远路行人总要歇住乘一乘荫。坐在树下，菱荡圩一眼看得见，——看见的也仅仅只有菱荡圩的天地了，坝外一重山，两重山，虽知道隔得不近，但树林在山腰。菱荡圩算不得大圩，花篮的形状，花篮里却没有装一朵花，从底绿起，——若是荞麦或油菜花开的时候，那又尽是花了。稻田自然一望而知，另外树林子堆的许多球，那怕城里人时常跑到菱荡圩来玩，也不能一一说出，那是村，那是园，或者水塘四围栽了树。坝上的树叫菱荡圩的天比地更来得小，除了陶家村以及陶家村对面的一个小庙，走路是在树林里走了一圈。有时听得斧头斫树响，一直听到不再响了还是一无所见。那个小庙，从这边望去，露出一幅白墙，虽是深藏也逃不了是一个小庙。到了晚半天，这一块儿首先没有太阳，树色格外深。有人想，这庙大概是村庙，因为那么小，实在同它背后山腰里的水竹寺差不多大小，不过水竹寺的林子是远山上的竹林罢了。城里人有终其身没有向陶家村人问过这庙者，终其身也没有再见过这么白的墙。

陶家村门口的田十年九不收谷的，本来也就不打算种谷，太低，四季有水，收谷是意外的丰年。（按，陶家村的丰年是岁旱。）水草连着菖蒲，菖蒲长到坝脚，树荫遮得这一片草叫人无风自凉。陶家村的牛在这坝脚下放，城里的驴子也在这坝脚下放。人又喜欢伸开他的手脚躺在这里闭眼向天。环着这水田的一条沙路环过菱荡。

菱荡圩是以这个菱荡得名。

菱荡属陶家村，周围常青树的矮林，密得很。走在坝上，望见白水的一角。荡岸，绿草散着野花，成一个圈圈。两个通口，一个连菜园。陈聋子种的几畦园也在这里。

菱荡的深，陶家村的二老爹知道，二老爹是七十八岁的老人，说，道光十九年，剩了他们的菱荡没有成干土，但也快要见底了。网起来的大小鱼真不少，鲤鱼大的有二十斤。这回陶家村可热闹，六城的人来看，洗手塔上是人，荡当中人挤人，树都挤得稀疏了。

菱叶差池了水面，约半荡，余则是白水。太阳当顶时，林茂无鸟声，过路人不见水的过去。如果是熟客，绕到进口的地方进去玩，一眼要上下闪，天与水。停了脚，水里唧唧响，——水仿佛是这一个一个的声音填的！偏头，或者看见一人钓鱼，钓鱼的只看他的一根线。一声不响的你又走出来了。好比是进城去，到了街上你还是菱荡的过客。

这样的人，总觉得有一个东西是深的，碧蓝的，绿的，又是那么圆。

城里人并不以为菱荡是陶家村的，是陈聋子的。大家都熟识这个聋子，喜欢他，打趣他，尤其是那般洗衣的女人，——洗衣的多半住在西城根，河水竭了到菱荡来洗。菱荡的深，这才被她们搅动了。太阳落山以及天刚刚破晓的时候，坝上也听得见她们喉咙叫，甚至，衣篮太重了坐在坝脚下草地上"打一栈"的也与正在捶捣杵的相呼应。野花做了她们的蒲团，原来青青的草她们踏成了路。

陈聋子，平常略去了陈字，只称聋子。他在陶家村打了十几年长工，轻易不见他说话，别人说话他偏肯听，大家都嫉妒他似的这样叫他。但这或者不始于陶家村，他到陶家村来似乎就没有带来别的名字了。二老爹的园是他种，园里出的菜也要他挑上街去卖。二老爹相信他一人，回来一文一文的钱向二老爹手上数。洗衣女人问他讨萝卜吃——好比他正在萝卜田里，他也连忙拔起一个大的，连叶子给她。不过问萝卜他就答应一个萝卜，再说他的萝卜不好，他无话回，笑是笑的。菱荡圩的萝卜吃在口里实在甜。

菱荡满菱角的时候，菱荡里不时有一个小划子（这划子一个人背得起），坐划子菱叶上打回旋的常是陈聋子。聋子到那里去了，二老爹也不知道，二老爹或者在坝脚下看他的牛吃草，没有留心他的聋子进菱荡。聋子挑了菱角回家——聋子是在菱荡摘菱角！

聋子总是这样的去摘菱角，恰如菱荡在菱荡圩不现其水。

有一回聋子送一篮菱角到石家井去，——石家井是城里有名的巷子，石姓所居，两边院墙夹成一条深巷，石铺的道，小孩子走这里过，故意踏得响，逗回声。聋子走到石家大门，站住了，抬了头望院子里的石榴，仿佛这样望得出人来。两匹狗朝外一奔，跳到他的肩膀上叫。一匹是黑的，一匹白的，聋子分不开眼睛，尽站在一块石上转，两手紧握篮子，一直到狗叫出了石家的小姑娘，替他喝住狗。石家姑娘见了一篮红菱角，笑道："是我家买的吗?"聋子被狗呆住了的模样，一言没有发，但他对了小姑娘牙齿都笑出来了。小姑娘引他进门，一会儿又送他出门。他连走路也不响。

以后逢着二老爹的孙女儿吵嘴，聋子就咕噜一句：

"你看街上的小姑娘是多么好!"

他的话总是这样的说。

一日，太阳已下西山，青天罩着菱荡圩照样的绿，不同的颜色，坝上庙的白墙，坝下聋子人一个，他刚刚从家里上园来，挑了水桶，挟了锄头。他要挑水浇一浇园里的青椒。他一听——菱荡洗衣的有好几个。风吹得很凉快。水桶歇下畦径，荷锄沿畦走，眼睛看一个一个的茄子。青椒已经有了红的，不到跟前看不见。

走回了原处，扁担横在水桶上，他坐在扁担上，拿出烟竿来吃。他的全副家伙都在腰边。聋子这个脾气厉害，倘是别个，二老爹一天少不了啰嗦几遍，但是他的聋子。(圩里下湾的王四牛却这样说：一年四吊毛钱，不吃烟做什么?何况聋子挑了水，卖菜卖菱角!)

打火石打得火喷，——这一点是陈聋子替菱荡圩添的。

吃烟的聋子是一个驼背。

衔了烟偏了头，听——

是张大嫂，张大嫂讲了一句好笑的话。聋子也笑。

烟竿系上腰。扁担挑上肩。

"今天真热!"张大嫂的破喉咙。

"来了人看怎么办?"

"把人热死了怎么办?"

两边的树还遮了挑水桶的,水桶的一只已经进了菱荡。

"嗳呀——"

"哈哈哈,张大嫂好大奶!"

这个绰号鲇鱼,是王大妈的第三的女儿,刚刚洗完衣同张大嫂两人坐在岸上。张大嫂解开了她的汗湿的褂子兜风。

"我道是谁——聋子。"

聋子眼睛望了水,笑着自语——

"聋子!"

一九二七年十月

(原载 1928 年春《北新》半月刊第 2 卷第 8 期)

四火

四火本来在乾顺猪肉店捉脚。猪肉店的伙计分两等,一是掌屠刀的,称师父,一则叫捉脚。捉脚,等于打杂。猪从豢户的猪窠里赶出来,以至抱上肉凳——已经不是猪而是肉了,都只有捉脚的卖气力。不但猪正在杀的时候要他捉猪的脚。

四火姓王。他也有三间茅屋,(他只有一个嫂子,侄儿三个,又还小,茅屋,所以口头上人家都说是四火的茅屋。)堂屋占了一间大的,居中,有天地君亲师位,王氏堂上历代祖宗,九天东厨司命。还有一条贴在一边,是总是发财了。但都等于无有。因为烟尘。然而到底是红纸。烟尘等于无有,因为都是,反而不见。四火总是偷油而已。偷油也确乎发财。捉脚偷油,算不了什么,犹之乎裁缝偷布,你自己莫谈国事,——这当然是破一个谜儿猜猜,叫你小心。偷油,当然是偷猪油,猪油贵,故举之以概其余,所偷尚不止此,猪肠,猪血——总之凡属猪的,除了猪粪,无所不偷。(按,猪粪别有偷者,不过不是在这场合,盖与胡适之先生拜金主义的拾煤渣的老婆子可以相提并论,牧猪场上常常看见一两个老婆子拿着家伙追踪几只猪,便是她们。)

乾顺有两位主顾,与乾顺同在一条街上,都是堂客——似乎无须声明,顾主而是堂客,其为寡妇无疑,一张氏,一赵氏。这个却得首先声明:猪肉店的顾主分为两种(指豢户而言,吃肉者另算),一卖毛猪,这就是说以猪卖,经了经纪的手称它一称,赶出门算干净,只付钱来;其二活猪不过称,宰了再称,猪肠猪血豢户拿回去,不计斤两,而油也当肉称,称了也准其拿回,扣总数。前者猪一斤钱二百四,后者肉一斤钱三百。张家大嫂同她的五岁的小姑娘,吃不了什么,“拿回来倒不够分人!”猪血拿回来煮熟了要端出几碗给邻家吃。也何苦让人家偷?计猪一只。赵二妈计肉。她有两位令郎,大的不过十一,而另有女婿。而且,赵二妈自己爱猪肠。而且,“省吃省喝,喂一只猪,吃它一个便宜油!”——那里有三百钱一斤的猪油卖呢?语云:“有错买的,无错卖的。”那么反正这里是该屠户吃亏!

闲话少讲,且说四火。四火,不待说,是欢迎赵二妈的。赵二妈的狗儿,也格外欢迎四火。他一天不上学了。杀猪是天刚破晓,头一天晚上四火把猪赶了去。狗儿跟了猪尾巴叫:“哈哈哈,真会捉!”却不是说四火捉脚,是此刻一把捉住猪尾巴。猪不捉不去。赵二妈远在一旁喊:“莫把我的鸡赶跑了!”鸡飞狗跳墙。赵二妈寂寞得很。狗儿通宵不睡也行,赵二妈要他早点睡,还要再三说:

“明天早晨不用我叫罢?”

“一天光我就起来!”

说着比一比手势,简直要一大为天。

“他不称得平平的,我就说他为屠户!——你想他不为屠户罢?”(“他”是指陈七叔,猪经纪。“你”非是指妈妈,当然也不必说不是,是泛问的口气。)

“多嘴!这你也管得了?——人家几时不公平?为屠户?”

但先是一巴掌。不公平就为屠户,非为屠户乃为狗。赵二妈的大意实如此。

“你只要看四火,眼睛莫离开他。”

狗点头。但又是——

“四火哥他不偷我的油。”

又一巴掌——

“你晓得什么?”

狗又点头。

终于还是赵二妈轻轻的拍狗屁股——

“狗,狗,起来。”

一面替自己梳头。

狗一夜做了猪梦。懵懵懂懂的,但根本上知道不是叫他起来上学。睁开眼睛——灯还没有吹熄。

当然非昨夜的灯。赵二妈今天起来点的。

有子万事足,赵二妈望着她的狗走近乾顺的门,吃一点亏似乎也是可以的。

猪主照例必得去,正如别的买卖一样,三人当面,——合经纪而为三。陈七叔本来兼做狗的干爹,已有一年之久,狗儿忽然很自重的否认了,小东人大有闯下滔天大祸之势。他听了许多坏话,讲他妈妈的,——这个太出乎题外,只好不谈。简单一句:孩儿若去说公平,倒把为娘挂了心。

“狗。”

陈七叔先到了,端了烟袋向狗儿打招呼。

狗不答。不答即是不承认干爹。

“我们杀猪,你来干什么?”乾顺的师父问。

“我不来,看你敢不敢杀!”

这个杀,是一刀把猪剖开。猪刮了毛挂在钩上。早已过了四火捉脚的时候。师父那么说,屠刀捏上了手。

“当然不敢,回头我说五十斤,你说一百斤,那我可赔不起,你干爹也赔不起。”乾顺的掌柜说。

“七叔,今天不要做干爹呵,公平公平。”师父真是行其所无事,且剖且说话。

“干爹不吃饭!”

陈七叔鼻子里一句,且笑。

这个,可难解。而且,干爹的话,狗儿绝对不听。猪经纪当然靠屠户吃饭。师父歇了一歇手,瞄七叔一眼。这一瞄,屠户的眼色，却不是有意来耽误工夫，瞄得人心寒："七叔，你没有良心！"

狗儿两眼不离开他的四火哥。四火蹲在那里守候，默无言语，——耳朵可听？说时迟，那时快，四火尽猪之所有而空之了，就以他的怀抱。

"你妈妈叫你来看四火，怕他偷油，是不是？"又是师父说。

狗儿嗤的一声笑——

"不是。"

一跳跳到四火的胁下去了。

"尿胞呢？尿胞呢？"

"等一会，等一会儿就是，我说给你就给你。"四火口若悬河——说得快。

他们两人昨天预约了，预约猪的尿胞。尿胞这东西——是的，著者几乎忘记了，既不经称，又没有听说那一个豢户拿尿胞回家，大概都是捉脚的拿去做人情。即如我也曾经得过两回尿胞，都是捉脚的给我的。小孩子总喜欢玩。

狗儿就鹄立以待。

"我说给你就给你。"四火又一句。他到底不是师父，未免手忙脚乱。

"我有一个好尿胞，给你，要不要？"师父说。

狗儿就掉一掉头。又回转去，扯四火一下——

"给我！"

"不要急，等一等。"

狗儿又如命，——四火哥突然拿什么向他手上一塞：

"好罢好罢。"

狗儿喜出望外——正是猪尿胞！眉飞色舞，对于爹也笑了几笑。

连忙又光顾他的四火哥，——不见四火。

四火在大街上。店外街旁，放着一个大木盘，四火傍着木盘翻猪肠。两匹狗，伸了舌头傍盘舐，甚且舐到了盘子里去。非是舐猪粪，猪肠子里翻出来的猪粪。屠户的狗——一匹就是乾顺的狗，其他一匹不详——吃不到猪粪头上去。

“狗！狗！”四火踢狗，狗绊了他的脚。

狗儿捧了尿胞来了。

“四火哥，我吹不起来，你替我吹一吹。”

他以为四火一定比他吹得大。刚才刮了毛的他的猪就是四火吹得那么大。他一向佩服四火哥吹猪，暗地里纳罕。

四火不顾狗儿而说：

“你看，我一手的粪——Ter！拿回去，叫你妈妈给一根线，吹起来用线把它缠住，抛球玩。”

“Ter”所以喝狗，狗又近来了。——我们且把他们留在街上来谈别的。

王二嫂，四火之嫂，系一个收生婆。一天，她洗三回家，——谁家的毛头生下地三天了，她又去，去把毛头洗得干干净净，拜天地，拜祖先。未拜之先，干净了以后，王二嫂一手握了两个鸡蛋：“滚滚头，头戴顶；滚滚脚，脚穿靴。”这个毛头当然不是丫头。这两个鸡蛋滚来滚去滚到王二嫂的荷包里去了。她洗三回家，过张妈妈门口。张妈妈与四火为邻，是摆摊子的，卖花生，卖烟卷，卖盐鸡蛋。一见王二嫂，张妈妈笑迎道：

“回来了。”

（这里又得声明：明明白白的“回来了”，是著者写的，张妈妈是一个咬舌，回读若肥，余类推。）

王二嫂趋而赴之。

张妈妈站起来俨然知道是要办了她的耳朵来就她的话。王二嫂就咕噜咕噜了一大堆。更一句，但已经冷落了张妈妈的耳朵，声音嘹亮——

“妈妈，你说好笑不好笑？”

妈妈连听连点头，但实耳边风而已。张妈妈只摆摊子，不管闲事。方其耳边话时，王二嫂连说连眨眼。

“喂——”

险些儿忘记了，一声“喂”，一手插进荷包，掏出来——张妈妈先看见，两个蛋。

“妈妈，你就只给四十。”

妈妈一眼看破了蛋，然后——

“晚上给你。”

“不忙，不忙。”

王二嫂望见她的鬎鬎跑来了，第二个不忙已经开步走了。

张妈妈放在盐水里浸它一浸，是一百廿。盐蛋六枚一个。

王二嫂要吃晚饭，张妈妈来了。

大鬎鬎小鬎鬎团在那里吃桌子，——捏了筷子占了天地君亲师位面前的一张八仙儿的三方。

王二嫂尚在厨房，厨房即王二嫂的房。

“妈妈，你来了？”

王二嫂双手端出一钵。

“猪血。”

张妈妈自己告诉自己，自己请坐，大鬎鬎坐着的一条板凳。鬎鬎的筷子一齐下去，张妈妈似乎一无所见，筷子亦似无声响。

“把了葱？”

张妈妈眼见葱，葱亦钻鼻子。

“把了一点葱。妈妈，你尝一尝。”

王二嫂一看是空手，赶忙去拿筷子。鬎鬎都是各管各，不过方其取筷子时，大鬎鬎助了小鬎鬎一脚之劳，大鬎鬎点起脚尖来够得着。

“妈妈，你尝一尝，——就只晓得吃菜，去端饭！”

下半句当然是喝鬎鬎。妈妈接了筷子——

“好,好。”

多了一块东西,“好”却要算张妈妈最分明的咬出来。

“没有打酱油,把点酱油怕好一点。”

“好。”

此一“好”时,嘴里又只有舌头。孔子曰:富而无骄易,贫而无谄盖难。

看官如曰:张妈妈是馋;谄者王二嫂,她要卖鸡蛋。我亦无话说。

张妈妈递筷子于王二嫂,——王二嫂是不由己的接过来,因为没有一句再尝,一嘴凑近张妈妈的耳边。此回屈了一点身,亦不十分入耳——

“妈妈,简直流了我一身冷汗!这堂客,一连两胎——云云云云云云云云云……你说好笑不好笑?”

与之连接——

“不忙不忙。”

张妈妈拿出了四十了。双钞两枚。大鬍鬍连忙掉过头来,但筷子不放手。

掉过来鬍鬍挨一栗——

“吃你的!”

凿了鬍鬍,手插荷包,——王二嫂。

“天作保来地作保,
陈桥出现龙一条,
昔日打马过金桥,
偶遇先生把卦摇,
你说孤王八字好,
到后来必定坐九朝。
到今日前言果验了,
你比诸葛凤雏算得高……”

在外四火是也。只是三个鬎鬏没有听。

"四哥回来了。"

"四火,店里回?"

张妈妈打招呼,四火则已进门。

王二嫂迎上前去,四火一手递阿嫂。

"油。"

王二嫂的眼睛告诉王二嫂。张妈妈的眼睛也看见了,她与四火之间是王二嫂,她以背向她,为她遮了四火。

王二嫂风车一般的车进厨房,——看官将着急,问能有几步的路程?曰,王二嫂半夜三更起来小便,固亦如踏脚踏车之踏其文明脚,而茅司,马桶而已,尚在阃以内。在先就介绍过,阃内亦即厨房。

"四火,几时替我也留一点,你卖给面馆卖多少钱,我也出多少钱。"

张妈妈同四火当面讲话。

"你们总以为我得了好多!你看,分到我名下就只有这一点。"

说话时一吊猪油不知挂在那里,但张妈妈实看见了,这一点实在不多。

四火是酒醉回来。

四火之一落千丈,是此夜过了不久的事。

简单一句:四火的差事革掉了。在先在别几家肉店里"一共混过好几年"(四火常是这样君子不重的说),革掉了才到乾顺,这一革,简直没有希望。偷油总不致于影响他的职业,有什么了不得的事屠户说不出?

在先也并不阔,言其服装,六月天更只一条裤,现在亦不过依然不阔。世态炎凉,人心不古,见乎阿嫂一人。起初也还好,但四火已不免寂寞之感了。一日大街回来,口唱孤王酒醉桃花宫,——

还是朱颜吗？当然不是。赤脚，六月炎天，太阳底下的石头大概很不容易踏下去，走得很像一个贼晚上在暗地里走路，探走。陈七保，警察，正站在那儿，他大概也很无聊，叫四火一声：

“四火。”

四火也光顾他一下，然而不答，还是走路。大鬎鬎端了一碗饭站在门口吃。王二嫂也在门口。门口有一棵树。望见四火，妈妈塞孩儿一拳。鬎鬎赶忙进去了，四火佯不见。

“四哥，煮饭今天晚上米怕不够，晚上煮粥罢。”

“米不够炒油饭吃。”

“这是怎么说呢!？我同你侄儿背了你叔叔炒油饭吃不成？我娘儿们可怜！头上有天!”

四火冷冷的那一句，王二嫂喊破了喉咙。王二嫂恼羞成怒，四火自讨没趣。

“侄儿是我的侄儿，我难道就不疼不成？他要吃点什么，我做叔叔的难道还争嘴不成？背地里偷吃偷喝，成个什么样子？教坏了孩子。”

四火这一说时，王二嫂紧紧的把嘴闭住了，心里很喜欢。大鬎鬎已经又出来了，空手，赤条条的，张开眼睛莫名其妙，但紧紧的闭住他的油嘴。

没有他的座位，四火又踱出去，口唱：

“怕只怕五丈原嗳嗳嗳嗳嗳……”

嗳得不可收拾。诸葛忧天也。

一走走到城隍庙，城隍庙的石头上面睡午觉。四火既然到了城隍庙，则城隍庙不可以不写。城隍庙分上下殿。下殿只有两个“城隍庙的差人”，——大家都是这样累赘的叫，但又叫“二百钱”，分立两旁。一位做了一个二百钱的手势，问你要二百钱，所以连那一位一齐叫做二百钱，其实那一位是手拿旱烟袋抽。因此，衙门口的张和气绰号二百钱。但或者因为先有二百钱的衙门口的差人再有二百钱的城隍庙的差人也说不定。然而张和气的二百钱确是跟着城隍庙的二百钱来的。男妇老幼一见张和气——当然本城的熟人,乡下人岂敢?张和气见了父老昆弟,以至于团头王八贼,也真是为人要学刘奉三,和气生财做大官。一见张和气,就叫二百钱,一叫二百钱,则张和气与城隍庙的差人,二而一,一而二了,不知道到底记得是谁。城隍庙的二百钱——这是专指那一位做手势的,凑巧也是一个麻子。那么张和气是麻子。此刻二百钱的跟前睡着王四火。六月天睡午觉这一块大石头上面真凉快。

城隍庙的上殿,当中,当然是县城隍。排立两墙者一共有八位,老爷正在升堂打板子的样子。这八位,有一个也是麻子,一个是塌鼻,一个是歪嘴,其余的记不清,不是记不清,我写不出那毛病的名儿。诸位的形色——如果要逼真,请就近到中央公园卫生陈列所看一看那几副患梅疮的面孔。著者昨天恰好去参观一次,所以这样说。当初塑神像的不知原何这样胡闹令人不起好感。未必是年代久远的关系。确乎有好几十年未加髹漆。但这个于我有大大的好处,曾经在城隍庙烧了一回香,至今不敢同人打官司,凡事退一步想,自己拷问一下。

城隍庙的和尚这时正在和尚的房里抽他的大烟,——抽大烟?四火原何不去把他抓住?岂不是一笔财喜?要知道,和尚有他的来历。即如刚才,四火未进来以先,石大先生娘子来了,穿了石大先生娘子的裙子来烧香。今天原来是七月初一。统共计算,穿裙子城里只有两位,石大先生娘子算第一个。石大先生抽大烟常在城隍庙,县长——如今叫县长,县长常在石大先生的家里打牌。这一说你自然没有话说了。石大先生家距城隍庙不远。城隍庙的和尚做的点心比厨子还做得好吃。这并不是说石大先生家里有厨子。有时也有厨子。刚才,石大先生娘子来烧香,上殿以下打一个招呼:

“和尚在家吗?”

“先生娘子来了?”

和尚出来了,笑得不可以再笑,一眼就见——但不知是先见石大先生娘子的青绉裙子呢还是先见石大先生娘子的一双小脚?总之这两件东西很少见。小脚岂少见?但石大先生娘子的青绉裙子恰恰拖到石大先生娘子的小脚,所以地球上只有石大先生娘子的小脚了。石大先生娘子的脸皮也搽了粉。

“菩萨保护!”

和尚双手接过石大先生娘子的一份城隍庙香纸说。石大先生娘子也说。

石大先生娘子大概站不住脚,不是走路原何也循环踏脚?这是城隍庙,她的大先生常来:这样汗流得意,得意忘形,进香是来求菩萨,是来作揖,出门曾几何时居然忘记了。和尚放了炮,炮响了,这才一扭湾,跑到当中跪下去。头上还插了花。和尚也看见了。为什么耽误了一会,又回到原地方,等候石大先生娘子起来。头上还是插了花。言照样再看。石大先生娘子叩首不肯起来。起来,要走路——

“再到天后宫去。”

“歇一会,喝点茶。”

“不,不,——和尚,你不要信你大先生的话,他总说没有菩萨,连天上雷都不是菩萨!没有菩萨人人都进香做什么?”

“菩萨保护,保护大少爷明年添一个孙子。”

你道和尚忽然记起了什么,望着石大先生娘子头上插的花?记起今年正月里石大先生在城隍庙整躲了一天半,石大先生娘子同石大先生吵架,说不该又到婊子那里去。后来是石大先生娘子亲自上城隍庙来,然而石大先生已经走了。和尚送了石大先生娘子出了下殿,回进去,抽大烟。所以四火躺在那里打鼾,和尚并不晓得。四火睡了几大的工夫,四火也不晓得,一睁眼,听得里面放炮,还不打算起来,但听得和尚嚷——

“这不行！这不行！”

和尚手下立刻多余了一个四火了。和尚也是刚刚出和尚的房,听了外面放炮。原来来了一个乡下汉子进香,自插香,自烧纸,放了炮正要拧鸡头,和尚一眼瞧见了,一双手跑去拦住他——自然是脚跑,而手拦:“这不行！这不行！”四火也拦住他“不行！不行！”于是那汉子把鸡一搂,搂在怀里,对了他们两位轮了眼睛看,发抖。

“你有什么你说！”

“人家的牲口跑到他的田里吃了粮食,他说是我的牲口！说是我害他！我只有一个孩子,凭城隍老爷！他一锄头把我的猪打死了！有理说不清！求城隍老爷开眼！他有两个孩子！我只有一个！师父！”

师父解劝道:

“我看你是一个老实人,那里会害人？你也不要生气。进了香就算得事。拧鸡头不是玩得的！我出家人总是劝人好,冤仇可解不可结。”

汉子没的话说了,又掉过去听四火一篇——

“师父说的不错,你要听人家劝。你自然不是害人的人,然而你的猪到底跑到他的田里去了没有呢,你不也是不晓得吗？是不是？——那你这一下不是害了你自家吗？”

四火看得出他的道理战胜了,连忙加那一句。连忙又接下去——

“今天你喜得师父看见了,要不然的话,吓,你自己说的,你只有一个孩子！”

“我看你这个人将来还有好处,今天你就信我的话,回去,晓得吗？”

“多谢师父。”

“你的鸡，既然烧了香，拿回去不得，你就放在庙里。”

“你将来还要发财。”

“多谢师父。”

结果他赤脚探走了。不知他的下文如何？城隍庙立刻有了一只黄毛公鸡。而四火伸手问和尚借钱。他说：

“今天实在没有办法。”

和尚说：

“你不要同我打主意。”

“二百五不好听，给我一个张和气，多了我也不要。”

有一句俗言：“二百五，卖屁股。”

“你的算盘打就了，这个鸡就算他一斤半，顶多值四百钱，你就要一半。”

“话不是这样说。今天给我一个面子。”

四火也得罪不得，和尚给了他一个面子，二百钱拿走了。走出城隍庙，他要小便，就朝那“君子自重小便远行”的地方，一个拐角，小便一下。一下未了，背后有人喊他：

“王四火！”

一看是马旺火，警察。这可不由得四火不答了，马旺火板起他的警察的面孔。四火好笑——

“你干什么？”

“你说干什么！不准你屙尿！”

四火更好笑——

“这是干什么？”

好笑，歇一会，把裤子重新扎一下。

“你不认得我，我不认得你？”

“不准你多说话！跟我走！”

四火不肯白费气力，而马旺火要带四火走，——这里且得补一笔，有一条警察署的告示贴在小便远行的旁边，只贴了三天，“此处禁止便溺，如违带署罚办”。因为到了一位新署长，是一个学生出身，见了这个城市太不讲究清洁。所以马旺火要带四火走。四火也就有点舵转不过来。幸亏卖麻糖的吴细叔走来了，上前解劝。马旺火说明原委。

“好好，算了，算了，都是眼面前的几个人。”

于是吴细叔插在当间，他们两位隔了吴细叔吵嘴。

“你是狠你就跟我走！”

“跟我走！走到九江去了王八你晓得吗？”

“四火，这就是你的不是。”

然而四火走了。气坏了这一位警察，吴细叔一把拉住他。马旺火的女人去年冬天跟人逃了，所以四火这样下场。拿了二百钱那里去混了一大半天？我们所晓得的，他走张大嫂门口路过的时候喝得脸红。这位张大嫂就是首先就介绍过的那个张大嫂，寡妇人家。四火过路，一个挑大粪的也过路。今天真是多事之秋，四火一碰把一桶的大粪碰泼了许多。四火只碰了挑大粪的一下，而大粪就碰泼了。张大嫂同她的小姑娘正在那里吃饭，张大嫂就不吃饭，跑出来一把拉住挑大粪的。

“你走！看你走得脱走不脱！”

拉住了怎么走得脱？然而挑大粪的想一脚走脱。

“你把我怎么样？又不是我有心碰泼的，是他碰了我一下。”

指四火的背。

“我不管许多，你把我的门口扫干净！”

扫干净算不了什么，挑大粪的就放下他的担子。

“你给一把扫帚我，——没有扫帚我怎么扫呢？”

“啐你妈的脸！我给扫帚你扫大粪？”

“不要开口就骂人，我不是今天上街的乡下人，多不说，这条街我一天要走两回。”

于是他走回路了，丢下他的大粪。

“我不看你是一个寡妇人家,算不给你扫。”

且走且低头说。他也知道张大嫂是寡妇人家。四火早已走得不见了,落得干净,他怕张大嫂把他也拉住。寡妇人家,谁都不敢惹,尊重。夫人必自侮而后人侮之。这位挑大粪的为什么走回路呢?不远,他刚从那里挑粪来,又回到那里去,那个人家的茅司里他放了一把扫帚。那么他还得来回一趟。

四火回家很晚,王二嫂统率了三个鬍鬍早睡了。睡了王二嫂的破蒲扇没有放手,喳喳不休,蚊子太多。留得大门未闩。四火轻轻一推开。还咳他一声。天上打雷,打雷不下雨。四火趁着电光一倒倒到他的竹床上睡下去了。言其北窗之外电闪而已,不然难道他不睡不成?还给他留一盏灯不成?

“喳!”

扇子拍蚊子,——一喳便悟,用不着想。他的头上也有蚊子,然而不管。

“喳嗒!”

扇子滚到地下来了,没有捏稳,睡着了,——稍想了一下。然而王二嫂一翻翻下来了,起初四火毫不知,等待忽然——

“嘁吟嘁吟……”

那么起来屙尿!

“轰轰!”

打雷。

闪。

“轰轰!”

打雷。

“呼呼。”

四火打鼾了。四火毫不知。这样今天过了。过了一天又一天。不过半月工夫,四火这才实在没有办法。王二嫂动不动打鬍鬍,打得王二嫂巴掌红,鬍鬍屁股红。四火说王二嫂是打气,是打他。也只好不论。出去,回来。回来,出去。回来,白日就躺在门口树脚下睡觉。一天,睡觉醒来,大鬍鬍一屁股黄泥巴摆在四叔面前,鬍鬍们和土作盘筵,四叔打他一巴掌。鬍鬍倒不在乎,掉转头来同四叔玩。

"四叔,我妈说你不要脸。"

四火打一个呵欠。

又一天,睡觉醒来,听得张妈妈在那里咬舌,或者是张妈妈把他喊醒了也未可知。张妈妈的鸡被谁偷走了一只。张妈妈喊得甚费气力,叫人想到人是应该有舌头的,舌头不应该有毛病。

"那一个短阳寿的!害我!偷我的鸡!"

四火既然醒了,也还不起来,躺在那里学舌:

"偷你的□(从尸从穴)!"

(应该声明:此地是著者遵照唐有壬先生的写法,四火只不过故意把音变了一下。)

于是讲一个故事自己听,以醒瞌睡——

"一个咬舌婆,一个晚上,深更半夜里,有一个人摸到她家里去,把她的鸡偷走了,把她的鸭子也压死了,还朝她的墙上屙一泡屎。第二天清早她爬起来,一看,鸡不见了,鸭也压死了,墙上还屙了一泡屎,她就跑到大门外一喊!一喊:'是那一个短寿的!夜里跑来偷我的□(从尸从穴)!把我压也压死了!还要屙一泡屎我的床上!'大家听见了都跑来了……"

"我可怜!害我!偷我的鸡!"

1929年9月

(初载1928年4月9日《语丝》第4卷第15期,原题《未完》,为未完成稿。后足成于1929年,收入《枣》)

莫须有先生下乡

莫须有先生为什么下乡,也是人各一说,就是乡下的侦缉队也侦不明白了,只好让他算了。蓑衣老人访他那一天,彼此都不肯多说话,莫逆于心,他说了一句:“乡下比城里贱得多。”我们似乎可以旁观一点,但那么一个高人岂是这么一个世俗的原因?不知道的不必乱说,知道的就无妨详细,且说莫须有先生那一天下乡。

莫须有先生一出城就叫了两匹驴子,一匹驮莫须有先生,一匹,当然是莫须有先生的行装,一口箱子一捆被。还有一个纸盒儿,里面活活动动的,赶驴子的不晓得是什么玩艺儿,——莫须有先生又不像要把戏的天桥老板?要从莫须有先生的手上接过去:

“莫须有先生,你这是什么东西?也给我,都绑在一个驴上,几十里地,走也走一半天,拿在手上不方便吗?”

“这是我的闹钟呵,我买了好几年,搬家也搬了好几次了。我总怕我清早不能早醒。所以别的我还不说,我的钟我总不肯让我的房东拿去了。”

莫须有先生似乎有点乏了,无精打采的。他的几个房东都是几个老女人,而今天早上,那一双“京东”的小脚,简直不高兴莫须有先生要打鼓的进来,很不耐烦了。

“你赶快把东西绑好呵,我要到那头赶午饭呵。”

“我也巴不得说话就走!站了一半天,问你这个匣子是你自己拿着还是怎么样——你不说话还要着急!我比你还着急!”

原来刚才莫须有先生并没有说话,是站在那儿想心事。这位驴汉实实在在着急,说话一嘴口涎,把莫须有先生弄得退后一步了。其实是想道理:依然安安稳稳的双手叉腰立正,年青的时候动不动就爱打架,现在脾气应该学好一点了。

"这是我的一口钟,路上颠颠簸簸的,我自己拿看。"

城门之外,汹汹沸沸,牵骆驼的,推粪车的,没有干什么而拿了棍子当警察的,而又偏偏来了一条鞭子赶得一大猪群头头是猪,人人是土,莫须有先生呢,赶忙躲开一点,几乎近于独立,脖子伸得很长,但这么一个大灰色之中无论如何伸不出头来,瘦伶仃的,立在那儿真真是一个地之子了。

驴汉其二,他是不大着急的,四面光顾莫须有先生——

"莫须有先生,我们要走呵。"

莫须有先生从他的背后掩鼻而趋之道:

"我在这里。"

于是莫须有先生觉得他要离别这个他住得很久的城门了,他也不知道为什么了。

走了还是不大走,非敢后也,驴不进也。驴不是不进也,人太挤也。一位算命的先生也拄了他的棍子夹在当中走,莫须有先生的驴汉冲锋道:

"边走!"

这一来,瞎子拄了棍子而不走了,而且摆起他的瞎子的面孔,昂首而侧目:

"我劝你和气一点罢。"

"对,人总要和气一点。算命先生,你让开我们一步罢。"

莫须有先生得意得很,给了这个家伙一个教训了,驼了他的背,拉了他的驴绳。算命先生也得意得很,就让开一步了。

"算命先生,我的胯下是一匹呆相驴,如果高车驷马的话,唉,我一定向你行一个古礼了,这我怕它把我摔下来了。"

"你走你的罢。"

算命先生,你也走你的罢,莫须有先生一走一低昂已经过去了。

“赶驴的汉子,你难道不看见吗?那位瞎子先生多么从从容容呵,我爱他那个态度。”

“我不看见!我不看见我不也是瞎子吗?——王八旦草的!我看你往那里走!”

驴要往那个阴沟里走,一鞭子从屁股后来,把莫须有先生吓得一跳,开口不得了。

于是无声无臭的约莫走了半里地,依然是百工居肆以成其市。莫须有先生忽然一副呆相,他以为他站起来了,其实旁观者清,一个驼背,生怕摔下来了,对了面前打着一面红旗一面绿旗的当关同志道:

“喂喂,慢一点!慢一点!——我就只有这两匹驴子。”

说到“我就只有这两匹驴子”,莫须有先生已经吞声忍气了,知道了。

“糟糕,屙尿的工夫。”

而一看,不言不语,首尾不相顾,都是巴不得一下子就飞过去的人,都给这一个铁栅栏关住了。原来这里是铁道与马路的十字交口,火车要经过了。

莫须有先生仔细一看,他的驴汉缺少了一位,仓皇失措,叫驴汉其二:

“驴汉其二,你的那位朋友怎么逃了呢?你怎么一点也不留心呢?”

这位朋友撅嘴而指之,莫须有先生愁眉而顾之,这才放心了,他在那里小便。

“人总不可以随便寻短见呵。”

这是怎的,莫须有先生就在最近曾经想到吊颈乎?我们真要把他分析一下。然而呜的一声火车头到了,大家都眉飞色舞,马上就可以通过去了。而莫须有先生悬崖勒马,忘记了他是一个驼背——

“这都是招到山西去打仗的兵呵，怎么这么多呵。一辆又一辆，你们连一个座位都没有呵。你们的眼光多么怯弱呵。父兮母兮，天乎人乎，吾思而使尔至于此极者而不可得也。刚才我一出城门的时候，看见一个人赶一个猪群，打也打不进城，钻也无处钻，弄得我满脸是土，不舒服极了，现在你们又在我的面前而过呵，弟兄们呵。唉，上帝，莫须有先生罪过了，他的心痛楚，这都是他的同胞呵，他的意思里充满了那一些猪呵。然而我不能不这样想呵。你们叫我懂得了一个道理。从前我总不明白，人为什么当兵呢？那不明明白白的是朝死路上走吗？然而他是求生呵。人大概总是要生存的，牲口也是要生存的，然而我们是人类，我们为难，便是豢养，也是一个生之路，也得自己费心呵。这是怎样的残忍呵。我们实在是辛苦呵。为难的就在这生与死间的一段路，要走呵，我看得见你们的眼光的怯弱呵。至于打起仗来，生生死死两面都是一样呵，一枪子射过来，大概没有什么的罢，一个野兽的嗥叫罢了。这个声音悲哀呵。实在的，马牛羊，鸡犬豕，此六畜，人所食，都有这一个嗥叫。上帝呵，弟兄们呵，命运呵。而今而后，吾知免夫。我要努力。”

莫须有先生忘形了，他掉了一颗大眼泪。而栅栏门一开，肩相摩，踵相接，莫须有先生走也走不进。

到得真真到了乡下，莫须有先生疲乏极了，栽瞌睡，一走一低昂，惹得那一位驴汉不放心，厉声道：

“莫须有先生，你别睡着了！我看你不大像骑过驴的，一摔摔下来了就怪不得我！”

莫须有先生闭了眼睛不见回音。驴汉其二，瞧一瞧莫须有先生的样儿，窃笑道：

“这个人真可以。”

“你们不要骂我呵，让我休息一下呵，你们走慢一点就是了。

唉，旷野之上，四无人声，人的灵魂是容易归入安息的。"

"前儿就是这儿出了事。"

驴汉其一自言自语，而莫须有先生的睡眼打开了——

"出了事？出了什么事？"

"两个强人把一个庄稼佬的五十块钱抢走了，还朝他的腿子上来一刀。"

"嗟夫，我的腰怀也有三张十块的票子，是我的半年内修行之资。"

莫须有先生他以为他站住了，摸一摸他的腰怀，而且糟了，明明自己告诉这两个强人了，腰怀三张十块的票子！事至于此，乃小声疾呼道：

"你们把我往那里驮呢？我明白，我完全不能自主，我不能不由你们走，你看，你们完全有把握，一步一步走，莫须有先生要站住也奈你的驴子不何了。"

"莫须有先生，你看，前面来了一乘花轿。"

"驴汉其二，你比你的朋友高明得多，他动不动就吓唬人，我看了你我就放心了。对，一乘花轿，这个旷野上走得很寂寞呵，一点也不热闹，然而看起来很好看呵，比城里之所见大不同。这不晓得是谁家娶媳妇，新姑娘她的肚子不晓得饿不饿？走了多远？"

"莫须有先生，你的肚子饿了吗？我们刚刚走了一半。"

"我不饿。这位新姑娘不晓得是长子是矮子，如果是一位美人的话，总要长高一点才好，那才合乎凌波微步，罗袜生尘，否则，唉，把人类都显得矮了，令我很难过。"

"莫须有先生，矮子倒有好处，做衣服省材料。"

"驴汉其二，你不要胡说！你再说我就下来打你！"

莫须有先生伤心极了，不知为什么，我们简直疑心有一位姑娘爱他，人长得矮一点。

前面到了一个所在，其实什么东西也没有，平白的孤路旁边五

棵怀抱不住的大树,莫须有先生一望见那树荫儿,振起精神出一口鸟气:

“好了好了,到了到了。”

“到了还有五里!”

“你们无论如何非下来不可,莫须有先生要在这个树脚下躺一个午觉。这个太阳把我讨厌死了,我的身上有三十块钱,本来应该有五十的,那个小滑头骗了我,几时我再进城同他算账,我只怕他一见面就恭维我那就糟了。我不怕强人,我连虎列拉都不怕还怕强人干什么呢?你们只听我的话下来就是了。我舍不得这个大树的荫凉儿好。万一他乘其不备,把我的财物抢去了,把我的生命也夺走了,同裁缝杀张飞一样,趁张飞睡觉,那天下事也就完了,算不了什么。不瞒你说,因为你们两位今天也辛苦了一趟,不多的日子以前,我简直想出了一条妙计,只是我不肯同我的爱人开口呵。我想,反正是没有什么意义的,我不如同我的爱人一路去游历一回,观一观海,一跳,同登天一样的踏实,手牵手儿,替天下青年男女留一个好听的故事,而我呢,实在也落得一个好名誉,情死,因为单单自杀,总怕人说我是生计问题,怪不英雄的。我的爱人呵,你现在在那里呢?你也应该努力珍重呵,人总要自己快乐一点才是。莫须有先生现在正骑了驴子在乡下走路了,前面便是一个好休息之所,你不要挂念。”

怎的,树脚下一只野兽,是狼?莫须有先生又站住了,探头探脑——

“喂,你们二位小心,不要走,那树脚下是什么东西,别让它害了我们的性命。”

“莫须有先生,你简直是一个疯子,一只骆驼怕什么呢?”

“骆驼?对,一只骆驼,还有一个汉子伸脚伸手躺在那里哩。也难怪我,你们是走近来了才看见是一只骆驼,一,二,三,四,五,这五棵树都多么大呵,所以我远而望之以为是狼哩。唉,鹞鹰飞在天上，它的翅膀遮荫了我的心，我没有见过这么好的树，干多么高，叶多么绿，多么密，我只愿山上我的家同这路上的大树一样——还有几里地就到了，二位驴汉？”

“五里。”

“那么你就传出去，离莫须有先生家有五里，路边有五棵大树，于是树以人传，人以树传，名不虚传。”

（原载 1930 年 5 月 19 日《骆驼草》第 2 期）

李健吾

陷　阱*

一

巡长，您听我仔细讲。

我并非不懂人情世故，能麻糊就尽着麻糊，不过像他今天这样对付我，可真有点儿昧良心，害故人，出我意外了。我们是紧邻，一直住在同院，无论事由儿大小，中间底细彼此总意会的；说到这件事，我还真不愿意当着许多人张扬，可不……这也真难出口哪。

好，是非曲直，请公断罢。

二

他这个人我不说怎么怎么坏，一点不；一点不。他坏，我想不一定是打心里坏，左不过是钱逼的：一文钱能逼倒英雄汉。可是他这人并不怎么好；他懒，爱花钱，好摆大爷架子，不知道廉耻。你们瞅，他的顶门鼻头上有颗巴豆大的麻子，这破像，怪招人笑，所以街上孩子都笑他。

---

* 收入《使命》集时改名《买卖》。

“麻子—！”街上这样浑叫他。

“叫我马四爷做什么？小杂种！”他咧着嘴，嘴够漂亮的。还有那副勾人的贼眉眼。

他姓马，这就算了。可是他既没有哥儿们，又没有子孙，他用心狡黠，就可想而知了。

三

我自个儿，我明白也不是天字第一号儿的；不过我有良心，再说我还有一座不三不四过得去的买卖。我爱我自个儿，这就是说，不愿因为我自个儿作害了别人。我有钱，可是从前我年轻的当儿，不瞒您，我穷得毁了我一辈子。这得解说个干净，它跟我们的纠葛有些牵扯。

我叫做何其玉。

原来我的家底并不错，不知怎么就塌下了，我断了学，离开了爹娘，让送到一家公馆当书僮。这伤了我的志气，我觉得自个儿从此踩在人家脚底下了。我那时不像现在这样蠢头，外表上也真有一下子，主人怜恤我，许我伴着小主人在私塾里念书。您可以瞅出我那时要多得意。在那私塾里还有小姐们……这我可以不必聒噪了；总之，我是一个糊涂虫，主人骂得好，把蛇养在肚里了。我就是那长虫；不过我有志气，拼我这样的人才，终有出头的一天。我走了。

我在外混了几年，混得我一点志气也没有了，但是我不灰心，天有好报，我总要弄到我那位狂了的小姐。

她出嫁了。

我死了心，混着，混着，一直从前清混到民国，混到现在，住在他家的院子。

四

人人都有不堪回首的事由儿,人人就喜好向外人吹打这个,不管人家愿意听不愿意听。我不然;这有两层缘故:先不说我怕这毁了从前我那位小姐,再说这也引不起人来可怜我。可是有一个人可怜我,就是他的老婆。她听得下我的故事,听完了以后叹息一句:"唉,可怜人!"这能把我几十年的郁气扫动一扫动,让我觉得这究竟还值得点儿什么。一个老光棍为了负心的女人吃苦,只有在女人那儿还寻得出个嘘寒问暖的知心……她可以为我流眼泪……

日子是要过的。她闷得慌,听我一遍又一遍地讲着这桩伤心的事。想不到这如今会是我唯一的快活,我好像也只有这个记得清楚。她年纪不算大,知书识礼,在穷人群里很少见。我们很处得来。我常常觉得,不瞒大家说,她跟从前我那位很相像,尤其是笑的当儿。

有时我忘记讲了,她在我窗户底下,特意向里头提醒。

五

请听我说。

大家不要瞎猜我跟她有意思,这不成人话;我从来只把她当自个儿姑娘看待。当着她丈夫面前,您可以根究一下。我恨女人,见了她们就远远躲着;说实话,起初我真还有些怕她,因为她有些像"她";随后她熨贴我了,因为她真有许许多多地方像"她"。我尊敬这样的女人,我没有存过一丝坏念头,天地良心!

她跟丈夫很要好,这个四邻都知道。他们穷,这个四邻也都知道。可是穷挡不住夫妻要好,这也是真的。不过穷能立时就让他们饿着，这可也是真的。说不准夫妻两个里头，就许有一个生了翅膀。我说他们穷，譬如这所院子本来是他们自个儿租的，三面九间，场面总算不小了，不久东西厢腾出来，在门口跟电线杆子上贴出转赁的红条子。偏不巧我正在找三间房子，就寻问到这儿，碰见麻子一，把东厢房租给我。

我搬来了，从上房走出一个小媳妇，对我道："先生，您是单身吗?"

我在这世上连个鬼伴儿都没有。

她呆了半晌，冲我笑道："这怕不方便哪！因为……因为……不，先生。这怕对我不方便；您瞧，我是一个年轻媳妇，丈夫又整天不在家。"

她的笑，她羞上来的红脸，让我觉得像坐在针尖儿上；她的干脆跟客气，真叫我佩服。我决定住下了。所以我说，"不过你男人并没有……"

"噢！我并非撵您走——只是西厢房能赁出去就好了，不是吗?"

三天以后，一位老寡妇来瞧西厢房，付了定钱。她后面还跟着两个野小子，这个那小媳妇特别欢喜。

六

我讲的那座铺子，是个小杂货店，就设在大街上；开头本钱小，我总是不分黑白，在前后柜照应着，另外有一个伙计。我很忙，人缘也好。后来我约了一位朋友入股，铺务便由他经理；至于我，除去一天在那儿用上饭铺送来的两顿菜饭，此外便扔开歇腰去了。我连饭也慢慢不在铺里用了，这是因为……

巡长，您听我的。

这是因为后来我在他家灶上用饭；我不知道这怎么弄成的，不过有一上午我的确跟他夫妻在一张桌子上吃着饭,这饭自然是他女人做的。大概这样开始的:那天我从他们房外窗子底下走过去,他坐在院子台阶上晒太阳,看《群强报》,他女人坐在案板前头小凳子上,切下四四方方几堆白面皮,在那儿捏饺子。

我不禁夸道:“饺子包得真高!这是一份儿手艺哪!个子要圆,皮儿要薄……”

“噫——那儿话!别见笑!这是他今儿个在家里,我才包几个。”

他搁下报,接着问我道:“老爷子,你用过啦吗?”

我说,还没有偏过哪。

“这!好,就在这儿用些罢!自个儿人,别嫌肮脏。”

我说,那儿话,不过铺子里头还等着我哪。

他女人低着头不做声,忽然望着窗台上的空瓶子,拍手道:“呀!醋还没有挹哪!”

我说,要吃还得一会儿,反正我得到大街绕一趟,就顺便把它打了罢;他们怪不好意思的,强着我一定得回来用饭。我提起醋瓶口的绳子,兴兴头头地走了。

从此我就不再大远地,为一顿冷饭,赶到铺子去;不过这也是实情,就是每顿菜饭总归我垫钱,开头他女人不肯,随后也就罢了。

七

我始终还没有提到他在外干些什么营生。原先他在一家公司充跑外,很有起色;公司交了他四十块钱,那一夜他就身连魂儿丢在“胡同”里头,随后倒霉蛋儿就让公司裁掉了,真有些冤得慌。后来转到一家工厂,不到两个月,他回家对女人讲,这不是人干的,便辞退了另找事。事情可不容易谋,结果便留落在东城电影院,当了一名差役。这离家太远了,他便改到珠市口戏院子;这离家太近了,他倒很少回来。

做这种男人的管家婆,滋味是不会好受的。

自然这不能怪他,年轻人,出身是公子哥儿,从小出脱惯了,长大成人只有下山路溜着顺当。从小人都替他设想,所以他从来不会替人设想;可是死的死,丢的丢,如今就剩下这个女人死跟着他了。我不骂他,这不算他的错。有人说他同那位老寡妇暗地有两手儿,这我从来不信;为她标致?这是笑话;为她的压箱钱?这就难说了。不过这您知道,他长得可够让一个老寡妇动心的。好在这不是我的事。

有一趟他从戏院回来,在院里对大家讲,明晚是梅兰芳的《天女散花》。

"噢!我就是没有听过这个!"那个老寡妇坐在院子台阶上,叹着气,好像她整天在戏院过活。

"那是个坤角?"他女人小着胆问,好像一生没有见过戏报子。

"我可以请你看去,要是——"这是他的话,这明明是对那位老寡妇献的殷勤。

这时候我正从屋子里头拖着鞋提踏出来。

八

您听我一丝不漏地讲。

就是那老寡妇跟他们吵架了,决定要搬走,不再在这儿住了,连一天都不肯多留。我从铺子回来,正碰着她在抽窗外灰炉子红活活的煤球,指东数西地骂着。我觉得她疯了,这样儿抽着煤炉子。我像没有提到她平日为人怎样,其实这用不着我多嘴,一个四十多岁的半老女人,带着两个野孩子,在南下洼有的是。我走近她那边,问她做什么。

"做什么?我泄炉子!"她真气迷了性:"可不!我搬家!今

天!”

我觉得出奇。

“为什么?不为什么!”这真是一个地道的老泼妇:“不!你问他去!问她男人去!”

我走到北房窗底下往里听,只见女人抽抽搭搭的声音;我问老马有没有在家。

屋里回得是:“刚出去了——您是谁?请进来罢。”

我进去了:她倚在里间床上,眼睛是红的,头发是乱的,上襟纽子有失了扣儿的。我吓了一跳。她装着笑,迎到外间,轻轻问我有什么事。

“我要吃饭——”我打岔道。

她吃惊了,叫道:“唉呀!我——我忘了做哪!”她的脸蛋儿跟眼圈儿一样红了。

我忽然问她为什么西房要搬走。

她向里间转过身子,不在意地答道:“是吗?真的?噢,要搬家?我不知道为什么。我真不知道。我男人刚——他刚出去!”

我问她:“你愿意他们搬家吗?”

“噢!我怎么知道?”她跑到屋里,扶在桌子上哭起来,忍不住了。

我始终莫名其妙,这葫芦里的药!

九

那位老寡妇叫了两辆破胶皮车,装上一件一件的破零碎,一个儿子跟着一辆车,她自个儿在后头押着,摇着手里的扫帚,给我道了一声扰,真他妈走个无踪无影了。连着两天我没有见老马一面,跟他女人只不过是饭时一会,谁也不多讲话,日子过得一点不挂劲。后两天我简直躲到铺子,一直到天黑才溜回我那冷屋子,晚晌总是她开门。除去家常一句问候,闲话一概不提。这样到第三晚晌,等她开了门,放我进来,我嘴里故意哼着戏调儿,避着同她答应,窜进自个儿屋子。

她跟着我,冲着我这傻样儿直挤眼儿乐;我从窗台上端下洋灯,她抢过来擦起火,取下罩子,点着了它,替我捻亮了。我回头哆哆擞擞问她傻笑什么。

"自然笑你呀!"她更笑得厉害,这狐狸精!"我同你说话你也听不见,我跟你走你也不睬我,我为你弄好饭你也请它凉着,我为你点亮了灯你也不谢我,我——"

我唧哩咕噜着铺子忙得不了。我问她男人回来没有。

她拉长了脸不做声。

我笑着说他真也放心,然后用手指着她跟我,开心道:"——你跟我!哈哈哈,哈。"

她哑着嗓音,好像骂了我一句老羔子,立刻气忿忿地扭了出去;过了些时,在我窗户底下,她忽然用顶冷的口气问我道:"你明天不也搬家吗?"

"绝不!"我老老实实答着。

十

第二天早晨我起来舀了一盆水洗完脸,正打算要悄悄溜出去,忽然听见她隔着窗子在屋子里头叫我停住。我很不自在,觉得跟受大刑一样。

"你上午不回来用饭吗?"她挽着髻子,往外走着多心地问。

我回说不。她倚住北房有太阳的墙柱子,好像盘算着什么,然后瞅着地上的麻雀,向我郑重其事道:"我劝你早些搬家,因为……"

我问她是不是要撵我走,跟老寡妇一样。

"不！不！"她急着辩道："我只觉得你——你该搬家！"

"为什么我应该？我在这儿住得舒服，房钱又不欠；"我想过来："你是不是目下缺钱使，我的小太太？"

我这轻薄调子显然不招她欢喜；她吐了口唾沫，扭转脸，发着火，走到我胸前，问我把她当做何等人。

我说我绝不敢损她，这是真心诚意的话。我猜她男人近况不佳，她这些日子一定很窘；我说我从来没有跟女人取笑过，请她想想我是怎样一个过来人；然后问她"不是吗？"

"不是吗？"她小嘴半张着，上牙咬紧下嘴唇，轻轻学着我的口吻，然后转过身子，抬起手揩着睁大的眼睛。

我从皮腰带的袋子里摸出两块老袁头，走过去放在她身旁的窗台上，觉得没有话可讲，我扬起脚便走。不过这我又错了。小娘儿们！她喊了我一声站住，抢过那两块雪亮的大洋，往我眼前花地一扔，正滚在我脚前地上。

"我不要你的钱！"她的两条眉竖起来，眼睛放着亮，伸出小粗手指头，一只脚跨在台阶上，一只蹬在砖头上，斜弯着上腰，怨天骂地道："噢！你们男子没有一个好的！没有一个！没有一个！"

"你男人也不是好人？"我故意逗她道。

"不——不——不要提他！"

"那么我也不是好人？"我追着窘她。

"啊！天呀！"她的眼泪让我挤出来了，她将身子仆在窗槛上，像六七岁小娃娃委曲了撒野："你——你们都是——都是好人！"

我耸着肩，撇着嘴，一溜烟出了大门，上了大街，留下她独自拾那两块惹是非的老袁头。

十一

我这儿讲的全是真的。一点假意思不搀进去：这不是杂合面。

不过我有我的想法。

我明白我现在应该搬家,那还用说。我:一个没有娶过亲的男人,年纪不算太老(说实话,我只过了四十三个整生日,加上一月又十天的零头),人还将就,手头松泛。她:这我不愿多嘴,大家都清楚的。大家都清楚的,她一个年轻媳妇,独自孤另另地住着三间大空砖屋子,丈夫不肯回来,这样长的夜,静的院子,还有白天的劳苦,黑夜的愁闷,再加上穷……穷……这些我都晓得。我不是没有心肝的老油鬼,这样的女人我不单只佩服,而且真是踏地地尊敬。我知道我该走,随便那儿也好,都比这儿穷窠强。

不过大家总该相信我没有存过半点儿坏念头,我自个儿信得过。小时候我受够了苦,不用人教,我早会做人了——做人不像放屁那样轻易,可是我能够,而且也真做得到。而且我每一想到我那位小姐,她为我疯过,为我拘禁起来,……是的,她像改嫁了,不过那跟我有什么关系呢?这我不信。这些就都在我眼前头,她跪在那位镇台大人面前……我也跪着……我们哭着说,打死也要在一处,没有鬼神能分得开……于是我让吊在马号柱子上……上天见证,这些话我常跟他们夫妻讲……

呵,我又该走了,混着,混到头发白了。不!我说实话,如今没有人赶得了我走,离开这三间破屋子,还在臭粪厂里头。我——我爱这个可怜的小妇道!不过我信得过自个儿,我有一种力量,常人没有的力量;我绝不做丧尽天良的浑账,缺德……

巡长,这一番老话就算您没有听见。

十二

上午他回家了,我们一处用饭,跟往常一样;跟往常一样,他女人低头捧着碗筷,不一样的就在她直拿眼睛偷偷瞥我一下,再偷偷射她丈夫一下,趁我们不经意的当儿。我猜她心里有不堪出口的苦,说不定是由于瞅着她男人那种大言不惭的穷酸样子。他扯到时局的紧张,论到米粮的抬价,笑着衙门候差事的老爷……可不,没有一桩事关着他,又都像跟他有些牵挂。

我们一块儿出了大门,顺着野池塘,向大街走;我虽说听着他滔滔的话头儿,可总想着他女人分手时候那付求我什么似的黑眼睛……多怪气!

可是不怪气,您听我讲。

他先问我这一向生意兴旺,接着叹一口气,攥紧拳头打着左手心,一语三转地道:"这,您瞧,在这种年头儿上,没有几家买卖能及得上您的,而且这种年头儿真不好混,阔人不提,穷人更是一言难尽,而且有钱的地方门都关着,穷人就让才气行,也挤不上;而且——就说我罢,鞋跑得只剩下这一双了,然而还是混不出一碗正经饭。您知道,我原是心高气傲的年轻人,从前也干过正点儿事;不过我还是我,这不是我的错,这是——你看我女人怎么样?"

"怎么样?"我觉得他的来语有些突兀,便思索一下道:"她为人很好。"

"噢!我知道,我知道。"他顺手从塘里揪起一根苇子,有许多懊恼像借着这个劲儿泄掉;然后抡着半截苇子,发恨道:"您瞧,我不常在家,您知道,我不能,我没有脸见她——不,我在外头太忙!她年纪轻,不过有您——您!我晓得您一定好好照顾她的。唉,如今好人真少!真少!"

我问他最近干些什么营生。

"营生?我喝西北风;我从这家公馆跑到那家,连那门槛可怜还没有迈过。"他把左脸向下一扯,筋像抽痛了,随后举起右手顶住那个地方,怕它掉下来;这种情境,谢天谢地,我是从里头混过来的,现在已然——好,他接着微笑道:"我告您实话罢,不过我盼您不要告诉别人,尤其是我老婆。我正在做一个赚子儿的买卖,您信我,我还有朋友,不过我——您瞧,喂,怎么样?"

“怎么样?”我猜不透他的意思。

“哼,嗯,哼,您能借我二三十块钱吗?”

我楞住了,盯着他,问他要那干什么。

“那买卖,您瞧,总得大家合股,我可一文不名。”

我问他那是什么。他说我将来自然会清楚;我摇了摇头,老实不客气对他说我没有钱。我们对立着都不讲话。

然后他笑道:“你真要知道我的底细吗?”

“因为怕我拿去洗姑娘们的账吗?”

我说我怕跟这差不了许多。

“哦!那自然!”他带着恶意向我笑道:“不过你可有钱借给我女人——我那位年轻的媳妇!哈,哈,哈。”

不等我急得转过念头来揪他,他跳开腿早从小道上跑了,手里颠着我早晨给他女人的那两块现大洋,花花地响。

十三

我转过了念头;我也转回了身子。我觉得我一肚子霉了三十年的闷气都得泄在她女人身上;什么?拿我来做你丈夫的把柄?而且……而且……天地良心!

她在门口向我这边路上望着,脸上衬着种种可气堪怜的焦急,见我来了,跟哈吧狗一样,往旁一闪。我没有睬会,连正眼看也不看,昂起头来,一直走进我自个儿的屋子。呵,这才是有气派的人哪!我连头回也不回;有脚步声跟在我后头——这种女人!我摔着袖子,就像摔掉顺治门洞叫化子。我站在床前头,不知道想了些什么,然后抖开床上叠好的被窝,铺平了来打行李卷。转动的当儿,我觉得有一个人影在小门幌着,我没有管它。

我打好了铺盖卷,塞进去毛巾,胰子盒,洗脸盆,磁茶壶,一对洋磁花茶壶……我冲着支起的窗子出了一口长气,舒服多了;我转过身来，正冲着靠门立的女人，面无人色，眼睛在我身上旋着。

她声音低得几乎让人听不见，哆哆擞擞地问道："何掌柜您真要搬走吗？"

"自然，一定的，没有错；"我气着道："请问，不是你赶我走吗？"

"我？"她一惊，仰起头，打窗户望着外面的天，慢慢向我道："我可没有请您走，可没有！是的，我先头那样讲过，可是那不是我的本心，不是我的本心。不过，那时候您可以走，因为我怕……噢，不过，如今，您不能走，因为他……他……因为我怕……噢，何掌柜，"她忽然在我脚头跪下，头扶在两只手里哭着道："我该怎么说好呢？怎么说好呢？我一个人，无依无靠，在这样空的地方怎么好呢？您——不，你，你你不爱我吗？你不看我做亲女儿一样吗？"

小狐狸精！我搀起她坐在桌旁椅子上，等她气喘定了，我站在她身后问道："你男人在外做些什么营生？"

她哆擞了一下，低声回道："他从来不告诉我；你知道吗？"

自然我更无从知道。"你还欢喜他吗？"

"噢，让我想一想；"她抬起头撇了我一眼，带着泪，转向房角暗的地方，"是的，我疼他。"

我转到她面前，用手扯过她的头，猛然问她道："告我实话，他逼你什么来吗？"

她静静看着我，慢慢答道："没有。"

"真的？"

"没有！"

"那两块钱怎么到他手的？"

她脸色白了，不说什么，然后转过语气问我道："他刚才亲自对你说的？"

"不错，那杂种！"

她忽然推开我，狂笑起来，跟夜猫叫唤一样，抢向外屋道："喝喝！喝喝！我真佩服他！"然后她在门口转过身来，向我俏皮道："何掌柜，您还走吗？"

"不走！不走！小娘儿们！这儿是三吊铜元票，晚晌给咱包一顿好饺子！"

十 四

铺子我那位伙伴想是发了狂，忽然对我讲他不干了，请我另想办法；他要到济南府去谋事，有位亲友在那儿队伍上充营长。我劝他三思而后行，少冒无谓的险；狗骨头不识好货，他一死儿要挺尸去。好在他不提动本钱，只要些盘缠，我也就不好拦阻。他第二天动身。

上午吃饭的时候，我把一肚子没好没歹的气诉给我那位厨师娘。她问我以后怎么办。

"好它妈的！左不是我跟那铺子死在一起！他走了以后，我就搬到铺里去。这年头！这种交情！这种生意！"

她呆了半天，忽然问道："这边呢？"

"这边？"我也呆了半天，叹了口气道："且看罢！"

十 五

洗碗碟的当儿，她忽然怪怪地，对我扭捏道："老爹，待一会儿我要出去——到土地庙去，今儿个是十三。"

真稀奇，她居然也会想到逛一逛去；去罢！在家里反正是怪闷的。我临走交她一块钱花去，叫她记住回头锁门。至于以后她是不是去了土地庙，那我便不得而知，不过晚晌我从铺子用完饭回来的时候，却见大门敞着，院里也没有人声。我进来关好了门，一直走上北房的台阶,才听出屋里有哭声。我怕庙上匪类欺侮了她。我在中堂站着,问她鬼号什么。

“没有,没有;”她抢出屋来,向我媚脸儿笑着,拿手理上散下来的头发,赶紧辩道:“喝,今天真热闹,人山人海,什么物件我也新奇,我也欢喜,我都想买,后来——后来我一样也舍不得买。我没有花一个镚子。去时走,回时走。噫哟,你用过饭啦吗?你今天回得分外晚。”

我走到她跟前,伸出手,冷不防道:“还我那块钱!”

这时她是什么惊惶神情,简直用不着我多嘴;她随后走到我胸前,眼睛长虫似地灼着我,用小手翻弄着我开了线的领襟,轻轻道:“那你不是给我的吗?你这人真没有信实,老爹,我这儿沏了一壶好茶,你靠在床上给我讲故事不好吗?来!我许久不听你讲了;那位小姐,你那位小姐,那位叫你受了一世苦的小姐……”

这要在从前,我一定欢欢喜喜,叹气流鼻涕,把那死故事向她重来重去的;不过我是男子汉,并不这样弱,这样易于受骗,我活够了,什么我都经过,什么也矇不住我的老眼。不过,无论如何,她这欺孩子的本领越发勾我怜恤,这女人——女人都是这样没有出息。她一定又给那男子送钱去了。每天油盐上省下来的零碎,加上我那一块钱,这些够讨穷小子的欢心了。我都明白;我晓得这能害女人一辈子。

“来,孩子,”我坐在里间床上,指着床旁小板凳让她坐下;在黄昏的时光里头,我看着她草草拢住的头髻,跟她讲下面的老话。

十六

“打明天起,我便要住在铺子,不再轻易回来了,这对于你我都好;我情愿指给你一条做人的路子,我年轻尝到的苦要比你现在厉害得多,不过我想你是女人,也许你觉得你自个儿还比我苦;我总算过来人了，这就是我给你的教训：你听着——

“这要在前清的话，孩子，像你这种情形，除去踩着男人的脚后跟，做女人的简直找不出第二条路去过活；男子不然。不过，孩子，在那时就是做男子也不易；没有人帮他，他没有门第，高一级梯子不许爬，这是没有法子的事；他志气挺大，我告诉你，他摔得挺重，重得他再也没有爬上去的机会。这就是我，孩子！我认的字跟我从前伺候的公子认得一般多，比他还要多，然而我仍旧是个穷人——不，我如今总算凑合了，也还逃不掉一个未入流的小本生意。这对我够了，因为我早就死了那种想入非非的心肠。

“我那时从府里叫人被赶出来，身上除去她打发丫头偷着送给我的半付赤金小镯子，什么也没有；我先得找口饭吃，弄个安身处所。这有两条便当路走：到小站当兵去，或者到街上去摆货摊儿。两样儿都可以省去求人的难处。当兵吃粮我觉得低了身分，也太辛苦，摆货摊儿太没有出息，也怕让府里碰见查出来。于是我跑去伺候旗上的贵家哥儿们，当了那只我丢舍不开的镯子，盼他们能够替我走一句人情；我错了。什么我也没有捞回来……结果我出了京，奔到小站吃了一口皇粮。

“好，我再说你，你听着，那是男人顶便易的出路；说到女人，那时真不是她们的世道，只有影子不见形。如今民国了，女人好歹也有喘气的地方，只够喘一口气，总比那时好多了。这就是，女人能够独自弄碗饭吃了。除去当窑子，做暗娼，她要是有胆子有见识，可以进一个工厂，寻一桩事做了。

“我并不是劝你扔开你男人；不过你也应当想一想，他是一个人，力气比你大，世面多，应该把你丢开不管，却又偷偷摸摸来叮住你吗？不行！不行！你得拿定主意！我不能够这样帮你下去，就让我爱你跟爹疼姑娘一样，也有一天要走我自个儿的路，撒手不相识的时候。那时候你该怎么办？你男人不要脸皮，还得回来压在你身上。那不是做人的法子，我的姑娘，那绝不是！

“这只是哄你自个儿，可是哄不过你的良心。因为你背了人就忍不住要流下眼泪的。你想一想，也许我从此不再回来了，跟从前一样，我不认识你，……你想一想……”

十七

我停住了，看着她往下低到膝盖的头，肩膀动着，喉咙抽噎着，这——这简直跟二十五六年前我那位小姐跟我偷着分别的样子光景。我记得那时我末几句话是：

“小姐，你明白我的心，走到那儿都忘不掉你；只有你——噢！你不是我，你没有我的身子跟自在，你——你不要后悔今天罢！我们都还小哪，我怕大了你会忘掉我的。你想一想，也许我从此不再回来了，死到你不知道的地方……你想一想……”

我做着自个儿的梦，忽然床底下有了什么声音；我疑心床边的女人对我讲话，可是没有，她没有抬头。不过这不能够说她没有听见，因为她马上抬起头，对我解说道“没有什么——”为折服我起见，她拿眼睛往床底下扫了一扫，哆擞了一下，瞅见了什么吃惊的东西，叫道：“嘻！一个小耗子！”

我说：“去他妈的小耗子！”

我们面对面静静坐着。

十八

她把板凳慢慢移到我脚旁边，上身靠着桌旁椅子的前腿，气断了似的，问道：“你能够告诉我一句话吗？”

“什么话？”

“你为什么那样爱她？”

“这……这……这……”

“她要是同今儿个女孩子一样，你还肯那样守着她吗？”

“不过她不是……呵，呵……那在二十五年前……”

“她长得漂亮吗？”

“漂亮！”

“比我呢？”

“那……那……我讲不来。”我转过话头道：“你真怪！”

她站起来，摸着桌边的洋火，点上灯。她眼睛看着玻璃罩里头亮起来的灯捻儿，两颗又大又亮的眼泪从鼻梁直滚下来，跌在罩子里头，恰恰灭了那一点点的焰头。

“你比我还怪！”她瞧着灯焰又放出光来，像在笑道：“是呀，你没有答出我一句话！”

十九

她又坐在我脚旁边，哆擞着。她好像招了凉，病着。我问她身子是不是难过；她摇一摇头，挺直了腰。可怜的女人！我明白她心里头有东西捣鬼。

我动了情道：“孩子，不过你今晚让我觉得比她还好，这是实情！你跟我一样受过苦，受的苦也跟我一样。你不言不语忍着，瞒不过我的眼睛。这就是为什么我更喜欢你——你才是个女人！”

她的眼睛时时往床下瞥着，脸色背着灯我瞧不清，忽然她有了什么主意，疯了一样，头跟手往我怀里一扑，冲我战战索索哀求道：“你今晚在我屋里睡罢！”

我扳起她藏羞的脸，厉声问道：“孩子，你怎么了？”

她失了光的眼睛躲开我，看着床底下，嘴唇哆擞着，急着道：“院子静得很，只有你跟我——”她嘴唇哆擞着，脸色我瞧不清，全身在我手里跟树叶子一样。

“这是你自个儿——你真熬不住了吗？”我忽然转过一个念

头,唬她道:“你自个儿真这样想吗?”

她发狠哭了,从丹田里嚷道:“才不是我!才不是我!”她的头低到自个儿的怀里,她的天良发见了。我觉得床活动,跟前年地震一样;我从床头跳下来,立在屋子当中,迷里迷糊,不清楚怎么一回子事。她不等我惊得叫出来,就拚命扑在我身上,胳膊紧紧搂住我的脖子,头发散下来遮住我的眼睛,我的全脸,嘴里热气全喷进我张开的大嘴里头……

可不,我瞧清床底下爬出一个人影子,那是一个男人,是她丈夫。

二十

现在,巡长,我不再烦叨了,您总可以猜个大概罢。

我觉得他无耻,下贱,逼自个儿女人干丢人的事。这太丢人了。禽兽行径。不过谢天谢地,我可不是那么容易上钩的大头鱼。不错,我欢喜他女人,不过我们没有干过他控的那种丧祖德的丑事。我没有;您可以拿我那些话做证见,我讲的也许太详细太琐碎。这可以看出我于心无愧。

他方才说我得赔他四十块大洋,我不干;他敲不上我的竹杠。我不是那类浑蛋;他自个儿才是哪。他说他女人真爱我,这我可不敢相信;这是钱逼他,他逼她,走上这条绝路。我不能要这种女人。打官司也成。

不过我可怜他女人,再说我们感情也不坏,万一他真不要她,那我情愿收她做个干女儿,跟她住在一处,守一辈子。我欢喜她,她长得像我那一位,并且是我老年一个好靠背。他说要是我能出八十块钱,随我领他女人到天涯海角,永不过问;大家都听见来的,她自个儿——她如今还躺在她男人脚旁,跟死人一样,难受过去。她做梦也想不到这个;她凡事不先想到自个儿,结果她男人卖了她。好，我不再说什么了。

我只出六十块钱；不过他先得立一个休妻的字据。

她醒来了，让我扶起她，怪可怜人的！没有一个人想到她。就是关于卖她这桩事，她打头到尾也没有说过一句话。

（原载1928年5月25日、26日、29日、30日、31日《晨报副刊》）

坛　子

她很小心,很小心地捧住坛子。

小坛子,短短的脖项,粗粗的腰躯,矮矮的,带着一张妖样的大嘴,酸味从里面冲出来。那两只捧住它的手哆擞着。老了的皮,棕黄色,松松的,和离开了骨头一样,上面还有密集的黑赭色的斑点。一张曝干了的蹙起眉的猪皮。这奇丑的小坛子,带着它的浮亮的黑釉子的肩围上的积尘,捧在这样的两只手里,和手一起哆擞着。

砰——嗦!

然后水溅着响。

屋里躺在炕上的男人吃了一惊,跳下地。他正要闭上眼,但是不等闭上,便又睁大了。他的心是很虚的,和他的身子一样地淘弱。他听见他的女人在灶房里喊叫,尖尖的,表示不意,失望和厌恶。

"嗐!你怎么啦!"

他的女人是强壮的,精神饱满的;她一步跳出灶房,立在砖阶底下。悟出这一定是砸了什么东西,他也很快地迈出屋子。他不过二十五岁,但是他的吝啬仿佛五十岁的老人的。他晓得父亲死了,家产全是他的。

夫妇看着匍匐在砖阶下的老婆子。

她跪在地上拣那一片一片的破坛子。醋泼了一地,湿了她的手,她的衣裤,顺着砖阶的棱角往下流。这是半坛子上品的高醋。

男人忽然跳起脚来。他疼惜那碎了的坛子,和里面的自制的黑醋。

他的女人冷笑着。

他在院子跳得高高的,和公鸡一样。他怒嘲着:“你怎么不摔你自己,单单拣好碎的坛子摔呢?手也不说拿稳些,上了年纪的人,白装饭,也该知道个小心。砸的不是你的,你不心疼!”

“她是聋子!”他的女人讥讽着。

老头子从庙里回来,看见匍匐在砖阶下的老婆子。没有人过问她。儿子骂完,仍然睏觉去了。他的女人跟着他进了屋子,叽喳着。

老婆子很是恐慌,陪着小心,拣起醋水里的破片,摆在砖阶的墙角。

老头子回家看清这些。

“怎么回事呀?”他站在她的身旁奇怪道。

她仰起头,惴惧着。

“我……我……坛子!”她嗫嚅着。

媳妇从屋里飞出来。她的脸上是遗憾似的同情的热笑。

“噢,爹回来了。妈把那小醋坛子砸了哪。妈自己心疼,爬在地上一片片儿拣。”

她过去搀起惶惶无主的老婆子。

老头子在板凳上坐了下来。

“你可好好地怎么就把坛子砸了呢?”

他的语气是柔和的,和他的心地一样。

“拣它做什么呢?锯锅的也没有本事锯。”他看着碎片,继续道:“叫钱娃来,把地扫扫。”

钱娃挑着饭担子,从地角头一摇一摆地走来。他累了一身汗。在海样的麦田里,他的粗粗的身子好像让担子压扁了。他的一只手帮着扶住前面下坠的粥桶,后面的馍筐便斜飘在半空。他吆喝着。

熟黄的麦秸成把成把地叠在割过的地上。还有成畦的没有刈割的麦子迎着阳光发亮,披拂着。

蹲在麦地的佃伙们都伸直了腰,有些用手遮住眉梢,有些把眼睛挤小了,望着十点多钟的熨热的太阳。有的放下镰刀,有的把镰刀挟在腋下,向井台聚拢来。他们顺着水渠缓缓地走。

在井台的槐树底下,大家生龙活虎地吃起来。有些顺手从菜畦掰下秦椒角子沾盐吃。

钱娃脱了上身,坐在水车的旁边。

"我告诉你们,"他报告道:"今早老婆子把坛子砸破了。"

"哦!砸破了坛子!"

"砸破了什么样的坛子呢?"

"那个小的,盛醋的。"钱娃解释道:"喜娃嫂子叫她倒些醋,她把坛子抱来了;喜娃嫂子舀了一勺,又让她抱回去。不到迈上砖头阶,绊倒就摔了。别的没有什么,喜娃从屋里跳着骂出来,约摸他爹要回来,又骂着跳进去了。"

"老头子没有生气吗?"

"老爹没有生气,"钱娃回答道:"叹了一口气。我在灶房里头听得真真的。老爹把她搀起来,还叹了几口气。喜娃嫂子就不敢言语了,反而帮她掸土。老爹说别拣那破坛子了,碎了就碎了。"

"老头子的情意不浅哪!哈哈!"

"你别急!"钱娃自己情急道:"顶有趣的是老爹问她爬在砖头阶底下做什么,她说她和坛子一样。"

"她和坛子一样!哈哈!"

"钱娃,准是你听错了。没有人跟坛子一样。"

"我猴在灶房门口听的!"钱娃辩白道:"她亲自说的,'我——我——和坛子一样。'老爹听完了这话,紧跟着就叹气。"

"你别瞅,这话有意味,一定狗它娘的用这话动了老头子的心。她不会妖法,我不信。"

“那老婆子会妖法？你真会说！会妖法就能平白叫喜娃跟喜娃老婆欺负个死去活来？要是我，有人气，也不后嫁我们的老头子。上了五十多岁，什么穷罪没有受够，给人家来填房。十成九成心眼老糊涂了。”

“老头子还套骡车接她过来的。那天老头子打扮得活像一只野鸡。脑后梢子就差一只野鸡翎。清早就忙活着喂牲口，瞅儿子跟媳妇不瞅睬，自己赌气来刷洗车轮子。活像二十来岁的小伙子，跟头婚一样，把喜娃气了一个头发晕。”

“人家说是，”钱娃怯怯地插口道：“老爹早年和她很热了一阵子，不知怎么又散了。”

“嗯，我知道，我知道，后来她嫁了，跟别人走了外乡。过了二三十年，夫妇又穷得精光跑回来，起初瞒着人，没有人知道，慢慢有人瞅见她，面目有些像，却也没有人敢说准是她。我妈说她年轻时候很上眼，跟老头子正是一对，可惜她爹把她嫁错了人。说是把她折账的。她年轻时候不知怎么个媚法，瞅我们的老头子到如今还是迷瞪。”

“都是五六十岁的人了！”

“奇怪的是她也会后嫁，偏偏还就是她年轻时候的老头子！”

“这里头有缘法的。我知道。这些我都是听田老三说的，田老三专爱在黑夜鬼混。老头子有一晚晌闲溜到村外池塘子，那晚有月亮。田老三在树后头瞅见的。随后他瞅见从对面来了一个女人。他有一副夜猫眼，要在平常人，不把她当做饮水的牲口，就当做狐狸。可是他一下子就瞅准那是一个上了年纪的女人。他说他吓了一跳，瞅着那女人往池塘里跳。他一瞅那模样就不像我们村里的，可跑到我们村里的池塘子惹祸。田老三那样大胆的夜猫子，也让她吓了一跳。不过她没有跳下去，老头子从后拦腰把她抱住。”

“后来呢？”

"真是,老爹认出她来了不是?"

"田老三从树后溜出来,也溜到他们跟前。他说老头子正在申斥她,说她上了年纪的人,心地还这样窄。那老婆子只是哭,坐在草地上,不言语。老头子回头瞅见田老三,就说,'你要不从实招来,我叫人把你扭送到官府。'"

"送没有送去呢?"

"田老三说没有,那只是老头子吓唬她的。"

"可说是,上了年纪的人,就剩下末几天也等不了,还要寻个短。又跑到别人村子!"

"别瞅,老婆子有心眼!"

"你们不知道这里头有情由。白天她汉子死了,没有钱买棺材,她自己是男人哪时候死,她哪时候死。她好像很爱她男人。其实听她的口气,田老三说,她好像活着怕见人。老头子问田老三可认识这女人,田老三那精灵小伙子,什么不知道,就说这是谁的老婆。老头子好像从来没有听人说过,想了半天,才想起一个影子,那影子还想错了。后来还是老婆子自己说她是谁的姑娘,这才点醒了老头子。可惜咱们不在跟前,田老三又没有进过学,说老头子那份神情再可怜没有了。"

"后来呢?"

"后来老头子替她买了一副棺材,把她汉子埋了。看着她可怜,想到从前要好的光景,就把她拿骡车接过来了。"

"喜娃哥可气了一个半死!"钱娃注解道。

"老婆子一定有妖法。她要炕上没有两招子,老头子绝不会那么带劲。"

"你才有妖法哪!"钱娃忿然道:"把你当做人!"

"别吵了。老头子这一晌很不带劲,心里沉沉的,想着什么事,脸也瘦了。"

"老爹在家还好,"钱娃收拾家具道:"平时喜娃跟喜娃嫂子把她支使的够份儿的。她也不比新来那时候,老的好像心都干掉了。她说她和坛子一样。”

老头子的心里沉沉的,村里的人都看出来,只有他自己和他的家人没有体察出来。

从那一夜,他救了他现在的妻,他便和中了魔一样,不走正经的老道,反而异常地少艾。

儿子怨抑着。

儿媳唧哝着;在娘家唠叨着。

但是他娶了那贫苦的老婆子。在这件事上,他用他自己的幻想做主见,没有别人插嘴的余地。

他回忆着他的四十年前的浪漫的生涯。每一个人在生活上都要丢失一点东西,虽然幸福了,被别人称羡。渐渐他走入顺境,然而每逢郁沉起来,那件不幸的事——那弥补不起来的破绽——仍然在眼前游漾着。幸而四十年的长日月终于填平了这个漏空。

但是和梦一样,那伤他的女人出现在夜里。他禁不住好奇;他的良心挑逗着他。

他知道他的梦破碎了,看着她龙钟在他的面前。

她现在大约有五十六七了罢。

在那一夜,彼此已然不认识了……然而她的贫苦使他不安宁。这是他幼年所痴恋的女人。听她那样穷着,流而为丐,男人在硬板上僵着,好像他自己的天良穷着,流而为丐。

于是他问她:“现在你男人好歹入土了,你怎么办呢?”

老婆子看着他,慑惧地,吁求地,和困在墙角的狐狸一样。

“那么,那么,”他最后鼓勇道:“你到我家去罢。我待你不会错的。我打发骡车来接你。就算后天罢。”

老婆子扑在他的脚前,感谢他的搭救。

于是他们沉默着。

该多好，这要在四十年前……如今膝下应该是一群的儿女。

他亲自套上骡车来接她。

喜娃和喜娃的媳妇要称她“妈”。

老头子是很专制的。

但是他渐渐瘦了，便是精神也不及从前贯注。大家纳罕什么使他这样不称心。

他把老婆子娶过来，好像娶错了。但是他向例执拗到底。他没有想到一个女人老了，便和这穷老婆子一样，窥伺着，卑屈着，谄媚着，怯懦着。

连四十年前的一点影子都没有了。

儿子本来不务正，越发荒唐了。

老头子从来没有过问到他的生存。然而他渐渐恼怒起他来，有时很难听地谯呵着。

村人明白他快要死了。

看着老婆子，老头子倚在枕上说：“你，你，坛子——”

但是粘痰涌上喉咙，淤住他的下文。

她自然不懂；但是她伤恸着。

什么她懂呢？也许只有生活：没有饭吃她会饿死，没有衣穿和炕睡她会冻死。再没有比这简单的，再没有比这苦难她的。她的心情完全集中于可怕的生活上。那窘人的流民的生涯！什么时候才能够中止呢？

“你还记得我们从前——”老头子活着也许问。

她缩在炕角的黑影里：她在想她的前夫和他给她的贫苦。

她并不爱她的丈夫。她爱什么呢？

那也许只是生活。

饿着，冻着，是怎样地痛苦呀！

只要能够活着，她甘愿活下去的。

她和坛子一样。

但是老头子死了，她发愁地伤恸着。

喜娃是一家之主，一家之主撵她走。老头子咽了活气，喜娃正好把怨气吐出来。他把脚跳得高高的。他把孝子的眼泪也忽略了。

但是他的女人守在尸首的旁边号啕起来。

钱娃看着不平，斗胆道："喜娃哥，老爹刚闭上眼，她总算娶过来的妈……"

喜娃把脚跳在他的面前。

"我没有那妈，"喜娃凶狠狠地喊道："你要她做妈，你把她捧回去！我不希罕！她这破坛子！你也给我滚！我也不希罕你这破坛子！"

两个人都被赶出来了。他们很恐慌，很生气，在拐角的榆树底下计议着。

钱娃到村长那里叙说来由，跟着老婆子蹭进来，爬在村长的脚前，村长叫她把老头子的长辈亲族哀请出来。这世界是有公道的。

看见黑压压的一片人走进院子，喜娃躲在屋子，不敢露面。他的女人哭丧着脸，从停尸的上房扭着小脚扭出来。她以为大家是来吊祭的，随后瞥清人群里的钱娃和老婆子，便杌陧起来。

喜娃分五亩地给后妈，外请中间人一顿酒席。

钱娃跟着老婆子，管理她的地亩。

"钱娃那小伙子是有眼色的……。"

钱娃对人说，那地亩应该是他的，不过他有良心，不像喜娃那畜生。

老婆子越发龙钟了，特别害怕钱娃。她用她的全心神窥伺着，卑屈着，谄媚着，怯懦着。

钱娃有一点和喜娃相同：使唤她和使唤牛马一样。牛马也有休息的时候。老婆子是很知足的。他们还听见她谢天哪。

冬天来了,北风刮着枯树枝子,发出呜呜的呼声。老婆子蜷伏在炕上,冰冷的炕上,拥在破絮里头,听着那可怖的惨酷的风声。她爬不下炕来。一天她没有吃东西。

钱娃白天不知在什么地方。夜里他回来,本来喝多了酒,让风一吹,更加醉醺醺的。他诅咒那半僵的老婆子;屋子这样地冷,并且这样地黑。

他摸索着把油灯点亮了,坐在炕头上,迷迷糊糊地看着她。

他心里想:"老婆子要年轻些,该多好呀!"

老婆子在破絮里哆擞着。

钱娃脱下鞋,觉出窗隙的冷气,扯起破絮,也往炕角歪斜着。他同她挤在一个炕角。北风带着它的疯狂的怒涛停留在屋顶上。

酒沸腾在壮年的心里。

钱娃伸手把老婆子搂过来。他揪她的裤带,那松松地扣住的布丝络。

老婆子叫唤着。那没有齿音的呼声仿佛从深洞出来的。

她用嘴咬住钱娃的手皮,和疯狗一样。

钱娃从她的嘴里挣脱他的血手,跳下炕,坐在灶前的草垫上发呆。

"妈的……"

钱娃看她在炕上摸索着。

他在草垫上盹了一夜。醒来,他发见他呕吐了一地,油在灯盏里熬完了,并且老婆子在炕角冻僵了。

北风仍然在门外怒吼着。

她和坛子一样。唉唉,怎样地可笑呀!

那坛子,应分烧成瓶子的坛子!短短的脖项,粗粗的腰躯,矮矮的,带着一张妖样的大嘴。今天用来盛醋,明天用来存酒,酱油……那奇丑的沙锅色的小坛子。而且粉碎了。

十九年,八月。

(原载1931年1月10日《东方杂志》第28卷第1期)

林 徽 因

九 十 九 度 中

三个人肩上各挑着黄色,有“美丰楼”字号大圆篓的,用着六个满是泥泞凝结的布鞋,走完一条被太阳晒得滚烫的马路之后,转弯进了一个胡同里去。

“劳驾,借光——三十四号甲在那一头?”在酸梅汤的摊子前面,让过一辆正在飞奔的家车——钢丝轮子亮得晃眼的——又向蹲在墙角影子底下的老头儿,问清了张宅方向后,这三个流汗的挑夫便又努力的往前走。那六只泥泞布履的脚,无条件的,继续着它们机械式的展动。

在那轻快的一瞥中,坐在洋车上的卢二爷看到黄篓上饭庄的字号,完全明白里面装的是丰盛的筵席,自然的,他估计到他自己午饭的问题。家里饭乏味,菜蔬缺乏个性,太太的脸难看,你简直就不能对她提到那厨子问题,这几天天太热,太热,并且今天已经二十二,什么事她都能够牵扯到薪水问题上,孩子们再一吵,谁能够在家里吃中饭!

“美丰楼饭庄”黄篓上黑字写得很笨大,方才第三个挑夫挑得特别吃劲,摇摇摆摆的使那黄篓左右的幌……

美丰楼的菜不能算坏,义永居的汤面实在也不错……于是义永居的汤面?还是市场万花斋的点心?东城或西城?找谁同去聊天?逸九新从南边来的住在那里?或许老孟知道,何不到和记理发馆借个电话?卢二爷估计着,犹豫着,随着洋车的起落。他又好像已经决定了在和记借电话，听到伙计们的招呼，……二爷您好早？……用电话，这边您哪！……

伸出手臂，他睨一眼金表上所指示的时间，细小的两针分停在两个钟点上，但是分明的都在挣扎着到达十二点上边。在这时间中，车夫感觉到主人在车上翻动不安，便更抓稳了车把，弯下一点背，勇猛的狂跑。二爷心里仍然疑问着面或点心；东城或西城；车已赶过前面的几辆。一个女人骑着自行车，由他左侧冲过去，快镜似的一瞥鲜艳的颜色，脚与腿，腰与背，侧脸，眼和头发，全映进老卢的眼里，那又是谁说过的……老卢就是爱看女人！女人谁又不爱？难道你在街上真闭上眼不瞧那过路的漂亮的！

"到市场，快点。"老卢吩咐他车夫奔驰的终点，于是主人和车夫戴着两顶价格极不相同的草帽，便同在一个太阳底下，向东安市场奔去。

很多好看的碟子和鲜果点心，全都在大厨房院里，从黄色层篓中检点出来。立着监视的有饭庄的"二掌柜"和张宅的"大师父"；两人都因为胖的缘故，手里都有把大蒲扇。大师父举着扇扑一下进来凑热闹的大黄狗。

"这东西最讨嫌不过！"这句话大师父一半拿来骂狗，一半也是来权作和掌柜的寒暄。

"可不是？他×的，这东西真可恶。"二掌柜好脾气的用粗话也骂起狗。

狗无聊的转过头到垃圾堆边闻嗅隔夜的肉骨。

奶妈抱着孙少爷进来，七少奶每月用六元现洋雇她，抱孙少爷到厨房，门房，大门口，街上一些地方喂奶连游玩的。今天的厨房又是这样的不同；饭庄的"头把刀"带着几个伙计在灶边手忙脚乱的炒菜切肉丝，奶妈觉得孙少爷是更不能不来看：果然看到了生人，看到狗，看到厨房桌上全是好看的干果，鲜果，糕饼，点心，孙少爷格外高兴，在奶妈怀里跳，手指着要吃。奶妈随手赶开了几只苍蝇，拣一块山楂糕放到孩子口里，一面和伙计们打招呼。

忽然看到陈升走到院子里找赵奶奶，奶妈对他挤了挤眼，含笑的问“什么事值得这么忙?”同时她打开衣襟露出前胸喂孩子奶吃。

“外边挑担子的要酒钱。”陈升没有平时的温和，或许是太忙了的缘故。老太太这次做寿，比上个月四少奶小孙少爷的满月酒的确忙多了。

此刻那三个粗蠢的挑夫蹲在外院槐树荫下，用黯黑的毛巾擦他们的脑袋，等候着他们这满身淋汗的代价。一个探首到里院偷偷看院内华丽的景象。

里院和厨房所呈的纷乱固完全不同，但是它们纷乱的主要原因则是同样的，为着六十九年前的今天。六十九年前的今天，江南一个富家里又添了一个绸缎金银裹托着的小生命。经过六十九个像今年这样流汗天气的夏天，又产生过另十一个同样需要绸缎金银的生命以后，那个生命乃被称为长寿而又有福气的妇人。这个妇人，今早由两个老妈扶着，坐在床前，拢一下斑白稀疏的鬓发，对着半碗火腿稀饭摇头：

“赵妈，我那里吃得下这许多？你把锅里的拿去给七少奶的云乖乖吃罢……”

七十年的穿插，已经卷在历史的章页里，在今天的院里能呈露出多少，谁也不敢说。事实是今天，将有很多打扮得极体面的男女来庆祝，庆祝能够维持这样长久寿命的女人，并且为这一庆祝，饭庄里已将许多生物的寿命裁削了，拿它们的肌肉来补充这庆祝者的肠胃。

前两天这院子就为了这事改变了模样，簇新的喜棚支出瓦檐丈余尺高。两旁红喜字玻璃方窗，由胡同的东头，和顺车厂的院里是可以看得很清楚的。前晚上六点左右，小三和环子，两个洋车夫的儿子，倒土筐的时候看到了，就告诉他们嬷“张家喜棚都搭好了，是那一个孙少爷娶新娘子？”他们嬷为这事，还拿了鞋样到陈大嫂家说个话儿。正看到她在包饺子，笑嘻嘻的得意得很，说老太太做整寿，——多好福气——她当家的跟了张老太爷多少年。昨天张家三少奶还叫她进去，说到日子要她去帮个忙儿。

喜棚底下圆桌面就有七八张，方凳更是成叠的堆在一边；几个夫役持着鸡毛帚，忙了半早上才排好五桌。小孩子又多，什么孙少爷，侄孙少爷，姑太太们带来的那几位都够淘气的。李贵这边排好几张，那边小爷们又扯走了排火车玩。天热得厉害，苍蝇是免不了多，点心干果都不敢先往桌子上摆。冰化得也快，篓子底下冰水化了满地！汽水瓶子挤满了厢房的廊上，五少奶看见了只嚷不行，全要冰起来。

全要冰起来！真是的，今天的食品全摆起来够像个菜市，四个冰箱也腾不出一点空隙。这新买来的冰又放在那里好？李贵手里捧着两个绿瓦盆，私下里咕噜着为这筵席所发生的难题。

赵妈走到外院传话，听到陈升很不高兴的在问三个挑夫要多少酒钱。

“瞅着给罢。”一个说。

“怪热天多赏点吧。”又一个抿了抿干燥的口唇，想到方才胡同口的酸梅汤摊子，嘴里觉着渴。

就是这嘴里渴得难受，杨三把卢二爷拉到东安市场西门口，心想方才在那个“喜”什么“堂”门首，明明看到王康坐在洋车脚蹬上睡午觉。王康上月底欠了杨三十四吊钱，到现在仍不肯还；只顾着躲他。今天债主遇到赊债的赌鬼，心头起了各种的计算——杨三到饿的时候，脾气常常要比平时坏一点。天本来就太热，太阳简直是冒火，谁又受得了！方才二爷坐在车上，尽管用劲踩铃，金鱼胡同走道的学生们又多，你撞我闯的，挤得真可以的。杨三擦了汗一手抓住车把，拉了空车转回头去找王康要账。

“要不着八吊要六吊，再要不着，要他×的几个混蛋嘴巴！”杨三脖干儿上太阳烫得像火烧。“四吊多钱我买点羊肉，吃一顿好的。葱花烙饼也不坏——谁又说大热天不能喝酒？喝点又怕什么——睡得更香。卢二爷到市场吃饭，进去少不了好几个钟头……”

喜燕堂门口挂着彩，几个乐队里人穿着红色制服，坐在门口喝茶——他们把大铜鼓撂在一旁，铜喇叭夹在两膝中间。杨三知道这又是那一家办喜事。反正一礼拜短不了有两天好日子，就在这喜燕堂，那一个礼拜没有一辆花马车，里面搀出花溜溜的新娘？今天的花车还停在一旁……

“王康，可不是他！”杨三看到王康在小挑子的担里买香瓜吃。

“有钱的娶媳妇，和咱们没有钱的娶媳妇，还不是一样？花多少钱娶了她，她也短不了要这个那个的——这年头！好媳妇，好！你瞧怎么着？更惹不起！管你要钱，气你喝酒！再有了孩子，又得顾他们吃，顾他们穿。……”

王康说话就是要“逗个乐儿”，人家不敢说的话他敢说。一群车夫听到他的话，各各高兴得凑点尾声。李荣手里捧着大饼，用着他最现成的粗话引着那几个年轻的笑。李荣从前是拉过家车的——可惜东家回南，把事情就搁下来了——他认得字，会看报，他会用新名词来发议论：“文明结婚可不同了，这年头是最讲‘自由’‘平等’的了。”底下再引用了小报上捡来离婚的新闻打哈哈。

杨三没有娶过媳妇，他想娶，可是“老家儿”早过去了没有给他定下亲，外面瞎姘的他没敢要。前两天，棚铺的掌柜娘要同他做媒；提起了一个姑娘说是什么都不错，这几天不知道怎么又没有讯儿了。今天洋车夫们说笑的话，杨三听了感着不痛快。看看王康的脸在太阳里笑得皱成一团，更使他气起来。

王康仍然笑着说话，没有看到杨三，手里咬剩的半个香瓜里面，黄黄的一把瓜子像不整齐的牙齿向着上面。

“老康！这些日子都到那里去了？我这儿还等着钱吃饭呢！”杨三乘着一股劲发作。

听到声，王康怔了向后看，“呵，这打那儿说得呢？”他开始赖账了，“你要吃饭，你打你×的自己腰包里掏！要不然，你出个份子，进去那里边，”他手指着喜燕堂，“吃个现成的席去。”王康的嘴说得滑了，禁不住这样嘲笑着杨三。

周围的人也都跟着笑起来。

本来准备着对付赖账的巴掌，立刻打到王康的老脸上了。必须的扭打，由蓝布幕的小摊边开始，一直扩张到停洋车的地方。来往汽车的喇叭，像被打的狗，呜呜叫号。好几辆正在街心奔驰的洋车都停住了，流汗车夫连喊着“靠里”，“瞧车！”脾气暴的人顺口就是：“他×的，这大热天，单挑这么个地方！！”

巡警离开了岗位；小孩子们围上来；喝茶的军乐队人员全站起来看；女人们吓得只喊“了不得前面出事了罢！”

杨三提高嗓子只嚷着问王康：“十四吊钱，是你——是你拿走了不是了——”

呼喊的声浪由扭打的两人出发，膨胀，膨胀到周围各种人的口里；“你听我说……”“把他们拉开……”“这样挡着路……瞧腿要紧”。嘈杂声中还有人叉着手远远的喊“打得好呀，好拳头！”

喜燕堂正厅里挂着金喜字红幛，几对喜联，新娘正在服从号令，连连的深深的鞠躬。外边的喧吵使周围客人的头同时向外面转，似乎打听外面喧吵的缘故。新娘本来就是一阵阵的心跳，此刻更加失掉了均衡；一下子撞上，一下子沉下，手里抱着的鲜花随着只是打颤。雷响深入她耳朵里，心房里。……

“新郎新妇——三鞠躬”——“……三鞠躬”。阿淑在迷惘里弯腰伸直，伸直弯腰。昨晚上她哭，她妈也哭，将一串经验上得来的教训，拿出来赠给她——什么对老人要忍耐点，对小的要和气，什么事都要让着点——好像生活就是靠容忍和让步支持着！

她焦心的不是在公婆妯娌间的委屈求全。这几年对婚姻问题谁都讨论得热闹，她就不懂那些讨论的道理遇到实际时怎么就不发生关系。她这结婚的实际，并没有因为她多留心报纸上，新文学上，所讨论的婚姻问题，家庭问题，恋爱问题，而减少了问题。

“二十五岁了……”，有人问到阿淑的岁数时，她妈总是发愁似的轻轻的回答那问她的人，底下说不清是叹息是罗嗦。

在这旧式家庭里，阿淑算是已经超出应该结婚的年龄很多了，她知道。父母那急着要她出嫁的神情使她太难堪！他们天天在替她选择合适的人家——其实那里是选择！反对她尽管反对，那只是消极的无奈何的抵抗，她自己明知道是绝对没有机会选择，乃至于接触比较合适，理想的人物！她挣扎了三年，三年的时间不算短，在她父亲看去那更是不可信的长久……

“余家又托人来提了，你和阿淑商量商量吧，我这身体眼见得更糟，这潮湿天……”父亲的话常常说得很响，故意要她听得见，有时在饭桌上脾气或许更坏一点。“这六十块钱，养活这一大家子！养儿养女都不够，还要捐什么钱？干脆饿死！”有时更直接更难堪：“这又是谁的新褂子？阿淑，你别学时髦穿了到处走，那是找不着婆婆家的——外面瞎认识什么朋友我可不答应，我们不是那种人家！”……懦弱的母亲低着头装作缝衣；妈劝你将就点……爹身体近来不好，……女儿不能在娘家一辈子的……这家子不算坏；差事不错，前妻没有孩子不能算填房。……

理论和实际似乎永不发生关系；理论说婚姻得怎样又怎样，今天阿淑都记不得那许多了。实际呢，只要她点一次头，让一个陌生的，异姓的，异性的人坐在她家里，乃至于她旁边，吃一顿饭的手续，父亲和母亲这两三年——竟许已是五六年——来的难题便突然的，在他们是觉得极文明的解决了。

对于阿淑这订婚的疑惧，常使她父亲像小孩子似的自己安慰自己:阿淑这门亲事真是运气呀,说时总希望阿淑听见这话。不知怎样,阿淑听到这话总很可怜父亲,想装出高兴样子来安慰他。母亲更可怜;自从阿淑定婚以来总似乎对她抱歉,常常哑着嗓子说“看我做母亲的这份心上面”。

看做母亲的那份心上面！那天她初次见到那陌生的,异姓的,异性的人,那个庸俗的典型触碎她那一点脆弱的爱美的希望,她怔住了,能去寻死,为婚姻失望而自杀么？可以大胆告诉父亲,这婚约是不可能的么？能逃脱这家庭的苛刑(在爱的招牌下的)去冒险去漂落么？

她没有勇气说什么,她哭了一会,妈也流了眼泪,后来妈说,阿淑你这几天瘦了,别哭了,做娘的也只是一份心。……现在一鞠躬,一鞠躬的和幸福作别,事情已经太晚得没有办法了。

吵闹的声浪愈加明显了一阵,伴娘为新娘戴上手指,又由赞礼的喊了一些命令。

迷离中阿淑开始幻想那外面吵闹的原因:洋车夫打电车吧,汽车轧伤了人吧,学生又请愿,当局派军警弹压吧……但是阿淑想,怎么我还如是焦急,现在我该像死人一样了,生活的波澜该沾不上我了,像已经临刑的人。但临刑也好,被迫结婚也好,在电影里到了这种无可奈何的时候总有一个意料不到快慰人心的解脱,不合法,特赦,恋人骑着马星夜奔波的赶到……但谁是她的恋人,除却九哥！学政治法律,讲究新思想的九哥,得着他表妹阿淑结婚的消息不知怎样？他恨由父母把持的婚姻……但准知道他关心么？他们多少年不来往了,虽然在山东住的时候,他们曾经邻居,两小无猜的整天在一起玩。幻想是不中用的,九哥先就不在北平,两年前他回来过一次,她记得自己遇到九哥扶着一位漂亮的女同学在书店前边,她躲过了九哥的视线,惭愧自己一身不入时的装束,她不愿和九哥的女友作个太难堪的比较。

感到手酸,心酸,浑身打战,阿淑由一堆人拥簇着退到里面房间休息。女客们在新娘前后彼此寒暄招呼，彼此注意大家的装扮。有几个很不客气在批评新娘子，显然认为不满意。“新娘太单薄点。”一个摺着十几层下颏的胖女人，摇着扇和旁边的六姨说话。阿淑觉到她自己真可以立刻碰得粉碎；这位胖太太像一座石臼，六姨则像一根铁杵横在前面，阿淑两手发抖拉紧了一块丝巾，听老妈在她头上不住的搬弄那几朵绒花。

随着花露水香味进屋子来的，是锡娇和丽丽，六姨的两个女儿，她们的装扮已经招了许多羡慕的眼光。有电影明星细眉的锡娇抓把瓜子嗑着，猩红的嘴唇里露出雪白的牙齿。她暗中扯了她妹妹的衣襟，嘴向一个客人的侧面呶了一下。丽丽立刻笑红了脸，拿出一条丝绸手绢蒙住嘴挤出人堆到廊上走。望着已经在席上的男客们。有几个已经提起筷子高高兴兴的在选择肥美的鸡肉，一面讲着笑话，顿时都为着丽丽的笑声，转过脸来，镇住眼看她。丽丽扭一下腰，又摆了一下，软的长衫轻轻展开，露出裹着肉色丝袜的长腿走过又一边去。

年轻的茶房穿着蓝布大褂，肩搭一块桌布，由厨房里出来两只手拿四碟冷荤，几乎撞住丽丽。闻到花露香味，茶房忘却顾忌的斜过眼看。昨晚他上菜的时候，那唱戏的云娟坐在首席曾对着他笑，两只水钻耳坠，打秋千似的左右幌。他最忘不了云娟旁座的张四爷，抓住她如玉的手臂劝干杯的情形。笑迷迷的带醉的眼，云娟明明是向着正端着大碗三鲜汤的他笑。他记得放平了大碗，心还怦怦的跳。直到晚上他睡不着，躺在院里板凳上乘凉，随口唱几声“孤王……酒醉……”才算松动了些。今天又是这么一个笑嘻嘻的小姐，穿着这一身软，茶房垂下头去拿酒壶，心底似乎恨谁似的一股气。

“逸九你喝一杯什么？”老卢做东这样问。

“我来一杯香桃冰其凌吧。”

"你去拣几块好点心,老孟。"主人又照呼那一个客。午饭问题算是如此解决了。为了天热,又为着起得太晚,老卢看到点心铺前面挂的"卫生冰其凌,咖啡,牛乳,各样点心"这种动人的招牌,便决意里面去消磨时光。约到逸九和老孟来聊天,老卢显然很满意了。

三个人之中,逸九最年少,最摩登。在中学时代就是一口英文,屋子里挂着不是"梨娜"就是"琴妮"的相片,从电影杂志里细心剪下来的,圆一张,方一张,满壁动人的娇憨。——他到上海去了两年,跳舞更是出色了,老卢端详着自己的脚,打算找逸九带他到舞场拜老师去。

"那个电影好,今天下午?"老孟抓一张报纸看。

邻座上两个情人模样男女,对面坐着呆看。男人有很温和的脸,抽着烟没有说话;女人的侧相则颇有动人的轮廓,睫毛长长的活动着,脸上时时浮微笑。她的青纱长衫罩着丰润的肩臂,带着神秘性的淡雅。两人无声的吃着冰其凌似乎对于一切完全的满足。

老卢老孟谈着时局,老卢既是机关人员,时常免不了说"我又有个特别的消息,这样看来里面还有原因",于是一层一层的作更详细原因的检讨,深深的浸入政治波澜里面。

逸九看着女人的睫毛,和浮起的笑涡,想到好几年前同在假山后捉迷藏的琼两条发辫,一个垂前,一个垂后的跳跃。琼已经死了这六七年,谁也没有再提起过她。今天这青长衫的女人,单单叫他心底涌起琼的影子。不可思议的,淡淡的,记忆描着活泼的琼。在极旧式的家庭里淘气,二舅舅提根旱烟管,厉声的出来停止她各种的嬉戏。但是琼只是敛住声音低低的笑。雨下大了,院中满是水,又是琼胆子大,把裤腿卷过膝盖,赤着脚,到水里装摸鱼。不小心她滑倒了,还是逸九去把她抱回来。和琼差不多大小的还有阿淑,住在对门他们时常在一起玩,逸九忽然记起瘦小,不爱说话的阿淑来。

听说阿淑快要结婚了，嬷嘱咐到表姨家问候，不知道阿淑要嫁给谁！他似乎怕到表姨家。这几年的生疏叫他为难，前年他们遇见一次，装束不入时的阿淑倒有种特有的美，一种灵性……奇怪今天这青长衫女人为什么叫他想起这许多……

"逸九，你有相当的聪明，手腕，你又能巴结女人，你也应该来试试，我介绍你见老王。"

倦了的逸九忽然感到苦闷。

老卢手弹着桌边表示不高兴，"老孟你少说话，逸九这位大少爷说不定他倒愿意去演电影呢！"种种都有一点落伍的老卢嘲笑着翩翩年少的朋友出气。

青纱长衫的女人和她朋友吃完了，站了起来。男的手托着女人的臂腕，无声的绕过他们三人的茶桌前面，走出门去。老卢逸九注意到女人有秀美的腿，稳健的步履。两人的融洽，在不言不语中流露出来。

"他们是甜心。"

"愿有情人都成眷属。"

"这女人算好看不？"

三个人同时说出口来，各各有所感触。

午后的热，由窗口外嘘进来，三个朋友吃下许多清凉的东西，更不知做什么好。

"电影园去，咱们去研究一回什么'人生问题''社会问题'吧？"逸九望着桌上的空杯，催促着卢孟两个走。心里仍然浮着琼的影子。活泼，美丽，健硕，全幻灭在死的幕后，时间一样的向前，计量着死的实在。像今天这样，偶尔的回忆就算是证实琼有过活泼生命的惟一的证据。

东安市场门口洋车像放大的蚂蚁一串，头尾衔接着放在街沿。杨三已不在他寻常停车的地方。

"区里去，好，区里去！咱们到区里说个理去！"就是这样，王康和杨三到底结束了殴打,被两个巡警弹压下来。

刘太太打着油纸伞,端正的坐在洋车上,想金裁缝太不小心了,今天这件绸衫下摆仍然不合式,领也太小,紧得透不了气,想不到今天这样热,早知道还不如穿纱的去。裁缝赶做的活总要出点毛病。实甫现在脾气更坏一点,老嫌女人们麻烦。每次有个应酬你总要听他说一顿的。今天张老太太做整寿,又不比得寻常的场面可以随便……

对面来了浅蓝色衣服的年轻小姐,极时髦的装束使刘太太睁大了眼注意了。

"刘太太那里去?"蓝衣小姐笑了笑,远远招呼她一声过去了。

"人家的衣服怎么如此合适!"刘太太不耐烦的举着花纸伞。

"呜呜——呜呜……"汽车的喇叭响得震耳。

"打住"。洋车夫紧抓车把,缩住车身前冲的趋势。汽车过去后,由刘太太车旁走出一个巡警,带着两个粗人;一根白绳由一个的臂膀系到另一个的臂上。巡警执着绳端,板着脸走着。一个粗人显然是车夫;手里仍然拉着空车,嘴里咕噜着。很讲究的车身,各件白铜都擦得放亮,后面铜牌上还镌着"卢"字。这又是谁家的车夫,闹出事让巡警拉走。刘太太恨恨的一想车夫们爱肇事的可恶,反正他们到区里去少不了东家设法把他们保出来的……

"靠里!……靠里!"威风的刘家车夫是不耐烦挤在别人车后的——老爷是局长,太太此刻出去阔绰的应酬,洋车又是新打的,两盏灯发出银光……哗啦一下,靠手板在另一个车边擦一下,车已猛冲到前头走了。刘太太的花油纸伞在日光中摇摇荡荡的迎着风,顺着街心溜向北去。

胡同口酸梅汤摊边刚走开了三个挑夫。酸凉的一杯水,短时间的给他们愉快,六只泥泞的脚仍然踏着滚烫的马路行去。卖酸梅汤的老头儿手里正在数着几十枚铜元,一把小鸡毛帚夹在腋下。

他翻上两颗黯淡的眼珠,看看过去的花纸伞,知道这是到张家去的客人。他想今天为着张家做寿,客人多,他们的车夫少不得来摊上喝点凉的解渴。

“两吊……三吊!……”他动着他的手指,把一叠铜元收入摊边美人牌香烟的纸盒中。不知道今天这冰够不够使用的,他翻开几重荷叶,和一块灰黑色的破布,仍然用着他黯淡的眼珠向磁缸里的冰块端详了一回。“天不热,喝的人少,天热了,冰又化的太快!”事情那一件不有为难的地方,他叹口气再翻眼看看过去的汽车。汽车轧起一阵尘土,笼罩着老人和他的摊子。

寒暑表中的水银从早起上升,一直过了九十五度的黑线上。喜篷底下比较阴凉的一片地面上曾聚过各种各色的人物。丁大夫也是其间一个。

丁大夫是张老太太内侄孙,德国学医刚回来不久,麻俐,漂亮,现在社会上已经有了声望,和他同席的都借着他是医生的缘故,拿平市卫生问题作谈料,什么虎疫,伤寒,预防针,微菌,全在吞咽八宝东瓜,瓦块鱼,锅贴鸡,炒虾仁中间讨论过。

“贵医院有预防针,是好极了。我们过几天要来麻烦请教了。”说诂的以为如果微菌听到他有打预防针的决心也皆气馁了。

“欢迎,欢迎。”

厨房送上一碗凉菜。丁大夫踌躇之后决意放弃吃这碗菜的权利。

小孩们都抢了盘子边上放的小冰块,含到嘴里嚼着玩,其他客喜欢这凉菜的也就不少。天实在热!

张家几位少奶奶装扮得非常得体,头上都戴朵红花,表示对旧礼教习尚仍然相当遵守的。在院子中盘旋着做主人,各人心里都明白自己今天的体面。好几个星期前就顾虑到的今天,她们所理想到的今天各种成功,已然顺序的,在眼前实现。虽然为着这重要的今天，各人都轮流着觉得受过委屈；生过气；用过心思和手腕；将就过许多不如意的细节。

老太太战巍巍的喘息着，继续维持着她的寿命。杂乱模糊的回忆在脑子里浮沉。兰兰七岁的那年……送阿旭到上海医病的那年真热……生四宝的时候在湖南，于是生育，病痛，兵乱，行旅，婚娶，没秩序，没规则的纷纷在她记忆下掀动。

“我给老太太拜寿，您给回一声吧。”

这又是谁的声音？这样大！老太太睁开打瞌睡的眼，看一个浓装的妇人对她鞠躬问好。刘太太，——谁又是刘太太，真是的！今天客人太多了，好吃劲。老太太扶着赵妈站起来还礼。

“别客气了，外边坐吧。”二少奶伴着客人出去。

谁又是这刘太太……谁？……老太太模模糊糊的又作了一些猜想，望着门槛又堕入各种的回忆里去。

坐在门槛上的小丫头寿儿看着院里石榴花出神。她巴不得酒席可以快点开完，底下人们可以吃中饭，她肚子里实在饿得慌。一早眼睛所接触的，大部分几乎全是可口的食品，但是她仍然是饿着肚子，坐在老太太门槛上等候呼唤。她极想再到前院去看看热闹，但为想到上次被打的情形，只得竭力忍耐。在饥饿中，有一桩事她仍然没有忘掉她的高兴。因为老太太的整寿大少奶给她一付银镯。虽然为着捶背而酸乏的手臂懒得转动，她仍不时得意的举起手来，晃摇着她的新镯子。

午后的太阳斜到东廊上，后院子暂时沉睡在静寂中。幼兰在书房里和羽哭着闹脾气：

“你们都欺侮我，上次赛球我就没有去看。为什么要去？反正人家也不欢迎我，……慧石不肯说，可是我知道你和阿玲在一起玩得上劲。”抽噎的声音微微的由廊上出来。

“等会客人进来了不好看……别哭……你听我说……绝对没有这么回事的。咱们是亲表谁不知道我们亲热，你是我的兰，永远，永远的是我的最爱最爱的……你信我……”

“你在哄骗我，我……我永远不会再信你的了……”

“你又来伤我，你心狠……”

声音微下去，也和缓了许多，又过了一些时候。才有轻轻的笑语声。小丫头仍然饿得慌，仍然坐在门槛上没有敢动，她听着小外孙小姐和羽孙少爷老是吵嘴，哭哭啼啼的，她不懂。一会儿他们又笑着一块儿由书房里出来。

“我到婆婆的里间洗个脸去。寿儿你给我打盆脸水去。”

寿儿得着打水的命令，高兴的站起来。什么事也比坐着等老太太睡醒都好一点。

“别忘了晚饭等我一桌吃。”羽说完大步的跑出去。

后院顿时又堕入闷热的静寂里；柳条的影子画上粉墙，太阳的红比得胭脂。墙外天蓝蓝的没有一片云，像戏台上的布景。隐隐的送来小贩子叫卖的声音——卖西瓜的——卖凉席的，一阵一阵。

挑夫提起力气喊他孩子找他媳妇。天快要黑下来媳妇还坐在门口纳鞋底子；赶着那一点天亮再做完一只。一个月她当家的要穿两双鞋子，有时还不够的，方才当家的回家来说不舒服，睡倒在炕上这半天也没有醒。她放下鞋底又走到旁边一家小铺里买点生姜，说几句话儿。

断续着呻呻，挑夫开始感到苦痛，不该喝那冰凉东西，早知道这大暑天，还不如喝口热茶！迷惘中他看到茶碗，茶缸，施茶的人家，碗，碟，果子杂乱的绕着大圆篓，他又像看到张家的厨房。不到一刻他肚子里像纠麻绳一般痛，发狂的呕吐使他沉入严重的症候里和死搏斗。

挑夫媳妇失了主意，喊孩子出去到药铺求点药。那边时常夏天是施暑药的。……

邻居积渐知道挑夫家里出了事,看过报纸的说许是霍乱,要扎针的。张秃子认得大街东头的西医丁家,他披上小褂子,一边扣钮子,一边跑。丁大夫的门牌挂高高的,新漆大门两扇紧闭着。张秃子找着电铃死命的按,又在门缝里张望了好一会,才有人出来开门。什么事?什么事?门房望着张秃子生气,张秃子看着丁宅的门房说“劳驾——劳驾您大爷,我们‘街坊’李挑子中了暑,托我来行点药。”

“丁大夫和管药房先生‘出份子去了’没有在家,这里也没有旁人,这事谁又懂得?!”门房吞吞吐吐的说,“还是到对门益年堂打听吧。”大门已经差不多关上。

张秃子又跑了,跑到益年堂,听说一个孩子拿了暑药已经走了。张秃子是信教的,他相信外国医院的药,他又跑到那边医院里打听,等了半天,说那里不是施医院,并且也不收传染病的,医生晚上也都回家了,助手没有得上边话不能随便走开的。

“最好快报告区里,找卫生局里人。”管事的告诉他,但是卫生局又在那里……

到张秃子失望的走回自己院子里的时候,天已经黑了下来,他听见李大嫂的哭声知道事情不行了。院里磁罐子里还放出浓馥的药味。他顿一下脚,“咱们这命苦的……”他已在想如何去捐募点钱,收殓他朋友的尸体。叫孝子挨家去磕头吧!

天黑了下来,张宅跨院里更热闹,水月灯底下围着许多孩子,看变戏法的由袍子里捧出一大缸金鱼,一盘子“王母蟠桃”献到老太太面前。孩子们都凑上去验看金鱼的真假。老太太高兴的笑。

大爷熟识捧场过的名伶自动的要送戏,正院前边搭着戏台,当差的忙着拦阻外面杂人往里挤。大爷由上海回来,两年中还是第一次——这次碍着母亲整寿的面,不回来太难为情。这几天行市不稳定,工人们听说很活动,本来就不放心走开,并且厂里的老赵靠不住,大爷最记挂。……

看到院里戏台上正开场,又看廊上的灯,听听厢房各处传来的牌声,风扇声,开汽水声,大爷知道一切都圆满的进行,明天事完了,他就可以走了。

“伯伯上那儿去?”游廊对面走出一个清秀的女孩。他怔住了看,慧石——是他兄弟的女儿,已经长得这么大了?大爷伤感着,看他早死兄弟的遗腹女儿;她长得实在像他爸爸……实在像他爸爸……

“慧石,是你。长得这样俊,伯伯快认不得了。”

慧石只是笑,笑。大伯伯还会说笑话,她觉得太料想不到的事,同时她像被电击一样,触到伯伯眼里蕴住的怜爱,一股心酸抓紧了她的嗓子。

她仍只是笑。

“那一年毕业?”大伯伯问她。

“明年。”

“毕业了到伯伯那里住。”

“好极了。”

“喜欢上海不?”

她摇摇头,“没有北平好。可是可以找事做,倒不错。”

伯伯走了,容易伤感的慧石急忙回到卧室里,想哭一哭,但眼睛湿了几回,也就不哭了,又在镜子前抹点粉笑了笑;她喜欢伯伯对她那和蔼态度。嬷常常不满伯伯和伯母的,常说些不高兴他们的话,但她自己却总觉得喜欢这伯伯的。

也许是骨肉关系有种不可思议的亲热,也许是因为感激知己的心,慧石知道她更喜欢她这伯伯了。

厢房里电话铃响。

“丁宅呀,找丁大夫说话?等一等。”

丁大夫的手气不坏,刚和了一牌三番,他得意的站起来接电话：

“知道了知道了，回头就去叫他派车到张宅来接。什么？要暑药的？发痧中暑？叫他到平济医院去吧。”

“天实在热，今天，中暑的一定不少。”五少奶坐在牌桌上抽烟，等丁大夫打电话回来。“下午两点的时候刚刚九十九度啦！”她睁大了眼表示严重。

“往年没有这么热，九十九度的天气在北平真可以的了。”一个客人摇了摇檀香扇，急着想做庄。

咯突一声，丁大夫将电话挂上。

报馆到这时候积渐热闹，排字工人流着汗在机器房里忙着。编辑坐到公事桌上面批阅新闻。本市新闻由各区里送到；编辑略略将张宅名伶送戏一节细细看了看，想到方才同太太在市场吃冰其凌后，遇到街上的打架，又看看那段厮打的新闻，于是很自然的写着“西四牌楼三条胡同卢宅车夫杨三……”新闻里将杨三王康的争斗形容得非常动听，一直到了“扭区成讼”。

再看一些零碎，他不禁注意到挑夫霍乱数小时毙命一节，感到白天去吃冰其凌是件不聪明的事。

杨三在热臭的拘留所里发愁，想着主人应该得到他出事的消息了，怎么还没有设法来保他出去。王康则在又一间房子里喂臭虫，苟且的睡觉。

“……那儿呀，我卢宅呀，请王先生说话，……”老卢为着洋车被扣已经打了好几个电话了，在晚饭桌他听着太太的埋怨……那杨三真是太没有样子，准是又喝醉了，三天两回闹事。

“……对啦，找王先生有要紧事，出去饭局了么，回头请他给卢宅来个电话！别忘了！”

这大热晚上难道闷在家里听太太埋怨？杨三又没有回来，还得出去雇车，老卢不耐烦的躺在床上看报，一手抓起一把蒲扇赶开蚊子。

（原载1934年5月1日《学文月刊》第1卷第1期）

模影零篇

一　钟　绿

钟绿是我记忆中第一个美人,因为一个人一生见不到几个真正负得起"美人"这称呼的人物,所以我对于钟绿的记忆,珍惜得如同他人私藏一张名画,轻易不拿出来给人看,我也就轻易的不和人家讲她。除非是一时什么高兴,使我大胆的,兴奋的,告诉一个朋友,我如何如何的,曾经一次看到真正的美人。

很小的时候,我常听到一些红颜薄命的故事,老早就印下这种迷信,好像美人一生总是不幸的居多。尤其是,最初叫我知道世界上有所谓美人的,就是一个身世极凄凉的年轻女子。她是我家亲戚,家中传统的认为一个最美的人。虽然她已死了多少年,说起她来,大家总还带着那种感慨,也只有一个美人死后能使人那样感慨的。说起她,大家总都有一些美感的回忆。我的婶娘常记起的,是祖母出殡那天,这女子穿着白衫来送殡。因为她是个已出嫁过的人——其实她那时已孀居一年多——照我们乡例头上缠着白头帕。试想一个静好如花的脸;一个长长窈窕的身材;一身的缟素;借着人家伤痛的丧礼来哭她自己可怜的身世,怎不是一幅绝妙的图画!我婶娘说起她时,却还不忘掉提到她的走路如何的有种特有丰神,哭时又如何的辛酸凄惋动人。我那时因为过小,记不起送殡那天看到这素服美人,事后为此不知惆怅了多少回。每当大家晚上闲坐谈到这个人儿时,总害了我竭尽想像力,冥想到了夜深。

也许就是因为关于她,我实在记得不太清楚,仅凭一家人时时的传说,所以这个亲戚美人之为美人,也从未曾在我心里疑问过。过了一些年月,积渐的,我没有小时候那般理想,事事都有一把怀疑,沙似的挟在里面。我总爱说:绝代佳人,世界上不时总应该有一两个,但是我自己亲眼却没有看见过就是了。这句话直到我遇见了钟绿之后才算是取消了,换了一句:我觉得侥幸,一生中没有疑问的,真正的,见到一个美人。

我到美国××城进入××大学时,钟绿已是离开那学校的旧学生。不过在校里不到一个月的工夫,我就常听到钟绿这名字,老学生中间,每一提到校里旧事,总要联想到她。无疑的,她是他们中间最受崇拜的人物。

关于钟绿的体面和她的为人及家世也有不少的神话。一个同学告诉我,钟绿家里本来如何的富有,又一个告诉我,她的父亲是个如何漂亮的军官,那一年死去的,又一个告诉我,钟绿多么好看,脾气又如何和人家不同。因为着恋爱,又有人告诉我,她和母亲决绝了,自己独立出来,艰苦的半工半读,多处流落,却总是那么傲慢潇洒,穿着得那么漂亮动人。有人还说钟绿母亲是希腊人,是个音乐家,也长得非常好看,她常住在法国及意大利,所以钟绿能通好几国文字。常常的,更有人和我讲了为着恋爱钟绿,几乎到发狂的许多青年的故事。总而言之,关于钟绿的事我实在听得多了,不过当时我听着也只觉到平常,并不十分起劲。

故事中仅有两桩,我却记得非常清楚,深入印像,此后不自觉的便对于钟绿动了好奇心。

一桩是同系中最标致的女同学讲的。她说那一年学校开个盛大艺术的古装表演,中间要用八个女子穿中世纪的尼姑服装。她是监制部的总管,每件衣裳由图案部发出,全由她找人比着裁剪,做好后再找人试服。有一晚,她出去晚饭回来稍迟,到了制衣室门口遇见一个制衣部里人,告诉她说,许多衣裳做好正找人试着时,可巧电灯坏了，大家正在到处找来洋蜡点上。

"你猜，"她接着说，"我推开门时看到了什么？……"

"你真想不到我那时的惊讶！"她喘口气望着大家笑（听故事的人那时已不止我一个），"你想，你想一间屋子里，高高低低的点了好几根蜡烛；各处射着影子；当中一张桌子上面，默默的，立着那么一个钟绿——美到令人不敢相信的中世纪小尼姑，眼微微的垂下，手中高高擎起一支点亮的长烛。简单静穆，直像一张宗教画！拉着门环，我半天肃然，说不出一句话来！……等到人家笑声震醒我时，我已经在心里记下这个一辈子忘不了的印像。"

自从听了这桩故事之后，钟绿在我心里便也开始有了根据，每次再听到钟绿的名字时，我脑子里便浮起一张图画。隐隐约约的，看到那个古代年轻的尼姑，微微的垂下眼，擎着一支蜡走过。

第二次，我又得到一个对钟绿依稀想像的背影，是由于一个男同学讲的故事里来的。这个脸色清癯的同学平常不爱说话，是个忧郁深思的少年——听说那个为着恋爱钟绿，到南非洲去旅行不再回来的同学，就是他的同房好朋友。有一天雨下得很大，我与他同在画室里工作，天已经积渐的黑下来，虽然还不到点灯的时候，我收拾好东西坐在窗下看雨，忽然听他说：

"真奇怪，一到下大雨，我总想起钟绿！"

"为什么呢？"我倒有点好奇了。

"因为前年有一次大雨，"他也走到窗边，坐下来望着窗外，"比今天这雨大多了，"他自言自语的眯上眼睛，"天黑得可怕，许多人全在楼上画图，只有我和勃森站在楼下前门口檐底下抽烟。街上一个人没有，树让雨打得像囚犯一样，低头摇曳。一种说不出来的黯淡和寂寞笼罩着整条没生意的街道，和街道旁边不作声的一切。忽然间，我听到背后门环响，门开了，一个人由我身边溜过，一直下了台阶冲入大雨中走去！……那是钟绿……

"我认得是钟绿的背影，那样修长灵活，虽然她用了一块折成三角形的绸巾蒙在她头上,一只手在项下抓紧了那绸巾的前面两角,像个俄国村姑的打扮。我听勃森说钟绿疯了,我也忍不住要喊她回来。'钟绿你回来听我说!'我好像求她那样恳切,听到声,她居然在雨里回过头来望一望,看见是我,她仰着脸微微一笑,露出一排贝壳似的牙齿。"朋友说时回过头对我笑了一笑,"你真想不到世上真有她那样美的人!不管谁说什么,我总忘不了在那狂风暴雨中,她那样扭头一笑,村姑似的包着三角的头巾。"

这张图画有力的穿过我的意识,我望望雨又望望黑影笼罩的画室。朋友叉着手,正经的又说:

"我就喜欢钟绿的一种纯朴,城市中的味道在她身上总那样的不沾着她本身的天真!那一天,我那个热情的同房朋友在楼窗上也发见了钟绿在雨里,像顽皮的村姑,没有笼头的野马,便用劲的喊。钟绿听到,俯下身子一闪,立刻就跑了!上边劈空的雷电四围纷披的狂雨,一会儿工夫她就消失在那雨雾迷漫之中了……

"奇怪,"他叹口气,"我总老记着这桩事,钟绿在大风雨里似乎是个很自然的回忆。"

听完这段插话之后,我的想像中就又加了另一个隐约的钟绿。

半年过去了,这半年中这个清癯的朋友和我比较的熟起来,时常轻声的来告诉我关于钟绿的消息。她是辗转的由一个城到另一个城,经验不断的跟在她脚边,命运好似总不和她合作,许多事情都不畅意。

秋天的时候,有一天我这朋友拿来两封钟绿的来信给我看,笔迹秀劲流丽如见其人,我留下信细读觉到它很有意思。那时我正初次的在夏假中觅工,几次在市城熙熙攘攘中长了见识,更是非常的同情于这流浪的钟绿。

"所谓工业艺术你可曾领教过?"她信里发出嘲笑,"你从前常常苦心教我调颜色,一根一根的描出理想的线条,做什么,你知道么?……我想你决不能猜到,两三星期以来,我和十几个本来都很活泼的女孩子，低下头都画一些什么，……你闭上眼睛，喘口气，让我告诉你！墙上的花纸，好朋友！你能相信么？一束一束的粉红玫瑰花由我们手中散下来，整朵的，半朵的——因为有人开了工厂专为制造这种的美丽！……

“不，不，为什么我要脸红？现在我们都是工业战争的斗士——（多美丽的战争！）——并且你知道，各人有各人不同的报酬；花纸厂的主人今年新买了两个别墅，我们前夜把晚饭减掉一点居然去听音乐了，多谢那一束一束的玫瑰花！……”

幽默的，幽默的她写下去那样顽皮的牢骚。又一封：

……好了，这已经是秋天，谢谢上帝，人工的玫瑰也会凋零的。这回任何一束什么花，我也决意不再制造了，那种逼迫人家眼睛堕落的差事，需要我所没有的勇敢，我失败了，不知道在心里那一部分也受点伤，……

我到乡村里来了，这回是散布智识给村里朴实的人！××书局派我来揽买卖，儿童的书，常识大全，我简直带着“智识”的样本到处走。那可爱的老太太却问我要最新烹调的书，工作到很瘦的妇人要城市生活的小说看，——你知道那种穿着晚服去恋爱的城市浪漫！

我夜里总找回一些矛盾的微笑回到屋里。乡间的老太太都是理想的母亲，我生平没有吃过更多的牛奶，睡过更软的鸭绒被，原来手里提着锄头的农人，都是这样母亲的温柔给培养出来的力量。我爱他们那简单的情绪和生活，好像日和夜，太阳和影子，农作和食睡，夫和妇，儿子和母亲，幸福和辛苦都那样均匀的放在天秤的两头。

这农村的妩媚，溪流树荫全合了我的意，你更想不到我屋后有个什么宝贝？一口井，老老实实旧式的一口井，早晚我都出去替老太太打水。真的，这样才是日子，虽然山边没有橄榄树，晚上也缺个织布的机杼，不然什么都回到我理想的已往里去。……

到井边去汲水,你懂得那滋味么?天呀,我的衣裙让风吹得松散,红叶在我头上飞旋,这是秋天,不瞎说,我到井边去汲水去。回来时你看着我把水罐子扛在肩上回来!

看完信,我心里又来了一个古典的钟绿。

约略是三月的时候,我的朋友手里拿本书,到我桌边来,问我看过没有这本新出版的书,我由抽屉中也扯出一本叫他看。他笑了,说:你知道这个作者就是钟绿的情人。

我高兴的谢了他,我说"现在我可明白了"。我又翻出书中几行给他看,他看了一遍,放下书默诵了一回,说:

"他是对的,他是对的,这个人实在很可爱,他们完全是了解的。"

此后又过了半个月光景天气渐渐的暖起来,我晚上在屋子里读书老是开着窗子,窗前一片草地隔着对面远处城市的灯光车马。有个晚上,很夜深了,我觉到冷,刚刚把窗子关上,却听到窗外有人叫我,接着有人拿沙子抛到玻璃上,我赶忙起来一看,原来草地上立着那个清瘦的朋友,旁边有个女人立在我的门前。朋友说:你能不能下来,我们有桩事托你。

我蹑着脚下楼,开了门,在黑影模糊中听我朋友说:"钟绿,钟绿她来到这里,太晚没有地方住,我想,或许你可以设法,明天一早她就要走的。"他又低声向我说:"我知道你一定愿意认识她。"

这事真是来得非常突兀,听到了那么熟识,却又是那么神话的钟绿,竟然意外的立在我的前边,长长的身影穿着外衣,低低的半顶帽遮着半个脸,我什么也看不清楚。我伸手和她握手,告诉她在校里常听到她,她笑声的答应我说,希望她能使我失望,远不如朋友所讲的她那么坏!

在黑夜里,她的声音像银铃样,轻轻的摇着,末后宽柔温好,带点回响。她又转身谢谢那个朋友,率真的揽住他的肩膀说:"百罗,你永远是那么可爱的一个人。"

她随了我上楼梯,我只觉到奇怪,钟绿在我心里始终成个古典人物,她的实际的存在,在此时反觉得荒诞不可信。

我那时是个穷学生,和一个同学住一间不甚大的屋子,却巧同房的那几天回家去了。我还记得那晚上我在她的书桌上,开了她那盏非常得意的浅黄色灯,还用了我们两人共用的大红浴衣铺在旁边大椅上,预备看书时盖在腿上当毯子享用。屋子的布置本来极简单,我们曾用尽苦心把它收拾得还有几分趣味:衣橱的前面我们用一大幅黑色带金线的旧锦挂上,上面系着一付我朋友自己刻的金色美人面具,旁边靠墙放两架睡榻,罩着深黄的床幔,和一些靠垫,两榻中间隔着一个薄纱的东方式屏风。窗前一边一张书桌,各人有个书架,几件心爱的小古董。

整个房子的神气还很舒适,颜色也带点古黯神秘。钟绿进房来,我就请她坐在我们惟一的大椅上,她把帽子外衣脱下,顺手把大红浴衣披在身上说:"你真能让我独占这房里唯一的宝座么?"不知为什么,听到这话,我怔了一下,望着灯下披着红衣的她。看她里面本来穿的是一件古铜色衣裳,腰里一根很宽的铜质软带,一边臂上似乎套着两三付细窄的铜镯子,在那红色浴衣掩映之中,黑色古锦之前,我只觉到她由脸至踵有种神韵,一种名贵的气息和光彩,超出寻常所谓美貌或是漂亮。她的脸稍带椭圆,眉目清扬,有点儿南欧曼达娜的味道;眼睛清棕色,虽然甚大,却微微有点羞涩。她的头脸,耳,鼻,口唇,前颈,和两只手,则都像雕刻过的型体!每一面和它一面交接得那样清晰,又那样柔和,让光和影在上面活动着。

我的小铜壶里本来烧着茶,我便倒出一杯递给她。这回她却怔了说:"真想不到这个时候有人给我茶喝,我这回真的走到中国了。"我笑了说:"百罗告诉我你喜欢到井里汲水,好,我就喜欢泡茶。各人有她传统的嗜好,不容易改掉。"就在那时候,她的两唇微微的一抿，像朵花，由含苞到开放，毫无痕迹的轻轻的张开，露出那一排贝壳般的牙齿，我默默的在心里说，我这一生总可以说真正的见过一种称得起美人的人物了。

“你知道，”我说，“学校里谁都喜欢说起你，你在我心里简直是个神话人物，不，简直是古典人物！今天你的来，到现在我还信不过这事的实在性！”

她说，“一生里事大半都好像做梦。这两年来我飘泊惯了，今天和明天的事多半是不相连续的多；本来现实本身就是一串不一定能连续而连续起来的荒诞。什么事我现在都能相信得过，尤其是此刻，夜这么晚，我把一个从来未曾遇见过的人的清静打断了，坐在她屋里，喝她几千里以外寄来的茶！”

那天晚上，她在我屋子里不止喝了我的茶，并且在我的书架上搬弄了我的书，我的许多相片，问了我一大堆的话，告诉我她有个朋友喜欢中国的诗——我知道那就是那青年作家，她的情人，可是我没有问她。她就在我屋子中间小小灯光下愉悦的活动着，一会儿立在洛阳造像的墨拓前默了一会，停一刻又走过，用手指柔和的顺着那金色面具的轮廓上抹下来。她搬弄我桌上的唐陶俑和图章。又问我壁上铜剑的铭文。纯净的型和线似乎都在引逗起她的兴趣。

一会儿她倦了，无意中伸个懒腰，慢慢的将身上束的腰带解下，自然的，活泼的，一件一件将自己的衣服脱下，裸露出她雕刻般惊人的美丽。我看着她耐性的，细致的，解除臂上的铜镯，又用刷子刷她细柔的头发，来回的走到浴室里洗面，又走出来。她的美当然不用讲，我惊讶的是她所有举动，全个体态，都是那样的有个性，奏着韵律。我心里想，自然舞蹈班中几个美体的同学，和我们人体画班中最得意的两个模特，明蒂和苏茜，她们的美实不过是些浅显的柔和及妍丽而已，同钟绿简直无法比较得来。我忍不住兴趣的直爽的笑对钟绿说：

“钟绿你长得实在太美了，你自己知道么？”

她忽然转过来看了我一眼，好脾气的笑起来，坐到我床上。

“你知道你是个很古怪的小孩子么？”她伸手抚着我的头后（那时我的头是低着的，似乎倒有点难为情起来），“老实告诉你，当百罗告诉我，要我住在一个中国姑娘的房里时，我倒有些害怕，我想着不知道我们要谈多少孔夫子的道德，东方的政治；我怕我的行为或许会触犯你们谨严的佛教！”

这次她说完，却是我打个呵欠，倒在床上好笑。

她说：“你在这里原来住得还真自由。”

我问她是否指此刻我们不拘束的行动讲。我说那是因为时候到底是半夜了，房东太太在梦里也无从干涉，其实她才是个极宗教的信徒，我平日极平常的画稿，拿回家来还曾经惊着她的腼腆。男朋友从来只到过我楼梯底下的，就是在楼梯边上坐着，到了十点半，她也一定咳嗽的。

钟绿笑了说：“你的意思是从孔子庙到自由神中间并无多大距离！”

那时我睡在床上和她谈天，屋子里仅点一盏小灯。她披上睡衣，替我开了窗，才回到床上抱着膝盖抽烟，在一小闪光底下，她呶着嘴喷出一个一个的烟圈，我又疑心我在做梦。

“我顶希望有一天到中国来，”她说，手里搬弄床前我的夹旗袍，“我还没有看见东方的莲花是什么样子。我顶爱坐帆船了。”

我说，“我和你约好了，过几年你来，挑个山茶花开遍了时节，我给你披上一件长袍，我一定请你坐我家乡里最浪漫的帆船。”

“如果是个月夜，我还可以替你调一曲希腊的弦琴。”

“也许那时候你更愿意死在你的爱人怀里！如果你的他也来。”我逗着她。

她忽然很正经的却用最柔和的声音说，“我希望有这福气。”

就这样说笑着，我朦胧的睡去。

到天亮时,我觉得有人推我,睁开了眼,看她已经穿好了衣裳,收拾好皮包,俯身下来和我作别。

“再见了,好朋友,”她又淘气的抚着我的头,“就算你做个梦吧。现在你信不信昨夜答应过人,要请她坐帆船?”

可不就像一个梦,我眯着两只眼,问她为何起得这样早。她告诉我要赶六点十分的车到乡下去,约略一个月后,或许回来,那时一定再来看我。她不让我起来送她,无论如何要我答应她,等她一走就闭上眼睛再睡。

于是在天色微明中,我只再看到她歪着一顶棕色帽子,倚在屏风旁边妩媚的一笑,便转身走出去了。一个月以后,她没有回来,其实等到一年半后,我离开××时,她也没有再来过这城的。我同她的友谊,就仅仅限于那么一个短短的半夜,所以那天晚上是我第一次,也就是最末次,会见了钟绿。但是即使以后我没有再得到关于她的种种悲惨的消息,我也知道我是永远不能忘记她的。

那个晚上以后,我又得到她的消息时,约在半年以后,百罗告诉我说:

“钟绿快要出嫁了。她这种的恋爱真能使人相信人生还有点意义,世界上还有一点美存在。这一对情人上礼拜堂去,的确要算上帝的荣耀。”

我好笑忧郁的百罗说这种话,却是私下里也的确相信钟绿披上长纱会是一个奇美的新娘。那时候我也很知道一点新郎的样子和脾气,并且由作品里我更知道他留给钟绿的情绪,私下里很觉到钟绿幸福。至于他们的结婚,我倒觉得很平凡;我不时叹息,想像到钟绿无条件的跟着自然律走,慢慢的变成一个妻子,一个母亲,渐渐离开她现在的样子,变老,变丑,到了我们从她脸上身上再也看不出她现在的雕刻般的奇迹来。

谁知道事情偏不这样的经过,钟绿的爱人竟在结婚的前一星期骤然死去,听说钟绿那时正在试着嫁衣,得着电话没有把衣服换下，便到医院里晕死过去在她未婚新郎的胸口上。当我得到这个消息时，钟绿已经到法国去了两个月，他的情人也已葬在她们本来要结婚的礼拜堂后面。

因为这消息，我却时常想起钟绿试装中世纪尼姑的故事，有点儿迷信预兆。美人自古薄命的话，更好像有了凭据。但是最使我感动的消息，还在此后两年多。

当我回国以后，正在家乡游历的时候，我接到百罗一封长信，我真是没有想到钟绿竟死在一条帆船上。关于这一点，我始终疑心这个场面，多少有点钟绿自己的安排，并不见得完全出自偶然。那天晚上对着一江清流，茫茫暮霭，我独立在岸边山坡上，看无数小帆船顺风飘过，忍不住泪下如雨，坐下哭了。

我耳朵里似乎还听见钟绿银铃似的温好的声音说，"就算你做个梦，现在你信不信昨夜答应过请人坐帆船？"

（原载1935年6月16日《大公报·文艺副刊》）

二 吉 公

二三十年前，每一个老派头旧家族的第宅里面，竟可以是一个缩小的社会；内中居住着种种色色的人物，他们综错的性格，兴趣，和琐碎的活动，或属于固定的，或属于偶然的，常可以在同一个时间里，展演如一部戏剧。

我的老家，如同当时其他许多家庭一样，在现在看来，尽可以称它做一个旧家族。那个并不甚大的宅子里面，也自成一种社会缩影。我同许多小孩子既在那中间长大，也就习惯于里面各种综错的安排和纠纷；像一条小鱼在海滩边生长，习惯于种种螺壳，蛤蜊，大鱼，小鱼，司空见惯，毫不以那种戏剧性的集聚为稀奇。但是事隔多年，有时反复回味起来，当时的情景反倒十分迫近。眼里颜色浓淡鲜晦，不但记忆浮沉驰骋，情感竟亦在不知不觉中重新伸缩，仿佛有所活动。

不过那大部的戏剧此刻却并不在我念中，此刻吸引我回想的仅是那大部中一小部，那综错的人物中一个人物。

他是我们的舅公，这事实是经“大人们”指点给我们一群小孩子知道的。于是我们都叫他做“吉公”，并不疑问到这事实的确实性。但是大人们却又在其他的时候里，间接的或直接的，告诉我们，他并不是我们的舅公的许多话！凡属于故事的话，当然都更能深入孩子的记忆里，这舅公的来历，就永远的在我们心里留下痕迹。

“吉公”是外曾祖母抱来的儿子；这故事一来就有些曲折，给孩子们许多想像的机会。外曾祖母本来自己是有个孩子的，据大人们所讲，他是如何的聪明，如何的长得俊！可惜在他九岁的那年一个很热的夏天里，竟然“出了事”。故事是如此的：他和一个小朋友，玩着抬起一个旧式的大茶壶桶，嘴里唱着土白的山歌，由供着神位的后厅抬到前面正厅里去……（我们心里在这里立刻浮出一张鲜明的图画：两个小孩子，赤着膊；穿着挑花大红肚兜，抬着一个朱漆木桶；里面装着一个白锡镶铜的大茶壶；多少两的粗茶叶，泡得滚热的；——）但是悲剧也就发生在这幅图画后面，外曾祖父手里拿着一根旱烟管，由门后出来，无意中碰倒了一个孩子，事儿就坏了！那无可偿补的悲剧，就此永远嵌进那温文儒雅读书人的生命里去。

这个吉公用不着说是抱来替代那惨死去的聪明孩子的。但这是又过了十年，外曾祖母已经老了，祖母已将出阁时候的事。讲故事的谁也没有提到吉公小时是如何长得聪明美丽的话。如果讲到吉公小时的情形，且必用一点叹息的口气说起这吉公如何的顽皮，如何的不爱念书，尤其是关于学问是如何的没有兴趣，长大起来，他也始终不能去参加他们认为光荣的考试。

就一种理论讲，我们自己既在那里读书学做对子，听到吉公不会这门事，在心理上对吉公发生了一点点轻视实在并不怎样不合理。但是事实上我们不止对他的感情总是那么柔和，时常且对他发生不少的惊讶和钦佩。

吉公住在一个跨院的旧楼上边。不止在现时回想起来，那地方是个浪漫的去处，就是在当时，我们也未尝不觉到那一曲小小的旧廊，上边斜着吱吱哑哑的那么一道危梯，是非常有趣味的。

我们的境界既被限制在一所四面有围墙的宅子里，那活泼的孩子心有时总不肯在单调的生活中磋磨过去，故必定竭力的，在那限制的范围以内寻觅新鲜。在一片小小的地面上，我们认为最多变化，最有意思的，到底是人：凡是有人住的，无论那一个小角落里，似乎都藏着无数的奇异，我们对它便都感着极大兴味。所以挑水老李住的两间平房，远在菜园子的后门边，和太老的老陈妈所看守的厨房以外一排空房，在我们寻觅新鲜的活动中，或可以说长成的过程中，都是绝对必需的。吉公住的那小跨院的旧楼，则更不必说了。

在那楼上，我们所受的教育，所吸取的智识，许多确非负责我们教育的大人们所能想象得到的。随便说吧，最主要的就有自鸣钟的机轮的动作，世界地图，油画的外国军队军舰，和照像技术的种种，但是最要紧的还是吉公这个人，他的生平，他的样子，脾气，他自己对于这些新智识的兴趣。

吉公已是中年人了，但是对于种种新鲜事情的好奇，却还活像个孩子。在许多人跟前，他是被认为个不读书不上进的落魄者，所以在举动上，在人前时，他便习惯于惭愧，谦卑，退让，拘束的神情，惟独回到他自己的旧楼上，他才恢复过来他种种生成的性格，与孩子们和蔼天真的接触。

在楼上他常快乐的发笑；有时为着玩弄小机器一类的东西，他还会带着嘲笑似的，骂我们迟笨——在人前，这些便是绝不可能的事。用句现在极普通的语言讲，吉公是个有“科学的兴趣”的人，那个小小楼屋，便是他私人的实验室。但在当时，吉公只是一个不喜欢做对子读经书的落魄者，那小小角隅实是祖母用着布施式的仁慈和友爱的含忍，让出来给他消磨无用的日月的。

夏天里，约略在下午两点的时候。那大小几十口复杂的家庭里，各人都能将他一份事情打发开来，腾出一点时光睡午觉。小孩们有的也被他们母亲或看妈抓去横睡在又热又闷气的床头一角里去。在这个时候，火似的太阳总显得十分寂寞，无意义的罩着一个两个空院，一处两处洗晒的衣裳，刚开过饭的厨房，或无人用的水缸。在清静中，喜鹊大胆的飞到地面上，像人似的来回走路，寻觅零食，花猫黄狗全都卷成一团，在门槛旁把头睡扁了似的不管事。

我喜欢这个时候，这种寂寞对于我有说不出的滋味，饭吃过，随便在那个阴凉处呆着，用不着同伴，我就可以寻出许多消遣来。起初我常常一人走进吉公的小跨院里去，并不为的找吉公，只站在门洞里吹穿堂风，或看那棵大柚子树的树阴罩在我前面来回的摇晃。有一次我满以为周围只剩我一人的，忽然我发现廊下有个长长的人影，不觉一惊。顺着人影偷着看去，我才知道是吉公一个人在那里忙着一件东西。他看我走来便向我招手。

原来这时间也是吉公最宝贵的时候，不轻易拿来糟蹋在午睡上面，我同他的特殊的友谊便也建筑在这点点同情上。他告我他私自学会了照相，家里新买到一架照相机已交给他尝试。夜里，我是看见过的他点盏红灯，冲洗那种旧式玻璃底片，白日里他一张一张耐性的晒片子，这还是第一次让我遇到！那时他好脾气的指点给我一个人看，且请我帮忙，两次带我上楼取东西。平常孩子们太多他没有工夫讲解的道理，此刻慢吞吞的也都和我讲了一些。

吉公楼上的屋子是我们从来看不厌的，里面东西实在是不少，老式钟表就有好几个，都是亲戚们托他修理的，有的是解散开来卧在一个盘子里，等他一件一件再细心的凑在一起。桌上竟还放着一付千里镜，墙上满挂着许多很古怪翻印的油画，有的是些外国皇族,最多还是有枪炮的普法战争的图画,和一些火车轮船的图片以及大小地图。

“吉公,谁教你怎么修理钟的?”

吉公笑了笑,一点不骄傲,却显得更谦虚的样子,嘀一下嘴,叹口气说:“谁也没有教过吉公什么。”

“这些机器也都是人造出来的,你知道!”他指着自鸣钟,“谁要喜欢这些东西尽可拆开来看看,把它弄明白了。”

“要是拆开了还不大明白呢?”我问他。

他更沉思的叹息了。

“你知道,吉公想大概外国有很多工厂教习所,教人做这种灵巧的机器,凭一个人的聪明一定不会作得这样好。”说话时吉公带着无限的怅惘。我却没有听懂什么工厂什么教习所的话。

吉公又说:“我那天到城里去看一个洋货铺,里面有个修理钟表的柜台,你说也真奇怪,那个人在那里弄个钟,许多地方还没有吉公明白呢!”

在这个时候,我以为吉公尽可以骄傲了,但是吉公的脸上此刻看去却更惨淡,眼睛正望着壁上火轮船的油画看。

“这些钟表实在还不算有意思。”他说,“吉公想到上海去看一次火轮船,那种大机器转动起来够多有趣?”

“伟叔不是坐着那么一个上东洋去了么?”我说,“你等他回来问问他。”

吉公苦笑了。“傻孩子,伟叔是读书人,他是出洋留学的,坐到一个火轮船上,也不到机器房里去的,那里都是粗的工人火夫等管着。”

“那你呢? 难道你就能跑到粗人火夫的机器房里去?”孩子们受了大人影响,怀疑到吉公的自尊心。

“吉公喜欢去学习,吉公不在乎那些个,”他笑了。看看我为他十分着急的样子,忙把话转变一点安慰我说:“在外国,能干的人也有专管机器的，好比船上的船长吧，他就也得懂机器还懂地理。军官吧，他就懂炮车里机器，装火药等等。尽念古书不相干的，洋人比我们能干，就为他们的机器……”

这次吉公讲的话很多，我都听不懂，但是我怕他发现我太小不明白他的话，以后不再要我帮忙，故此一直勉强听下去，直到吉公记起廊下的相片，跳起来拉了我下楼。

又过了一些日子，吉公的照相颇博得一家人的称赞，尤其是女人们喜欢的了不得。天好的时候，六婶娘找了几位妯娌，请祖母和姑妈们去她院里照相。六婶娘梳着油光的头，眉目细细的，淡淡的画在她的白皙脸上，就同她自己画的兰花一样有几分勉强。她的院里有几棵梅花几竿竹，一个月门，还有一堆假山，大家都认为可以入画的景致。但照相前，各人对于陈设的准备，也和吉公对于照相机底片等等的部署一般繁重。婶娘指挥丫头玉珍，花匠老王，忙着摆茶几，安放细致的水烟袋及茶杯，前面还要排着讲究的盆花，然后两旁列着几张直背椅，各人按着辈份岁数各各坐成一个姿势，有时还拉着一两个孩子做衬托。

在这种时候，吉公的头与手在他黑布与机器之间耐烦的周旋着。周旋到相当时间，他认为已到达较完满的程度，才把头伸出观望那被摄影的人众。每次他有个新颖的提议，照相的人们也就有说有笑的起劲。这样祖母便很骄傲起来，这是连孩子们都觉察得出的，虽然我们当时并未了解她的许多伤心。吉公呢，他的全付精神却在那照相技术上边，周围的空气人情并不在他注意中。等到照相完了，他才微微的感到一种完成的畅适，兴头的掮着照相机，带着一群孩子回去。

还有比这个严重的时候，如同年节或是老人们的生日，或宴客，吉公的照相职务便更为重要了。早上你到吉公屋里去，便看得到厚厚的红布黑布挂在窗上，里面点着小红灯，吉公驼着背在黑暗中来往的工作。他那种兴趣，勤劳，和认真，现在回想起来，我相信如果他晚生了三十年,这个社会里必定会有他一个结实的地位的。照相不过是他当时一个不得已的科学上活动,他对于其他机器的爱好,却并不在照相以下。不过在实际上照相既有所贡献于接济他生活的人,他也只好安于这份工作了。

另一次我记得特别清楚,我那喜欢兵器武艺的祖父,拿了许多所谓"洋枪"到吉公那里,请他给揩擦上油。两人坐在廊下谈天,小孩子们也围上去。吉公开一瓶橄榄油,扯点破布,来回的把玩那些我们认为颇神秘的洋枪,一边议论着洋船,洋炮,及其他洋人做的事。

吉公所懂得的均是具体智识,他把枪支在手里,开开这里,动动那里,演讲一般指手画脚讲到机器的巧妙,由枪到炮,由炮到船,由船到火车,一件一件。祖父感到惊讶了,这已经相信维新的老人听到吉公这许多话,相当的敬服起来,微笑凝神的在那里点头领教。大点的孩子也都闻所未闻的睁大了眼睛;我最深的印象便是那次祖父对吉公非常愉悦的脸色。

祖父谈到航海,说起他年轻的时候,极想到外国去,听到某处招生学洋文,保送到外洋去,便设法想去投考。但是那时他已聘了祖母,丈人方面得到消息大大的不高兴,竟以要求退婚要挟他把那不高尚的志趣打消。吉公听了,黯淡的一笑,或者是想到了他自已年少时多少的梦,也曾被这同一个读书人给毁掉了。

他们讲到苏彝士运河,吉公便高兴的,同情的,把楼上地图拿下来,由地理讲到历史,甲午呀,庚子呀,我都是在那时第一次听到。我更记得平常不说话的吉公当日愤慨的议论,我为他不止一点的骄傲,虽然我不明白为什么他的结论总回到机器上。

但是一年后吉公离开我们家,却并不为着机器,而是出我们意料外的为着一个女人。

也许是因为吉公的照像相当的出了名,并且时常的出去照附近名胜风景,让一些人知道了,就常有人来请他去照像。为着对于技术的兴趣，他亦必定到人家去尽义务的为人照全家乐，或带着朝珠谱褂的单人留影。酬报则时常是些食品果子。

有一次有人请他去，照相的却是一位未曾出阁的姑娘，这位姑娘因在择婿上稍稍经过点周折，故此她家里对于她的亲事常怀着悲观。与吉公认识的是她堂房哥哥，照相的事是否这位哥哥故意的设施，家里人后来议论得非常热烈，我们也始终不得明了。要紧的是，事实上吉公对于这姑娘一家甚有好感，为着这姑娘的相片也颇尽了些职务；我不记得他是否在相片上设色，至少那姑娘的口唇上是抹了一小点胭脂的。

这事传到祖母耳里，这位相信家教谨严的女人便不大乐意起来。她觉得一个未出阁的女子，相片交给一个没有家室的男子手里印洗，是不名誉不正当的。并且这女子既不是和我们同一省份，便是属于“外江”人家的，事情尤其要谨慎。在这纠纷中，我才又得听到关于吉公的一段人生悲剧。多少年前他是曾经娶过妻室的，一位年轻美貌的妻子，并且也生过一个孩子，却在极短的时间内，母子两人全都死去。这事除却在吉公一人的心里，这两人的存在几乎不在任何地方留下一点凭据。

现在这照相的姑娘是吉公生命里的一个新转变，在他单调的日月里开出一条路来。不止在人情上吉公也和他人一样需要异性的关心和安慰，就是在事业的野心上，这姑娘的家人也给吉公以不少的鼓励，至少到上海去看火轮船的梦是有了相当的担保，本来悠长没有着落的日子，现在是骤然的点上希望。虽然在人前吉公仍是沉默，到了小院里他却开始愉快的散步；注意到柚子树又开了花；晚上有没有月亮；还买了几条金鱼养到缸里。在楼上他也哼哼一点调子，把风景照片镶成好看的框子，零整的拿出去托人代售。有时他还整理旧箱子；多少年他没有心绪翻检的破旧东西，现在有时也拿出来放在床上椅背上，尽小孩子们好奇的问长问短，他也满不在乎了。

忽然突兀的他把婚事决定了，也不得我祖母的同意，便把吉期选好，预备去入赘。祖母生气到默不作声，只退到女人家的眼泪里去，呜咽她对于这弟弟的一切失望。家里人看到舅爷很不体面的，到外省人家去入赘，带着一点箱笼什物，自然也有许多与祖母表同情的。但吉公则终于离开那所浪漫的楼屋，去另找他的生活了。

那布着柚子树阴的小跨院渐渐成为一个更寂寞的角隅，那道吱吱哑哑的木梯从此便没有人上下，除却小孩子们有时淘气，上到一半又赶忙下来。现在想来，我不能不称赞吉公当时那一点挣扎的活力，能不甘于一种平淡的现状。那小楼只能尘封吉公过去不幸的影子，却不能把他给活埋在里边。

吉公的行为既是离叛亲族，在旧家庭里许多人就不能容忍这种的不自尊。他婚后的行动，除了带着新娘来拜过祖母外，其他事情便不听到有人提起！似乎过了不久的时候，他也就到上海去，多少且与火轮船有关系。有一次我曾大胆的问过祖父，他似乎对于吉公是否在火轮船做事没有多大兴趣，完全忘掉他们一次很融洽的谈话。在祖母生前，吉公也还有来信，但到她死后，就完全的渺然消失，不通音问了。

两年前我南下，回到幼年居住的城里去，无意中遇到一位远亲，他告诉我吉公住在城中，境况非常富裕；子女四人，在各个学校里读书，对于科学都非常嗜好，尤其是内中一个，特别聪明，屡得学校奖金等等。于是我也老声老气的发出人事的感慨。如果吉公自己生早了三四十年，我说，我希望他这个儿子所生的时代与环境合适于他的聪明，能给他以发展的机会，不再复演他老子的悲剧。并且在生命的道上，我祝他早遇到同情的鼓励，敏捷的达到他可能的成功。这得失且并不仅是吉公个人的，而可以计算作我们这老朽的国家的。

至于我会见到那六十岁的吉公，听到他离开我们家以后一段奋斗的历史，这里实没有细讲的必要，因为那中年以后，不经过训练，自己琢磨出来的机器师，他的成就必定是有限的。纵使他有相当天赋的聪明，他亦不能与太不适当的环境搏斗。由于爱好机器，他到轮船上做事，到码头公司里任职，更进而独立的创办他的小规模丝织厂，这些全同他的照相一样，仅成个实际上能博取物质胜利的小事业，对于他精神上超物质的兴趣，已不能有所补助，有所启发。年老了，当时的聪明一天天消失，所余仅是一片和霭的平庸和空虚。认真的说，他仍是个失败者。如果迷信点的话，相信上天或许要偿补给吉公他一生的委曲，这下文的故事，就该应在他那个聪明孩子和我们这个时代上。但是我则仍然十分怀疑。

（原载1935年8月11日《大公报·文艺副刊》）

三　文　珍

家里在复杂情形下搬到另一个城市去，自己是多出来的一件行李。大约七岁，似乎已长大了，篁姊同家里商量接我到她处住半年，我便被送过去了。

起初一切都是那么模糊，重迭的一堆新印象乱在一处；老大的旧房子，不知有多少老老少少的人，楼，楼上幢幢的人影，嘈杂陌生的声音，假山，绕着假山的水池，很讲究的大盆子花，菜圃，大石井，红红绿绿小孩子，穿着很好看或粗糙的许多妇人围着四方桌打牌的，在空屋里养蚕的，晒干菜的，生活全是那么混乱繁复和新奇。自己却总是孤单，怯生，寂寞。积渐的在纷乱的周遭中，居然挣扎出一点头绪，认到一个凝固的中心，在寂寞焦心或怯生时便设法寻求这中心，抓紧它，旋绕着它要求一个孩子所迫切需要的保护，温暖和慰安。

这凝固的中心便是一个约摸十七岁年龄的女孩子。她有个苗条身材，一根很黑的发辫，扎着大红绒绳；两只灵活真叫人喜欢黑晶似的眼珠；和一双白皙轻柔无所不会的手。她叫做文珍。人人都喊她文珍,不管是梳着油光头的妇人,扶着拐杖的老太太,刚会走路的“孙少”,老妈子或门房里人!

文珍随着喊她的声音转,一会儿在楼上牌桌前张罗,一会儿下楼穿过廊子不见了,又一会儿是那个孩子在后池钓鱼,喊她去寻钓竿,或是另一个迫她到园角攀摘隔墙的还不熟透的桑椹。一天之中这扎着红绒绳的发辫到处可以看到,跟着便是那灵活的眼珠。本能的,我知道我寻着我所需要的中心,和骆驼在沙漠中望见绿洲一样。清早上寂寞的踱出院子,一边望着银红阳光射在藤萝叶上,一边却盼望着那扎着红绒绳的辫子快点出现。凑巧她过来了;花布衫熨得平平的,就有补的地方,也总是剪成如意或桃子等好玩的式样,雪白的袜子,青布的鞋,轻快的走着路,手里持着一些老太太早上需要的东西,开水,脸盆或是水烟袋,看着我,她就和蔼亲切的笑笑:

“怎么不去吃稀饭?”

难为情的,我低下头。

“好吧,我带你去。尽怕生不行的呀!”

感激的我跟着她走。到了正厅后面(两张八仙桌上已有许多人在吃早饭),她把东西放在一旁,携着我的手到了中间桌边,顺便的喊声:“五少奶,起得真早,”等五少奶转过身来,便更柔声的说:“小客人还在怕生呢,一个人在外边吹着,也不进来吃稀饭!”于是把我放在五少奶旁边方凳上,她自去大锅里盛碗稀饭,从桌心碟子里挟出一把油炒花生,拣了一角有红心的盐鸭蛋放在我面前,笑了一笑走去几步,又回头来,到我耳朵边轻轻的说:

“好好的吃,吃完了,找阿元玩去,他们早上都在后池边看花匠做事,你也去。”或是:“到老太太后廊子找我,你看不看怎样挟燕窝?”

红绒发辫暂时便消失了。

太阳热起来,有天我在水亭子里睡着了,睁开眼正是文珍过来把我拉起来，“不能睡，不能睡，这里又是日头又是风的，快给我进去喝点热茶。”害怕的我跟着她去到小厨房，看着她拿开水冲茶，听她嘴里哼哼的唱着小调。篁姊走过看到我们便喊：“文珍，天这么热你把她带到小厨房里做什么？”我当时真怕文珍生气，文珍却笑嘻嘻的：“三少奶奶，你这位妹妹真怕生，总是一个人闷着，今天又在水亭里睡着了，你给她想想法子解解闷，这里怪难为她的。”

篁姊看看我说，“怎么不找那些孩子玩去？”我没有答应出来，文珍在篁姊背后已对我挤了挤眼，我感激的便不响了。篁姊走去，文珍拉了我的手说，“不要紧，不找那些孩子玩时就来找我好了，我替你想想法子。你喜欢不喜欢拆旧衣衫？我给你一把小剪子，我教你。”

于是面对面我们两人有时便坐在树荫下拆旧衣，我不会时她就叫我帮助她拉着布，她一个人剪，一边还同我讲故事。

指着大石井，她说：“文环比我大两岁长得顶好看了，好看的人没有好命，更可怜！我的命也不好，可是我长得老实样，没有什么人来欺侮我。”文环是跳井死的丫头，这事发生在我未来这家以前，我就知道孩子们到了晚上，便互相逗着说文环的鬼常常在井边来去。

“文环的鬼真来么？”我问文珍。

“这事你得问芳少爷去。”

我怔着不懂，文珍笑了，“小孩子还信鬼么？我告诉你，文环的死都是芳少爷不好，要是有鬼她还不来找他算账？我看，就没有鬼，文环白死了！”我仍然没有懂，文珍也不再往下讲了，自己好像不胜感慨的样子。

过一会她忽然说：

“芳少爷讲书倒讲得顶好了，我替你出个主意，等他们早上讲诗的时候，你也去听。背背诗顶有意思的，明天我带你去听。”

到了第二天她果然便带了我到东书房去听讲诗。八九个孩子

看到文珍进来,都看着芳哥的脸。文珍满不在乎的坐下,芳哥脸上却有点两样,故作镇定的向着我说:

“小的孩子,要听可不准闹。”我望望文珍,文珍抿紧了嘴不响,打开一个布包,把两本唐诗放在我面前,轻轻的说,“我把书都给你带来了。”

芳哥选了一些诗,叫大的背诵,又叫小的跟着念;又讲李太白怎样会喝酒的故事。文珍看我已经很高兴的在听下去,自己便轻脚轻手的走出去了。此后每天我学了一两首新诗,到晚上就去找文珍背给她听,背错了她必提示我,每背出一首她还替我抄在一个本子里——如此文珍便做了我的老师。

五月节中文珍裹的粽子好,做的香袋更是特别出色,许多人便托她做,有的送她缎面鞋料,有的给她旧布衣衫,她都一脸笑高兴的接收了。有一天在她屋子里玩,我看到她桌子上有个古怪的纸包;我问她里边是些什么,她也很稀奇的说连她都不知道。我们两人好奇的便一同打开看。原来里边裹着是一把精致的摺扇,上面画着两三朵菊花,旁边细细的写着两行诗。

“这可怪了,”她喊了起来,接着把眼珠子一转,仿佛想起什么了,便轻声的骂着“鬼送来的!”

听到鬼,我便联想到文环,忽然恍然,有点明白这是谁送来的!我问她可是芳哥?她望着我看看,轻轻拍了我一下,好脾气的说,“你这小孩子好懂事,可是,”她转了一个口吻,“小孩子家太懂事了,不好的。”过了一会,看我好像很难过,又笑逗着我,“好娇气,一句话都吃不下去!轻轻说你一句就值得掀着嘴这半天!以后怎做人家儿媳妇?”我羞红了脸便和她闹,半懂不懂的大声念扇子上的诗。这下她可真急了,把扇子夺在手里说:“你看我希罕不希罕爷们的东西!死了一个丫头还不够呀?”一边说一边狠狠的把扇子撕个粉碎,伏在床上哭起来了。

我从来没有想到文珍会哭的,这一来我慌了手脚,趴在她背上摇她，一直到自己也哭了她才回过头来说，“好小姐，这是怎么闹的，快别这样了，”替我擦干了眼泪，又哄了我半天。一共做了两个香包才把我送走。

在夏天有一个薄暮里，大家都出来到池边乘凉看荷花，小孩子忙着在后园里捉萤火虫，我把文珍也拉去绕着假山竹林子走。一直到了那扇永远锁闭着的小门前边。阿元说那边住的一个人家是革命党，我们都问革命党是什么样子，要爬在假山上面往那边看。文珍第一个上去，阿元接着把我推上去。等到我的脚自己能立稳的时候，我才看到隔壁院里一个剪发的年青人，仰着头望着我们笑。文珍急着要下来，阿元却正挡住她的去路。阿元上到山顶冒冒失失的便向着那人问，“喂，喂，我问你，你是不是革命党呀？”那人皱一皱眉又笑了笑，问阿元敢不敢下去玩，文珍生气了说阿元太顽皮，自己便先下去把我也接下去走了。

过了些时，我发现这革命党邻居已同阿元成了至交，时常请阿元由墙上过去玩，他自己也越墙过来同孩子们玩过一两次。他是个东洋留学生，放暑假回家的，很自然的我注意到他注意文珍，可是一切事在我当时都是一片模糊，莫明其所以的。文珍一天事又那么多，有时被孩子们纠缠不过，总躲了起来在楼上挑花做鞋去，轻易不见她到花园里来玩的。

可是忽然间全家里空气突然紧张，大点的孩子被二少奶老太太传去问话；我自己也被篁姊询问过两次关于小孩子们爬假山结交革命党的事，但是每次我都咬定了不肯说有文珍在一起。在那种大家庭里厮混了那么久，我也积渐明白做丫头是怎样与我们不同，虽然我却始终没有看到文珍被打过。

经过这次事件以后，文珍渐渐变成沉默，没有先前活泼了。多半时候都在正厅耳房一带，老太太的房里或是南楼上，看少奶奶们打牌。仅在篁姊生孩子时，晚上过来陪我剪花样玩，帮我写两封家信。看她样子好像很不高兴。

中秋前几天阿元过来，报告我说家里要把文珍嫁出去，已经说妥了人家，一个做生意的，长街小钱庄里管账的，听说文珍认得字，很愿意娶她，一过中秋便要她过门。我一面心急文珍要嫁走，却一面高兴这事的新鲜和热闹。

“文珍要出嫁了”，这话在小孩子口里相传着。但是见到文珍我却没有勇气问她。下意识的，我也觉到这桩事的不妙；一种黯淡的情绪笼罩着文珍要被嫁走的新闻上面。我记起文珍撕扇子那一天的哭，我记起我初认识她时她所讲的文环的故事，这些记忆牵牵连连的放在一起，都似乎叫我非常不安。到后我忍不住了，在中秋前两夜大月亮和桂花香中，看文珍正到我们天井外石阶上坐着时，上去坐在她旁边，无暇思索问她：

“文珍，我同你说。你真要出嫁了么？”

文珍抬头看看树枝中间月亮：

“她们要把我嫁了！”

“你愿意么？”

“什么愿意不愿意的，谁大了都得嫁不是？”

“我说是你愿意嫁给那么一个人家么？”

“为什么不？反正这里人家好，于我怎么着？我还不是个丫头，穿得不好，说我不爱体面，穿得整齐点，便说我闲话，说我好打扮，想男子！……说我……”

她不说下去，我也默默不知道说什么。

“反正，”她接下说，“丫头小的时候可怜，好容易捱大了，又得遭难！不嫁老在那里磨着，嫁了不知又该受些什么罪！活该我自己命苦，生在凶年……亲爹嬷背了出来卖给人家！”

我以为她又哭了，她可不，忽然立了起来上个小山坡，颠起脚来连连折下许多桂花枝，拿在手里嗅着。

“我就嫁！”她笑着说，“她们给我说定了谁，我就嫁给谁！管他呢，命要不好，遇到一个醉汉打死了我，不更干脆？反正，文环死在这井里，我不能再在她们家上吊！这个那个都待我好，可是我可伺候够了，谁的事我不做一堆？不待我好，难道还要打我！”

“文珍，谁打过你？”我问。

“好，文环不跳到井里去了么，谁现在还打人？”她这样回答，随着把手里桂花丢过一个墙头，想了想，笑起来。我是完全的莫名其妙。

“现在我也大了，闲话该轮到我了，”她说了又笑，“随他们说去，反正是个丫头，我不怕！……我要跑就跑，跟卖布的，卖糖糕的，卖馄饨的，担臭豆腐挑子沿街喊的，出了门就走了！谁管得了我？”她放声的咭咭呱呱的大笑起来，两只手拿我的头发弄着玩。

我看她高兴，心里舒服起来。寻常女孩子家自己不能提婚姻的事，她竟说要跟卖臭豆腐的跑了，我暗暗希罕她说话的胆子，自己也跟着说疯话：

“文珍，你跟卖馄饨的跑了，会不会生个小孩也卖小馄饨呀？”

文珍的脸忽然白下来，一声不响。

××钱庄管账的来拜节，有人一直领他到正院里来，小孩们都看见了。这人穿着一件蓝长衫，罩一件青布马褂，脸色乌黑，看去真像有了四十多岁，背还有点驼，指甲长长的，两只手老筒在袖里，顽皮的大孩子们眼睛骨碌碌的看着他，口上都在轻轻的叫他新郎。

我知道文珍正在房中由窗格子里可以看得见他，我就跑进去找寻，她却转到老太太床后拿东西，我跟着缠住，她总一声不响。忽然她转过头来对我亲热的一笑，轻轻的，附在我耳后说，“我跟卖馄饨的去，生小孩，卖小馄饨给你吃！”说完扑嗤的稍稍大声点笑。我乐极了就跑出去。但所谓“新郎”却已经走了，只听说人还在外客厅旁边喝茶，商议亲事应用的茶礼，我也没有再出去看。

此后几天，我便常常发现文珍到花园里去，可是几次，我都找不着她，只有一次我看见她从假山后那小路回来。

“文珍你到哪里去?”

她不答应我,仅仅将手里许多杂花放在嘴边嗅,拉着我到池边去说替我打扮个新娘子,我不肯,她就回去了。

又过了些日子我家来人接我回去,晚上文珍过来到我房里替篁姊收拾我的东西。看见房里没有人,她把洋油灯放低了一点,走到床边来同我说:

“我以为我快要走了,现在倒是你先去,回家后可还记得起来文珍?”

我眼泪挂在满脸,抽噎着说不出话来。

“不要紧,不要紧,”她说,“我到你家来看你。”

“真的么?”我伏在她肩上问。

“那谁知道!”

“你是不是要嫁给那钱庄管账的?”

“我不知道。”

“你要嫁给他,一定变成一个有钱的人了,你真能来我家么?”

“我也不知道。”

我又哭了。文珍摇摇我,说,“哭没有用的,我给你写信好不好?”我点点头,就躺下去睡。

回到家后我时常盼望着文珍的信,但是她没有给我信。真的革命了,许多人都跑上海去住,篁姊来我们家说文珍在中秋节后快要出嫁以前逃跑了,始终没有寻着。这消息听到耳里同雷响一样,我说不出的记挂担心她。我鼓勇的问文珍是不是同一个卖馄饨的跑了,篁姊惊讶的问我:

“她时常同卖馄饨的说话么?”

我摇摇头说没有。

“我看,”篁姊说,“还是同那个革命党跑的!”

一年以后，我还在每个革命画册里想发现文珍的情人。文珍却从没有给我写过一个信。

（原载 1936 年 6 月 14 日《大公报，文艺副刊》）

芦　焚

过　岭　记

上*

一行三个人,勉强打过尖,顶年青的小茨儿就唱道:“走啊!”说着立起身来,弹一个腿,两臂伸出去,几里克乓乱响。他约摸不到二十岁,嘴上还未脱尽黄灰汗毛,口角常是蕴着笑,看去是一个心头毫无牵挂的人。他赤脊梁,背皮被晒成酱滷色,大颗汗珠子源源下流,像一块未经开辟的生地。他身体足比得上一头小犊雄壮,且充溢着无限野性。又用白毛巾缠住脖项,在胸前打了一个结,自有一番样子。

日脚刚偏西,正是遍山流火时分,虽然不时有风从岩壁下吹来,草棚下却无一丝凉意,热得来像蒸笼。那只长癞疮的狗蜷伏在石桌脚下,拖出舌条喘得像一只风箱。可是苍蝇不让它安然纳凉,大模大样钉在脱毛的溃烂处,且哼出群舞曲,弄得小狗还没喘过气来,就又不得不叫嚷。小狗很生气,忙着用嘴咬,用爪抓,却不见一点效。苍蝇见对手奈何不得自己,似乎更高兴了,一面高声嘲笑,一面毫无情义的扑下去。实在太蛮横了,小狗不得已,“庄”的叫一声,一气溜到人路中心。它怒焰很盛,总该差不多没发疯罢,迎着毒日抖起毛来。喉间发出怪声。

* 原题《大行行》。

大概畜牲也晓得自量的,它懂得“以毒攻毒”受屈的将是自己。在恶毒的阳光下立了片刻,总是想起那件毛头已脱落得不成样的皮袍,纵然晒也无济于事,所以仍悻悻然踱回原处躺着。苍蝇仍唱着叮着,它继续发它的怒。倘若是人,那又两样。譬如那位店家,对于热和苍蝇所持的态度与他的尊狗就显然不同。因为再没有别的客人要张罗,炉灶早清楚了,瞌睡虫是谁都有的,他也好打一次盹。他是坐在另一条石凳上,光脊梁倚住草棚柱子,一只脚也登在石凳上,双手攀住膝盖,头在两臂之间渐渐低下去。等到低得约摸够分寸了,再猛一下抬起来,少血色的脸上一条一条明漾漾的,那是汗的河床。涎液沾在大腿上拖得长长的,头自然又低下去了。蝇子并非因为他睡着不敢上前打搅,乃是店家拿着一把粗纸扇,在睡梦中还不停的摇着,扇又是浸过生桐油的,所以摺动哗拉哗拉直响,吓得蝇子不敢大模大样下去叮。

山中的蝇子似乎也要老实些。

同行的退伍军人吸着竹根烟袋,望着店家的睡相正觉得津津有味。倘是同棚子弟兄,真想趁店家仰起头的时节,将烟油填进他鼻筒里去了。

“走哇。”小茨儿又催促了。

“上哪块走,你？老乡!”

老总吹去烟灰,向年青人望着,露出讥诮又同情的笑。他只管揩去胸前那些汗汇成的蚯蚓,没有要走的意思。他端起有钵般大的白磁碗喝一口。水太热,遂急忙又吐出了。

“你家里有什么人?”他向小茨儿笑着。

“什么人?”小茨儿却不得不思量一番。“我爹一个。……还有——”

“还你做饭的,①哈哈,哈！对不对?”退伍老总怪声怪气大笑。

---

① 做饭的——此处指小茨儿的老婆。

"唔。"小茨儿脸红了。

"看你是个小雏。娶鸭窠不久就出门了,对不对?"他像看"麻衣相"的,尽端相小茨儿。

小茨儿羞得只是出大汗,弄得他脸上,没有胡子的嘴上,没一处不湿淋淋,像刚从暴雨里逃出来。

"那慌什么!"老总打着火,"反正不会背着偷人家一个小孩来?哈哈哈!"

他又怪声怪气笑着。小茨儿知道逗着他玩,望着流火的山头,只装莫听见。不料却把店家好梦惊溜了。

"别急慌,客倌,水喝足不亏。"

店家用木勺添上水来。虽然只是山中茅店,口气倒还似"安寓客商"的打杂,客来张罗,客去嘱咐。我觉得很是感动。许多说部仿佛都描写过"店家",大抵属谲诈奸狯凶狠恶霸一流人物,很少有写得好的。为什么店家都在小说里开"黑店"呢?没有人考究过,至今还是谜语。然而这谜语的解答是"谎"。记得有次落脚一个同样的店里,遭逢淫雨,白住了三天,店主不单没有逼我卖"黄标马",临走也还不忘一番叮咛。几句话的人情固然不值什么,但较之劫去客人行囊,甚至杀却,总好多了。倘若当时真有一匹黄标马,或秦二爷住进去,也许那店家就变得谲诈凶悍也未可知。然而我却感激开在山中的野店主人。

店家拿起另一支竹根烟袋,无精打采仍坐在原来的石凳上,慢慢吃着生烟草。小茨儿懒散散重坐下去;无事可做便觉无聊,他也照样拿起烟袋来吸。他本不会吸烟,还不到两口就呛咳了。这样热天气,静坐已经喘不过气来,吸着烟简直是吞火。他不得已又将烟袋放下。他解下脖项上的毛巾,在胸前,背后,脸上,肋下揩抹,又当作扇子搧风。可是搧起风也充满烟火气。

"好热,好热!"他连连叫着,又转向店家道:"往年都这样吗?"

"不。有一年这条道整整二十多天没人走。你看前面那条岭，”店家指点着，“那叫做蜈蚣岭。说是王母娘娘收下的蜈蚣精，到现在毒气不尽，人到上面去还要头昏。客倌你是远路人……上面冬夏都有死人往下抬。年青人还没有甚么，上年纪的走不得！此地有句俗话，‘爬过蜈蚣岭，喝干条旱井。’①常走这条道的都知道。”

店家吸完这袋烟，又照例说“客人须知”：

“蜈蚣岭上下三十里，四百八十单八盘。早晚一站路。”

三个人不约相互望一眼。

所说三个人者，小茨儿，退伍军人和我。三个人职业，籍贯概不相同，品貌各异。小茨儿是一个长工，去年被大水冲出来，现在听说水退了，正要赶回家去。退伍军人乃一十年老兵。各怀心情不同。本来是毫不相关的三人，理应各走各路，像天上繁星一样不该碰头的。可是天下事总是“不巧不成书”罢，只因昨晚同在一家过路店歇脚，清晨自然又一道起程。对于跋涉者，路是可恼的路，脚下尽是三棱尖石；行长脚山中的人，才知道石头的可怕。一条岭套着一个岭，前面迎着，仿佛后面又拥上来，继续二日以后，不由你怀疑未曾前走，且会忧虑到山脉伸展着，永生也不会走出去了。山里空气也有石头味，寂寞压在头上，渐渐加重，只管加重，弄得旅客苦不可言。惟其单身人，寻人搭伴也愈成为必要了。

退伍军人一脸忧郁气象，却爱开玩笑。小茨儿天性快乐，在这样可怕的路上，仍三步一跳，口中随意唱着他家乡的小曲。其中有一支道是：

“月牙弯又弯，
照奴晒衣杆。
等郎，等郎郎不来，
空负好花；好花当夜残。”

---

① 旱井——山中苦水，每就地下凿一类井的土窖，蓄雨水供冬春两季饭用。

退伍军人兴致来时,也要接唱“自从小哥你当兵”,溪谷间荡漾着凄清的歌声,行客得以暂时忘怀苦楚,脚下凭空生出不少力气。

大家饮满一肚皮水,浸湿手巾罩在头上,别过店家,小莰儿喷一口水在癞狗身上作为告别礼。店家应例唱道:“路上安好。”客倌已负行装在太阳下走去。脚步在三尖石上沙拉沙拉响着。是单调的声音。这声音以空寞虚幻,催人想再倒头睡下。

“后晌,明天一早这祸蛋子(的山)就走完了。”小莰儿望着前面,模里模糊的说。他语气异常懒散,一身野性不知那里去了。

“唱啊,小莰儿。”退伍军人撩起衣角在脸上抹了一把,怂恿着。

小莰儿低下头,望着那些刺眼的三尖石,咳嗽一声唱道:“正月里来是新春……”他停下来了,人热得喘不过气来。他摇摇头:“我的娘,好热,好热!”

老总想打趣他两句,但一张嘴,就又咽下去。

大家不说话。一步挨一步,一双腿拖着般前进,连要举步的事都要忘了,这条路几时才能走尽,行客是一点也不知道,但觉得永也走不完的样子。虽然只是一个小包裹在背上,驮着嫌费事。倘若包裹能驮人,世界总还像世界,我想;当时三个人都会这样打算。然而行李不单不会载人,反倒像活的怪物,也许是传说中的缠人鬼罢,它伏在肩头只是压着,一阵沉一阵的压着。隔不几分钟就得给它调换位置:转到别一个肩上。若不然,那被压的地方就出满痱子。头上手巾早已干了,汗却旺得很,发气般往外直淌,竟公然流进眼里。小莰儿张张嘴,舌头像一片枯叶,慢些没发出沙沙声。

转一个弯,溪谷尽处就是蜈蚣岭脚下了,却不见一棵树影。退伍军人扔下行李,长喘一口气,就近捡一块大石坐下。

“我匋个娘!好乖乖,好乖乖!”

还没有坐定,又不禁喊着跳起来。他抹着屁股,生怕皮已竟贴在石头上。小茨儿只哈哈笑了半声，突然不知被什么噎住了。咳嗽着想吐口沫，好久终归枉然。嘴是干的，像要喷出烟和火来。

“有水吗——近边？”他说。向四外望去，峡谷里甚么也没有，除了纵横乱躺从岭巅滚下的崩石。是细草也不生的地带！

这里离刚才歇脚的山店约有三里远近，望上去蜈蚣岭高可摩天，路转折盘旋上去，所谓“四百八十单八”大概即指转折的次数。山虽然上下三十里，却怎样也找不到一株矮树纳凉。三两片残云贴在天心，令人想起天上也是这般荒芜。没有一只鸟敢飞。太阳散布下毒焰，虽然山还顽强，石块会不会化作岩浆呢，谁能知道？耳边一种细微的声音响着，仿佛由千里外传来，不过我疑心是从洪荒时代留下来的，亘古不变要寂寞中才有的骚音。人是这么渺小，被荒荒白光压缩了。纵然是白天，然而世界上还有甚么更可怕的东西呢，较之不知何时方始入夜的永昼！

“妈个×，天下有这样地方，它是鬼门关！”老总喘着，他又试着想坐下去。

“怎么办？”

一边是还乡路，一边是山店，小茨儿失了主意。我怂恿道：“走哇！”有些像开玩笑。

真的走起来，确不大够味道。现在是要往上走了，弯着腰，还得留神脚下。腿像两条木拐，非但不愿走路，反倒只顾抖擞。太阳是把大熨斗，单就脸皮烙烫。鼻嘴喷出火来，气味似硫磺烟。汗也渐渐只有很少流出来。

“血！”

小茨儿喘出这个字，大家又在一座山神庙旁停下。果然有一滩血。早干在石洼里的，被太阳暴成黑色。谁也无心过问这血的来因。倘若这时有新鲜的血液，也许会当作清水饮下去的罢。向上望望，是蜿蜒崎岖的路；下面是锁着连山的荒烟，山岭在火焰里浮动。小茨儿绕山神庙转了一个圈子，恨庙门开得太小了，仅能钻进半个头去：里边有狗洞大小，只能供山神夫妇和他们的虎豹，人是无从插足的。小茨儿头摇摇，脸和唇都白了。大家互相交换一次眼神，默然沿原路翻下山去。

店家同情中含有几分嘲笑的欢迎我们。退伍军人先喝下两碗冷水。

"啊呀，鬼不过的蜈蚣岭！"他喊叫着卧倒在石凳上。

原来我们转回身的所在，店家说："嗡，那呀，前儿毁了一个人。"说时脸上泰然，并不以为真的杀掉一条生命的样子。

小茨儿天真的伸出舌头，好久楞着，将满手起的水泡都忘记挑了。

（原载1935年1月20日《太白》第1卷第9期）

下

纵然是干燥的夏天，山中也弥漫着雾，烟丝般徐徐卷舒，任意扑上头来或投入怀抱。因为打算在闷热之前赶过蜈蚣岭去，起程很早，店家公鸡还只唱过第二遍，仿佛在背后向跋涉者道"一路平安"呢。

风很温暖，善意的拂过眉梢，吹去一宵宿闷，大似春天。像怕惊落好梦，起先三个暗影还径自默默走着。大约终竟这样不是事，小茨儿刷了刷嗓子，自唱起来了：

两行杨柳一行堤，
开运河，就是那隋炀帝。
野鹧鸪打它打也不去。
桃花开在二月底。

…………

歌很长,一层叠一层,待要完时,又涌出新的花样,所以曲中怨女一直到半山哀苦才诉说完了。我曾听过不少歌曲,不管歌里主人公是那一流人物,不管写着快乐或不快乐的心情,却一模一样,是悲哀的,间或也萦结作忧郁。而血气正旺的青年人也就爱唱,可就怪了。一面听小茨儿唱,一面想:同道德,习俗,一国的统治是不是有关系呢?我说不出甚么,只愿默着,听那曲子自己煞尾。但我相信后代人会有圆满解答的,也许竟然是小茨儿他自己。

"你钓上过几个姑娘,小茨儿?"退伍军人感动的说,"要就是那曲子里的娃娃,一头钻进怀里,你连老婆也敢不要了。"

小茨儿耸了耸肩膀,将下坠的包裹送上去。他低下头温柔的笑着,并不回答退伍军人。他脸上满是稚气,闪着宁馨的光。他像浸在晨光中的小树,肥厚的叶枝上凝聚着露珠,在和悦而璀璨的气象中颤抖,发出醉人的呢喃声。社会摧残着人类的天性,将每个灵魂都压成扁平。很少例外。然而小茨儿尚未被晦气虫蚀,他还是一个孩子,一个英雄,倘然说他是匹小犊,那就更确当些。他是生根在污泥里的,却像一棵大葱的长起来了。世间有不少埋在糖果和奶瓶堆里的少爷,我见过,但我只看见他们被糖果奶瓶埋没;像小茨儿这样的小子——只好这样称呼他了——倒是初次发见,已足够令人惊倒了。他是生活在童话的世界里,起初这样想,然而错了。他是创造着童话世界给我们看!宽阔的路是在他前面展开着,他脑子里一定充满了完好的梦境罢。但愿他不会碰上绝崖。

这时他沉浸在回忆里。

"唉……"小茨儿吹口气,话就转弯了,"不会有歹人罢!"

他向下面望着,已竟越过那山神庙好远了。他记起昨天店家的话。

"怕什么?想你是大财主吗!"

老总捡一个石子扔下壑去。

"大财主?你说的倒比唱的还好听。"

“那还怕？我看你不是老实家伙，小茨儿。你说你发多大一笔财？”

“多大一笔财呀，小妹妹的，一拢共十块老袁！”

“就那还是一颗烟不舍得吸，省下来的。”

小茨儿不说话了。他踢一块石滚下山去。

“说正经话，你呢？”小茨儿拍着退伍军人的行李。

“都浇在裤裆里了。”

“浇在……”小茨儿不懂。思索一番，他终于大笑了，“哈哈哈……”

老总想起昨天还剩下两支烟——因为留着过这上下三十里的蜈蚣岭，才熬着，没敢消耗了。一个下午都讨店家生烟叶的便宜。他点一支沾在唇上，向左首瞟去：天已竟早亮了。

“唱啊，小茨儿。十年不当兵，当兵没营生……”捏紧嗓子先起了个头。

小茨儿却不唱。他向上望去，山顶蒙着雾，映出一片红晕；日脚伸上来了。他反手托着包裹下尾，大喊一声：“跑啊，看谁先到顶，爷儿们。”向上冲去了。

晓风将多天来的泥汗身子吹了个利落，丢在背后和等在前面的苦行也忘记了。一个早晨大家都很畅快。到得山顶，清风正急。鸟拣中这一日中最适意的时间，啾啾鸣着飞过山去。原来太阳身披红羽袍，才刚露出半个脸来，在远山后面，在雾霭后面。退伍老副爷打起嘫哨，四山回了他声呐喊，那惊怖的声音滑跌下去，好久在豁谷间滚动，就如同有一万匹马沙沙驰过。他痴笑一阵，肩膀一斜，行李溜在地下。他挑战般趋前一步，拍着胸膛叫道：“你妈的！”等他得到满意的答覆，才同山一起笑了。

“奶奶这怪东西，……怪石头！”

他点着头，感动了。

“喂，你们瞧！”

小茨儿孩子气的叫着。顺着他指点的方向望去，两片奇巧云正从太阳上面游过，前面是骑士和他的马，看样子是拚命兼程前进的，下面的荒烟自然是扬起的尘沙了。一只苍赭色的鹰在后边追赶。

那怕已是山行第三天，岭峦还是连绵伸展开去，没有完的样子，不过最后的难关——蜈蚣岭这就过了，下去尽是岗坡及一些并不陡的岭，计算路程，晚上就可以歇脚在平原。大家分散也就在下边站头。

退伍老副爷坐在石板上吸烟，小茨儿向着乡路眺望，未必会想起这小小的散场。

这岭上是一带平埠，却没有一丝土的气息，尽是天然的青石板，草也无从落根。石窪里有宿年的尿泊，酱滷色的水中有縠草节浸着，腥骚在风中飘散。大约是驮子留下的遗迹。因为如此高的山，载重的畜牲往往夜深尚赶不下去，即便过宿是常有的事。

“越想越不开窍，你说……赶回去做什么呢？”

退伍军人抬起头，他悒郁的望着我。我明白他的心事。他忧愁，难过，愤恨，他咒诅这世界。他家中有四个孩子，一男三女，长女已经该出嫁了，他却无半亩土地。十年中他回过三次家，每次都丢下一个孩子在女人肚子里，他有这手好本领，然而却是个笨不过的脚色。他纳闷时会拿着烟出气，却又无时不在纳闷。他不爱多说话，但愿小茨儿给唱曲子遣闷。只恨烦累太重了，愈是想摆脱，愈牢牢在心头抓住，曲子也无用。现在他以十年的老副爷资格还乡了，还能作甚么呢。他的路太窄了！

小茨儿却不然，他漫然吹着口哨，正陶醉在山景里。雾已经慢慢消散，有的坠下谷底去了。远远小屋顶上冒出炊烟，在空中飘飙着，捲舒着，不见了，新的青色的烟又升上来。小山坡上有白点蠕动，大致是羊了。这一切都渲染着橙色，沐浴在澄澈宁静的大气里。天空有绛色的云滑过。

"叮咚,叮咚,得弄,叮咚……"早行的驮子已竟驶上来了。蹄脚橐橐敲着石面,货载在背架上摇摆着,像不稳妥的船只。驮户甩响鞭,手法纯熟,鞭梢一声声爆炸,从不脱空。叼着大烟袋的嘴发出"Liou-Liou"声,大约是御者的口号。异乡人不知详情。但那粗烟管却很耐人寻味,它约有七八寸长短,顶端镶着白铜烟锅,抵得上小酒杯那么大,是件富有原始英雄气味的家伙。大概因为从早到晚走着单调的路罢,烟锅里几乎整天冒起烟的。在橐橐声和叮咚声里,甩响着鞭的汉子裹着白头巾,肩上披着一条粗褡裢,嘴角衔着大旱烟袋,青色的烟在脑后飘散。生烟草香味一直送到过路人的鼻子里,另有一番风趣。自然也只是旁观者觉得,真的驮户是决不会想到这些的。

大家招呼一声,天已不早。是下去的时候了。小茨儿懒懒背起行李,有再少停一刻的意思。其实任谁也会被自然迷上的,那怕呆子也罢。但一想起到站头的十多里下坡路,终于也不得已走了。

等我们降下豁谷,潦草打过早尖,太阳又开始发脾气了,对于跋涉者是一个大大的威胁。一想起昨天被逼不得不重新转回去的事,三个人都不免有些怕。好在杀人的蜈蚣岭已落在后面,不致再跳出来当路。然而还是没有即刻就登程的意思。大家仿佛怕着什么,又怀恋着什么。望望前面,正是岔路口。路有两条,一向南,一向左首荒岭,原来这里就分手了。

"走啊。"退伍军人吸着烟,懒懒的说,已经好几次了,都没有应声站起。

一阵风过,柴棚外柳梢发出丝丝的响声。店家母鸡刚下过蛋,不住咯咯叫着,幽谷间,如此寂寞。太阳光默然下照,细草亦似乎预知大难,在轻抖了。

小茨儿嘴边仍浮着笑。他坐在石凳上,扳起脚在剔去趾缝间的灰泥,脚板上也起了几颗大泡。他楞楞望着前面他要经过的岭,那是荒枯的岭,无一丝生息。也许正在想着家罢,他可以不坐火车，不雇牲口，因为他自己就是一匹牲口；一步一步走回去，见着老爹和年青妻子是更够味道些。

没有理由再在这茅店里挨磨下去，大家只有多喝茶。是树叶煮的，涩苦的味道都还以为不错。

天气又犯了昨天的老症候。终于小柳树也不再抖动，它在发昏了。日光越发蛮横起来，连鸡也停止了卖弄，躲起来了。汗也由小珠聚成大珠，由大珠汇成小河，不分头脸胸背一漫滚将下去。柴棚下又闷得来像个小蒸笼。店家也发起誓来，说是自古稀有。退伍军人要一盆冷水洗过，当他刚一坐下，汗又冒出来了，不禁摇摇头。但是路是定死的，迟早总得走，住在这里才不是事。

"小茨儿，"老总叹口说，"你家在哪儿，写下来，过后也兴给你信。"

"信？净赚化钱，写不写有屁用！"大概他还是第一遭听说有外乡人给他信，所以吃过一惊。

"也好，那就走罢。"

扛起行李，老总又说，"代我问你家婆娘好哇，别忘了伙计。"他笑着，很是苦涩。

"你小伙子也都长大了。"

"我们也就各走各了，你一个人，路上要小心。"已经在路上，老总又喊住小茨儿，"唱一个，到我们听不见，完。"

脚下三尖石又涩拉涩拉着。空气热得像沸汤，塞在胸间难以吐喘。虽然都已走了好远，仍不断互相窥望，小茨儿唱道："月牙弯又弯……"

突然，我看见老总眼里噙着泪。

（原载1935年8月20日《太白》第2卷第11期）

人下人

一

刚吃过早饭，叉头老叔立在“插花兽头”大门口，惘惘然向远处望着，心里一片模糊不安。他想不起今天做什么好，或者有什么好做。了当一句话，对着自己的地位颇觉可疑，虽然他不曾明白想到这里。柳梢已经吐出雀舌般嫩芽，正是阳春天气。莽原尽处有云，森然若远山。气闷得很，有落雨的意思。这时一条饿狗从泥墙后跃出，惊扰了叉头，一看，正是那花斑的家伙，他就动了怒。他想起它曾偷吃过他的一盆剩粥，准备赶过去吓它一吓，突然不知怎样一个邪念头，“狗急跳墙”，他想，便将心思丢开。他吁了一口气，向远处眏着眼，望去非常滑稽；又扭着胡子，那样子要笑出来了。可是没有；他打不定主意时，总是这样的。

“好啊，总管……”

一回头，看见走近来的是大炮。他有点讨厌这豆腐作坊的小子。这小子走路看着天，全不把人放在眼里，毫无商人模样。

“我说的——”那小子从嘴角拔下香烟，指着天。“要下了，他是天爷也赖……您的水桶不是闲着吗，叉头老叔？”

“闲着怎样？”

叉头打量着那小子，心头有点不安稳。

“赶二月二，磨一套粉。偏巧碰上这个天，你看，尽是他奶奶的岔儿！要是闲着末……我请你吃凉粉。”

“啐！”叉头扭着胡子，心里又乱纷纷的。但随即打定了主意，这句话是什么时候都挂在嘴边的：“你问东家呀！呸……东家！”

“好狗不当路，娘的腿，滚！”大炮朝花斑狗踢了一脚。

花斑狗汪汪叫着，有声无气夹起尾巴走开了。

范七担着水桶；“伊共伊共”两只桶摇晃得很快活。他走过“插花兽头”门口也立住脚，向叉头老叔瞟一眼，就撇嘴弄眼道：“你呀，哼，还瞄不准咧，大炮。”

大炮可没有听他。大炮解下脖子上的白毛巾，掖在战带上。“东家，”他觉得受了侮辱，脸红了；生气的嚷道，“东家上西家阅边的几巴咧！真不亏你是二门上腰闩，狗也知道的。哼！”

“好好，算了罢……告诉你一宗好生意，伙计。”

范七将大炮拉了去。

“伊共，伊共，伊共……”水桶快乐的叫着，两个人走了。

他回到空空的马房檐下坐了。

院里有谁家的鸡叫：“咯咯，咯哒！咯咯，咯哒！”

“咯咯，咯哒！”叉头太阳穴那地方绷起两条青筋，顺手抓起一块瓦片掷过去，“你灰孙子！”

叉头闷得慌，心中作不得主。他解闷的方法是吸烟。

时光虽已过到一十九白儿十年，他取火的方法还是祖宗们都用着的两件宝贝：一方火镰刀，一块火石。差！差，差，差！打着火，一边吸烟，两只小眼睛霎那么两霎，就定在某一地方，钉在那里了。

“奴才！”分明有谁在耳边骂他，心里又乱起来，像滚锅里的稀粥，七上八下尽是翻腾。

他向四周瞟一眼，望着那些农具，那些农具也望着他。

“你动动教我看！”他这念头就怪，不晓得怎么想得出，竟然想叫那些笨头笨脑的家伙自动耕田！

可是耗去他生命的，也正是那些笨头笨脑的家伙。他曾经拿那些家伙要了几十年,木把子都用他的手汗浸透,光溜溜的,阴雨天竟然会自己出汗,似乎有着生命。而他叉头呢,头发白了,胡子也白了,背驼了,人也老了,心里空得很,只管飘摇飘摇的。天上有灰云,慢慢爬着。有一片却老贴在叉头心眼上。

他想着得找点事做做,老闲着不够味道。做什么呢……唔,有了,到后园掘方地,种他几沟南瓜罢……

吹去烟灰,将烟袋塞在腰里,手掌撑在地上,小肚往上一挺,胡子就往两边撇。但不济事,他欠了两欠身,又重新坐将下去。似乎还有别的事要做。他疲倦得很,等想着再站起来,身子已经很沉,他睡过去了。

叉头眼下不再能做出圆满的梦了。世界是不可捉摸的,各种遭遇都是少头没尾,阴惨惨满是地府气味,分外可怕。可是梦中世界更难以捉摸,更阴惨,遭遇得更可怕。似乎只那么哼了一声,就凭空钻出一个汉子,竟是范七;再一端相,却又是大炮。

"你是奴才——"大炮用食指抵住他的天灵盖。

一旁又飞来了范七家的声音:

"我单求你别跟主人说呀……"

"泼妇!"他几乎没喊出来。

他又记起:范七嫂偷了主人。一把抓住那女人,心里想:

"你还赖吗!"

叉头坐着,臀部抵住墙脚,斑白的头抱在两臂间,脊梁向上弓着,只有秃额颅顶在时出时没的太阳下发光。脸是看不见的。

"为着谁,你究竟?"半空中飞来这句话,一下就落在他心里。

"忽忽忽,"马善良的叫着,并用温顺的鼻子触他的脸,他的头,又在他肩膀上磨擦着。他抬起右手,用做惯的姿势推开去,却扑了个空。他醒转来了。他向马房里望去,空洞洞的。突然他失了凭持,全身要松散下去。

二

谁都知道，叉头是个奴才！他年老，咳嗽，又忠实。他中等身材，像石头刻的，有一颗又小又圆的头，方额角，一看即知是非常倔强的人。而且现在又有一部胡子。他的忠于主人是出名的。从十岁起，就来这“府上”当书童。后来没有人再念什么书，他就做地里活，一直喂牲口。最近主人搬进城里住。还带着大小箱笼（那搬家的情形，倒似箱笼带着主人走的），庄园就交给叉头料理。他从不让一个孩子进来；邻舍们不高兴，自然嘲骂了。叉头默不做声，只管拧他的麻绳，间或为泄愤啐口吐沫。佝偻的腰是更佝偻下去了。但岁月并未放过他，正应了“人老防后”一句话，叉头也要想想自己，脾气变得坏了。邻居嚷道：

“转相了，那个牛板筋！”

“转相”是恶兆头，预征不久就会死的。

小灌木从墙脚下茂密的长起来了，仰着头，自由自在临风向天空憨笑，早没有人想再修剪它们。夜晚叉头要打更，小灌木就出来绊他的脚。老人爱生气，第二天准不分青红皂白砍下完事。但偌大的庄园，碍脚碍手的毕竟很多，他就得整天忙个不休。同时定然还得咒骂着，吐着口水。

他有个年青伙伴，叫元吉，这人一推开饭碗，抹着嘴巴就和年青女人胡缠去了。他又生气了，一个人暗自骂骂还不算，并决心告发。但这只是一种打算，既等元吉吹着口哨，跃过那高大的门限，他只响着鼻子，默然了。他几乎一个人整天生气。

对于自己这样无能，他有一句话可以作为反证：

“要是有把柄啊，哼，我自己也使唤着叉头了！”

也许他真有过那种运气。说着时的样子，就像他凭空崇高了许多。他得意着。但马上一片暗云又罩将下来。

“您哪，再不会碰到了！乡下人……城里人精明得一个鸡毛也不放过。”他自己说，已经不再相信有那种运气。

近来叉头只爱打瞌睡，他觉得世界除了睡觉全是空的，毫无兴味可言。每逢好天气，他总在墙脚下晒太阳。头伏在两膝间，旱烟袋衔在嘴里，口涎顺着烟管往下流。显然他并没有吸，早就瞌睡着了。但万不可欺他老不更事。倘若有一只脚跨进大门，他——这怪家伙就会很清醒的抬起头，睁开一只眼，直憨的盘诘道：

“找什么！唔？”

等那人走后，他会叽咕一阵子，仿佛他亲眼看见一个贼。

忠实的叉头，年青时也和所有的年青人一样，他不相信别的，除了自己。他不知道疲倦，从不知爱惜自己或偷懒。人类最本能的，接近兽性的生命力支持着他，他宛然像一条弹簧般，拉长再缩短，缩短又拉长，在他原是一个样。他担得起百五十斤重担，驮得动二百斤口袋。但他生来就是一块木头，不会想什么蹊跷。

儿童时代，他也和别的孩子一样，为月亮里的宫殿，宫殿前的怪树，树下的兔子发过痴。但那早已沉湮在遗忘的海里了。因为孩子时期就失去了父母，他的幻梦似乎就特别少。他是生在重压下的。在他，只需要有重量的具体事物，“想”是对他没有好处的。他只是一个什么都单纯的人，也只有简单生活能使他满意，除了自己而外，什么都不过问，有吃的饭，有睡的觉，就是好世界。他从不挂心同自己不相干的事，但应做的都处理得分毫不差。这是一种力量。然而这力量在浩瀚的日子里，不知觉间消失了。他常常一个人呆立着，眯着那双小眼睛，向远处迷惘的望去，仿佛在渺不可及的地方，正有着什么妙不可言的东西诱引他。

土地把他吃掉了，他仅剩下最后的渣。叉头年老，衰弱。他并不怕死。他只想睡一个甜长的觉；那怎么能行，事情烦琐到他必须烧饭！想起做饭，胡子一翘，就是两只眼睛也会红。

“那是娘儿们的事哪，哎，哎，呸！娘个×。”他跑着，啐着吐沫,生气的叫喊着。

邻居们笑了。叉头呢,他哭丧着脸。

在不被注意和岁月和土地的折磨下,叉头活着;在催逼中,他活着;在嘲骂里,他活着。承袭了祖先的"美德",从未想过"为什么",一直到苍苍老迈。虽然主人临走时节只交代他一句话:

"元吉年青不可靠,只消东西照料妥帖,不抛损好了。"

但是,——

"为什么?……难道是卖给他家了?"他开始想了。

整个庄园交到肩上,他过不惯,心头起了虚无的憎恶,觉得活该放一把火烧掉。他看不起主人,听说有匪,就兔子样的窜了。于是,村坊上又起了谣言,说是叉头将"府上"的东西偷出去押卖,怀着二心。这是因为憎恶,所以才有这么刻毒的谣言。

三

叉头在马房前立了一刻,心下老是游魂般不是味道,便找了铁叉,到后园去掘地。掘地的时间都被气喘占去了。铁叉锥下去,总得摇晃那么一阵子,然后再咬咬牙,才能翻松那么一点土。还没能够翻一步远,汗水就流了出来,渐渐只有喘气同咳嗽的功夫,脚手打起战来。

"咳!老了,不中用了。"他歇下来,长长叹口气,无限感慨。

他靠住旁边的槐树坐下,看着一双遍是老茧的手。手不自主的抖着。

没有风,太阳又被云块遮住,天和他的胸口一样沉闷。全后园悄然无声,连老树都皱眉愁眼的,被懒倦包围着。只有两只麻雀在不远的地上絮聒,起初跳着,逃避着,忽然又噗噜一声飞了。

叉头望了望天,两手掩住眼,想了开去。

自从主人搬进城里住后,刺耳同扎眼的事情就更多,叉头恰是目的物。他越发快的衰老了。

叉头很爱他喂的牲口。他懂得它们各个不同的个性;只要有那些畜牲在眼前,他便觉得世界还很丰富,欢爱。他从不曾把它们看作没有理性。那每一个温柔的鼻触,每一声善良的鸣声,都能给他以温暖的快感。现在马房是空着。牲口的卖掉给叉头以最大的伤害。他失去了凭藉,也失去了谐和的心情,生活变成空洞的了。

他时常听见那温驯的鸣声,看见那些既聪明又善良的眼睛,他知道它们要什么。在梦呓中还要叱咤它们。一睁眼,屋子却是空的,充满阴湿气味,像老年人突然丧失了终身伴侣,木头似的叉头心头茫然。就是老婆的死,女儿的同人偕逃,也没有如此伤情。

叉头心里非但渺茫,而且不安,像被猫抓着一般,纷乱异常。转几个圈子,终于一颗心又落在牲口身上。

他睁大着那双灰瞳瞳的眼;那双眼更加深陷了。

夜晚,元吉已经打着又大又甜的鼾声,可是叉头不能入睡。他在草铺上转侧,干草发出索索声。他觉得一切声响都是恶意的,专对他过不去。他受不了,只乞望着安息。

然而痛苦仿佛永无止境。

他要做梦了。他很清楚的回想起露宿在郊外。他发见自己是一个瞎子,向低湿的泥淖走去。

"瞎子!"他梦里喃喃。

他生气了。

但是不中用,他老得只有一丝气剩在唇边。他想唤醒元吉,谈一点心腹话,将苦辛诉说一番。突然他似乎更明达了些,善良的心向他打手势。

"让那小子痛痛的睡罢,还是小牡牛犊子哩……"

这只是一闪的观念。早就贴在眼上的那黑斑却渐渐扩大,扩大,一直遮掩了三间大屋。

竟是谁安排的,出现一张大嘴,贪馋的啃着他,细细的嚼着他,先是四肢,后来抬头望望,大概味道很不错。再后汗毛梢都麻痹了。

但叉头这样想——

"凉的哩,凉的哩,那牙……"

他战栗着,倏的身上一轻松,胸前似乎凿开一个口,哼的一声他醒转来了。于是他胡乱的吸着烟草。

黄昏时每个庭院就出现了这瘦小的影子,拖起沉重的脚步,挨次打扫过所有的院落。晚霞映着他斑白的头,在他那石头般的脸上涂上一抹绛色。他忧郁的摸索着。他咳嗽着,咕噜些什么。烟草的火星从他颊际擦过,吹落在身后。接着,他爬也似的,一边抹着脸,到猪窠那里喂猪去了。

庄园犹如大海上小小的船只,他这样想。而他是只有恍忽、迷乱、失措、困倦……他觉得他的活着除了受苦,毫无意思。

"灾星来了!"他脑子里常常无端这样叫喊,像吓唬小孩子一般,他这样吓唬着他自己。

所有几百代穷困的老人们遭遇过的命运,现在挨到了他,一个老驴决不会没有人要,然而,一个老人,是一个钱也不值的。他并不自装糊涂……他更多的吸烟,也开始一个人走进裕升杂货店,买一个烂醉。苦辣的白烧酒,叉头年青时是绝不沾唇的,谁也料不到,现在他竟会那样贪杯。

叉头每醉一次酒,村坊上就有一次热闹。但谁也不管他,只让他随便躺在路上滚,弄得满身泥土,嘴里哼着流出白沫,像一个猪仔。妇女们叫嚷着,孩子掷过瓦片去,男人说着风凉话。他是一个奴才:谁也没有忘记。但他喝到那地步的时候很少,多半是自己还能行走,后边跟着一群孩子,邻居乘这机会嘲笑他:

"嗨!叉头总管,你也喝酒?真是一家之主啦!哈哈……"

他不回答那些个笑他的人,也不停下来。他瘫痪了般的走着,两条腿时常扭在一起,突然他身子向前一倾,几乎要倒下去的样子，他站住了。

"灾星来了！"他大喊一声，嘴向腮巴子歪过去，胡子颤抖着。

"小心，老家伙，东家耳朵长在脑盖上咧！"①许多人就撕扯住他，想将他弄翻。

他低垂着头，像思索什么。接着一摆头——

"他是个兔子，唔，兔子！"

他挺起胸脯，实际上他只不过仰了一仰头，夺出重围，便默然走了。

狗会追赶着向他狂吠一阵。

四

叉头他掘着泥土，心中还是得不到安宁，慌慌乱乱，像爬进去许多条毛毛虫。一个不留神，铁叉尖就刺在赤脚背上，他眉眼嘴角向着鼻梁一缩，要哭的孩子那么的，但他没做声。他弯下腰去抚抹着伤口，原来只破了一层皮。随即捏一撮沙土按上，这就算了。

忽然一阵雨，他又在院子里奔跑了。他畅快的叫着：

"荷，荷，好雨……真正打麦雨！"虽然他没有半亩地，雨倒像是下在他的田里似的。

院里有许多杂碎东西，经不起雨的。而元吉偏巧又撒野去了。

"元吉，元吉！"他喊着。看看这里也是器具，那儿也堆着家伙，他不禁生气了："赶鬼门关夜市去了，敢是？野虫！"

元吉年青，只爱同小伙子们打在一伙，他讨厌叉头的太效忠主子。而叉头却又不高兴他的"撒野马"。虽然两个人平安度日，倒是各自心里抱着嫌怨。

"你说什么？你敢是俺爹！"元吉将脖项一挺，已巍然立在前

---

① 耳朵长在脑盖上——犹言"顺风耳"，骂人是畜牲。

面。“以为你那块香，有斤两，我可不惧你那个…… 上几岁年纪就骂人，是吃粪长的吗？”

叉头决想不到会碰上这个岔子，他失措了。

“凭，凭，凭良心……”

但元吉更凶恶，他跳得像匹狼，而且咆哮着：

“凭良心忘八羔子都饿死了，凭良心！”

老家伙一愣，却说不出话来。

“下雨淹灰孙儿子！下雨干我鸟事？想当干儿子的，他去！”元吉打一个旋身，气昂昂踏着沉重的脚步走了。

叉头茫然望着年青人元吉，心中想：

“这小子……”

他就在那里茫然立着。雨打在他灰白的头上，打在他佝偻的身上，水顺着脖子簌簌往下滚。他觉得自己真个孤单单的了，像置身在无人烟的旷野上。

叉头虽然一生被人践踏在脚下，却望人家把他当人看待，现在居然元吉也要骂他，便觉得无限怆伤。但是，吵架的结果，却给了他一种力量，心里有了重量，也有了着落，不再是不安。

他回到屋里，往烟袋里装上烟草，望着破布般的天空。雨索索落着，泥泞渐深。燕子在雨丝间穿来穿去。鸽子在屋顶转圈，咕咕咕叫着，像铁鸡。他慢吞吞一口一口吸着烟。……

已经是夜间了。

叉头又喝得醉醺醺的，踉跟着从裕升杂货店出来，手里拿着一段草绳打亮子，却忘了摇晃。一溜春风吹过来，细雨打在脸上，微微感到一丝舒适。他摸索着，路是看不见的，尽是泥泞。一只狗拦住去路狂吠，随后又嗅他的脚跟，他没有留意。头垂倒在胸前，在泥泞中蠕动着，一脚高，一脚低。一下掉在淤泥中了，一下又践在水潦里，与其说他在走，勿宁是爬。挪前几步，他便停住。

街坊上已无行人。夜无边而且静寂，只有雨的潇潇声；一阵风过,“忽”的一声,许多大水滴就一齐落下来,乓打乓打的,慢慢的又停住了。

狗断续的吠着,像在荒谷间,虽然彼此应和,这里一声,那里一声,落寞得很,只不过虚应故事罢了。世界因为这吠声衬托得似乎更辽阔。偶尔远远的有“镗”的一声枪响,但也只是闷闷的,好像连放枪的人也去打瞌睡了。

有什么咕咕的叫着,大概是斑鸠,声音非常忧郁,像哀诉一般。

泥泞很深,拔脚很艰难;提起脚跟,腿抖着,有几次险些跌下去。他摸索着,终于摸到了泥墙,即倚在那里。

远处有猫在“叫春”,悲哀而且惨厉,像绝望的号嘶。而世界又是那样荒废可怕,永远没有人居住过的样子……

他喃喃的说些什么……

……他想起死去多年的老婆。还有那伶俐的女儿,她同一个年青小子逃跑了,现在已成为强壮的妇人了罢,已经有孩子了罢……他的心突然变成单纯透明的了,一个孩子般,他绝对没有想起所遭受的苦痛。生命重归于圆满,幸福,几乎忍不住笑了出来。

他必须同元吉和解。

“唔必须。”他咕哝着。

然而马的眼睛是如何善良柔媚;“嗯嗯”叫着,并且用鼻头抹擦他的脸,他的被雨淋湿的肩膀……

他继续向前走,但不是回家的路。他不愿回到那空洞洞的马房,耳边还有一个声音叮咛着:

“决不回;不回,永不回!”

虽然倦得很,脚步在不觉间却加快了。

前后一片黑暗,辨不出左近有什么东西。风势紧了许多,虽然不猛,倒也冷飕飕的。浓云磊磊相叠,一块压着一块,像凝聚在头顶上,一动也不动,却尽往下压。空气是潮湿的,融合着泥土的香气,冷孜孜刺进鼻腔。路一点没有痕迹,尽是很深的泥泞,踩下去唧唧的响，又那么松软。实际上叉头走的并非路，却是麦田。而这些麦田又是永远走不完的辽阔。

雨不晓得怎么个怪劲，不快也不慢，不暴也不细，只一个劲潇潇落个不休。雨丝打在叉头脸上头上，非但不起快感，倒使他烦腻不堪了。短棉袄早湿透了，涩涩的贴着皮。皮上便起了鸡栗。水珠不息的，一串串由头发上向脖项里流，脸上尽是一条条的水溜。一忽他被雨水闷住了，一忽又透出气来。继续在麦田上走去，脚有时掉进泥沟，没尽脚胫，便跌翻下去。

他手中仍紧捏着那段火绳，却照不亮一点路，早熄灭了。

迎面展开一座林子，大而且蓊郁，黑黑的一片，显然是些松柏。走进去一望，才知道是主人家的祖茔。

鸱鸮怪声怪气在林深处叫着。一阵阴森森的湿气扑来，脊骨一紧，他愣住了。

"怎么能到这里的？"

他纳罕着，便想起了鬼的事；但他不怕鬼。就在这时，很蹊跷的他听见了"涩——斯，涩——斯"的响声，还有沙拉沙拉树枝相磨擦的声音。他向着那声音走去。但那声音一下子就停住了。他也就收住脚步谛听。

树枝丛杂交织着，非常茂密，阴惨惨覆盖在头顶。一种古老的气味混合着柏树的香味在这里盘踞着。风在枝间呜咽。野鸟在咻咻叹息。水滴依着一定的节奏，乒打乒打滴落下来。

叉头战抖着，心跳得发慌，异常兴奋，毛梢都有一种感觉。突然他听见——其实倒是他觉得有脚步声向自己走来，忙调转头去。

"啊——范七你——"他惊愕的呻唤着，肩膀已被一只大手威胁的抓住了。一点也不含糊，立在前面的正是范七。

范七手中握一把大砍刀。原打算趁不防将叉头摔倒，将眼蒙住，再将他捆起来的。然而这手做得不妙，反倒先被发现了自己。除非将这老家伙一刀两断，便怎么都已晚了。

两个人僵僵立着，彼此盯着对手的脸，自然只能看见一个模糊的轮廓。他们仿佛被什么捏住了，谁也说不出话，低气压迫住了他们，气闷得很。水滴打在他们脸上，又滚在胸前。只有松涛声嗯嗯响着。

范七闻着扑上来的酒臭，将叉头用力那么一摇，便将砍刀亮在前面。

“小心你二斤半，传出去我切你！”

叉头不动，但突然却大笑了。

“你们，”叉头笑完说，“你们是同族，我……好，去罢。”

“空话是不成的，防备着罢，老家伙！”

范七将他一推，一眨眼功夫便不见了。现在叉头一点酒意也没有了。他走出林子，但不向家，却直扑通城里去的大道。

五

天放晴了，暖和得只是使人发懒，倘不是饥饿，可说是一万人中一万人的好日子。但村子里像闹翻了潭，吵嚷成一片。裕升杂货店门前有着非凡的热闹，有男也有女，有老头也有孩子。自从第一个人发见范家祖茔的柏树在夜里被人偷伐后，消息一阵风传遍了全村，这里就聚集着人，而且大家惊愕的嚷着了。

喧骚从早晨起，一些人走了，一些人转一个圈子又参加进来。不久这片地面就被踏平，漆光漆光像面镜子。现在太阳已高高升到东南方向的树梢头。斑鸠唱着催眠歌，母鸡咯咯的叫着，一切声音全是嘹亮的，有初眠方醒那种情味。

风非常轻柔，带着田野间清新刺鼻的气息，滑溜的拂过人面。空气澄澈，天色明朗，间或有一片云滑过，也是透亮的那么薄，像谁在蓝水晶盘上呵了一口气。不久它们便消失了。树木挺立着，一夜间功夫凭空添了不少生气，虽然大部分——譬如白杨了，老槐了,梨枣了,尚未吐叶,然而较之冬天却也葱绿可爱。小猪在路中央泥沟里咕嘟泥泡,不时抬起头向四周望一眼,嘴里还"忽喳忽喳"咀着什么,在那里哼哼有声。既而大耳朵一摆,泥浆迸溅开去,又插嘴泥中。狗不时也吠两声,但是和善的,绝不含危险的意思,只不过闲着无事,随意叫叫罢了。倘不是生长在这地方的,看罢,这里的世界是多么和平!又是如何温静!

但是,群集在裕升杂货店门前的人却决不以这"响晴天"为稀奇。他们只一心注意范家祖茔被偷盗的事。

"唉……我肏娘!"有个老头子挣扎着,颤巍巍像一个初学步的孩子般从石臼上站起来。位置以这里最好,在场的人以他年岁顶大;但大家看见他动作那样困难,不由都皱住眉,想:"真的成了老绵羊了,话不落空。"颇为他担了不少心。

"这,这,这,唔——"老头子全身颤栗着,风泪眼望着别人的脸,仿佛要请别人代他说下边的话,"这不是冠冕的呀,唔?从前,是得唱台戏的!……"

他喘作一团。

"唱台戏?屁!谁偷了不是花边老人头!"大炮竖起一只膀子嚷着。他看见范七送的眉眼,便仍蹲在那椿树下,吸着香烟,背转头望着别处,不再声张。

一个老太婆却开口骂道:

"你吃大粪了吗,你?"

这是大炮的伯母。

"咳!一句话:不冠冕。连祖宗也背时!"

老头子说完这句话,似乎一切责任全已卸却,他拄着拐杖哼哼的走了。

大炮的伯母说得很有道理,这事得给搬城里住的进士家送信去,只要拘票下来,案是不难破的。因为伐去那么大的柏树,绝非一个人,而且也决不会离得远。

“送信?”范七乘机坐在那空着的杵臼上,也摸出一根香烟。“给谁送信?”

“我,我告他!”他接着说,伸出一个指头摇着。“他说是他一家的,可是只偷偷的伐;你的,有白天哪……谁不知道大户范家的祖茔;祖宗丢够脸了!我告他辱没祖先!”

“衙门朝南开,没钱莫进来。常言:衙门里寸草不结!”这是谁说的?

然而范七的话发生了效力。在场的人几乎全体姓范,被盗的是他们大家的祖茔,据最年老的人也说那柏树是家家都有一份。后来曾经打过几场官司,不晓得怎么一糊涂,变成进士府一家的了。于是便起了争执,有的主张不管闲事,有的却又附和范七的意见。

范七嫂忽然心血一动,计上心来。她有一个了不得的发见。

“一定是那贼进士家偷伐的,一定!他一夜都没有在家歇呀。元吉说。”

为着使大家在纷纷争吵中听见,她嗓门提得特别高。

“谁?”有人问。

“叉头啊。”他说。

凑巧叉头在路那端出现了。他腿上满涂着泥浆,短袄扣子解开着,一个小行囊斜佩在他尖削的肩上,大绒毡帽捏在手里,颅顶在太阳下闪闪耀光,看去是那样有生气。匆匆的行色给大家一惊。

“哪里去呀,叉头老叔?”

“后会有期罢,老邻居!”

他只说完这一句,便急急上路去了。

谁也没看见叉头怎样笑过,至少是最近以来,然而今天他确实笑了。这一下子将大家压得透不过气来。好像正在做梦。尤其范七他们,心中跳得纷乱不堪,已经着慌。

“拿贼拿赃,”范七向大炮那一伙年青人丢了一个眼风,说:

“不能让他跑了！”

一伙人跳起来，擦掌磨拳，又叽咕了一阵子，就向叉头赶去。

叉头走得极快，踏进洼处，泥浆就四向迸溅。出得村庄，像从身上脱去一领穿过三年的布褂，不觉肩头一轻。从此他将被当作一个人了罢！

他一夜功夫跑进城去，将所有杂事交代明白，只有夜间的事留在肚里。他得马上走了，这固执的老家伙！对于故乡虽也留恋，但他没有什么细微的感觉，只是模模糊糊的，所以并不怎样难过。

第一次的雁群开始北飞，一只雕在空中翱翔……

叉头大大吐了一口，他这才开始做人了。他转上小径，已经没有泥泞，他走得更快。

“慢走，叉头老叔。”

后面送来了呼声，他便收住脚步，回头一看，见是范七一伙年青小子正向他奔来。他向他们打了一个手势，请他们回去；年青人却已经赶到身边。

“你到哪里去？”他们喘着。

叉头眏着放光的小眼睛，端详过每一个脸，知道来意不善。

“好，回去罢，”他笑着说。借了他们的火吸着烟。“还怎样呢，到外面见见世面罢了。你们放心。”

可是，他们将他围起来了。大炮做眉眼，示意打他。

“可是，那事情——”

“那事情，”他向年青人狡猾的眨着眼，“叉头不是人！对不对？”

至此，他觉得悲伤起来，但他竭力掩饰着。他向上直一直身子，四外瞟一眼道：

“世界是大的，我哪里都去得；世界是长的，您也哪里都去得。大家安心回去罢，我说的！”

他想笑，但没有笑出来。他耸一下肩膀，调换过小包裹的位置,夺开一步,要走了。

"喂,慢着!"

元吉跑上来拉住小包裹,气吁吁战栗着。

"你弄得倒不错!"元吉蛮横的扭住他,"一出岔子就跑啊,那可不成!"

"撒手,就说是我偷的。撒手!"

叉头想摆脱,元吉又不让,像恰好捉住了一个贼,两个人扭在一起。

"好,好,就说他偷的,放了他!"众人上来排解。

"说的好!"

"我偷了你的吗?元吉!"叉头生气了,咆哮道:"撒手!"

田野饱孕着生命,温柔的舒适的躺着,小草同各种植物仰着头,眺望那响晴的天。路又潮湿又柔软,在阳光下伸展着,通向世界。村落是静谧的,在蒸气下浮动。云片像海上的白帆,悠然无语,轻轻滑过。小鸟快活的飞鸣,要同白云比赛。小山隐在阴暗中,但突然发出光亮来了。大地是这样丰富,原野的香,压着行客的胸脯都有些生痛。

叉头衔着烟袋,轻捷的向前走去,烟斗里冒出青烟,在四近袅袅卷舒,火星吹落在后面。这时,过往的世界远离了,而各种矛盾融合在一起,心跳跃着跳跃着,充满了活气。他胸脯饱张着,不再佝偻;他年青了。

那只雕仍在头顶飞着,飞着,扁一个身,最后隐在云片里。

(原载1935年10月15日《申报月刊》第4卷第10期)

百　顺　街

这街名百顺。至于何以取下这名称，眼下已无人记得。听说有几位老先生为“润笔”争修地方志，不管结果怎样，大概也不会就编进去。如要走访，也尽有困难，非但古迹毫无，而且从未听说出过什么名人，居民全都奉公守法，非常良善。优点多得就无从说起。

第一种可说是美德中的美德，是按祖先的习惯，平安度日。有时虽然也打架，但闹出人命案子的事，却从来没有过。

再一种美德是——避实击虚，硬来软受。曾有过那么一次，和仁医院院长兼医生兼药剂师兼……史大夫同紧邻棺材店掌柜，为着什么呢，大家忘却了，但确曾打过架。大夫是吃了点小亏，鼻子被打歪了，然而，他仍旧可以拍着胸膛——居民叫做“亮牌子”的嚷：“好！爷爷永远记着你这一遭，是人的以后料着！”料着什么，那时不曾说开，可是大家早已明白。这“以后”终于来了。一天，棺材店掌柜又同院长一桌吃酒，有人猜是向院长道歉；也有人指出全是胡说，说是院长替紧邻介绍一注生意。不管人嘴怎么说，事情是已这样了结的，两人仍恢复往日的同盟，成为分不开的朋友。

第三种美德，愈加惊人。百顺街的先生们几乎全是侠士好汉，爱抱不平。譬如张三和李四有些纠纷，事情照例小得可说等于无。总不外李四家孩子收掠些末屑沤粪，然后卖掉，当老子的拿去吃酒，或送到牌桌上，自然一下子便完了。可是，张三发见自己门前扫得太光洁，好像舌头舐过，地面去了一层。那骂起来的时候，总是：“老子娘养下的下作货，扫人家门头土，可不该挖下一个坑！”

于是，百顺街的爷儿们和娘儿们马上出头露脸，说："这样的吗？好了得，要把锅台也弄回家去了！"结果自不免一番凶斗，动员全家男女老少，连十八代的祖宗也不得安宁。胜的一面便唱着"凯歌"，率动人马，浩浩荡荡回转家去。百顺街也乘机发泄不平，给战败的一方以安慰："扫一点土，也到底算不得什么，又不是金银珠宝！"但等占下风的人家一走，意见又变成这样的了："这方面也太不情理，为什么打人家的狗呢？"总之，百顺街是一台天秤，公正无私，决不让人怀疑。

在说也说不完的美德中，百顺街还有一个小小的黑点：爱占小便宜。也许已经有人冷笑了。然而，且慢。他们曾自动跟别处的人比过，发见自己并不低矮半分，心里正极得意哩。

居民所选中的邻舍，恐怕世间不会有更相得的了，纵然上苍看见也要害羞。上面说过，棺材家同史大夫仅一墙之隔，另一面却与衙门的门房毗连。说起那门房，切万不可轻侮。走路脑袋总是顶在脖子上，昂昂然煞似一位三等科员，看人的神气也总是出自眼角里的。有时也会遭逢到这种尴尬场面，正在去衙门的街上走着，一下子便冲上警察所长，有时又是一位绅士，竟弄得那昂然的头，觉得放在什么地方都不大得体。但一回到门房，便据有了那方小天地。如没有权势，又不掏出几个"门包"，想会一面老爷，决不可能。他在后衙是二尺半高，重量约在二十与三十磅之间；在门房里八尺高，那重量就足超过一百八十公斤，正是"能大能小方是好汉"的人。他对于棺材店掌柜倒是极有用的角色，因为无论怎样，棺材店总得靠死尸维持；而衙门却是制造死尸的办公厅，许多死人和活人的无字合同要在那里签订。死尸不一定个个都需要棺材；可是，明天有几位"算面账"呢？官司承揽人是谁？谁用得起棺材？家属住在哪里？如此种种，棺材店掌柜都必须向那门房请教。

第二组该拿骑缉私队作中心，周围环绕着小星。自然，缉私队自身还得是一颗大星。骑缉私队养着不少马匹，吃得像泥捏的一样肥，说是快要变成龙了。又因为马夫那小子总爱喝得大醉，以致时常脱了缰，驰奔到街上，弄得浮尘遮天，孩子的哭声盈地；在这和平的城里，看去实在有山中猛虎的可怕。虽然这样，队长依旧命它们每两礼拜清一下肠。右邻就有一家药材店开在那里，要吃泻药真是方便极了。而药资，据那队长说，付款时非打七折不可，然而款又总不见付过。实际上这城里恐怕只有药材店生意兴隆了。铺面里一天到头没有清静：关开药橱声，秤盘敲击声，药碾声，叮弄叮弄的春臼声，几个伙计挤挤撞撞不歇。大约又是因为紧邻着剃头铺，药材店的伙计们脑袋全像刨剐过，永远不听它长出一根头发，远远的望去，竟会以为那里吊着几只雪白的葫芦。左邻住着修蹄匠，他是个满脸乌黑短髭的男子，人家说他能饮三斤烧酒，还有和五个女人轮流性交的本领。不过这都不相干，主要的是他每半月给骑缉私队截一次马蹄。他还会钉很好的马掌，说是那经他钉过掌的马，跑起来便全不知道疲乏。他还通一些马的医术。再说队长的为人，倒是上天派定他做这项差使。他每天都想些什么，外人当然不得而知。只是那副仪表，无论谁看见也得承认他是天生的队长，而天下队长也只有这样的人干才衬合。没有什么可议论的地方。老实说，这评价不免小觑了他点点儿；这种人倒有办一切事的"本能"：他可以抚理百姓，弄得他们一身精光；他可以带兵，袭荡所过村落，然后付之一炬；他能办外交，是个喝香槟酒的能手，虽然他从来不曾听说过香槟酒；还会授一纸假委任状，到内地招募流氓土匪；贩卖枪枝、弹药，海洛因也来得；当土匪打得出两架手枪，一旦被捕，便自动供出同伙的年甲、像貌、住址，一点也不受苦。总之，这类家伙作什么全来得，无往不是幸运，一身尽是福气，还要他想什么呢！他姓王，因为这队人马职在缉捕私盐，人家暗中皆叫他阎王。现在却已经有人称呼他王爷，因为是官。

王爷虽有干才，每日公务倒万般简单。只消吩咐那班身心都养得很好的队丁，这般如此，壮汉们便跳上龙驹，一口气直驰将去。

壮汉们都经过专门陶养，全是劫盗，流氓、恶棍、土匪出身。不消说，还都有着惊人的嗅觉，捉几个私盐小贩，真是比捉小鸡都容易。于是王爷开始办公了，用王爷的说法，先“敲敲”他们。这事易办，干熟了的，就是吊将起来，让他们在屋梁下打一会西洋滋味的秋千。自然，那些庄稼人一下子便出了声，而且流下泪。

“说！不说吗，你孬种？”

王爷咆哮着，那样子，就像监守钉基督上十字架的百夫长。左右也照例重述一遍：

“问你们有多少田地！耳朵里塞着毛吗，你孬种？”

“敲敲他，忘八蛋！落实！敲！”

左右发一声喊，便舞起皮鞭。

乡下人本清清楚楚记得，不过贩卖些私盐，又非枪火，原算不得什么。然而一拿出拷问强盗的办法，可发了昏。号呼，呻吟，如此敲着敲着，敲绝了气。气绝后，冲头上浇一盆冷水，活转来了，再敲……于是罚了他们。标准呢，以肥瘦分别自然最方便不过，可惜得很，竟分不出，原来又都没有什么吃的。那年老的，说是家有儿女，还戴得顶破毡帽，罚他八十元；矮子的鞋尚新，五十；最后的这位老叔，一张皮包着几块骨头，可说身无长物，但也不好让他白赚一顿鞭子去，二十元，算可怜了他！另外夺得两车子的盐，坏的倾下水；好的呢，也像搜出的海洛因，照例不知了下落。

王爷办完公，走下街来。手中提着马鞭，并不骑马；也如手杖，是一种装饰。衙门去提着，戏场中提着，娼妓家也提着，倒是一个伴当，王爷却说是他的“名片”。行人认得那“名片”的，立刻回避，免得误投在脸上。因为不用什么心思，又有一副出色的好胃口，王爷的脸总是红喷喷，吃得比一头小牛还壮。胃口也的确出色，小鸡是土产，价钱便宜，每餐居然装得下两只，另一碗鱼汤，一盘据说省城人都得特坐汽车来买的红薯泥，又半斤饼饭，从不出什么毛病。有这样一堆食物，连胸膛都胀得圆彭彭，像剥制过的一般，茶水自然非多用不可。对门开设着茶馆,这意义就不仅仅一壶茶而已了。

虽然有这么一个好主顾,茶馆的生意可不见好。百顺街的娘儿们都是过日子的能手,俭朴得竟可以终日不亲茶水,实际上确也不曾吃下发渴的东西。要是夏天,他们宁可吃西瓜,再不然灌一肚子凉水,走起路来哗啦哗啦的,像阿拉伯驼商的皮水袋。开茶馆的老三怎么张罗这局面的呢,没有人知道。这种人目下还极有用,靠着一张神秘的脸,整天什么也不消做,日子却也过去,而人也过来了。这是一个谜。世间有种种传说,但只是谣言。为王爷推销点什么,倒是真的;以外的时间,他用来打盹。

百顺街这名称尽管叫得响,一天的时光倒极萧条。两排瓦屋,好像一条荒凉的山溪。这中间走过快要成龙的马,进出养得挺肥的缉私队丁的影子,王爷同他的鞭子摇晃而去,丢在空气中两个饱呃,一股小鸡的腥味。但是黄昏就不同了。马匹刚沐浴过,水滴从鬃毛上一路洒将来,蹄步款款,响着鼻子,悠然摇着尾巴。百顺街的爷儿们也都有了生气,渐渐露出头脸,齐集在茶馆门前瘸腿的桌边。这是他们的俱乐部。首先出现的是和仁家的史大夫,据说是博学之士,医道极精的;但另有一种说法,道是在伤兵医院抱过三天腿罢了。外科他不惜大瓶的"凡司琳",倘是内科,他坚决主张非"六〇六"不可。"多么了得呀,打进去满嘴都是香的!"他赞叹着,动着鼻子,因为一力褒扬,出满了一头汗。可是没有什么生意。居民一听说和仁的大夫姓史,便眏起眼来,想道:"见鬼了!活够了的人去试试,呸,棺材铺的干儿子!"虽然毫无根据,然而单靠这种直觉,也就哄传开了。居民虽然很苦,可都不曾活厌烦,找死谁也不干。至于史大夫日里作些什么,无人晓得,听说总是去钓鱼,却从不曾见钓住过。跟着出现的,照例是修蹄匠。好像他老早就在窥伺,一见茶桌旁有人,便踱过来。

"你昨天说的那虫,我怎么也不懂,是不是像马粪里的那些家伙?"修蹄匠望着医生,顺手捞到一杯茶。

和仁史院长眼望着别处，打一个呵欠道：

“唔，那是一种菌。菌！在血管里的。一钻进去，就像土匪一样，乘势作乱。”

“那么‘六〇六’就是民团？”

“不；”史院长皱一下眉，代修蹄匠更正，“是军队。白血球才是民团。”

“白血……不错；驴的血也是白的……”

虽如此说着，不过，修蹄匠仍旧弄不明白——

“菌？害霍乱病的血里有虫，这倒稀奇！又说空气里也有，小学生也这样说，”他向空抓了一把，送到院长鼻子下，“嗯，端的没有！看？”

院长推开那手。

“有股马蹄子臭味！”他说。

“还得是‘六〇六’的鼻子！”

这时来了棺材店掌柜。

“什么‘六〇六’呀？化开的砒霜！”他说。

他想起邻居给打进去的“六〇六”，便忍不住生气。知道那是怎样的猫尿呢，打进去的一刻倒还罢了，可是腿仍硬得像两根柳棍。他勉强坐下去，眏着一只眼——虽然从老子起，木匠手艺已经荒疏了，但那祖父确是个好了得的木匠，这习惯一直“遗传”至他，至今还不能改掉——思索一番，豁然道：

“你们说霍乱，是不是人造孽得够了，让瘟神罚他一罚！”

“是罗！”修蹄匠叫喊了，“要是一种虫，你想想，纵是睡在棺材里也不得安宁呀！唔，还应该罚他们脱生作驴马！”

院长这就提出了自己的意见，说是人死——第一，必须有一口棺材，如此才合乎卫生；第二，死了也就完了。棺材掌柜眏着一只眼，完全同意。正在打盹的老三，忽然从睡梦中抬起头，而且送走最后一个好响的鼾；道：

"嗡,你们说些什么呀!什么虫,什么瘟神,呸!都是西瓜凉水,装一肚子,要他怎么不'嗯啦'①!喝茶永不会出这毛病!"

"说得是。"修蹄匠附和着。但不知何故,他在棺材家的腿上打主意了,说:"你的脚一定长着胝了;这不行。譬如马,蹄子非截不可,驴是要铲的,长了简直走不得路。"

这次,棺材店掌柜是连那眯起的眼也都睁大。

"瞧你的罢,邻居,"他愤忿地说。"就是说话也满口马蹄子的臭味啊!我劝你,哪,还是打一针'六〇六'的好!"

虽然脸也红了的,但百顺街的人都讲道义,趁此机会报答了史大夫。一下子,医生高兴得两眼发花,不顾一切的颠着头。

"那当然,那当然!还有赤、白痢,疟疾也是一种菌,菌!书上写着。害这种病的人也有点霉气,那当然!"

修蹄匠望着邻居那两张可敬的脸,只管拿茶向肚子里灌。院长的头是平分,这地方叫做"牛犊子舐的样"光;脸是平平常常,任怎样一位画像家也难捉住特点,因为那特点包藏在心里。他只盼望全世界传布瘟疫。而一颗心总是好的,每一个到他这里来的人,他总希望他们能安全的回家;可是一到他手里,拘命鬼赶来了!棺材店掌柜的脸大家都看见过,他睁着一只眼看过往行人;经那眼看了的人,都是没有阳寿的,而且连所用棺材的贵贱也估得出。倘若和他作邻居,便是两条腿已经跳进棺材,拔也拔不出了。修蹄匠想得透窍,又出了神,觉得有趣得要死。哪知背后走来了王爷,还有那叫做"名片"的鞭子。

"王爷吗?请,请,请吃一杯!"

两个分不开的朋友一齐跃起,一齐拱手相让。王爷是不在这伙里吃茶的,只做不理会。

"你把马腿都切去了,倒在这里自在,你!"向修蹄匠那坚实的脊梁投下一"名片"。

---

① "嗯啦",小城镇和农民叫不准确外来名词的霍乱,把它中国化了。

“啊呀！”修蹄匠跳起来。一看“名片”，认得，忙赔笑脸；“闪着贵手事大，王爷！可是，怎么能切去腿呢？我一点也不觉得。”

这时那老棺材店掌柜也正来了。他有一双腿，不用来走路，代替它的是臀部及两手。两手撑起体重，下部向前移去，如此行来，将来路扫个精光，倒是出色的清道夫。他也曾有过自己的一生，有过与儿子相似的快活日子。当年是溜街过巷，寻花问柳的能手；日后两腿不再为他作主，花柳菌大肆猖狂，渐渐麻痹，遂成了废物。他将棺材店，梅毒，还有整整一部嫖经向儿子办完移交，便退休享清福。但那嘴脸衣着，倒像刚从粪缸中捞起，除了那胡子，一生中是再没有可取的了。这是可哀的，一个人一生中仅仅为着长长胡子。可是一看那胡子，也不免令人吃惊：的确又密又长，真能为虱子遮风避雨，乍看，竟以为胡须上也正结满着累累的果实呢。

这位老爹的来，只为讨一杯茶吃。他整整三个月不曾尝着茶的滋味了。可是小棺材店掌柜一看见，便动了火，眼也眏了起来；并非恨，只是觉得不大体面。瞧，这里有着什么人呢？竟也将那副尊容送上来！

“今天还活着吗？走罢！”

棺材掌柜摸出一个铜板，诸位也许想，像打发叫化子似的要掷给那老爹了。然而不；铜板是二百文的，按市价足足兑得二分五厘洋钱，他只把拳头一挥，钱仍收进袋里。老爹低头摸索了许久，长叹一声，怨恨的眏着一只眼，只得依旧去清理街道。

王爷也去了，带着他的鞭子，自然还少不得向空中放两个饱呃。不过，那黄昏中的身影，那步伐，甚至连那呃都确乎伟大。他一步步踏去，好像要将大地踏塌一个洞。

棺材掌柜恭候那门房回来，是每天都如此的，打探明日是否有什么案子“恭喜”①。如无人临时赶趁热闹，参与晚会的先生们也

① 对囚犯执行死刑叫做“恭喜”。

就算到齐了。连老三在内,四人围桌而坐,在残阳的光辉下,泰然吃着茶。街上是静穆的,偶尔一个人经过,或者一条狗竟翘起后腿,撒尿在桌腿上,全不会惊扰他们;甚至顽童们在他们脊梁上画上王八,他们也不会觉察。有时修蹄匠唱一支小曲,但不上三句,连他自己也觉得不如打喷嚏来得受用,便咳嗽着停住。院长捉住一匹苍蝇,拔去腿,又蘸了茶来,弄湿翅膀,用一根毛做鞭,赶着那东西学鬼画符,嘴里还发出唷唷声。四个人头抵头围住观赏,看到妙处,便破颜一笑。晚空明朗,街寂如谷,百顺街的先生们如此逍遥到起更,肚子饿了,大家方才散去。

一向太平气象的百顺街,突然发生一宗惊人的骚扰。怎么回事?大家如在梦中,发出疑问。一个孩子哭泣,跌倒路旁。另有一个中年男子推着床车,缓缓走过。还有人以为发生了火警,担着水桶奔跑。修蹄匠却抢到铁铲。女人则彼此号呼,飞向出事地点。

出事地点就在井边。那里围聚着人众,后来的则高声询问着,挤上去,知道棺材店老爹快要死了;但是看见那老人卧在血泊里,倒有些奇怪。

"那马哩?捉住它呀!"人丛中发出窒闷的喊声,是棺材店老爹的女儿。她哭着,嘴里嚷些什么。

"怎样的马呀,马?"有人问。

人们明白了,一定是那些快要成龙的马,因为养得太肥,发起野性,闯下了乱子。于是大家想起,并且低声议论:那样的马,非惩治一下不可。要找那踏伤人的马时,发见凶手早已逃脱,不免又是一场议论,扰嚷。本来早就湮没到遗忘里的老头子,一下子又复活了;虽只是一个废物,大家却发见他是人,而且极重要。百顺街的人们总是公平的,一面向物主发出难言,一面说,逃去也不关紧,有大家看得确凿。一句话,全体都是干证,决不为三杯酒出卖正义。

这时棺材店老爹的儿子出现了,几乎是二十个人才寻着的。

他眯着一只眼,喉咙也哑了,表现得非常悲哀。他请大家作证人,是阎王的马踩伤的,非纠正一番不可。大家赞成。因为突然发见棺材店掌柜是个孝子,不单感动,而且兴奋,只要他作主,就是把缉私队捣成灰都敢。

但是,无论怎么办,总感到有请王爷到场的必要。自然一请就来,还有那叫做"名片"的马鞭,又深深打一个饱呃。

"对不起了,诸位,"王爷站在井台上讲演了。"只要是本队的马,我完全负责,跑不了它的。马竟敢踏伤人,实在太可恶了,我听见都觉得生气。生气!既犯下这样大的罪,应该马上宰了,那自然!可是,不得留着活口吗,万一出了什么事,想想?那马当然要送到衙门去,要重重的办。对于凶手非重办不可!"

然而有人忍不住喊了:

"放什么屁呀,癞皮狗子?重办那马……打这忘八蛋!打他!"

王爷是体面人物,度量很大,遭骂也毫不动气。他要认出那说话的人;那人照例乌龟似的,把头一缩,便没了影子。于是继续讲道:

"那么,惩办我吗?可是踩伤人的不是我,是马!杀人抵命:我们老祖宗不是都这样说的吗?大家都是公正人,请摸摸良心,那么,谁该受处分呢,诸位?"

关于凶手的事,大家越弄越糊涂。杀人的应该偿命,一点不错;可是要给马带上镣锁,送进囚牢,可从不曾听说有过这等事。该死的马!……可是,怎么办呢?大家皱眉、思索,非常忧愁。经过一番纷嚷,完全糊涂成一盆酱,实在想不出妥当办法。药材店掌柜说,应该让那些马多吃泻药:两个礼拜一剂,它们会变成龙,倘若每天灌一剂刷肠子,那便瘦了。修蹄匠又建议八天截一次蹄,长得太大了,踏下来实在受不住。别的邻人又主张,杀那马以谢天下,每家都分几斤肉,吃了解恨。至于棺材店掌柜,他焦虑着,除却更怏的睐着一只眼，想不出丝毫道理。本来负着一肩罪责的王爷，一看这种情况，便很勇敢的做了指挥官。

“现在，”他说，“还是调理病人事大。说什么都迟着一步了，诸位！”

“那当然，那当然，一直停着是要坏事的！”史院长附和着；摇着钓竿，因为用力过猛，一下子就折作两段。他从什么地方来的呢？倒没人留意。

看官仿佛又重新睡醒了一次，这才想起那受伤的老人。人们已经很平静。对于那号哭的女儿也不大注意，好像说，让她去吧，过一刻就会好的。”他们谈论着，自然完全公正，毫不偏颇。有人归罪于粗心：

“马是不会生着人眼的，看见它来，应该躲开！”竟公然这样说了。

棺材店掌柜同王爷开一个小谈判，办理善后，抬老头子进和仁医院。史院长忙得像收产婆，袖管卷到肘弯，鼻子里还哼哼些什么。他搬出大大小小一堆瓶子，钢镊，刀剪，为那伤口整整用掉两盆石炭酸水，一大瓶“凡司琳”。

然而，运气竟这样不济，两天后，棺材店老爹糊里糊涂死了。虽然只是废物，一死也就成了大事。凶手确是那快要成龙的马，两天内已经查明。这大事自不免牵涉及王爷。为着丧葬费讨价还价的问题，动员了百顺街全体和事佬。单说这批和事佬，两天的奔走，享受了两家的上等烧酒，笑尽了笑，吐尽了痰，费尽了娓娓动听的言辞，只弄得口干舌焦，屡次折衷的结果，成了交：所有一应费用，概归丧主与王爷平均担负。

王爷虽是体面人物，为这事也激起一点烦恼。诚然只是一点点！他派出大批人马，这队伍像蝗虫一般，荡起尘土分头在广大的原野上驰骋了。他发誓要将私盐小贩一网打尽，把皮都剥下来。因为生气，脸更其红喷喷的，胸脯尤见饱满，小鸡味的呃，更是三五频频。他简直变成了小牡牛,无论什么都想碰一下。

棺材店老爹的丧事开始举办了,局面的盛大,最熟悉百顺街史实的老人也要叹息,说是上三代不曾有过。按本地习惯,设奠三日,不单和尚的经卷重复八遍,连唱礼儒生的喉咙也都喊哑。这之间,为着死者的令名,丧主的体面,百顺街禁火三日。原来不用招请,妇女全体到场,连未满月的婴儿也都抱来作客。不消说,筵宴是整整继续了三日,百顺街也就共餮大嚼三日,远路的姨母也都受了邀请。吃法也的确令人吃惊,屠户将毛都赶不及刮净的猪送到厨房,而厨子也只有功夫请它们去锅里洗一个澡,但一拿到桌上,便什么都不见了,单留着空空的碗盏。为着那些惊人的肠胃,厨子整整三夜不曾合眼,竟把蛋壳同蹄甲都混进了菜汤。客人《水浒传》式的吃着,喝着,刚抹过嘴巴,又是吃着,喝着,生来就为着大嚼的一副肠胃,任怎样也填不满。

"这是怎么搞的呀。这是?"一个油流到下巴上的嘴嚷着。

"就是御宴也吃过的,可是,呸,呸!倒不曾尝过这色海味!呸!这是敬吊客吗?呸!"另一位不断的吐着唾沫,同时用拳头擂着桌子震得碗盏叮叮当当的响,真的动了怒。

"猪蹄甲吗?这是东洋鬼子干的。"第三个忍住笑说,觑个空,夹一片香蕉大小的肉送进嘴里去了。

第四个因为吃得太多,在厕所里呕。第五个拿筷子在碗里一拨,浮涌上来一块木片,却假装捞捉不住的叹道:

"嗯,好体面的舌头!呃?"

那正在吐唾沫的一位,一眼看见,赶紧拿起筷子抢去送进嘴里。心想刚才吃过亏,哪知又上一次当!接下去是啐,笑,而且发起火来:

"大家都是客,呸!这样可不那个!不全是来吊孝的吗?"

"那为什么不带眼睛来呢?是你自己塞进嘴里的呀,先生?"

一面也毫不客气的回答了。

但一有了食料，假若这么讲不会开罪众位体面的客人，那便如同一群小猪，什么也顾不及了，只除去吃。在两道菜之间，大家从容的剔着牙，谈着死者可敬的一生，间或混杂一些废话，打出王爷式的呃。然而这里忽略了一位重要角色，就是那门房，他一装满肚子，一面还抹着嘴，便到衙门当值去了。所以总难见他的影子。直到第三天上午，这是最后的大嚼，茶馆的老三仍不住的表扬自己的功业。

"那王爷，"他说，酒同菜一齐向喉咙塞去。"是哪，人家是场面上的人物，场面人！可是，谁知道他是干什么的？一个阎王！你知道，我们这里地皮着实厚：一层一层都给剐去了。那些永远吃不饱的马呀……喂，这样是不行的，邻居！"

刚送上的蒸鸡，等他抢时，却只剩下碗底上的一块。于是索性连碗拿过来，叹息道：

"您知道怎样吃到嘴里的小鸡吗？丧主？哼，死人的骨头他都要仔仔细细啃两遍！再一回得斯文点儿！听我说，他们全说獾！……"

"刚才你说是马！"

"是马，是马！"他颠着头，嚼得口水四溢。"马的肠子是直的。可是，也是獾，连骨殖都消化得了！……可是，地方上的油水不能轻易独吞。我说了：'凶手是马；马是你的，我没说吗，队长？因为是你的钱买的。马不会说话，也不能打官司，既是你买的，那马就是你的，含胡可不成！'所以呀，诸位，大家有酒有肉，还有小鸡吃。明白吗，唔？"

哪知这谎一下子被揭穿了。修蹄匠敲着桌子，警告道：

"锁住你的嘴吧！'权当可怜他'，这是从狗嘴里说出来的？"

"是啊，是啊！"史院长拍着手。这次他站在修蹄铁匠的一面。

众目所瞩的开茶馆的，只得低下头，一声不响的大嚼，还频频的灌着酒。也许有人以为他害羞了。那决不会像他这样的人,被扯下裤子揍顿拳脚,是极平常的事。他可以挨打,因疼痛想起自己背理,但决不肯当众认错。

这时的史院长,继续温着他发过两天的牢骚。说是为着棺材店老爹的伤,耗费四十八块钱的药料,账目开去之后(这是事前言明归王爷付的),却只给四元。

“诸位想想吧!”他这样收梢,“他是体面人,他?体面?哼!只要不落到姓史的手里,算他幸运;若不,那瞧着办吧,我会给他弄霍乱菌吃!”

他将干过的酒杯抛开。

“阎王!”他狠狠的说。

“四十八块?”老三翳浊的两眼追踪着那骨落骨落滚转的酒杯,做一个疑问的记号。“可是你只给他冷水喝!要是茶呢?也许,可倒不一定坏事!”

“我?冷水?糊起你鸟嘴罢。三蛊猫尿灌昏了,你来这里放屁!”

看情形是要真的打起来了。然而竟大大不然;原来百顺街的人们尽是“悬崖勒马”的哲士,惯于“以退为进”取胜的能手。况且打得头破血流,究竟不大体面。这时,谈话的方向忽然一转,大家马上注意到死者伟大的一生上面去了。

“举石锁的是丁举人。武举,这人早不在了。从东门打到西门,那倒是真的。”老三头也不抬,一头吃,一头咕噜着。

“可是,他路也走不得呀,邻居。”一个青年人当糊涂虫嘲笑了他。

修蹄匠一双脚踏上凳子,向那青年人轻蔑的瞟一眼,接口道:

“哼,哼!你以为人家生下来就瘸的?当年花过大钱哩!”

但一看碗里空着,生起气来,骂道:

“邻居们,我赌咒,厨房是主人家的干儿子,一片肉也不给吃,却拿这样的污水敬客。诸位听着，我们是百顺街的，不是平常的客，这样的脚汤我们不吃了！”

原是随便说说，不料出现了厨房的伙计，而且奉上一道滋味更难下咽的菜：他请修蹄匠把嘴嗽干净点，还有——

“一个上午连吃四次，”那伙计说，“这会儿快要屙肉了，却在这里发酒疯。就是干爹也不行！”

比打一个耳光还坏，脸马上通红。

“我？”修蹄匠做出要打架的样子，可是不作主的摇晃着，“你眼长在哪里去了？还是拿去当泥弹玩吧！吃四回，百顺街的人，就是吃四回又怎样，百顺街的？”

“百顺街的脸上挂着牌子，应当……”

这次是百顺街所有的脸都红了。他们向那小子威吓，问他可晓得谁把他雇来。

“不是我们吗？”他们说。“要是不想赚这项钱，百顺街的你看会怎么样？”

自然那小子会软化。在座诸公也明白，架可不能让他们打，只为吃完第四次筵席。

百顺街的人们诚然有着骇人的肠胃，容量的出色，如不怕肚皮胀破，囫囵小猪也要慷慨的吞进去了。虽然这样勇敢，但要出丧的时候，却全不知了去向。

时将正午，执事先生们来到曾饕餮三日的天棚下，可着了急。人呢？好像散场后的下等戏场，尽是杯盘狼藉，七倒八歪的桌凳，还有结阵的苍蝇，破碎的瓷器，座头却全空在那里。执事们在桌凳间搜索着，最远的犄角里终于发见两个人，正是修蹄匠和茶馆的老三。两人在慢慢的吃，慢慢的喝，一声气都不出，只有筷子时常打在一起的声音。因为再也无人前来争抢，故极斯文从容。但仔细一端相，早成了废物，醉了，舌头都硬了，只差酒还不曾向鼻筒里灌。

茶馆的老三，那张脸喝得简直像浸过水的白面包。他从深沉中抬起头，向对方修蹄匠望一眼正要继续大嚼，不知怎的，忽然胸部一阵震荡，好像倾下一盆水，竟不可抑遏的哭起来了。他诉说着早被人忘记的往事，一生中不幸的遭遇。他说他的老婆是一个爱"偷嘴吃"的母狗，一个娼妇，曾经无数次捆住或吊起来打她，用浸过水的麻绳。随后她死了。女儿是养汉精，出了嫁，被丈夫卖到不知什么地方（他发誓不曾花那卖身钱）。儿子是没良心的贼，谁晓得他跑到什么地方去了呢。

"你想，"他两手捧住头，泪脸模糊，哭作一团。"我老了，不中用了，可是，他们——他们抛下我，抛下我！我没养活他们吗？我没？——良心在这里！"

他眼泪鼻涕的，竟哭得那样悲惨，又那样不幸。

"唔，唔，唔，……唔？"修蹄匠仿佛已经睡了过去，只漫然应着，却不停下吃喝。

执事先生们一连串嚷着——

"人呢？哪里去了？这些酒席喂狗了吗？"

他们冲进各家的门，连床下都搜索过，一个鬼影也没揪住。气急的喘着：怎么办？葬又非下不可！于是出了汗，脑袋胀起来了，发了昏。执事们正在咆哮，跳跃如牛，欲哭不能的时候，街上却起了一阵号呼，代替了这无可奈何的场面。

药材店起火了。

青葫芦似的头颅在太阳下闪光，爆出大颗的汗珠，发了疯的闯进各家的门，担起水桶便跑。于是光脑壳相碰了，水桶与人互相冲撞，跌倒了，爬起来再跑，惊狂的獾似的，咋呼声像海啸，此起彼落，喧嚣作一片。孝子们的白袍四处飘飞，像一簇簇的花，手持哀杖，见人拜倒，究竟为着什么，说些什么，谁也没听进耳里。和尚光着头，袈裟翩翩鼓荡，要飞起似的，该死的厚粉底鞋，只橐橐的响，怎么样也不愿快走一步。药店掌柜则汗泪纵横；肚皮袒露，战抖着，煞似一片投下石块去的烂泥沼；嘴里还连连发出“救呀，救呀”的谵呓。那狼狈的样子，令人想起被土匪追赶着的地主。

人在没头没脑的奔跑，百顺街顷刻汇成一支混浊的流。

但静心一看，史院长正蹲在棺材铺门旁的墙阴下，手指探进喉咙，一阵阵在那里呕吐。

且说老三哭了一场，继续同修蹄匠细细的嚼着喝着，已经万念俱空。奇怪的是忽然听见喊声，两人什么也不说，抛下酒杯，拔脚便向外闯。然而糟糕！前后左右尽是桌凳，拦住去路，而且古古怪怪，各有一副歪相，还扯衣曳脚的。

“撒手！干什么总是拉住呀，你？忘八蛋！死鬼！撒手！”那茶馆的老三，谁也不晓得他看见了什么，竟那样恐怖的呼喊着，咆哮着，跌翻在桌凳的迷阵里。挣扎一阵，自哭去了。

修蹄匠还算幸运；经过一阵苦斗，到底觅得一条去路，踉踉跄跄，一路歪斜的逃将出来。可是刚到街上，也就作不得主，只一溜，便一堆泥似的扑倒，还碰了一嘴灰。呻吟着，吐着，嘴唇因为受到磕创，出了血。他撑起肿胀的头，两眼火红，嘴脸白光，全没了人色。人影幢幢，从身边驰过。他骂了他们祖宗十三代。望着正在熊熊燃烧的药材店，端的转下了什么念头呢，竟愉快的，断续的大喊道：

“烧啊，好火，好火！哟，哟，哟，烧得好，好啊！大火烧……”

那药铺弥漫着黑烟。烟扑向天空，扑向街。窒闷中，火光蓬的向天冲去，瓦片爆炸着，唿哨着，燕子也似四向纷飞，抛向高空，抛向远远的街。救火的人发出最后一声呼喊，那声音仿佛被唿哨着、狂吼着涌来的海水淹没了，战栗着，绝望的沉默了。

然而，突然，那批快变成龙的马在混沌中冲出来，又是号嘶，又是跳跃，荡起尘雾，迷乱的向人丛，向烟中冲去……

第二天小儿们唱出谣歌道——

百顺街，百不顺：

开家医院史和仁；
阎王的马，肥又肥，
踏人好比踏烂泥；
药材店，生意好，
一场大火烧……

一九三五年十二月

（原载1936年3月1日《文学》第6卷第3号）

萧乾

邓山东

我做小学生时代,北平的日子可好过多了。一个当十“光绪元宝”可以换十个方孔的小铜钱。哂啷握到手里,摆弄够了两边盘蛇似的满洲文后,还能买进足够装一前大襟的吃物。

习惯是头天晚上由母亲在枕头底下预先掖好三个铜子儿,十个制钱。大清早我洗过脸,把散堆在桌上的修身,国文,一些温习过的书揽在一块虎皮包袱里后,就蹑着脚跟走到我母亲房里去,把那份饽饽钱捏到手心,然后才低声在她耳边说一声:“可走了哇!”就上学去了。

四个铜子儿合起来真少得可怜。但烧饼卖五个制钱的年月,荷包中能有那么一个数目,就颇可自居作小财主了。如果是冬天,便有四个制钱交到胡同口一个围在桶炉的干瘪瘪的老头儿手里,换来一块烫手心的红瓤烤白薯。这是每个清早上学孩子们的手炉。纵饿,在温度没消散以前,是不肯送进肚里去的。

走到学校,同学各人实有的数目谁也无从推测。对别人的“还剩几个大?”的探问,回答总是“快花完了!”如果在班上因藏匿不周而把个铜子儿落在地上时,这秘密的暴露便将引起前后排强度的注意。并且会有嫉妒的小声音说,“别显阔!”(如果这铜子儿恰属于顽皮的一种,落在地上还啷啷地旋转着向远处跑去,这小东西的行为便将害得主人罚一堂立正。)

大家所以都不肯公开饽饽钱数目的原因,只是要等到下午学时到“邓山东儿摊上去充阔”，看谁是那小摊儿最大的主顾。

邓山东儿是我们校门口一个卖杂货糖食的。他那玻璃柜里装着我们一切的想望——有五彩的印画，有水里点灯的戏法，有吓人一跳的摔炮，甚至还有往人背上拍王八用的装有白粉的手包……凡是使我们小小心脏鼓动的，几乎无一不有！

这人到我们门口来作买卖，可说是一个叫孙家福学生拉来的呢。

孙家福住家就在学校后身的胡同里。起初，他告诉我们西口新近忽然来了一个小炸食的汉子。随卖随唱，并且会说顶有趣味的故事。天天在我们上笔算那堂由瓦岔胡同过去。我们都感到兴趣。于是，就留心起来。

那天的笔算班我们头各埋在书上，耳朵——和心却伸出校墙外去了。当一个同学正背九九表时，墙外远远地越进了一阵老练的歌声：

“三大一包哇，两大一包哇，

小炸食呀炸得焦呵……”

知道我们所盼望的人到了，大家就都兴奋起来——特别当孙家福立在窗口装吐唾涎时，大家异样的神色害得正在背诵的人顺嘴流出“七七五十六”来。（为保持课室的严肃，老师在他手心上重重地打了五板。）

记住这个时辰以后，我们几个孩子决定趁这礼拜日在胡同口去等他。我除了每日应领那笔款项外，并且把年下起贮的泥扑满也偷偷地倒个半空。几个张望着的孩子立在瓦岔胡同口一棵椿树下等着。直等到厨子少奶奶们一个个都提着菜篓子往家走了，才远远听到一阵粗壮的歌声：

“三大一包哇，两大一包哇，

老太太吃了寿数高呵……”

“来了！”孙家福向大家打一个招呼，就领头向北跑去了。

在拐角处我们见到他了。一个高大魁伟的汉子，紫红的脸蛋，有着诙谐的表情。毛蓝裤竹标袄的中腰扎着一根破旧的皮带。胸前系着一个小篮子。手向耳边一捎，头向天一仰，就又唱了起来。

“嗨，卖炸食的，站住！”孙家福用一个熟朋友的口气迎头截住了他。这汉子响亮的笑了出来，马上就蹲在靠近电线杆子的墙根下了。

“你们小哥儿几个可得多照顾呵！”他一面揭开篮子上盖的布一面说，那腔调恰像推水车的山东佬。

篮子里放着一个长方匣子，一格一格地放着各样吃食。有能抽成三四尺的长寿皮糖，有画了白线的橘子糖球。匣子一端整齐地堆着一包包的小炸食，上面各打着一个四方的红印：“山东邓记。”

“卖炸食的，再给我唱一回那《饽饽阵》罢？”孙家福扯了他臂说。

“你们可得买呵！曲儿俺有的是。”

“你放心，准买。我先把一个铜子儿押在这儿。”我说着就把一个滚热的铜子儿放在那纸包堆上。

“慢着，少爷！”他拾起来还给我那铜子。“别乱搁。俺说着玩儿呢。唱个曲儿还过不着！别说一个，十个俺也中。”

他先唱的是《饽饽阵》，是用我们常吃的点心的名字编成一个阵势。随后，我买了一包小炸食，叫他唱一只逗乐儿的。他唱的是《丑妞儿出阁》。唱到“洗脸盆本是沙锅底儿，蟋蟀罐儿当作胰子盒”时，把我笑得差点倒在地上。每唱完一只总有人买一点东西。并且还争着“先给我唱！”虽然唱出来是大家听。

我们问他嗓子怎么那么好。

“这算煞！俺在兵营里头领过一营人唱军歌。那威风！”说到这儿，他叹息地摸一摸腰间的皮带。“不是大帅打了败仗，俺这时早当旅长了。”提起心事了，于是他摇了摇头，嘴里便低哼着：

“一愿军人志气高，人无志气铁无钢……”

我数着他脸上的红疙疸，看着他脖下那圆卵随着歌声一起一伏的，像雄鸡在打鸣。

歌听完了后，我们各人把买到的东西往袋里塞。孙家福指给他前面伸到蓝天里的那旗杆顶，告给他那就是我们的学校。

“没错儿，明儿俺就去。”

这人不失信，第二天我们正上国文时，墙外送进一阵亲切的歌声。我们都知道这是唱给我们听的，就格外加心了：

“三大一包哇，两大一包哇，
学生吃了程度高呀！
中学毕业大学考呀，
欧美留洋好办学校！”

听得连教员都笑了。

午学一下，我们一群蜂子似地扑到校门口，层层密密地围起他来。一下，糖和炸食全卖光了。他高兴地唱了两段梆子腔。

他说他得“扩充”了。小炸食太油腻。几天以后，他竟摆出一副用磁漆油得雪白的担子，玻璃盖下辉煌着各色的糖果。

从此，学校对我们不再是那样可憎了，虽然老师板子的重力并未减轻。

“黄少爷，今儿又挨了几板儿？”他握了我那手藏起来的腕子温存地问。这时，如另一个同学替我回答，比方说，三板儿吧，他会由玻璃格中捏出三颗小糖球硬塞到我红肿炙烧的手心里，拍着我肩膀：“别委屈。俺这糖专治手痛。尽老师管教好，将来吃一辈子糖，别像俺，卖糖呀！”

他直爽，“硬中软”的心肠是我们受到老师苦打后唯一的补偿。甚而我们中间自己有了纠纷时，也去麻烦他。他总是东点点头,西点点头,说:“都有理,都有理。不该动手呵!”

孙家福因为朝会上偷看《七侠五义》,被斋务长罚不准回家吃饭,空着肚子立正。这消息传到邓山东儿耳里后,就交给我一包芙蓉糕。

“黄少爷想法递给孙二少。真是,那有饿着的呢!”

“钱呢?”我问。

“什么话呢!”他怪我傻像。事实上我们都不欠他一个钱。“俺眼没都长在钱上。朋友交的是患难。快去!”他作了一个手势。

丙级教室的门已经锁上了。孙家福撑了湾斜的腿,立在冷冷的墙角,正撅着嘴揉着带黑圈儿的眼睛。

“家福!”我伏在窗上,低声叫他。待他睁好眼睛,我说一声“接着!”就隔窗把他的午餐抛了进去,我自己带着侠情的得意回家去了。

下午第二堂听差老安探进头来,说斋务长叫我。我心虚起来了。终于在同学猜臆的眼光中,向正在怒视我的老师告了假。

走到斋务处门前,我的心如战鼓似地击了起来。偷偷在墙上把右手心磨了一磨,然后像囚犯似地走进去。

“你为什么偷送吃的给家福?”斋务长劈头森严地问。

“我——我——我没有呵!”

“说谎?说谎加三倍打。干脆照直实说,送没送?”这时,飕的一下他已由怀中抽出那二尺硬木的刑具来。

“点心那儿来的?”

“他——不,买——买的。”

“你又说谎!”他用板子指我的鼻梁。吓得我倒退两步。“门房眼看你赊来,由窗口掷进去的。”

板子扬起时我本能地溃退了下来,直退到一个墙角。

那板子便追逐着我,雷似地在半空中挥着。

第二天早晨邓山东儿插着腰，撇着嘴说：

“他娘的，撵俺走。官街官道。俺作的是生意。黄少爷，你尽管来！”原来斋务长已不准他在门口摆摊了。

我把满肚想诉的委屈都咽了下去，倒没说出来。

朝会时，斋务长报告以后学生不但不准买门口那人的糖，连和他过话也不准，否则重责。这命令镇压住有限的人。特别和邓山东儿有交情的真不甘心。

上午第末堂，墙外又送进来熟悉的歌声：

“三大一包哇，两大一包哇，
天真子弟各处招呀。
揍人学校办得糟哇，
俺山东儿谁也不怕！”

这最末一句唱得那么洪亮，那么英雄，把个台上的老师气得发抖。我们虽然坐在校墙里头，心却属于这个声音。

第二天早晨我到学校门口时，看见一簇人挤在邓山东儿担子那儿个个老鼠似地低着头挑东西呢。瞧见我，他遥遥地拔起了身，扎出头来招呼：

“黄少爷来罢，新鲜的秋果。”

我就壮着人多钻了进去。十几只手都探伸到一个大簸箩里抓来抓去。把虫蚀的往别人那里推，把又大又红的握到自己手里。正争闹着，我背后感到一下捶击。本能地回过身来，斋务长雷厉风行地立在眼前了。

“好大胆子！”他呲着闪了一颗金牙的黄牙板说。小手都缩回到身边去了，各人都默默地讪讪地散开了。

“走？全到斋务处去！”斋务长说：

“我说，当老师的。”邓山东怔怔地追了上来。“买东西不犯罪呀。你不能由俺摊上捉学生！”

“滚开!”斋务长气哼哼地说。“不滚开带你上区里去!”

“喝!”邓山东看了看我们这几个俘虏,看了看在鄙夷他的斋务长,气愤起来。“上区就上区,俺倒要瞧瞧!”说着他挽了袖子,挑起担子,就跟了进来。

顿时,操场上一群玩皮球的孩子们的视线由皮球移到校门洞来了。

门房正呶呶地数说着往外赶邓山东儿,却被斋务长拦住了。

朝会照例仍是由一位教员立在台上对古圣贤的话发挥赞赏的议论,只是这天我并不是坐在后排椅子上玩把戏了。我们七个难友,(如今才数清楚了为秋果所迷惑住的人数)——加上邓山东应该说八个——靠台下左边黑板站住,受百十只好奇,解恨,同情的眼珠的逼视。

邓山东把一双紫红色的手臂交叉在胸膛间,倚着一根柱子,瞪着台上不屑看他的斋务长,陪我们听候发落。(唱完校歌,豁拉一阵椅子响,会众坐下了。我们刚跟着坐下,就给斋务长一喝,又站起来。)

一个值班演讲的教员开始申述我们做人该学那朝人的榜样了。讲演员因大家注意力散漫,胡乱结束地下去后,斋务长起来报告了。首先说了一阵我们的不是,又示意地瞪了买糖的一眼,才飕地由他怀里抽了出来一条硬木戒方。

“过来!”他向我们喊。板子前端指着台前。

我们犹疑地前移了。

第一条臂伸到板子下面时,一个粗暴的声音由后面嚷了出来。

“先生,你干吗呀?”邓山东儿攘臂而前,跃到我们一行人前边站定了。

“一傍站着!”斋务长不屑注意似的避了开去。“我打我的学生。”

“你要打,别打学生,打俺。”邓山东慷慨地把头转了过来:“作买卖没犯国法。买东西也不干你。俺不服,俺不能看着少爷们挨打。”

这时,地震似地后排的同学都站起来了。

斋务长一面弹压秩序,一面为这个人所窘住了。

斋务长气愤愤地拗着邓山东伸得平直的大手掌劈头打去。

只看见邓山东面色变得青紫,后牙根凸成一个泡。

待到斋务长气疲力尽,一只红肿的手甩了下来后,像害了场热病,邓山东头上冒着粒粒圆滚汗珠。

“够了吗?”

斋务长向校役作了个手势,走过去找抹布。邓山东一句话不说,摇摆着踏出了礼堂。

自从那次以后,他把担子挑得离学校远了几步。同学的钱花到邓山东担子上成了一个极当然极甘心的事。

有时他还低声唱:

“三大一包哇,两大一包哇。
学校的片儿汤味真高呵!
一板儿两板儿连三板儿,
打得山东的买卖愈盛茂!”

二十三年,五月十五日,海甸。

(原载1934年6月20日《大公报·文艺副刊》)

篱　下

住姨家和住姥姥家有什么不同呢？姥姥死了，当然只好住姨家。环哥对于妈路上的嘱咐认为是多余的。他蹦着闹着，小耳朵就没听到那辛酸的“咱日子这下可苦了。你放规矩点儿就算心疼妈啦！”

妈和爸吵嘴，甚而动手，村儿里谁没听惯了。爸爸半年不在家，回来当然得吵一阵嘴的。吵了嘴后，环哥照例应享有一次随了妈到新鲜地方的旅行。一向总是去姥姥家。姥姥家离村儿十来里。总是镇上秃王的牲口驮去的。姥姥家龛上供着小小铜菩萨。那圆胖胖的磬，只要轻轻一弹，就有铮铮的响声——但姥姥活着的时候不准弹呢。可是，去年姥姥跟菩萨走了。不然，今天那白头发老太太又该扶了九连环拐杖迎出来了。

环哥的爸由那大地方回来的第二天就和妈吵了。吵着吵着拍喳一声，一只粗碗向妈头上砸去。妈忙用臂搪开。妈的头发勒在爸的手里如一束胡麻，吧咭吧咭地批打起来。妈哭。环哥夹在中间跺着小脚鸭儿也哭。吓得卧在菽秧垛上的狗嗥嗥地叫了起来。还是村儿里的长工把爸搀了出去。妈就伏在土炕沿上，由喉咙里抽着委屈的气，间断地骂着“没良心的男人”。

到黑，爸回来了。拿着一张托人写就的红帖子，逼着妈画押。闹翻了一夜哪。天亮，环哥就被由熟睡中拖下炕来。一条褥套和一只柳条箱都系在秃王牲口的背上了。环哥记得快出房门时，爸挥着镰刀瞪着眼问他：“兔崽子，跟她还是跟我？”环哥往妈怀里一扑，登时一个尖尖硬硬的指头就由脑后扎来：“给我滚，连老带小的。打官司我不二乎！反正你他妈的画押了。滚，滚你臭娘家的蛋。”

路上秃王问：“三嫂，公母俩又怎么啦！三哥在京里的事不挺有油水吗？”妈咽着泪，任那稀松软软的驴背把身子揉得前俯后仰地，默默无言。直到出了村儿，秃王才勒住缰绳问：“老太太是过去了，咱们这回该奔那儿呢？”妈用干干的嘴唇说：“驮我到城里北门，投奔我妹妹家去罢。”

于是，过了张家庄的黍子地，环哥就看见了一座破旧的城门楼露在高粱穗上。“上城里去哩！”环哥乐得直颠着身子。那畜牲感到背上的担负起了变动，长长的耳朵即刻竖了起来。妈忙抱住环哥，咬着牙床说：“你个没心的烧猪！”

把带来的那份小行李安插在才腾出的一间厢房后，妈就开始呜咽着跟姨说了起来。姨口口声声地说：“离了倒好。可不能就这么离！”

这时，姨家表弟进来了。一个推了学士头，白嫩，腼腆，毫没有村野气的体面书生。两天来不息的呜咽声已把环哥的耳朵哭钝了。经过大人的引见后，环哥就跑去和体面的同伴亲昵起来。呶了呶嘴，趁那老姊妹密谈的时候，两个便溜了出来。

直到晚饭时分两个才转了来。四只泥污污的手伸给两个愁苦着的母亲看。环哥笑嘻嘻地还直夸护城河泥鳅的大，讥笑着表弟多么胆子小呢，姨父早把眼睛瞪得大大的，要打表弟。姨忙在那正颜厉色的男人臂上搪了一把，转过头来叫他们洗了手换好衣服再来吃。

天不早了呢。环哥的小肚里噜噜噜地都响了起来。他饿得恨不这时有一大柴锅冒蒸气的玉米给他啃。但姨家的锅勺是响在另一间叫作厨房的屋子里。摆在眼前的却是盘碗碟箸，整齐地排在罩了白布的方桌上。当大人们正谦让上下座的当儿，环哥已爽快地把自己那小身躯安置在桌子方便的一角。冷不防妈把他拖了下来，恶狠狠地瞪他两眼。“妈变样儿了。”环哥那么奇怪着。

姨父嘴唇上原来有黑压压的两撇，怪不得人家说城里吃衙门饭的老爷们都留胡子呢。环哥听姨父用极客气，极有礼貌的样子劝妈放心。说：“地方有的是。都是一家人。”对这和善的男人，妈仿佛倒要哭了出来。环哥顾不得这许多。只用小手握住了那红漆筷箸，把生硬硬地塞在妈喉咙间的米粒顺溜溜地滑进小肚囊里去。并不时地扯着小脖子，用筷箸遥遥地捕捉一片颜色别致的菜，直到和善的姨父把大大的一箸检进他碗里去。跟着妈狠狠地瞪了他一眼。

晚上，在给妈送来一件城里人穿的褂子的姨走了后，妈狠狠地指着环哥的鼻尖说：“给我丢人来啦！”

睡在一张木床上哩。姨家的什么都讲究——比姥姥家还强多了。环哥躺在那张木床上，幌着小脑袋，想着姨家堂屋条案上那玻璃盆景，花绿绿的。篦瓶里还插着大大荷叶的纸做莲花。他翻过身来问：“妈，妈，姨家八仙桌上答答响着的是什么呀？”焦急着的妈听到这琐碎的话自然会生气的。就推了他一掌：“小鬼，睡罢。烧猪！”

环哥受了妈的闷气，就用被角把头卷了起来。他算计着在这黑暗严密的角落里作梦一定不会遭妈的干预了。他就闭了眼想：姨家的门口还有三层台阶呢！台阶下成天过着车呀马呀的。那像家里：出门就黑压压一片绿庄稼，要不就一围死寂寂的坟堆子。姨家院里还养了肥肥的龙睛鱼哪！姨家房檐底下还有燕窝呢，老燕儿不时地咕咭咕咭地叮咛着小燕儿。还有呢，姨家表弟会唱学堂里的曲儿。表妹穿的是有花纹儿的皮鞋……

天一亮，妈就坐在床沿裹脚。还给环哥盖呢，这孩子正闭了眼睛温习着小脑袋里所贮藏的一些新鲜事物哪。经妈一盖，就索兴踢开被筒，坐了起来。

“睡罢，环哥！”妈低声说。

“妈，妈，姨家后院那棵枣树结的是长的还是圆的？比咱——”

“你管哪！可不准在这儿撒野。这不比咱家。这儿是城里。又是别人家。瞧，你昨儿把表弟胡带，惹祸哪！”

“去河边玩玩算啥？妈你平常还让我去窑坑里摸螃蟹呢！”

“要命鬼！这不比平常了。这是别人家！”

“不比平常”，“别人家”，环哥似乎听懂了而又不真懂。横竖，若在家里，这时鸡就该叫了。环哥躺不住。他要看那肥肥的龙睛鱼去。他要起来。

“给我睡下，小鬼。”

“干么，平常这时我不已经该去拾粪了吗？”

“又说平常。这是城里。人家还没起呢！你不能胡闹！”

环哥一定要爬起来。他睡不住了。那柔软的棉被生了刺，扎着他的粗皮肉。他的后脖颈没有练成和枕头磨擦的工夫。照例是一醒来就得爬起的，这那睡得下去。

但妈死命地捺住他，直到他答应起来不出房门。

系好了鞋带，可就不能不走在地上了。那里闲得住呢。环哥在房里揉着眼睛，转了转，对妈说：“妈，我要去撒尿。”这回妈真没法子拴住他。环哥把妈那无可奈何的眼色解释作应允了，哨地一声就把门推了开。等到妈跑向门边想嘱咐他什么时，孩子已牵了裤腰，奔向庭院中央那用细砖垫高起来的鱼缸去了。

上房里有了一声沉闷的咳嗽。环哥回过头来看，门是严严地为秦琼把守着，仅有的那块通亮的玻璃窗也还用花花的布遮了起来。看了这死闷劲儿，环哥吐了口吐沫，像是说：“懒骨头，起来罢。这儿多凉爽！”

又是一声带些痰涎的咳嗽，跟着是都市小孩才醒时的一声慵懒，娇依的咦咦。环哥不屑地扯开了裤带，对准一棵花——在他，那也是菜园子里的货——撒下尿来。

他还幽闲地仰了头，看看游动着的晨云会不会凑起一阵雨来呢，上房里却有了声音：

“这是谁呀！”

环哥的妈听到了，赶紧跃出房门把他扯回房来。

“丢人呵，这不是田里！”狠狠地。

环哥懊丧地低了头。真是倒霉，大清早晨的！

这霉气直到吃早粥时看到了表妹梳好的辫子才消掉。看到那缠了红绒头绳的圆滚滚的辫梢，环哥不知道该怎样逗逗这女孩才好。

吃过早粥，表弟挟了书包去念“人之初，狗咬猪”去了。环哥问妈“有啥活儿做呵”，意思是该背起柳筐来拾粪去呢，还是拿了镰刀去割草。可是，这是城里呢。城里的人是只念书的。连妈想找事做还没有头绪呢。就说：

“小兔子，你给我乖乖儿地在房里呆，就是做活儿了。”

这，环哥那儿成，一个爬惯了树钻惯了高粱地的孩子！一转眼，他就丢下纳鞋底子的妈，溜出房去了。

一出房门，就见到梳了鲜红红，圆滚滚辫子的表妹蹲下两条小腿，低着腰，在花丛里拾些什么。环哥赶紧跑了过去。看到那小手正检花丛影下的细碎小黑花籽，就也帮起手来。小姑娘告诉他是夜里风吹下来的茉莉籽。环哥不在意这些。种子他见到多了：红豆，茄子，芝蔴，什么都看见过。这算啥，不希罕。他不过是要陪陪小表妹就是了。果然不一会，表妹和他熟得环哥长环哥短地叫了起来。

环哥和谁一熟，就得先试试他。意思是：就得逗逗，看他到底急不急。他帮表妹拾完花籽，就说：该叫我掐两朵给我妈了！表妹摇起头来。环哥居心逗她么，就索性把顶大的一朵掐了下来。登时，小姑娘就忘掉了适才的友谊，哭了起来。呜咽着，嘟囔着“这是我们的家”“这是我们的家”地走进厢房来。揉着大辫梢，撅着小嘴，如一个诉冤者地说着“你们的环哥”怎样怎样地“缺德”。

妈听了多扎心哪。明知道这小官司不必再分她已碎的心了，而且，她那有心去戴那抢得已粉碎了的花！但为了讼诉者的身分，她只好用手拍拍甥女抽缩着的小肩膀，腾出另一只手来，再在亲生的肉上拧两下。

疼呵，环哥一向对付身体上折磨的办法是一阵巨大而无泪的嚎啕（也许他由村儿里驴子学来的）。当前，虽然是在“别人家”，这报复是无从节制的。

于是，午饭的时候，姨父好心的劝妈还是别打孩子。

没有了同伴，环哥后悔起来。悔不该招惹受不住逗的表妹。如今，她是监在房里，握了一管细毛刷子描起横竖的红道子来了。环哥用忏悔的心伏在窗口，守着那一个个红的字都为那刷子严严地涂黑了。她耿着辫子，一点儿也不回头。环哥腿都立酸了，就怅怅地走下阶来。

阶前正蠕动着一簇黑乌乌的蚂蚁。他即刻蹲了下来，用吐涎淹劫正在向同一方向前进着的蚂蚁。看那些纤细的小腿一着涎沫即失了动弹能力的可怜，他出神地笑。笑着笑着石阶上一阵橐橐的皮鞋声。他忙抬起了头，却是那一丝笑容也不带的姨父的脸。

“积点儿德！吐沫多脏呵！”

“吐沫那儿脏呵！”环哥是想：你那痰才脏呢。

“站起来罢！”姨父很少遇到敢和他顶嘴的人。他的妻子，他的儿女都是他的服从者。“今儿早晨谁在院里小便？”

“小便？我倒撒了泡尿。”环哥顽皮地笑。

“哼，拐过角去就是茅房。以后别再——”

听到了这责问的妈忙走了出来。先问问妹夫是去衙门么，然后供认这孩子的没规矩。才转过头来，狠狠地说：

“环哥，你——你给我立刻进房里去。”

环哥擦着鞋跟，不甘心地踱回房去。

“这下你可好了。姨父不让我打你,你就放手闹去了。鬼,我那辈子欠下你家的债,受你们老的小的欺负。叫我在娘家妹妹家也躲不安。要命呵,我一死你就好了——”环哥的妈数落着哭了起来。几日的委屈,由了她这孩子一时的不体贴,都勾引出来了。她坐在床沿上,呜呜地哭。

环哥乖了。他呆呆地倚着床沿,开始感到这次出游的悲哀。他意识着寂寞了。热恋了两天的城市生活,这时他小心坎懂得了“狭窄”“阴沉”是它的特质。妈以为他老实了呢,他却在想着家里那条体己的黄狗。他想着黄昏的高粱怎样一仰一俯地向他点首。豌豆地里爬了多少勇敢细脆的螳螂。他想着二秃子快积足了的一百单八将洋烟画片。他想起杜家的大棕驴要下小驴儿了。杜家的猫又快要生养了,还答应给环哥一只黑白花的呢。他想起这场雨秋瓜要完了。梁家园的枣快熟了罢,该约谁扛了小竹竿去偷呢。

想到枣,环哥凑近窗口,对着那由屋脊背后伸出来的枣出神。看到那挂满了红绿果实的树枝,使他下意识地感到家乡味来。一个由田间园野来的孩子看了那颜色,即刻就体会到身体该如何动作,才能攀到那果实最繁多处。

他已把一只脚迈出门槛去了,但看到妈愁苦的脸,又唤回适才那悲哀来。城市多寂寥呵,听不见一声牛鸣,听不见一句田歌。总是哇呀哇呀的人声。直等到好久好久,才有了一阵敲门声。

表弟下学了。这是他唯一的同伴,还不曾吵过架的。这书生的背影是太大的诱惑了。他发誓不再逗惹他。他好好地留着这同伴。

鬼鬼祟祟地,给他混出房门槛去了。

“干么玩儿呢?”这被老师监了一天的白白书生忘掉了昨天的事,趁爸不在家,就又贪起玩来。

于是,环哥问:“你会打镳铲吗,那圆滚滚,噜噜噜的玩艺儿?”“不会。”“你会撅甜棒儿吗?”“不知道说的是什么。”环哥一抬头,高起兴来了,两只粗手抓着表弟文弱的肩膀问:"你会爬树吗?"

"不会。"

"来。"环牵了表弟的袖头往后院走。"我爬给你看。"

表弟羞怯怯地倚在院门。这不是他常来的地方。

"你呆在底下。我去打,你检。"环哥盘了双臂熟练地嘱咐。

"不,不。我爸爸不准动这树。他留八月节雇人打下来,送衙门上司的礼。"书生记起年年张老爷一口袋,赵老爷一蒲包地送。留在家里的只有两饽饽盒子,而且是较小的。

"干么雇人打呢,真是饭桶!来罢。瞧——"环哥吹了口拳头,便把一只脚蹬定那枣树的一块疤痕,双手一抱,就离开地皮了。吓得立在地面上的同伴直嚷留神。

"算什么!这白玩儿!"说着,环哥敏捷地掉换了三脚两脚,小小身子已隐在果实累累的树枝上去了。随着,运用了小身躯所有的气力在那树枝上蹦跳,立时树叶如暴雨似地刷刷地摩擦了起来。长圆的枣,满红的,半红的,甚而青青的,都如雹似地必剥必剥地坠到墙根下,坠到熟菊花茎下,坠到表弟脖子上了。立时,羞怯的孩子也为这阵枣雨兴奋起来,乐着屈下了腰,选红的向腰间揽。

树杈上的环哥也忙爬了下来,用更敏捷的眼光选拾地上的果实。

环哥一壁脆脆地嚼着,一壁骄傲地说:

"这,这算什么!我们家里的树比这两棵还壮。结的圆枣有这么大——"说着环哥用两个手指圈成一个大大的圆环。

"你爸让你上树吗?"表弟关切环哥在家中的自由。

"我爸有半年多不在家了,"环哥夸耀地说。"我爸在北平有了阔事情。北平是顶大顶大的地方。比这儿还阔多了。北平有一千个一万个车。什么都有——"忽然,环哥记起昨晚妈嘱咐过的话来。

"别瞎吹,你没有爸爸的。"

“你敢说！你才没有呢！”

“别急，我昨儿晚上听我妈和我爸说——”

“说什么？”

“说你爸不要你们了！”

“放屁！”环哥挽起袖子来了！

“还说，说你爸是个该死的东西。丢下了大姨，在北平娶了一个顶坏顶坏的女人。”

“你瞎说我揍你！”环哥一把就抓着表弟的领子。拍地一声，环哥的手掌落在那细嫩的肉上，随着是表弟的哭声。

环哥丢下表弟扯开线绽的领口，丢下那些“臭”枣，狼狈地走出院门。撞了慌忙奔来的姨母个满怀，就一直逃回厢房去。

看了环哥身上的泥渍，妈着急起来了。

“又做什么孽了，小鬼！”

“妈，”环哥噙着热热的泪扑到妈怀里去。“爸是不要咱们了吗？”

环哥委屈地学说了一遍刚才的事，问：“妈，妈，顶坏顶坏的女人是谁？是不是偷咱鸡的张大妈，还是赵家那不讲理的丫头？”

妈只托着腮，由窗口看着飘在暮色里的炊烟，茫然地摇头。

晚上，姨到房里和妈说呀说呀说到半夜。环哥是蜷在床里酣睡了。朦胧中，他只听姨说了许多声：“姐姐，只怨我拿不了你妹夫的主。”

到环哥醒来，那只柳条箱又已捆好立在门口了。姨父微笑地走进来。摸着下颏，用极温善有礼貌的样子说：“地方有的是。都是自家人。干么这么仓促？”

环哥用赞同的眼色瞅着妈。但妈用勉强的微笑对这温善的人摇头。

九月二日，海甸。

（原载1934年11月10日《水星》第1卷第2期）

参　商

一

适才马路旁一家广货铺里起了阵小骚动。虽然不大,却也招惹得一些路人围聚起来,伸长脖子,看一个穿翻领西装的青年用拳头响亮地捶着柜台,向着也不服气的老板咆哮着。正在闹得不可开交时,人丛中挤进来一位秀雅的少女,留着长长的双辫,臂上挂着一只绣花书包。当她用惊愕的眼睛辨认出那声音的主人之后,就脱口叫了声:"萍!"

青年激昂的情绪为这熟悉的声音扼着了。他即刻侧过头来,睁大了眼,愣愣地在人丛中搜寻。

"萍!"这时少女侧身走进铺里。她带着抱歉的神情望了老板一眼,然后扶着青年的肩头,一面由书包里掏出钱袋来问:"是为了钱吗?我这里有。"

突然,青年意识到铺伙对自己当前缄默的嘲笑了。他一手把垂在额角的头发向上拢了拢,接着伸出硬硬的指头向那胖伙计说:"——你混账!看你下回敢!"就跄踉地冲出店铺。

少女羞惭地低声向老板赔了不是,才垂着头,在多少只好奇眼睛的逼视下,顺着青年挤开的缝子跟了出来。又在众人疑惑及羡慕的目送下,向街的一端走了去。

"娴贞,真对不起你!"走出不远,青年偏过身子,用疲惫的声音说。这时他才恢复了固有的理性。仿佛已经明白适才不该那样,他伸手温柔地去提少女的书包。

“不是对不起我,萍,是你太作践你自己啦。凭你这艺术学校的身分,你该和这样人争吵吗? 你不能爱——”少女斜睨着他,试着步想说了下去。

“我没有你们信教人那么多忍耐,打了左脸还给右脸!我受不住。”男人又勾起了愤怒的回忆,仿佛觉得有人在后面讥笑似的,他陡然回过身来,向着车尘的某方向凶凶地咬了咬唇。

“萍,你说对了,你没有那份忍耐,但是你可以有呢。我明白你的性子,我相信只有神能救你——”

“喂,娴贞,我不去你家了。”青年忽然停下了步。“你先向我攀起道来了。我真怕你那姑姑,那么——”

“怎么——”

这时巷口突然冲出一辆绿色汽车。青年即刻用手握住少女的胳膊,另一只护着她的肩头,直到那蠢物怪啸着驰了过去。他俩吃惊地望着汽车尾巴飞起的尘埃,像是担心它会倒退了回来。少女仰起椭圆的脸,瞅着青年绉综的眉峰玲珑地说:

“看,你不送我回家成吗?”

青年会意地笑了。即刻,得意的神色在少女脸上现了出来。

对于她的萍,她又有了把握。她和她家人一样不同意萍那种马虎劲儿:马虎的服装,马虎的举止,但她比家里人对他多了一份希望。为什么偏爱上了这么一个马虎人,她自己也不明白。牧师的儿子李天民不是把一笔极清楚的账算给她听了吗:他体面,他信主,他是个牧师的好儿子——差一年就是医学博士。可是这账目竟不能像萍的黑黑眸子那样打动她的心。为着这事,她也算吃不少苦了。李天民常当着许多教友用最鄙夷的口气说:“昨天我又碰见你那好朋友了。大热天也不戴帽子,真本事!”娴贞只勉强笑一下,低着头走开了。为着这事,本来在教会里和她姑姑还算是一派的李牧师,竟有多半年不登她家门。起初,她姑姑答应李牧师说总可以挽回的。一向什么都肯听话的娴贞，在这事上竟和她姑姑执拗了一年多。她成天用最乐观的神色劝她姑姑："这是一只迷了路的羊，我们得救他。"对自己，她时刻握起白嫩小拳头，坚信着世界上没有东西能抗拒爱——这什么也能融化的力量。

"萍，你猜我这口袋里的纸包是什么？"娴贞是用碎小的步子走在青年稍后些，带点喘息地问。

"是——"青年好像忽然有了什么预感，就鄙夷地说："又是复兴圣诗！"

"不对啦！"娴贞得意着青年猜错了。

"呕，"青年有些失悔，伸出手来想摸摸看。

"告诉你吧，这是我才找来的十字花样。我再给你绣一对枕套，好不好？英国式的十字花，多美！"

"英国式的？你哪儿找来的？"青年亮起了好奇的眼睛问。

"怀教士送给我的。"

呵，又是怀教士。那位热心传道的女人曾怎样折腾过这个青年呵！整整一个下午把他关在一间华丽的客厅里，一下祈祷，说他是"罪人"，一下唱诗，把这马虎惯了的人逼得快疯了。用极勉强的礼貌告辞出去后，他狠狠地诃责带他去"玩玩"的娴贞，他死也不肯再见那个用虚伪笑容骗人"归主"的洋女人了。

"不用你绣了，我不要！"忘却了适才一瞬的温存，青年又赌起气来了。

红楼的角墙已拐过了，竹竿巷那乌漆大门已经遥遥在望。青年的脸色显得很局促，下面拖着的是迟疑的脚步。

两条修长的影子挨近大门的台阶时，娴贞把他拉到墙角。

"瞧，你的头发成乱草了。快拢齐一点！"少女贤淑地为他扣好衬衫的钮扣，又把一块白白的手绢塞进他口袋里。"使那么大气力说话干么？快，擦擦你的嘴角，萍！"

这叫萍的青年又用指头狼狈地在蓬乱的头发间穿梭着，然后用手绢在嘴角揉了揉。

“可以了吧?”那声调是勉强的,像是违已地替旁人做了一件事。

“记住,”娴贞低声央求着。“姑姑劝你是为你好,别过分抬杠!你不信,我可信。老人家的好心是伤不得的。”

“贞!”青年唤住已登上台阶的少女,皱着眉,央求着,“我们到别处去吧,进去简直是折磨我!”

少女向他温柔地招招手,他终于跟着她走上了石阶。

二

走进了客厅的青年萍,心中起了一种异样的感觉。这家人对他的热心他未尝不感激。他们曾两次为他开祈祷会,连四岁的小苹儿都跪了下来。当苍老的姑姑用颤抖的声音,低声对她幻想中的神像煞有介事地求着“神感动若萍的心,使他信主”的时候,他偶尔也曾惭愧地想:即使为了她的虔诚,也真不该再固执下去了。但是这种感觉多半是出于对老人的一种怜惜。及至他走出这充满了悠扬颂歌声的周家,呼吸到广大世界的空气时,那阵怜惜的感觉又消失了,代替的反而是一个受骗者的愤恨。

他甚至后悔第一次叩这乌漆大门的那回事了。都赖娴贞,她求着:“我们的事都成,可就莫偷偷摸摸。别人可以不告诉,姑姑我可不能瞒。”终于,在那可诅咒的下午,他把个脑瓜伸到面盆里,用条毛巾狠命地搓。又向同学借了一件绸大褂,那么演剧似地走到竹竿巷。她担保姑姑虽信教,却不至像他所猜测的那样“教迷”。但进了大门,看见白影壁上那用粗壮颜字写的“以色列人十条诫命”,就已感到另一世界的凛然了。

第二天,娴贞骄傲地问他哪儿来的那套礼貌。腼腆稳重原都不是难事,难在忍了下去呵。萍那天是咬紧了下唇,憋着无声的哑笑;话语只用来应答,把眼角伏贴地低垂着,并在吃点心时故意剩下半碗。这几乎是他现学来的。仅这几手就把那苍老的姑姑哄得夸起他来了。娴贞还羞答答地告诉姑姑曾发现他俩的上唇都有一颗黑痣,而且是同一位置。(这是神的安排,姑姑说。)从那以后,姑姑对于李牧师的大少不再夸奖了。她开始在这粗莽的身影上织起侄婿的好梦来。

谁能懂得青年萍在这客厅里的感受呢?还不好吗:软胖胖的沙发,背后伸着晚香玉柔媚细长的臂肢。齐着膝头各摆着那么一只精雕细刻的茶几。矮案上堆着那么多《圣教旬刊》、《福幼报》和一叠五线琴谱。但一个来处不详的怪感觉总使他担心那软软的沙发将整个地把他陷了下去。当姑姑讲说壁上的《耶稣救羊图》时,娴贞得意地说,"萍画得比这还好呢!"老妇人的花眼即刻出现一道异彩。她是想将来可以把他举荐到布道部的编辑组里去呢。

这时,一个绵软龙钟的声音由里院送出来了。

"怎么把人家贵客丢在外面呵!"

隔着窗幔,青年看到了一张永远挂着慈祥笑容的脸。

青年即刻局促地立起身来,迎到门边。机灵的娴贞早已把小沙发椅上卧着的一只花白猫赶开了,并且将只织了埃及楔形文的靠枕放在椅背。妇人微笑着坐了下来,两只充满慈祥的昏花眼睛温存地瞅着侄女,又把那眼光移向沙发上的来客身上。在这两条影子中间,她仿佛看到了什么幻象,欣悦地摇着头。她的头发已大半斑白了。

"姑姑,您瞅什么?"娴贞娇嗔地问。

"若萍,"老妇人凑近些身子问:"你知道你有一颗黑痣吗?"她以为这巧合的发现仍是个隐秘呢。

青年带点害羞地笑着。他忙站起来,想给老妇人倒茶。

"别这样,你是客人!"老妇人像是担当不起,可还是看着他拿起那精致洋磁壶。"明天你来吧,明天有特别礼拜。许多人都惦着看看你——”这是带着点挑逗和骄傲说的。

“我不……”已经是在窘着的青年，这时满脸竟红涨起来，忘记了一切礼貌地拒绝了。

娴贞即刻就插嘴道：“去一趟吧，萍，你不也该陪陪我吗？”这口气完全是对孩子的，像他们那次去天台山，走在前面的娴贞，张着双臂招呼他“赶上我呵”一样。

“什么，姑娘！去拜上帝嘛，怎么说是陪你！”老妇人其实是胜利地说着这片呵责。

对于那如卧在沸汤里的青年，她们之间的争辩就像两个屠夫在争吵着谁宰得好一样。他用怨恨的眼色看娴贞，并且不等晚饭，就非拗着脖子走不可。

“你又逼我去哪儿！”青年用勉强的笑脸挡回原想送出的姑姑，就噘起嘴来，如一个受委屈的孩子那样向娴贞嘟囔着。

“萍，为了爱，你听我一回话吧！”

青年把手撑在袋里，垂着颓丧的头，极不甘心地踱下了石阶，向着另一方面走去。

娴贞倚着门槛，目送这爱生气的人，像是有些怜惜，有些后悔。一个暗淡的影子投向她心中：“我们是道不同志不合的。”即刻她使劲摇摇头，就把这不祥的念头赶掉了。

“只要有爱，什么都能够办到！”

望着那影子消失了后，她轻轻地阖上门，把双手搭在胸前。随着，是一声充满乐观的叹息。

三

对于一个曾经读过《创世记》而且相信那些奇迹的人，礼拜日的清早是一个神秘的时刻。做完浩大工程的上帝，这天盘起双臂，脸上焕发着得意的光彩。地窖里有多少人仍在做着苦工是不必问的，教区附近的人家却充满了闲散和慵懒。这是安息日么，孩子们就不必再赶着上学。他们很可以闲适地在床上多困一忽儿。然后穿上新衣裳，等着牵大人的手“听风琴”去了。早餐的桌上，妈妈常喜欢在花瓶里添点鲜花。筷子拿起不久，教堂塔顶上的铜钟翻起筋斗响了。这离正式礼拜还有一个钟头光景。

教徒们的衣角在礼拜堂的进口窸窣地摩擦着。熟人偏偏在这么肃穆的地方遇到了。于是，用了低微的，但总合起来却是极高的声音，小姐少奶奶们互相探问起家常来。

参加谈话的还有一位苍老而总是微笑着的妇人。她那只戴了金镯子的左臂由一个梳了双辫的少女搀着，右侧是一个低了头的青年。他的神情颇不自然，好像在赴一场葬仪。

“周太太，您早呵！”一个胁下挟着两本红书的中年妇人用羡慕的口气招呼着。“这是您的小姐吧？”

“唳，我内侄女！”周老太太忙转过身给介绍，“娴贞，这是桥北福音堂的方太太。”

娴贞笑着鞠了半个躬。

“这位是您的——”那妇人像是故意沉吟着。

“这是骆先生，娴贞的——朋友。”

姑姑和娴贞都等着他回头来招呼一下，但青年的头垂得更低了，好像怕给谁看见似的。

“呕，我听说过的——”那妇人会意地一笑，就随着会众进堂里去了。

随了第二次的钟声，牧师穿了庄严的黑袍，和另外两个人走进来了。他毫不客气地踱到台的中央，把自己那肥硕身子安放在那张宽大的扶手椅上，端正地坐了下来。在他上端是一块写了白字的黑色木板，上面标着本日应读诵的经文诗篇。

早晨的阳光渗透了教堂的红绿玻璃，把五彩的光条洒在会众的脸上。教堂这时静谧得像是等待着神的降临，只有孩子因为对着彩色玻璃发生过浓的兴趣，偶尔大声喊叫出来。即刻就有着一只母亲的手掌堵在那不服气的小嘴上了，于是听到几声哽咽。

这时，牧师的眼睛仍然阖着，手是安放在前额。他在默祷哪，仿佛请示神他今天该说些什么。于是，他的手纡缓地落下来了。他用怔忡的眼神看着台下，像西奈山传诫命的摩西。他极庄重地站了起来。琴声响了，会众如山洪似地呼啦站立起来。

“《哥林多前书》第十三章！”担任读经的张执事用尖嗓子宣布了，于是，几百本《圣经》像萧瑟的秋风扫落叶似地翻了起来。

“萍！”娴贞用打开了的那本红书的硬皮碰碰青年的手背。她得意极了，把书摊在他的膝头上，随着嘴里低声背诵起来，表明她对这段经文多么推崇。

> 你若能说万国的方言，并天使的话语，若没有爱，就如鸣的锣，响的钹一般。……

台上的人已经念了下去。青年起初是在用痛苦的脸拒绝着，及至为另一个不大刺眼的熟悉字眼吸住后，就也凑近过来了，一直听到台上那人最后念的这句：

> 如今常存的，有信，有望，有爱，这其中最大的，就是爱……

“就是爱……”两个相视而笑了。娴贞高兴得拱起手来。她是充满了对神的和对萍的爱了。

复活节快到了，牧师今天讲的是耶稣钉十字架后，门徒们四散的情况。讲完道，便该报告了。

报告的人身材极矮，嗓音清脆，头发闪亮，是教堂里一个近于丑角的人物。说完“本礼拜二”以后，他照例得响亮地咳嗽一声。于是，像流行症似的，许多淘气的孩子们也都在下面学起他了。他已习以为常，也不甚理会，就毫不在乎地报告下去。其实，这是教堂死板的日程，礼拜二晚上举行家庭祈祷会，谁都知道。礼拜三妇女布道团集合，谁也不曾忘记过。但为了一个完整的秩序，或者说为了让牧师喘息一下，他就这样一直报告了十几年。

“再一个礼拜，”他突然扬起了嗓子。“就是复活节，本堂施行洗礼。教友里有新添小孩的或新结婚的，都希望早些记名。”

虽然青年萍始终不曾注意台上演的是些什么把戏，他旁边的却留心了。听到后半报告，他们即刻感到关切了。

牧师肥硕的身子移动了。他走近台前，像是要特别唤起会众的注意，用极郑重的语调说：“若是本堂教友都和外教人结了婚，背了主，我们的教会还不就散了吗？如果打算谋一门好亲事，在教会里不是也很可以物色得到吗？我们特别希望本堂教友能够以身作则……”

一阵风琴声，安坐了一小时的会众重新站立起来。太阳已经由中天向西斜下去了，饥饿使大家失掉了进堂时的从容。人丛中时有野鹿般的小孩冲来冲去。牧师已由后台绕到堂门送教友们了。为了留下最后的印象，没有牧师肯放过。他们那丰满的脸上拥着极和蔼的笑容。看见老年人必拱拱手，如果遇到小孩子就摸摸那小脑瓜。

“这就是您未来的侄女婿吧？”娴贞扶了她姑姑刚走下教堂的台阶，牧师就指着青年萍，猛然地问了。他竟忘形地拍起肥胖的臀部，嘿嘿地笑着，不知该说些什么好了。

“这是李牧师！”老太太赶忙为他们介绍。青年淡漠地点点头，眼睛却盯着教堂的大门。

“这位是什么公会的？”李牧师龇开有着一颗闪亮金牙的嘴，故意这么问，并且偏过头来朝娴贞望望。

“他还没有入教呢，牧师。”娴贞羞答答地回答。

“还没入教？”牧师扬声地说给由他身旁走过的会众听，做出极为惊慌的样子。“好了，今年复活节受洗的里头有了一位新郎。前年不就——”

青年萍这时实在耐不下了。他搀着周老太太就抢着往外走。

老迈的身躯是禁不住这样推的,她不甘心地迈着纡缓的步子,可还争着回过头来应酬似地向牧师招呼着:“等下我叫娴贞过来替他记名。”

四

春在每个有着隐秘情感的年轻人窗前招手了。它用柳枝轻鞭着他们脆嫩的心,用柳絮抚摸着他们柔和的头发。郊野音响和色调都配置得那么适当,惟该补添的缺陷是一对可以把臂膀如套环那么缠得紧紧的人。但这时,青年萍却有五六天没有来看他的娴贞了。

“他的信怎样说呢!”姑姑苦皱着眉走进房来,把手搭在侄女的肩头上,关切地问。

娴贞闷在房里已经哭过很久了。一个好女孩的眼泪是不轻易给别人看到的。虽然是憔悴的,她每天还是把一团微笑的脸摆给她姑姑。从她娘死后,十多年来,这位膝下无儿女的姑姑曾极体贴地抚养她。姑侄在一起除了温存亲密几乎就没有过一点点隔膜。在平时,她什么都和姑姑开诚布公的。她没有过什么隐秘,因此她才逼着萍来家里见姑姑。如今,她却有了一件不能告诉她姑姑的事了。这是一件痛苦的事。她现在已闷在一座黑暗无底的深洞里。

“萍的信怎么说?他还是不肯,是不是?”

这探问使闷郁着的姑娘索性呜咽起来了。

老太太仰起头来,感伤地盯视壁上悬着的那张风采奕奕的照像:那是她仅有的一个弟弟,那么不幸地早早死了,由医学校毕业出来刚刚一年半!她低下头去,用昏花的眼凝视着娴贞,那虽是一张泪痕斑斑的脸,却是和那像片里的人一样地椭圆,有着笔直的鼻梁和一对属于好心肠人的柔和的眼睛。周老太太摇着头,自己也有些辛酸感觉了。

“姑娘,告诉我,他怎么说呀!”老太太想伸手拿过娴贞手里的信。其实这是很平常的事。他寄给娴贞的信姑姑常看的,而且还常为他那些巧妙的话逗得发笑。但这回娴贞却匆忙地把它掖到袋里去了。

“姑,您别看。他不肯。他说,什么都成,就不能入教!呕——姑姑!”忽然,一个顶不好哭的好孩子却倒在姑姑的怀里嘤嘤地哭泣起来了。

周老太太这时可也有些生气了。她想,一个爱娴贞爱到这地步的人,在这事上为什么却不由她!为了这粗质的青年,不但娴贞,连她自己也挨了许多揶揄。李天民到处去说娴贞的坏话,甚至说了许多不堪入耳的。教友们近来都不常来看她了。在教会里,她的资望比谁也不浅。庚子年砍二毛子时,如果她慢跑了一步,早就没命了。现在竟受牧师这样欺侮!上礼拜的报告简直就是冲她说的。离复活节还有三四天了。如果这年轻人再不领洗,她在教会里的地位就必定动摇。周老太太愈想愈不是滋味。

“姑娘,你听着!”老妇人翕动着不甚丰润的嘴唇!一个平素总笑着的人严厉起来也只有那样。“他若是现在不肯凑合你一些,将来你们一辈子能好下去吗?”

娴贞听到这话打了一个寒噤。她感到了威胁。抗御是必须的了,就急忙回答说:“不,姑,他说什么都成,就不能屈着心受洗礼!他从小就没信过。他不能骗自己——”

“别说了,这孩子真是胡扯!”周老太太愠怒地站了起来。她的脸色很不好看。“姑娘,若是这样,我不赞成你们俩好下去了。当初我就看透了不成,你们不投合。你偏那么样,不投合吗!”老妇人把那按语残酷地重复了一遍,就走出房外去了。

不用再重复了。这沉重的绝望的判词已像块巨石把娴贞压得翻不过身来了。用平铺在桌上的手背垫着下巴，她茫然地寻思起这惊心动魄的话来了。

幸而信不曾给姑姑看见。不堪想呵，就是藏在衣袋里，她已觉得是一宗罪恶了。她一把抓出它来，一封有着粗壮笔迹的信。她想把它撕掉。仿佛想试试自己的勇气，她把这信重新打开。"我们逃吧！"这野蛮的要求像一条红红烙铁似地烫着她的心。"就跟他逃吧！"一个小声音一次次地不知由哪里向她袭来。一刹那，她像麻痹了似地不知所措。但即刻就有一声怒吼，随着跳下一个审判官来，指着她骂着："没羞耻的人！你念的那些好书呢？你的好姑姑呢？"

"呕，姑姑——"她翻身倒在床上了。姑姑的影子又折磨起她来了。这影子本来不很大，现在它却用《圣经》武装起来；还有家教，它成为一股庞大无比的力量了。她记起自己原是个举止端庄的姑娘，从来没做过越轨的事。她能孤身同一个男人挟了小包袱在车站上溜来溜去，像那些登在新闻纸社会栏的下流人？

不呵，娴贞摇头了。她为着自己终于是个好女孩而高兴了。但一个庞大刚强的黑影又撞进来了。他有着黑亮的眼珠，整齐的牙齿，和一条倔强不阿的灵魂。还有呢，他唇上，和她同一位置，那颗黑痣！她想起这个来了，像一个飘荡在大海中的破船看见了一座岛屿，她本能地想抓住，但这神秘的标志这时却活动了。奇怪！它不再逗留在固有的位置了。它摇摆，它晃荡，像一颗失了轨道的星球。

娴贞直勾勾地盯着它。她想用全力管住它，那样她也可以握到一些什么。但凭她怎样盯住，那黑痣摇摆，晃荡，再也稳不住了。

五

迎了早晨的阳光，礼拜堂塔顶的钟又翻摆着腰身，撞出清脆的响声了。

往常,教徒们非等第二遍钟声才挟了圣诗成群走来,今天,第一遍打过以后,礼拜堂门口就挤满了会众。小孩子们都穿上最鲜艳的衣裳,在他们,这是每年春天的复活节。他们牵了大人的衣襟,嚷着跳着。教堂台阶上布满了粉色白色的夹竹桃、红绣球和绿芭蕉。花朵上都闪着晶晶的水珠。堂口用松枝扎着牌楼,写着"复活节施洗圣礼"。这自然是淑贤女校手工班的成绩了。

这是一个快乐的日子,谁也不吝惜力气。外国女人在单薄的新装上还插着一朵玫瑰。怀教士如一只小鸟似地在人丛中跑来跑去,拍拍这个教友的肩,摸摸那个孩子的脸蛋。她不时地注意近台处的一排人。今天那里有两个年轻人是她苦口劝服了的。

当周老太太走进来时,她像接一位大员似地屈下腰去。她有许多该说的。她想问问娴贞那十字花做得怎样。她更想说的,是她今天要请他们这对情人吃晚饭,贺贺老太太侄女婿的入教。

"周太太,他们随后就来吧?"

这是个快乐的日子,周老太太又是个爱笑的人,但是今天她佝偻着腰,忧郁已在她脸上刻满了衰老的线条。昏花的眼睛直愣愣地,像是茫然地追求着什么。

她摇了摇头,沿着墙,把老迈的身子安置到一个极幽暗的角落里。怀教士睁着惊愕的眼,默默地扶了她坐下。

娴贞不会来了,她已经病倒在床上。前天晚上她把周老太太吓坏了。一个尖锐的声音突然由她房里钻出来。老妇人赶忙去看:她披散着头发坐了起来。她睁大了眼,抓着自己的胸,像看到了什么幻象似地狂笑起来。她笑呵,笑得气都喘不过来了。忽然她无力地趴下了,鼻尖顶在枕头上。接着又嚎啕大哭起来,把老妇人闹得呆了。医生请了好几个,谁也说不出病状来。

"现在呢?"怀教士关切地问。

"唉,她算是睡下了!"老妇人深深地叹了一口气。这时候,堂里已经安静下来。端坐在台中央的李牧师正紧阖着双眼，把手放在额上，请示着神他今天该讲些什么了。今天周老太太也顾不得这些了。她放低了声音："她不吃东西，也不说话。她要——要撕《圣经》，《哥林多前书》的一章！"

"呵，为什么？"怀教士有些不相信，娴贞，那样一个笃信上帝的好孩子！

"她说她不信'爱'的力量了。她说——爱没有用处！"老太太是用《圣经》挡着脸，带着罪囚的颤栗说的。

"傻姑娘！"怀教士撇着嘴，面上露出耻笑的神气。

牧师的手由额角落到椅把上了，眼睛也怔忡地睁了开，那么纡缓，那么迟疑，像是他和神的往来还没有完，他还眷恋着天界，只为了地上的罪民他才返转人间。一张微笑的脸，随了幽扬的风琴声，向着台口凑近了。他低下头，计算一下前排那些准备受洗人虔诚的脸。哦，比记名的少了一个：而且是那个！他微笑地抬起头来，似乎感到些预期的惊讶。

一九三五年五月，北平

（原载1935年12月26日《文学季刊》第3卷第4期）

叔 文

小还的悲哀

小还在一阵杂乱的语声中走出了教室，满心里蕴着说不出的难过，转了弯，仍然觉得有二十双令人难堪的眼光钉在脊背上，热辣辣的，老扯不断。心里越急，脚下就越走不快，汗水直打头发窠里往脖子里流，本来瘦削不健康的脸，到此也愈见苍白了。

你说小还准是犯了过，给老师罚站一点钟；做学生的，左不过是这些事：书背不出了，打了人了，骂了人了，然后又挨了老师的骂——哈，你这么想，你错了，全不是，全不是。

然而究竟为什么呢？小还今天有些异样。别的不说，走路丧魂失魄的总很明显。你瞧，走出校门，已撞过两次洋车了。第三次撞在一架卖鲜枣的担子上，把篮子里肥肥的一些大红枣滚了满地，害得那个卖枣子的一面歪下身子捉捕灰土里的枣子，一面就睁起一对大眼向小还叱骂：

"小砍头的，瞎了眼啦？干吗走路不瞧着走！赶杀也——"

小还撞泼了枣子，心里慌，本想为那人捡了起来，不想被那人一骂，就骂糊涂了。心里又羞又急，拔起腿就跑，在人丛中跑了一阵，书包在背后把大腿打得生疼。跑着跑着，耳朵里听得轰隆隆仿佛响雷声音，已到巷口大街上了。他站住，心里通通的跳，脸上火一样烧着。一列电车在他面前开了过去，司机人把铃子踏得叮叮叮乱响。大街上有数不尽的车子，数不尽的人。马路两旁摆了无数摊子，卖水果的，卖鸡毛掸帚的，卖花的，卖瓷器的，卖橙黄色柿子同花生的。馒头铺小伙计把热腾腾的蒸笼盖一掀，就拉长了嗓子喊："噢……，现出笼的热包子啦，三大枚一个！"于是就有一个夹着空车子慢慢走来的车夫被这声音吸引了去，放下车子，从腰间板带里掏出六个大子，换来两个热热的包子。一边吃，一边又夹着空车子走了。

小还脑子昏昏的，望着街上人来人往，热热闹闹。汽车走过去，扬起了一阵尘土。他定一定神，举起袖子揩一揩额上的汗水，他想：

"敢情是在做梦？"

可是立刻就知道不是做梦；他倒希望当真在做梦。唉，这么多的人，这么坏的天气，闷热，不下雨！

他耸一耸肩，把行将滑落下来的书包带子位置在原位上，于是越过马路，向对街一个小胡同走去。

胡同尽头倒数第三家，有两扇久经风雨、颜色剥落的朱漆大门的，是小还的家。望到那个大门，仍然仿佛带得有点害羞神气，小还踌躇了。他怕进那扇门。就从今天起，他说不分明的对那个门有多少憎恶。只觉得有满肚子的怨忿，却不晓得该埋怨谁。

是的，说是从今天起，一点也不错，而且就是从末一堂课起。上末一堂历史课，吴大头吴老师把鸦片战争的正史讲完以后，照例的把手中最后一小段粉笔向痰盂里投去（他投粉笔同吐痰有同样准确，全不作兴在五尺以内）。大家挺直了腰干，把书合上，准备来听听大头老师的牢骚了。吴大头最爱发牢骚，发起牢骚来总是把那个呆头呆脑的大脑壳左右乱摆，兴奋到极点时，会突然把头停住，瞪着一双带有红丝的小眼睛，呆望着前面，就仿佛他那个不可知的仇敌，就在他眼前似的。这么样约有半分钟，然后又才像猛然有所省悟的样子，无可奈何的把头摇摇，结束了自己的宏论，说：

"总而言之，中国是没有办法的，最要紧的是强国强种，而强国强种的根本方法不能靠政府，要先能各善其身，靠自己！"

这一套话，正同总理遗嘱一样，在每个班上学生的脑子里记得烂熟，也正因为烂熟，就不再有意义。但他们对大头老师的兴味却从不因此稍减，那又为的是他那个头，正同庙会时卖的大头和尚的假头一样：一样大，一样呆气，一样傻得可爱。小孩子对假头总是爱好的。

在平时，吴老师在讲台上发着牢骚时，底下总有学生互相咬耳朵(互相低声)，窃笑。也总有个把好事学生，善意的为他在自己本子上留下一个体面的肖像：扁的脸，大的脑壳，眼睛是两湾细线。下课铃一摇，老师的脚刚一跨出课堂门，大家就一条声唱起来：

"大头先生，独善其身，吃着面条，想着馄饨。"

可是今天不同了，我说不同，是单指学生方面而言。至于那个先生，仍然同平时一个样子，仍然是牢骚，仍然是摆头，结束仍然用的是"总而言之"，然后"强国强种"，然后"各善其身"完事。但是下了课后，大家用眼睛把那颗大头送出课室门以后，大家喉咙皆好像有什么东西呃着，那个编排的歌也无人唱了。

他们沉默在那儿，不像往常先生一出门，大家都乱嚷嚷的理书包，同猴子开了锁似的往外跑。今天他们不，他们心里像有个铅块弹压的动不得。王纯亮平常最善淘气的，今天也异样。他只用铅笔在本子上画着"鸦片亡国"，"鸦片鬼"，"亡国奴"。他又全是机械的那末写，像中了魔术似的。李文辉先气闷不过，回头向王纯亮作鬼脸，照例王纯亮会回报他一个的。今天李文辉一个鬼脸没作完，看见王纯亮那严重样子，他把半个鬼脸又收回去了。

小孩子们到底不会在闷空气里活下去的，渐渐的班上起了不安，起了骚动。最初是在低语，后来终于有人叫了：

"我们听吴老师的话，我们要打倒一切鸦片鬼！"

周连第竟爬上老师的椅子，在黑板上写了五个大字："打倒鸦片鬼！"

于是大家喊："打倒鸦片鬼！"声音闹起来了，大家理书，理笔，寻橡皮,找本子,台板咥啊咥啊的乱响。

魏金宝说:“我爷爷就抽大烟,可是他管得我好凶,没法儿劝他戒。”

“我有法子!我有法子!”刘家荣这么说着,夹了书包,就镶到魏金宝的座位上去了。魏金宝是他表姐。

这其间,小还把书包理好,挂到肩膀上。他白着个脸,走到刘家荣的空位上坐下来。他牵一牵同刘家荣同座的那个大学生的衣袖,怯生生的问:

“赵民德,我问你一句话。”他脸红了。

赵民德把一管亮亮的白铜铅笔插到自己胸襟前口袋上,问:“什么事?”

“我说,假如一个人生了病,生了病才抽上大烟,那算不算卖国贼?”

赵民德为这一问问住了,不知如何作答,这人是向不苟言的,是班里的老大哥。

“自然是卖国贼啦!”正在同魏金宝讨论如何摆布她烟鬼爷爷的刘家荣,听到小还的话就掉转身来插上嘴,“一切的烟鬼都是卖国贼!是害群之马!是禽兽!病?病不会找大夫治吗?抽上瘾,就得戒,不戒就是卖国贼!”

一口气把话说完,看看小还脸上神气,刘家荣知道自己说错了话,把红红的小舌头一伸,扮个鬼脸,又缩到魏金宝座位上去了。

刘家荣一段理直气壮的讲演,颇引动一些同学的注意。大家都围了拢来,听这故事。坐在赵民德前一座的王兴安,他是自始至终听得明明白白的。他知道小还有点什么隐衷,很想弄个明白,于是掉转头来问:

“李小还,你爷爷抽大烟吗?”

“我没有爷爷。”

“你爹爹?”

小还摇头。

“你母亲吗?”

小还不言语了,羞愧的垂下了头。

事情当然一看就明白,一些先前高叫“打倒”的人,到此反倒无话可说了。大家挤鼻子扭嘴的互相交换着眼色。间或有一个刚刚走来还不知道底细的人问什么事,同学中就有人代答:“李小还的娘抽大烟。”于是问的人叫喊“打倒!”话还未喊完,刘家荣从人家肩膀上探出个头来,高声说:

“李小还,别难过。又不是你自己抽大烟,我们打倒的又不是你,你难过干么?”

“你别多话!”刘家荣一下子又被他表姐捺到座位上去了。

大家你一句,我一句,窘得李小还无处存身,猛然又听见一个声音:

“难怪李小还那么瘦,血管中毒!”声音中带有无限怜悯。

“血管中毒,对啦,血管中毒!”另一个人和着说。

小还再忍不住了。他站起身来,恨不一下子冲破了屋顶飞得出去,永世不再回来。毕竟他逃出了那个屋子,在走廊中了。走过二年级教室时,里面有一群小孩子的声音在唱“功课完毕太阳西”那个散学歌,声音嫩嫩的,听到“见了父母行一礼,父母见我笑嘻嘻。”小还感觉这是在讥笑他,更难受。

一路昏昏沉沉,走到自家胡同里,心绪更加烦乱起来。他不欢喜这个家!自然他不怪他母亲。往日里,见到自己母亲与人家母亲不同,成天蓬着个头歪在烟铺上,从不把衣服穿得整齐一点,带他去中央公园走一趟,心里不自在,忍不过了时,就问:

“娘,你为什么要抽烟?”

回答是一声长叹,然后:“小还,你那里知道!娘有病,没有法子!”

听着那说话声音,再听听那声叹息,小还心软了,他同情了他的母亲。

遇到这样时候,小还总不愿即刻离开母亲。小小心灵为一抹忧愁所笼罩,轻轻的在他娘对面躺下,守望着那张干枯灰瘦的老脸,觉得母亲十分可怜。明知道母亲吸足烟后,精神一来,那个说过又说过无数遍的父亲的故事,又该唠叨着了。这种谈话在小还实在不能算一种幸福,简直可说是受罪,可是为了可怜母亲,他总静静的听,耐心的听,一遍又一遍。也就是由这种谈话的机会上,他更接近了他母亲,却对那丢弃了他们母子在河南另娶了三个妾的军人父亲感到深深的怀恨。

想到这些事,小还急于要回家。他心头一阵明亮,下了决心,他要向母亲请愿,请她莫再吸烟!

于是小还到家了。

在堂屋里,赵妈接过他的帽子同书包,他兴奋着,那么一股劲,把母亲的门帘一掀。

"娘!"他喊。房里黯黯的,一股闷热的烟味冲着他脸扑过来。他习惯了,不在乎。床上点一盏幽幽的灯,这盏灯,在小还有生以来各样天气里,从未见它灭过。他走近床铺前,又叫了一声娘。那个被小还称为娘的正口含烟枪专心一意吱吱的在抽着,淡淡的青烟从鼻孔里冒出来。她动了动头,含糊的应了小还一声,仍然抽,顶开心。

小还跪到床前踏板上,望着那烟雾中的母亲发呆。

抽过了五个烟泡以后的母亲,迷过一回,半睁眼睛望一望小还,露出两列黑牙,接连打了三个大呵欠,说:

"小还,你干么那样呆头呆脑的!你找赵妈玩玩去。"说完,闭上了眼。

"不,我不去。"

小还爬上了烟铺,在他娘对面躺下来。他心里计算着,等会子母亲醒来,怎样第一句开口劝她戒烟。他满有把握,心里怪高兴。

他想，母亲疼他，会听他话的。于是他望了母亲一眼。母亲蓬松的乱发下面，一张灰色的皱脸，正张着大口在打鼾。他数着："一，二，三，"大襟同脖子底下三粒扣子总不见钮好，焦黄的手指不时痉动一下。唉，这样的人就是小还的母亲。等等还不醒来，不耐烦了，轻轻的叫："娘。"

不动。

再叫。

怪吝啬的把眼睛开一个缝，嘴唇动动，又睡了。

忽然一个声音在耳朵里响："鸦片鬼！害群之马！卖国贼！禽兽！"小还愤怒到极点，他使劲在他娘膀子上摇了几下："怎么还不醒？"

"祸害！闹什么？睡都睡不安。"这才睁开眼，随手又检起烟签。

小还生恐把千钧一发的机会失去，赶紧伸出两只小手，紧紧的把那只捉烟签的手抱住，哀求说：

"娘，不要抽！你为什么老抽烟，老抽烟！"

"唉，没法子……"

小还不再为这声音打动了，心想：

"抽饱了睡，睡饱了抽；精神一来又骂父亲，总是这一套！"口里却轻轻的说：

"谁说的，许多人都戒掉了。"

"放屁！你娘吃了二十年烟，还戒？戒你的奶奶！"说完就挑起烟膏在灯上烧，烧得顶专心。

第二次抽足了烟的母亲，见小还半天不言语，就伸出那只焦黄手指的手来，摸摸小还的手，摸摸小还的头，摸完了，就哑着嗓子喊：

"赵妈！赵妈！关照你话总不听，早晨上学总不给少爷多穿件衣裳，又着了凉！"

赵妈来了,一手白白的面粉。那母亲对赵妈使个眼色,故意说:

“给少爷加件衣服,带他到厨房玩玩。”

赵妈会意,笑着拉小还:“少爷,到厨房看我包饺子。”小还正一肚子怨苦,无处诉说,赵妈一拉,顺势就挨下了床沿。

走到房门口,他撒开赵妈的手,把着门框硬不肯走。他想起大头先生的话,他想起在课堂上同学们的讥讽。“烟鬼都是卖国贼,”“病?病不会找大夫吗?”这类的话又在他耳边响着。回头看看他娘,仍然在烧烟,仍然很专心。

赵妈第二次拉他时,大颗的眼泪从他眼角里流了下来。

“你这孩子怎么啦?”赵妈不耐烦的说。

二十二年二月一日为龙弟作,在北京。

(原载 1934 年 2 月 7 日《大公报·文艺副刊》)

季 康

路 路

天漆黑,风越刮越大,宿舍都有点摇动。路路闷坐在灯下发愁,咬着一股绻曲的鬈发,反覆的想,不知怎样好。随手扯了四方小纸,把心事写上,揉成团儿,两手捧着摇,心里默默祷告:四个纸团,包含两个问题,如神明有灵,该一个问题,拈着一个解答。路路把纸撒在桌上,恭恭敬敬,拈了两个。打开看;第一个"答应 Tommy"。路路嘴角往上一动,漾出一丝微笑。再打开第二个,却是"不答应 Tommy",神明也决不定了;还是没明白路路的意思?路路咬咬嘴唇,再把纸团摇乱,重新默默解释了一遍,再两个。这回是"Tommy 明天来","T,明天不来",路路可不耐烦拈了。一顿儿把纸团扭碎,伏在桌上赌气,听听风,那么大,天更冷了,T 明天还冒着风出城看她?昨天电话,不该那样决绝。

忽然路路惊跳一下,门上重重两声,林妈莽撞的推开了门进来。

"张小姐,王先生找。"

可是路路早洗过脸了,擦了满脸 Cold cream,眉都擦掉了,况且心上也不耐烦。林妈陪笑说:"张小姐,请您下去吧,王先生一脸都是血呢。"路路听说吓一大跳,赶忙擦脸,画眉,慌慌张张,走到楼梯边,方发现自己还穿着拖鞋,又急忙转回房中换鞋。

小王摔跤了,下火车,天已经黑了,风又大,洋车翻身,小王磕掉了两个门牙,颊上磕了三个洞,满脸泥和血,嘴唇又紫又肿,路路慌了手脚没办法。还是小王勉强打电话找他的朋友。路路跟他们上了医院，乱了好一阵，闷闷的回来。

都因为赶忙来看路路，小王摔得那么厉害。小王的朋友看着他点头叹气，路路怎么不觉得，这分明是可怜小王，受了她玩弄。路路本来也可怜小王，就为这一声叹息，心头忿忿，有些恨小王。谁请他来了？谁请他来了？可是路路到底又心软，小王像小孩子似的真心。路路好像也喜欢他，就是嫌他略矮了一点，自己是个长条儿，跟他走在一起，娘带儿子似的，人家笑。

路路仿佛觉得自己更喜欢T。他不知怎么的，叫人撇不下，可是家里嫌他穷。母亲说学化学的一辈子不能做官，小王是学政治的，他父亲现在就是个大官，家里又有钱，小王脾气又好。路路和亲母一样，都是官太太的命，路路自己也想，如果嫁了T，简直同命运打仗，不对。况且路路还想出洋呢！等美国的那免费学额弄成（路路正等着回音），路费零用，父亲早允许了的，出了洋，谁还说得定——！

路路和小王差些些儿订婚了。小王不远千里的到路路家去看过她父亲，还中意。只嫌他少些丈夫气概。她母亲说不要紧，将来到三四十岁，留了胡子就神气了。路路喜欢他有趣。和他一起玩，不会厌。从前他们同学的时候，两人就在溜冰场上玩熟的。他们玩了一暑假，照了好些相。小王在照片后面，细细密密记着好些不告诉第三人的记忆。路路又说小王真心，小王矮，路路也忘了。可是，一开学，T又来找路路。不知怎么的，T就叫人撇不下。小王又待她这样好。真是愁死了路路。怎么办呢？留心着，这礼拜天跟T玩，下礼拜天跟小王玩，他们还尽吃醋，这礼拜该小王来了，可是路路心上有事，在等着T。

因为上礼拜她跟T吵架了。也不是吵架，T又向路路求婚，路路还是说"不知道"。真的路路不知道。T说路路要他。问了两年总说不知道。不爱他，就别理他，大家撒开手，路路哭了。路路说：

“又没请你来。”T静静的等路路哭完，客客气气的向路路告辞一声，就走了。T总是这样的，叫人又恨他，又怕他，过几天，又连连的打电话说要来（T从不肯请罪的）。路路赌气，说有事，不要他来，不过——如果骂他不要他来，他还来，不显得他更真心？所以路路在等。

第二天风更大了。路路没精打采，胭脂也懒擦，胡乱抹些粉，也不穿高跟，随便穿双青缎面薄底绣花鞋儿，懒洋洋的下楼去弹琴。不想才下了半楼，就看见T高大的背影，在和林妈说话。他来了，路路倒又不高兴见他。扭转身想上楼，林妈却嚷了出来，“可不是张小姐下来了！”接着T也回过身来，路路想起前星期的事不免又生气，咬着嘴唇，把那双善于瞪人窘人的大眼，瞪了T两眼，无限委屈似的一步步挨下楼来。

T冷冷的说，“有事吧？”路路不理，两人默然进了会客室，路路坐下看着地毡，T坐在旁边看着路路的侧面，大家不说话，窗外呼呼的大风，震得窗户格楞格楞响。路路心想，小王为她摔掉了牙，满脸紫肿的不能见人，自己却陪T玩，心上七上八下的不安宁。面对着这一个，却觉得对不过另外一个。心上一乱，胃里又隐隐作痛。路路委屈的想：“你说我要你，你知道我为你们流了多少泪，吃不下饭，睡不着觉。我说胃痛，你还笑，说我是孩子，那来这大人的病……”T的脚尖在地毡上按拍的点着，路路回过脸，T的目光正锋利的射着她，路路最爱他的眼睛，会说话，也顶怕他的眼睛像一根冷刺，不易拔掉。因此避开目光，垂下眼皮弄手绢儿，T偏会睹气，尽看她，尽不说话，路路更怕他不说话，也不肯照旧例开口问声“看我什么？”心里乱乱的，小蚂蚁各处爬，浑身不自然。

又是林妈推门进来，

“张小姐，王先生电话。”

路路站起了身子。T是醋罐子，也站了起来，

“对不起，打搅了。”拿起帽子，一躬身，一阵风走了。

路路满肚子气，手抖抖的拿起听筒，对方却是女子口音，是小王的表妹代打的，怒冲冲的声音，通知路路小王在发烧了，又气急声促的问，“小王摔得那么狠，怎么回事儿？”

“怎么回事儿！我知道么！”路路大怒，呼一声按上听筒忿忿上楼去躺着生气。

T 却不回来；有这种没道理的人，巴巴的冒风出城来，一句话不说又走了。这一走，一辈子也别再来！——只怕真的不来了。路路越想越恨，又怨 T 无情，又愁 T 真的从此不理她了。想起这位小王的表妹，恨得牙痒痒的，暑假造谣说她跟小王订婚了，说她爱小王有钱，大概是她，一定是她。这会子，又要她城里赶来，管闲事讨好。

不到五分钟，林妈又来了。送了一个纸条儿，小王在医院写的。请路路去看看他。路路想，也许那表妹没走呢；也许 T 回来呢？可是不能不去，路路起来拢拢头发，抹了两颊黄胭脂，失魂落魄的撞了出去。

那表妹已经走了，小王靠在软枕上，拉路路在床头矮凳上坐下。捏住她的手，喃喃不清的诉苦。路路看他没了门牙的嘴，紫肿的唇，颊上贴了橡皮膏纱布，这张脸越发显得可笑。小王数落着抽抽噎噎的哭起来了。简直像个孩子，怪可怜的，可是路路又忍不住要笑，又觉得害羞。又怕给人撞见，怪不好意思的。看着他哭，觉得自己心太硬。挤挤眼睛半滴水也没有，路路心上抱歉。好容易小王不哭了，路路忙倒给他一杯白水吃。小王接了杯子，感激得望着路路笑了。两人很快乐的消磨了一个上午。

回来问问林妈，T 竟没有再来，等他电话，也没有。一天，两天，毫无音信，一个铅锤子搁在心上，挪移不开。小王走，也没送。第三天，才接到 T 寄来双挂号的小包。路路脸色一变，拿了包飞跑上楼，锁上房门。完了！一切完了！T 把她的信都退回来了。拆开看，果然。英文信中文信总共一二十封。路路不爱写信。写，也只寥寥几语。看看信全在里边了。路路心直往下沉。身子疲软。伏在枕上,呜呜咽咽哭起来。想起许多亲密的往事。T粗暴得可爱,奇怪的,他又能体贴入微,去年病后回家,T替她整理小皮包;药棉,纱布,火酒,橡皮膏,药水,药片……多么齐整,多么完备。完了,现在都完了,剩下的只是一个空空洞洞的心。大颗泪珠源源不绝的滚出来,把枕头湿了碗大一块。起来照照镜子,可怜,几天来寝食不安,脸都黄瘦了。T丢了她!T不理她了!失恋,悲剧的主角……路路对着镜子,又悲泣起来。泪痕满面的翻开那些金边洋信纸,看见自己写的称呼,又忍不住滚下泪来,狠心狠心的T!路路由怨而恨,拿出T的小照,剪个粉碎。两张大的却舍不得剪,叹了一声,塞在抽屉底里。可怜路路,什么也不想吃。

明天是假期,路路清早就起来,洗了脸,对着镜子,擦了两层粉,细细地匀上胭脂,画好眉,涂了口红,换一件深红绒袍,进城去看表姐。表姐同T是同学,T和路路认识,就是表姐介绍的。

路路到了表姐那儿,表姐照例打电话找T,T冷冷的回说有事,路路又生气,怪表姐打了电话。盘问路路又是怎么回事,路路就瞪着大眼生气。再打电话给T,回说有事出去了。表姐没办法,回房和路路对坐着闷闷的磕瓜子。

一会儿,老妈子上来通知,T在会客室等着她们。表姐笑着把路路拉下楼,推进会客室,自己不进去,站在门口,听见路路抖声说,"我不懂,你算什么意思?"接着听见T轻轻过来,关上门。表姐就回房,写自己的情书去了。

好久好久,路路很轻快的脚步上楼,小鸟儿似的飞进房来,两颊红晕,嘴角抖着余笑,问她话,支支吾吾的不肯说。躺上床去装睡,半晌,路路坐起来,告诉表姐,明天要回家。

"回南?"

路路笑着点头,表姐对她看了好久,疑疑惑惑的说:

"反正也弄不明白你们的事,几时出来?——请我们吃蜜糕咧?”

路路嘴角往上一卷,满脸甜笑。停一会,很正经的说,“家里通不过,我不出来了。”

表姐笑了。“别装腔,姑夫什么不依你,姑母不赞成,也不过嘴里说。你一定要,他们又怎么!况且他们也没见过,见一见,保管越看越有趣呢!不过,哼,路路,你的洋可出不成咧!”路路认真了,张大了眼。表姐忍笑说:“少瞪眼吧,回头出了洋,把那群留学生都瞪糊涂了,把你当做奶油咖啡糖,分分吞下肚去!可不是T要不敢放你出洋了!”路路心上快活,啐了一声,又卷起嘴角笑了。明天T要送她上车,约定到家就写信。

晚上八点,路路回宿舍。林妈说王先生空来了几趟,留下两包东西送她。路路把东西拿上楼,打开看看,一包是一匣糖,另一包是一大块百果糕。都不想吃。路路先去洗了脸,换了衣裳。想想明天回家,这块糕还是送人吃了吧,取下交给林妈,叫她搁在厨房,明天蒸了请赵小姐钱小姐吃。她明天要回家呢。正说着,林妈向她身后努嘴,一回身,原来是小王站在背后摆手,一脸的笑。

“路路你好!约定了今天吃饭的,怎么躲了?”小王嘴已不肿,只是牙没镶好,说话有点漏风。

果然,怎忘了?路路不好意思,瞪瞪眼说:“谁答应你了?人家有事。”说着话,两人已进了会客室。

“研究 $C_6H_{12}O_6$ 去了?”小王话里酸酸的。

路路瞪了他一眼,“我找表姐!”

“你明天回家呢?”

“谁说?”

“才将你不是在说?”

路路不能赖。忍笑把脸一板,“回家有事。”

“什么事?能问么?”

路路嘴角往上一卷,甜蜜的一笑,“大事!”

“一个人走么？那个表姐送？”

路路知道“表姐”指谁，赌气说一个人走，没人送。

“小姐，我能送您么？”小王开玩笑，半站起，半躬着身子，两个眼睛，像讨肉吃的小狗那样。路路看他笑得鼻子眼睛都凑在一块儿，嘻着没牙齿的嘴，心里起了一阵说不出的感觉，不自主的坐得远了些。路路不耐烦的请他别送，说有赵小姐陪她进城呢。

“那我上车站等你。”

扭缠不过，路路只得告诉他上午十时车走。不过再三再四请他不要送。

小王叫路路早早睡，满脸笑容的走了。

第二天，小王一早赶进城。买了好些水果点心糖食罐头，就到车站等候。左等右等，不见路路影儿。看看钟，只差六七分了。心里焦急，又怕路路早已上了车。叫脚夫拿了东西上车厢里去找。找遍了头二等，没路路影子。难道坐三等？火车轮子已经动了。小王想，还是补票到丰台吧。于是捧了匣儿罐儿，提着两大蒲包的水果，从第一节火车找起，找到末一节。三等车里找着了一个老同学说是和路路一个汽车进城的，看见路路在×大学下的车。×大学！可不是去看T了。小王细细一想，恍然大悟。一抖气，也不下车，直接回××去了。

路路是下午五点车动身的。

回家以后，父亲母亲都很奇怪，路路也不知道怎么开口，只说赶回家过旧历年。一转眼，一星期过去了，路路也不知道怎么写信告诉T，愁得没办法，幸亏T连来了两封信，，母亲看见了×校的信封就问，“你还跟那个化学来往么？”这样谈起了这问题。

父亲还是上次的见解，女儿如看清楚了喜欢谁，他并不反对。只是不要糊糊涂涂的为这件事着了迷，分不清好坏。母亲也这样说。母亲说那种男人会迷人的。迷昏了，觉得他一举一动都是好的。将来看穿了一辈子受气，况且路路是吃用惯的。那次手边没多带钱,没让路路吃冰,回来还发了半天脾气呢。这是一辈子的事。别昏了头,懊悔也来不及的。

路路回家了这许多天,心里清楚多了,听了母亲的话更清醒了,可不是给迷糊涂了。T有什么好?嫁他些什么?真的,越想越觉得自己糊涂了。小王的性子,就比T好得多。以前功课不错,现在做事也不坏,将来跟他一块儿过,一定顶舒服顶随心的,不像T那样硬脾气,爱使性子。路路对父亲母亲说,从此远着T了。可是他们的意思,还要女儿出去,可以和小王接近些。路路也恐怕匆匆离校人家要造她什么谣言,于是打了个电报叫表姐接,冒着冷,再不远千里的赶回学校。

车站上,只T一人在接。表姐叫他接的。T意定事情圆满,喜冲冲的一把捏紧了路路的手,埋怨她不早些日子写信。路路避开了他的目光,踢蹭不安。T忙忙的招呼脚夫搬东西到汽车上去,扶路路上车,问她累得怎么样,坐舒服没有。路路心不在焉的勉强敷衍,T只当她累得没精神了。汽车快到学校时,路路照着父亲教她的话对T说:“请不要再来看我,那些问题都谈不到,我还要念书呢。”T呆了。手都冷了,半晌,叹了口气,想说什么,又咽下了,脸上结了一层冰,两人都默默。直到车停,T帮她搬出东西,强笑着点点头说声再会,转身就走了。

路路心上不安宁,再想想,多少事也对不过小王。也许和小王好不上了。回到房里,却想不到桌上信堆里赫然有小王的笔迹。“一定埋怨我车站迟到了。只说我误了车。”微笑着拆开信封。怪极了!怪极了!真有这事?小王和他表妹订婚了。真不要脸的贱东西,抢人家的!怪道要造人谣言。路路恨恨的拉起通知帖儿,一扯几块,“人心是这般难测,怪道父亲说我太老实。”又气又羞又恨,路路愤愤的滚出泪来。想想方才T的细心体贴,想想方才对T说的话,十分懊悔,不该早说的。T的脾气决不会再来找她。路路觉得浑身没了着落,吊在半空中。定定神,再细细想想,越觉得无边无际的空虚，思前想后，活着只是没趣。路路怔怔的坐着，心上压得重重的，长叹一声，再把桌上的信，一一过目。

路路的手指又抖了。美国来的信，呀！××大学的免费学额成功了，路路快活得心别别跳。对镜掠掠头发，照照自己的脸，镜里一对大眼，似笑非笑的瞪着自己。好像不懂事的那样瞪着。能瞪得明白的人也不懂事。路路嘴角往上一卷。满脸甜笑。"路路，不用愁！""有什么可愁的？"

路路笑着，轻轻的叹了一口气。

九月十九日。

（原载1935年8月25日《大公报·文艺副刊》）

刘祖春

荤烟划子

夜了，桃源县城外的河街，逼城墙一面已是暗暗的。河边停着几只长桅子空船，同十来只小小鱼船。从船只后梢升起的大朵大朵云似的炊烟，弥漫河面。临着河边一排矮矮瓦屋，门前大大小小黄色绿色的瓦罐，被对岸林丛里将落的太阳照耀着，闪起眩目的光辉。码头边，有几个女人正蹲在水旁搥捣衣服，响着木然的哑声。这声音，在空廓中继续战抖着。一切静静的。

这时节，从上游驶来了五六只辰州乌篷船，急流的河水，载着它们渐渐移近河岸，叶子似的滑行着。有节拍的橹歌声，大桨激水声，青年水手们的赤脚踏着舱板膨膨的响声，与一阵吆喝之声，在空中荡漾起来。整个桃源城外的河面，忽然活动起来，城中某处响了一声锣，码头上一些小贩子，皆从小屋里钻出来计数来船，许多心同时也活动起来。

这些船，不久便靠了岸，停下了。

在这些船中，载的是各种土货，桐油，石碱，硃砂，棓子，同一群一钱莫名毛脚毛手的粗人，还有几个土头土脑的有钱的搭客们，押货的小商人，坐白船的跑差兵士。他们前一天从辰州地方开头，冒险驶过了恶浪汹汹的横石滩，穿出了危险的青浪滩，才驶到这离常德不远的平安的桃源来。每个人都轻轻松了口气，感谢天，因为这一次总算逃出了险滩凶水，不至于做水鬼了。

他们在船上正显得十分忙碌。残余的阳光将一切镀上一层金色,这些人在金光眩目中收橹呀,抬桨呀,扒篙子呀,大声的骂野话呀,望着踞在岸边洗衣洗菜的女人,口中轻轻的哼曲子呀,……错乱的影子,涂抹在船上。过不久,一切就归一了。

一些极脏的极褴褛的小孩子们,像疯一样都兜进了这些船,其中一两个顽皮大胆的,便从跳板上走到船头站着。

"吸香烟不,吃芝麻糖不?"

这些小小贩子们,天真的站在那些刚憩下来的水手们的身旁,向那些只穿着布袜踏在舱板上出来眺望两岸晚景的搭客,不断的喊着。在他们手腕上,挂着那个小小竹篮子内,很齐整的陈着各样小吃食,芝麻饼子呐,哈德门香烟呐,黄黄的芝麻糖呐,黑色的五香牛肉呐,篮边还插着一根正燃着的用来代替火柴的长料香,袅袅的清烟子飘着。客人正躬腰选一枝芝麻糖的时候,小孩子却被一个水手在腿上打了一掌,几乎蹲了下去。因为水手见到禁烟局的人上了船,要开舱预备检查鸦片了。小孩子回头望了水手一下,又望着正上船来检查的人,明白生意做不成,怯怯被叱下船,把篮子顶在头上走了。

"开舱! 开舱!"

两个稽察员的声音同时喊着。跟着这两个声音后面的便是两个扛长枪的兵士。两枝电筒的光,向黑黑的篷内闪着,两根铁签子,冬冬的敲着舱板。舵舱里的老板,矮矮的,秃着个大头,老老实实沿了护板走过来。于是船上又忙碌起来。

在察验时老板立在一旁,看伙计们流着汗搬动舱中一切货物,一些成包的货物被打散了,一些易碎的货物改变了形,这人却一句话不敢说,只心里发痛,想到商店主人的辱骂。这样子一直到二更,月亮出来了,稽察员废然走了,他们才吃饭。河岸又同往日一样寂静起来。

当这些船只刚拢岸时,一切热闹声还惊动了另外两个人。这两个人在文昌阁下面的小划子上望到上面来的大船,有希望的微笑着。

夜既静了，月亮也高高的出来了，桃源河面异常静寂。这时节，从河下游文昌阁那里划出了一只小小的船，乘着月光，向大船所在处划着。尾梢上有一个人把持一匹长桨，激着水逆流而上，小小的波浪打着船头，抚着船舷，向两旁滑去。一个身材中等的男子，头低着，背向着月亮，一只右脚踏在船舷上，一只左脚蹬在后梢横木上，两只脚做成一个人字形，上身依着桨柄前后俯仰起来。他虽如此很用力认真的划着，那只船却并没有照他的意志，还是那么慢慢的移动。河水是逆流，且到上游水速了一点，船上行便更慢了。远远望去，就仿佛不动似的。

这男子，这时在忧愁的心上盖上一层希望。他眼望着上游大船上的火光，且听着火光附近的人语声，他费尽力气划着那匹小桨。额上已流着汗，这时这只小船，似乎特别迟缓，他真要发脾气了。

“鬼！×你个娘，快点！”

他怪脚下的船走得不快，轻轻骂着，却不责备自己的力量，越用越不行。他忘记今夜自己的肚子只吃了一片白糕。他忘记自己的身子，在这半年来，因为常常吃不饱睡不足的原故，渐渐消瘦下去，有了虚弱病的情形。他只怪脚下的小船走得不快。

他同许多划船人一样，是从乡下出来的。原本耕了几亩田，刨了几个山头种红薯。财产中有个妻子，一匹狗，一头小而壮实的水牛。前年时节天旱了，缺少收成，禾苗同枯草一样在龟坼的田里摇着。那几亩田既从一个富人庄上领来耕种的，临时缴不出谷子，庄上人便把田取回去了。两口子于是自己只好种起杂粮来，穷穷苦苦过日子。天知道，过了冬天，开春驻防军又打了仗。他这头牛，同家中其余许多东西，一次便全给粮子上的副爷们掠跑了。若不亏两口子早早的跑到竹林子土窟中躲藏起来，本身也许还得捉去做伙夫，黄脸婆也许早被大兵开众火食弄死了。兵走后回去一看，什么全光了。两口子坐在地上大哭。到后他心里想，前三世作孽，天在收我们这些人回阴间去呀！

人既穷得精光了，在那时，恰好从城里来了自己寨子里的黄大婆，见到他们，就劝两口子进城去找机会。进了城，妻子帮人作妈子去了，自己便请黄大婆作保，向船总处租了只小船，开始干这个水上生意，一切东西皆用印子钱三九翻算帐。每晚上若有辰州货船泊岸，有肥主顾同他做那么一次生意，运气差来个一吊八百，运气好得个三吊两吊，他就可以送印子钱，少在旧债上被对翻。

到后来看看这债务越累越多，身体越来越坏。每月作妻子的把那一块帮工钱来贴补也无济于事。两人只好打新主意，听从船总的意见，作妻子的辞了城中公馆的事情，到船上来打杂，陪客烧烟，生意也兴旺些。

但人有一算天有十算，这是什么年头，洞庭溪的白脸小腰妇人还不能用头发系住油客，一个乡下大脚宽脸婆子有多大迷人本领！水上人什么不见过，天下有几个人不打算盘！

"菩萨保佑！这么多船，总不该再像昨夜见鬼吧！"

望着快要划近的大船，这汉子想起昨夜来的四只麻阳船，没有跟他做一笔生意的倒霉情形，便暗暗的在心里喊菩萨。这汉子是极相信观音娘娘的。

月光太美了。不知是谁见到这美的夜景；这时在吹着一管洞箫。河面上，静静的飘着幽幽凄凄的箫声。这汉子可不管这些。怀着一种近乎走好运的心情，这汉子终于把自己的小划子驶近这一帮新到的油船，他伸了伸腰，用手揩着头上的汗，提高自己的喉咙响着：

"客人，吸荤烟不？吸荤烟不？——荤烟呵？保来回贵州土，文明脚婆娘烧烟呵！"

声音是那么充满了喜欢，那么有劲，把船上人的头都移过来了。他们中有一个还在吃着饭，蹲在火舱边。他们望着这只小小的船，同这小船舱里闪着明晃晃的灯光，又望立在船尾的汉子，面上飞过了一层鄙夷的微笑，头立刻又掉转去，继续他们的谈话。他们常走这条河，都清楚这小船做的是什么生意，只鼻子里哼了一声就是了。年老的不爱这个把戏，年青的没有钱，怎么吸荤烟呢？

这一边，手还握着桨柄，大船旁等着，且轻轻的摇着桨。对于这些一声不响的水手们，心中感到一种莫名的失望。他以为也许这些船上有些老乡憨子，不懂得"荤烟"是什么东西。一手无意识的推了一下木桨，他大声又喊了：

"荤烟呵！吸荤烟呵！……！"

上面一点那只船，这时也有人在说话，还大声发笑，夹上一种轻轻的山歌声音。小船上的汉子不得已舍了身边的这只船，把自己小船再向上游移去，一面继续用很动情的口吻招呼着船上人，一面心中却想着："一个乡老七百四，三盒烟带灰……"

果然有人出来了。这个人身躯很大，从那一张乌油篷里伸出个头，四面望望，俨然像是被河中的喊声所引诱，接着整个身体便浸在月光下了。这人回转了头，向篷内一个年青伙计说：

"老三老三！"

"什么呀！"

"老三，荤烟划子来了，吸荤烟去，你不听那王八说：文明脚婆娘烧烟吗？"说完接着就大笑起来。

"吴大哥，你做东道么？婊子的烟，比×还贵！"

说这话的年青水手爬出来了。看看头上的月，又看看对面的树林，他站在吴大哥的身旁。

小船与大船并排的停下来。小船上的汉子说：

"客，吸口么？"声音是轻轻的，他用手抓住大船的舷。

"喂，几百钱盒？"说着年青那个蹲下去，他伸头望小船内的情形。舱里一盏灯，灯下坐着一位妇人，宽宽的脸子，年纪约莫二十四五岁，额前覆着一绺刘海短发，贴颈窝一饼大髻子。一双小小的

眼睛上面还画着两笔粗粗的眉,样子并不怎么动人,倒是壮实年青。伙计又在向立在船尾的汉子问:

"几百钱盒呢?"

"大方的客人,大胆下船来,吸了不会多要你的;——你把几百是几百!你就把三百,好不好?"

年青人的眼光又转移到舱内去时,坐在烟盘旁那个宽脸妇人,便做了个媚眼望着他,嘴角含着一种荡人的笑容。仿佛说:"情哥,跳下来,吸口把,妹妹为你打三口火!"年青人明白那是什么意思,心想下船去,但他立起身来时,却很野的说着:

"三百钱!三百钱睡一夜行么?哈!"他又同那个吴大哥说:"好块肥肉,好只水牛呀,大哥,你去我去?"

那王八却学嘴说着:"好块肥肉,好只水牛,……请下船来!"

坐在小舱内的妇人,又听到说出这种难听的话,生意可没有做成。心中却茫然不知所措,一点作人的羞耻还并没有完全失去,她打算着:肥肉,水牛,你不出钱不希罕你钱!她想走出舱去骂他几句。但是她并没有动身,却在那里发呆。一双眼睛望着身边的长方形的烟盘子,同那一盏灯,像要从这些东西中瞧出什么似的。这灯是洋铁做成的一寸来高的座子,圆圆的,罩上一个满是水泡的单料玻璃灯罩,一撇长长的火焰从灯口伸出来,有时还颤动几下。另外还有三根铁签子,一把挖烟斗的小刀,一根短短的烟枪,同一个黑色烟盒子。这一套家具都是从河岸上田家烟馆借来的。那烟馆主人算是同他们要好,每夜只收两百钱的租钱。若今夜没有做成生意,这租钱到明天就还三百。若照通常规矩呢,每天就应当出五百钱。

她转了身子,爬向后舱去,髻子挂在舱口篾条上,拉散了,她对那还在央求客人吸一两口荤烟的丈夫,蠢蠢的低低的说:

"划上去吧,——还有四只呢。"

划船的那一个停口了。把那只抓着大船船舷的瘦手,怯怯的放下，搁起短桨来，一种清脆的激水声又开始响来。他口中喊了一句："吸荤烟不？荤烟呵！"便望了一下舱口的妇人。

"今夜还有船来的，你听，……"

远远的果然有摇橹歌声，明明白白是大帮船下滩时催橹歌。

妇人不作声，一面整理发髻一面望着月亮。月亮这时节已比先前更高了，皎皎的像一个盘子浮在空中。它也望着她。河面上是静静的凉风拂过，稍微有了点冷意。时间已到七月末，不久就是秋天了。河街吊楼上有几处灯光照耀，有人拉琴唱戏，声音虽大，却凄凉得有些秋意。一排瓦屋，沿着河拖下去，屋背上闪着光。城里外商店大概皆关门了。远远的有一只狗在叫，一会又寂然了。除了上滩鱼梁的水声，在这样夜空里，就只有那个男子仿佛自己开着自己玩笑似的喊着：

"荤烟呵，客人，客人，吸荤烟么？——文明脚婆娘，黄牛水牛，好一块肥肉！"

一只船过去了，又是一只，……

妇人看看全无希望了，吁了一口气，缩身进到船舱里去了。

小船还是那么慢慢的划，一声声喊，掉回头挨着今晚才到几只船一只只留心看去。乌篷虽然盖上了，仍然有人在说话呢，还有人在吸旱烟，用烟杆敲船舷呢！火舱内还闪着火光，难道无一个人想吸口洋烟提提精神么？难道真无人想黄牛水牛吗？

这永远看不清面庞的汉子还是划上去，又一边喊着，——挨着每只大船的舷，他几乎把每一只船皆问过了五遍。

"客人，二十岁标致姑娘打火哩，不加钱，趁心玩，试一试！"

大船上的人都听到了，并且听得很清楚，还望了一下。他们都知道有女人打火的洋烟是一个什么味儿。往几年，这些人，在这种地方，这个时节，是全不放松这种机会的。但如今这些人却静静的坐着，一动也不动。让小船上的人喊过了，口中只不住轻轻的骂着"臭婊子，臭王八"。

小船重新傍着原来有人问价钱的船旁时,那王八挑逗似的喊着:"吴大爷,吴大爷,你老花个一吊八百试试不会上当!"

一切显然完全绝望了。当他正想把船身掉转向下游划去时,船挨了一只大船的尾梢,桨一滑,身子向前一伏,差点儿撇下水中去。只听到大船上人骂着:"臭王八,你小心点,碰坏了我的舵,老子要你命!"且听到有人起身。于是一面连声说着"不碍事,不碍事",一面赶忙把船退出去。

大船上人推了篷露出一个头来,且继续把篷拉开,大声辱骂着,"×你个三代的桃源老,×没个卖处,半夜里来这里吵人!"接着拉开裤裆就哗哗的洒起尿来了。

妇人在舱里哭着声音说:"老老,划回去,别让人白辱没!"小船掉了头开始向下游划去。

月亮还在中天,夜正长哩!

一九三五年一月十三夜,西老胡同。

(原载 1935 年 1 月 27 日《大公报·文艺副刊》)

前　羽

享　福

炉子里的煤火爆着微响，老太太从沙发靠手边捞着了那个铁签子，把炉子的门打开了，红的火头上飏着碧焰，浮动的微弱的火光映照在老太太的脸上。天已夜了，屋中还无灯光。

老太太看看炉里的火焰，觉得自己像是浮在水上，晚饭时吃下的“卫生”的东西老是耿着在心上，总似乎还有些气味，怪不好受。

小孙六六充满了快乐跑进屋里来，她望着炉边的老太太说：

“奶奶，你真像个菩萨，像个贴了金的菩萨。嘿！天黑了，我来廾灯。”她走去扭电灯机关，颠着脚那只手还仍然够不着。“唉！我开不着，奶奶，我六岁了怎么还不长高呀，我去叫妈来开。”

老太太望着六六出去后，她一手扶着沙发背，想站起来去开电灯。这时节六六的妈妈却进来亻，一眼看见老太太站起来了，赶忙又扶着她坐下，顺手把灯扭亮了。屋子里陡然一亮，老太太只觉得眩目，赶忙闭着眼睛。六六看了看老太太的座位，然后说：

“奶奶，太近火炉边不合卫生，老这样坐着也闷了吧，您坐过这边来，换换地方新鲜些。”说了就把另一大沙发上的锦垫拍着，安置停当，来扶老太太。

老太太微笑着换了个座位，除了灯光刺眼，她觉得和坐在那边一样。

外面屋子里的无线电收音机放出了抑扬的歌声，六六的哥哥携着六六从外面屋子里进来了。

“奶奶,这时有好音乐,八百银子一点钟,快到外面客厅里听音乐去。”

“奶奶快去呀!我来替你拿烘笼。”六六随即提起了烘笼。

老太太记起“音乐是助消化的东西”,且记起别的话语,只得站起身来。

老太太起身扶着六六的哥哥后,六六赶忙跑上前开了门。到了大客厅里。

“奶奶坐在这里吧,六六把烘笼放在这里。”六六的嫂嫂说着扶着老太太坐在一把新派怪不好看的矮的沙发里,老太太把脚登在烘笼上,觉得这烘笼连脚全都是累赘。

收音机随即放出尖嗓子的歌声,客厅里全是快乐的面孔,老太太假笑着,仿佛是这歌声把她刺激得这样的。在她那绉纹的笑容里,好像表示了一千个不愿意听,然而还得勉强听下去。

六六的侄儿青青和聪聪进来了,后面还跟着进来一个白而胖的客人。客人一进门就俯身问候了老太太,接着又说:

“老太太,您真是好福气!这么些个子子孙孙。”

老太太口中嗫嚅着,且微笑着。

客人即刻转过头去和六六的哥哥谈起来了。老太太听见些什么政治经济,公债地产,她不懂得。她在想:都说好福气,什么好福气?

聪聪和青青走到她身旁,把小手搁在膝头上,为老太太述说日里出去在马路上看见的事事物物。老太太觉得好听。她想跟着他们的话,假设一道马路,把那些事事物物全摆上去,但是热闹的马路在她的印象中很模糊,总摆不真切。于是她便想起她所熟悉的小镇市那一条窄窄的街道,那里住得有朱乡约,王四癞子,刘寡妇。她不管这街道已住了多少人,仍然还把聪聪青青说的那些事事物物搬上去,于是那小街完全改变了样子,显得热闹起来了。她觉得真的好看,真的热闹。可是青青和聪聪不管奶奶脑子里想些什么,却把话说到别的方面去了。他们说一本童话。两人为童话的内容和寓意意见不一,即刻争吵起来了。老太太的幻景被打断后,抬起头来茫然地望着他们。"聪聪,闹什么!"想那么问,却并未开口。

那位白胖客人留下一屋子雪茄烟味儿,打着哈哈走去了。六六的哥哥关闭了收音机,老太太清静了许多。但她觉得这清静不是她所要的。她要的是一家中人大大小小皆不注意她,尽她自在消化消化吃的食物。

青青和聪聪仍然在争吵,他们的父亲因此便要考他们的功课,聪聪的英语说得很流利,父亲虽记起颜氏家训上一段记载,仍然满脸的高兴,夸奖聪聪有本领将来作大事。屋子里人都觉得聪聪不过是十二岁的初中一年级的学生,说得这样好的英语,大家也都显出得意的笑容,老太太低着头,肩膊骨头有点疼,耳边嗡嗡的。她也要说这样那样,她可是同谁说?说什么?

"青青,你唱个渔光曲,六六,你跳个蝴蝶舞给奶奶看。"六六的嫂嫂注意地望了老太太一下然后说。

两个小孩子当真就唱唱跳跳起来了,把地板弄得轧轧响。

老太太抬起头来,茫然地望着她们。

六六的母亲又把收音机开了,六六跳完后又要哥哥和嫂嫂跳舞给老太太看,两个大人也在尽孝意义下作起老莱娱亲的玩意儿,老太太立刻觉得耳边一阵哄,灯光下的人影错杂起来,她把身子斜倒着,她觉得眼前怪不舒服,然而她又不敢说不要这个,又不便说要什么,不得不茫然地望着他们。

跳舞停止了,六六的嫂嫂就大声在老太太耳朵边说:

"奶奶,开心不开心?……唷,您喝点茶吧,下半天还不喝茶!"

老太太于是喝了一口茶,腹中咕咕响了一阵。

大家接着又谈起来了。老太太看见他们笑,看见他们争论,但始终就没听清他们说的是什么,为什么笑,为什么争论。她自己作些什么，想些什么呢？她成天就是这样儿，没作什么，没想什么，她的眼睛皮到晚上就不大能够尽开，现在更垂下了。

一阵哄然大笑，吓了老太太一跳。把眼皮打开了，她看见些一堆大小不一快乐的脸在面前转动，做什么？她一个一个看去。这些儿孙还是笑着。

笑声终于止住，谈话转了方向，他们谈到家乡，六六的哥哥说起在乡下的那个老屋，屋后一片竹园，那块菜园，菜园边的几株大枫树，他说他年幼时候常爬上那几棵树。那时枫树还不怎么高，现在真不知有多少高了。他又断定那几株枫树定然老了，树腰必已长了疙瘟，如一切老东西一样，因为他已经三十几岁了。

听着他这末说，满屋子的人都安静下来了，大家的眼睛都凝视着，仿佛看见了那老屋，那枫树，眼前的情景与他们好像离得很远似的。老太太的脸上堆上了快乐的微笑，眼里射出了光芒，她仿佛已回到了老屋。她想起她初来到那老屋时，她还是一个小姑娘，那时屋角的枫树还只是一棵很小的树，她开口了。

“奶奶人老了，枫树自然也要老了。记得我来你们家时，枫树不过是我这末高，那时你们老太公欢喜栽树，屋前屋后都是树，夏天我们在树底做活，又凉快又阴爽……”

青青不等老太太说完，插嘴问道：

“您多大出嫁的，太奶，您怎么会嫁到我们家来的？您说，您快说罢！”

“我怎么来的？我和你太公是表姊弟，你太公的妈说我像貌端正，长得有福气的样子，一定要我做媳妇，我就坐花轿到你家中来了。做新娘子时候我十七岁，那时家里不是财主，全家的人都没个闲着的，作媳妇的织布，绩麻，喂猪，那些猪……”

“奶奶从前累了，现在正是享福的时候。”

六六的嫂嫂有机会插嘴说话时，六六聪聪青青已把头搁在母亲身边睡着了。娘姨进屋子里把他们带去睡觉，六六嫂嫂跟着照

料去了。六六哥哥也躺在火炉边沙发上打哈欠。老太太眼睛光光的毫无倦容,就自言自语的说:

“什么都不变,什么都得变,……”

这老太太被扶扶牵牵上了床,躺在那大雕花床上白被单里时,好像年青了许多,因为她已回到家乡,回到那个“过去”生活里,仿佛正卷了衣袖,用花布裹了头发忙匆匆的,在菜园里追赶吃菜的小猪,她快乐了。

(原载1935年4月14日《大公报·文艺副刊》)

汪曾祺

老　鲁

去年夏天我们过的那一段日子实在是好玩。我想不起甚么恰当的词儿,只有说它好玩。学校里四个月发不出薪水,饭也是有一顿没一顿的吃。校长天天在外头跑,想法挪借。起先回来都还说哪儿能弄多少,甚么时候可以发一点钱。不知说了多少次,总未实现。有人于是说,他不说哪一天有,倒还有点希望,一说哪天有,那天准没有。大家颇不高兴,不免发牢骚,出怨言。然而生气的是他说谎,至于发不发薪水本身倒还其次。事实上我们已经穷到极限,再穷下去也不过如此,薪水发下来原无济于事,最多可以进城吃一顿。这个情形没有在内地,尤其是昆明,尤其是我们那个中学教过书的人,大概没法明白。好容易学校挨到暑假,没有中途关门。可是一到暑假,我们的日子就更特别了。钱,不用说,毫无指望。我们已好像把这件事忘了。校长能做到的事是给我们零零碎碎的弄一餐两餐米,买三二十斤柴。有时弄不到,就只有断炊。菜呢,对不起,校长实在想不到法。可我们不能吃白斋呀,嗨,有了,有人在学校荒草之间发现了很多野生苋菜。这个菜云南人管叫小米菜,不大吃,大都摘来喂猪,或在胡萝卜田堆锦积绣的丛绿之中留一两棵,到深秋时,夕阳光中晶晶的红,看着好玩。学校里的苋菜多肥大而嫩,自己去摘,半天可得一大口袋。借一二百元买点油,多加大蒜,炒它一锅,连锅子掇上桌,味道实在极好。能赊得到,有时还赊半斤本乡土制,未经漉滤的酒来,就土碗里轮流大口大口的喝!

小米菜渐渐被我们几个人吃光了,有人又认出一种野菜,说也可以吃的。这种菜,或不如说这种草更恰当些,枝叶深绿色,叶如猫耳大小而有缺刻,有小毛如粉,放在舌头上拉拉的。这玩意儿北方也有,叫做“灰藋菜”,也有叫讹了成“回回菜”的,按即庄子“逃蓬藋者闻人足音则跫然喜”之藋也。若是裹了面,和以葱汁蒜泥,蒸了吃,也怪好吃的。可是我们买不起面粉,只有少施油盐如炒苋菜办法炒了吃吧。味道比起苋菜,可是差远了。另外还有一种菜,独茎直生,周附柳叶状而较软熟的叶子,如一根脱毛的鸡毛掸帚,在人家墙角阴湿处皆可看见的,也能吃,不知怎么似乎没有尝试过。大概灰藋菜还足够我们吃的。学校在观音寺,是一荒村,也没有甚么地方可去。我们眠起居食,皆无定时。一早起来,各在屋里看看书,到山上田里走走,看看时间差不多,就招呼去“采薇”了。下午常在门外一家可以欠账的小茶棚中喝茶,看远山近草,看行人车马,看一阵风卷起大股黄土,映在太阳光中如轻霞薄绮,看黄土后面蓝得(真是)欲流下来的天空。到太阳一偏西,例当再去想法晚饭菜了。晚上无灯,——交不出电灯费叫电灯公司把线给铰了,集资买一根土蜡烛,会在一个人屋里,在凌乱的衣物书籍之间各自躺下坐好,天南地北的乱聊一气。或忆述故乡风物,或臧否同学教授,清娓幽俏,百说不厌;有时谈及人生大事,析情讲理,亦颇严肃认真;至说到对于现实政治社会,各人主持不同,带骨有刺的话也有的,然而好像没有尖锐得真打起架来过。

阿呀,题目是“老鲁”,我一开头就哩哩拉拉带上了这么些闲话做甚么?我原想记二记老鲁是甚么时候来的,遂情不自禁的说了许多那时候的碎事。我还没有说得尽兴,但只得噎住了。再说多了,不但喧宾夺主,文章不成格局(现在势必如此,已经如此),且亦是不知趣了。

但这些事与老鲁实在有些关系。前已说过老鲁是那时候来的。学校弄成那样子。大家纷纷求去。真为校长担心,下学期不但请不到教员，即工役校警亦将无人敢来。而老鲁偏在这时会来了。没事在空落落的学校各处走走，有一天，似乎看见校警们所住房间热闹起来。看看，似乎多了两个人。想，大概是哪个来了从前队伍上的朋友了（学校校警多是退伍的兵）。到吃晚饭时常听到那边有欢声。这个欢声一听即知道是烧酒翻搅出来的。嗷，这些校警有办法，还招待得起朋友啊？要不，是朋友自己花钱请客，翻作主人？走过门前，有人说“汪老师，来喝一杯”，我只说“你们喝，你们喝”，就过去了。是哪几个人也没看清。再过几天，我们在挑野菜时看见一个光头瘦长个子穿草绿色军服的人也在那儿低了头掐那种灰藋菜的嫩头。走过去，他歪了头似笑非笑的笑了一下。这是一种世故，也不失其淳朴。这个“校警的朋友”有五十了，额上一抬眉有细而密的皱纹。看他摘菜，极其内行。既迅速且“确实”。我们之中至今有一个还弄不大清楚，摘苋菜摘了些野茉莉叶子，摘灰藋菜则更不知道是甚么麻啦蓟啦的，都来了，总要别人更给鉴定一番。有时拣不胜拣，觉得麻烦，则不管三七二十一，花啦一齐倒下锅。这么在摘菜时每天都见面，即心仪神往起来，有点熟了。他就给我们指点指点，那些菜或草吃不得。照他说，简直可吃的太多了！他打着一嘴山东话，言语极有神情趣味。

后来不但是蔬菜，即荤菜亦能随地找得到了。这大概可以说是老鲁发明的。——说发明，不对，该说甚么呢？在我看，那简直就是发明：是一种甲虫，形状略似金龟子，略长，微扁，有一粒蚕豆大，村子里人即管它叫蚕豆虫或豆壳虫。这东西自首夏至秋初从土里钻出来，黄昏时候，漫天飞，地下留下一个一个小圆洞。飞时鼓翅作声，声如黄蜂而微细，如蜜蜂而稍粗。走出门散步，满耳是这种营营的单调而温和的音乐。它们这样营营的忙碌的飞，是择配。这东西一出土即迫切的去完成它生物的义务。到一找到对象，俱就便在篱落枝头息下。或前或后于交合的是吃，极其起劲的吃。所吃的东西却只有柏叶一种。也许它并不太挑嘴，不过至少最喜欢吃柏叶是可断信的。学校后旁小山上一片柏林,向晚时无千带万。单就这点说,这东西是颇高雅的,有如吃果子狸或松鸡。老鲁上山挑水,回来说是这种虫子可吃。当晚他就捉了好多。这不费事,带个可以封盖东西,或瓶或罐,走到那里,随便一掳即可有三五七八个不等,它们毫不知逸避。老鲁笑嘻嘻的拿回来,掐了头,撕去甲翅,熟练得如同祖母她们挤虾仁一样。下锅用油一爍(他说还有几种做法),洒上重重的花椒盐,搭起酒来了。"老师,请两个嘛!"有大胆的真尝了两个,说是不错。我们都是"有毛的不吃掸子,有腿的不吃板凳"的,经闭目咧嘴的尝了一个之后,"唔!好吃。"于是桌上多了一样菜,而外边小铺里的酒账就日渐其多起来了。这酒账直至下学期快开学时才由校长弄了一笔钱一总代付了的!豆壳虫味道略如清水米虾。可是我若有虾吃决不吃它。以后我大概即使没有虾吃时也不会有吃这玩意的时候了。老鲁呢,则不可知了。不论会吃或不会吃,他想都当因之而念及观音寺那个地方的吧。

不久,老鲁即由一个姓刘的旧校警领着见了校长,在校警队补了个名字。校长说,饷是一两月内发不出的哩。老刘自然早知道,说不要紧的,他只想清清静静住下,在队伍上走久了,不想干了,能吃一口就像这样饭就行(他说到"这样的饭"时在场人都笑了一下)。他姓鲁,叫鲁庭胜(究竟该怎么写,不知道,他有个领饷用的小木头图章,上头是这三个字)。我们都叫他老鲁,只有总务主任叫他姓名。济南府人氏。何县,不详。和他一起来的一个,也"补上"了,姓吴,河北人。

学校之有校警,本是因为地方荒僻,弄几枝枪,找俩人背上,壮壮胆子的意思。年长日久,一向又没发生过甚么事情,这个队近于有名无实了,上班时他们抱着根老捷克式,坐在门口长凳上晒太阳,或看学生打球。事闲了则朵朵来米西的走来走去,嘴里咬了根狗尾巴草,与卖花生的老头搭讪,帮赶车的小孩钉蹄铁。日子过得极其从容。有些耐不住的,多说声“没意思”就走了。学校也觉得这么两枝老枪还是收起来吧,就一并搁在校长宿舍靠在墙角上锈生灰去了。有时忽然有谁端出来对准一只猫头鹰瞄了半天,当!的一声却打在一棵老栗树叶子最多的地方。校警呢,则留下来的两三个全屈才做了工友本来做的事了。留下来的大都是爱这里的生活方式的,做点杂事倒无所谓。你别说,有一件制服在身,多少有点羁束,现在能爱怎么穿,就添了一分自在。可是他们要是太爱那种生活方式,我们就有点不大方便。你要喝水,(做教员的水多重要!)挑水的正在软草浅沙之中躺着看天上的云呢。没办法,这个学校上上下下全透着一种颇浓的老庄气味。自从老吴和老鲁来了,气象才不同起来。

老吴留长发,向后梳,顶上秃了一块,看起来脑门子很高。高眉直鼻,瘦长身材,微微驼背。走路步子碎,稍急点就像跑了。这样的人让他穿件干干净净蓝布大衫比穿军服合适得多。学校里教书的多说国语,他那一口北京话,您啦您啦的就中意。他还颇识字,能读书报。甫来工作不久,有发愤做人之意,在自己床前贴了一副短联:

烟酒不戒哉
不可为人也

戒自然戒不了的,而且何必。老吴不比老鲁小多少,也望五十了,而有此志气。或有立志之兴趣,这在我们看起来,是难得的,而且不知怎么的有点教人难过。哎,又要说不相干的话了,我说了这回事是证明他能写字耳。他管的事是进城送信送文书,在家时则有甚么做甚么。他不让自己闲,那里地不平,找把铲子弄平了;谁窗上皮纸破了,他给糊,而且出主意用清油抹一抹;地下一根草,一片纸屑,他见了,必要拾去;整天看见他在院子里不慌不忙而快快的走来走去。且脑子清楚,态度殷勤,我们每进城与熟人谈天,常提起新来了一个工友，“精彩！”有一天，须派人到一个甚么机关里交涉一宗事情，谁也不愿意去，有人说，让老吴去！校长把自己的一套旧西服取下来，说，“行！”真的老吴换了那身咖啡色西服，梳梳头，拿了张片子就去了。回来，结果自然满好，比我们哪个去都好。

一快放暑假时，大家说，完了，准备瘦吧。不是别的，每年春末之后，差不多全校要泻一次肚。在泻肚时大家眼睛必又一起通红发痒。是水的关系。这村子叫“观音寺”，可是这一带总属于“黄土坡”。昆明春天不下雨，是风季，或称干季，灰沙大得不得了，黄土坡尤其厉害。我们穿的衣服，在家里看看还过得去，一进城马上觉得脏得一塌胡涂。你即使新换了衣服进城也没用，人家一看就知道从哪里来的：我们的头发总是黄的！学校附近没有河，也没人家有井，食用的水大概是从两处挑来，一个是前面田地里一口塘，一是后面山顶上的一个“龙潭”。龙潭，昆明人叫泉叫龙潭。那也是一口塘，想是底下有水冒上来，故终年盈满，水清可鉴。若能往山上挑龙潭里水来吃用，自是好的。但我们平日不论饮用炊煮嗽口洗面的水都是田地里的塘水。向学校抗议呀，是的，找事务主任！可是主任说，“我是管事务的，我也是×××呀”！这就是说他也是个人，不只是除事务之外就甚么也没有了的，他也有不耐烦的时候。跟工友三番二次说，“上山挑”！没用。说一次，挑两天。你不能每次跟着他去。而且，实在的，上山又远，路又不好走。也难怪，我们有时去散散步，来回一趟还怪累的。再加，山上风景不错，可是冷清得很，一个人挑个水桶，斤共斤共，有甚么意思？田里至少有两个娘们锄地插秧，漂衣洗菜，热闹得多。大家呢，不到眼红泻肚时也不记起来，等记起来则已经红都红了，泻也泻了。到时候六味地黄丸或者是苏发甚么东西每人一包，要了一杯（还是塘里来的）水，相对吞食起来。这塘水倒是我们之间的一个契合，一种盟约。老鲁来了，从此我们肚子不大泻。眼睛是也红的，因为天干，吃得太坏，角膜炎，与水无关。胖自然也没胖起来。老鲁挑水都上山。也没有哪个告诉他肚子眼睛的事，他往两处看了看，说底下那个水“要不的”。这全校三百多人连吃带用的水挑起来也够瞧的。老鲁一模糊亮就起来，来来回回不停的挑。有时来不及，则一担四桶，前两桶后两桶。水挑回来，还得劈柴。然后一个人关在茶炉间里烧。自此我们之中竟有人买了茶叶，颇讲究起来了。因为水实在太方便，一天来送好些回。

有人就穷过瘾了：昆明气候好，秋来无一点萧瑟严厉感觉，只稍为尝出百物似乎较为老熟深沉。（仍保留许多青春，不缺天真。）早晚岚雾重些，半夜读书写字时须多加一件衣裳。白天太阳照着，温暖平和，全像一个稍为删改过一番的春天。波斯菊依然未开尽，花小了点，绮丽如旧。美人蕉结了不少籽，而远看猩红一片，连籽儿也如花开。课余饭后在屋前小草坪上，各人搬张椅子，又聊开了。饭能像一顿饭那样的开出，有一件绒线衫在箱子里，还容许我们对未来做一点梦。我听过不止一个人说起过：一太平了，有个家，啊，要好好布置安排一下。让老吴住在前院，管看门，管洒扫应对，出去时留下话，谁来找让他在客厅里等等，漆盒子里有铁观音，香烟在书桌左边抽屉里。老鲁呢，则住在后头小园子里最合适。当真再往下想：老吴要稍为懒一点才好，他得完全依他本性来，尽可借故到天桥落子馆坐坐，有事推给别人做。现在明明是过份“巴结”，不好。他应当有机会在主人工作的藤椅中坐坐，倒一杯好茶喝喝，开开抽屉取三四根烟。而让他去买东西，也必须跟铺子里要一个折扣才对。老鲁大概会把左右邻居的水都包下来。还给对面卖柿子的老太婆挑，有衣服可以让她补补。唔，老鲁多半还要回家种两年地，到田里粮食为蝗虫啃光了或大水冲完时又会坐在老吴门房里等主人回来的。自己想想，不免笑笑。觉得这告诉不得人。这是“落伍思想”，多少民族人类大事不思索，倒看到自己的暮年了，才二十几岁的人哩。而且或许引起人的剧烈批评，说这是布尔乔亚或甚么的。其实呢,想起来虽用第一人称,倒不失为客观,并无把老吴老鲁供自己役使之意。何必如此严重,想想好玩而已。你看老鲁刚刚冲了茶,茶正在你手里热热的。而老吴夹了一卷今天的报纸来了,另一手上是两封远地来的信。有人叫住他们俩,把这个好玩意思问他们,一个是“好唉,好唉”,一个“那敢情好”都笑着走开了。我不知道人那么一问他们喜欢不喜欢。这两个四五十岁的人会不会因此而能靠得紧些,有一种微妙关系结在他们心上呢?我有时傻气得很,活在世界上恐怕不要这东西。不过傻气的人也有。自老吴老鲁一来,学校俨然分为两派,一派拥护老吴,一派拥护老鲁。有时为他们的优劣(其实不好说优劣,优劣只能用在钢笔手表热水壶上!)竟辩论过。我很高兴,我愿意他们喜欢老鲁的人都喜欢老鲁了。至于别的人,我认为他们是根本无可不可,或完全由自己利害观点出发的,可以不予考虑。对于老鲁,有些人的感情可以说是“疼爱”。这好像有点近于滑稽了。可不!原是可笑的。哎,我问你,你是不是一个一点都不可笑的人?我们且问问:

“老鲁,你累不累?”

“累甚么,我的精神是顶年幼儿的来。”

这个“顶年幼儿的”,好新鲜的词儿!我们起初简直不懂,一个山东同学(应说“同事”才对,可是我讨厌这个称呼,)含笑,他是懂的。老鲁说的对。老鲁并不高大。——人太高大一则容易令人叹惜,糟塌塌了材料;再,要不就是显得巍巍乎,不可亲近,不近人情。可是老鲁非常紧凑,非常经济。老鲁全身没有一块是因为要好而练出来的肉。处处有来历,这是挑出来的,这是走出来的,这是为了加快血液循环,喘了气而涨出来的,这是吃苦吃出来的。而且,老鲁有一双微微向外的八字脚!这脚不是特别粗大肥厚,反之,倒是瘦瘦长长且薄薄的。老鲁是从有结晶的沙土里长出来的。一棵枣树,或,或甚么呢,想不起来了,就是一棵枣树吧,得。还要再往下说么,说他倔强的生根,风里吹,雨里打,严霜重露,荒旱大竭,困厄灾难,……那就贫气了,这你不知道!老鲁他倒是晒太阳喝水,该愁就愁,该喜就喜的活了下来。

老鲁十几岁即离家出来吃粮当兵。有一天,学校让我进城买米,我让老鲁一块去。老鲁挟了两个麻布口袋,活活泼泼的这抄一把那掏一撮的看来看去,跟一个掌柜的论了半天价。"不卖?好,不卖咱们走下家。"其实他是看中了那份米,哪里走甚么下家,领着我去看了半天猪秧子,一会儿又回到原来铺子,偏着身子,(像是准备不成立刻就走)扬了头,(掌柜的高高爬在米垛子上,)"哎,胡子!卖不卖,就是那个数,二八,卖,咱就量来!"显然掌柜的极中意这个称呼,他有一嘴乌青匝密的牙刷胡子,他乐了乐,当真就卖了!太阳照得亮亮的,这两个人是一幅画。诸位,我这完全是题外之言。我是忘不了那天的情形。真要说的是那天进城的另外一件事。就是那天,我们在进城的马车上,马车(可没有南京上海或美国电影上的那么美)上是庄稼人,保长,小茶棚的老板娘进城办芝麻糖葵花籽,还有两个穿军装的小伙子。这两个小伙子,我想是机械士或师长勤务兵之类,一个手上一只不走的表,另一个左边犬齿镶了金包嵌绿桃子,他们谈他们的,无缘无故的大起声音来,"我们哪里没有去过,甚么'交通工具'没坐过!飞机火车坦克车;法国大菜,钢丝床!"老鲁不说话,抽他的烟。等他们下了马车,端着肩膀走了,老鲁说,"两个烧包子!"好!这简直是老鲁说的话。老鲁十几岁就当兵了。提起这个,令人惆怅,老是跟老鲁说,"老鲁,甚么时候你来,弄点酒,谈谈你自己的事我们听听。"老鲁则说:"有甚么可谈的,作孽受苦就是了。好唉,哪天。今儿不行,事多。"老说,老说,终没有个机会。

我们就知道一点点。老鲁在张宗昌手下当过兵。"铳子队,"他说。"童子队?"有人不懂。"铳子队!噢,不懂?铳子队就是马弁。"有人懂。"马弁,噢,马弁。"都懂了。"铳子队,都挑些个年轻漂亮小伙子，才头二十岁！”老鲁说。大家微笑。笑现在，也笑从前。大家自然相信老鲁曾是个年轻漂亮小伙子，盒子炮，两尺长鹅黄丝穗子！老鲁他不悲哀，仿佛那个铳子队是他弟弟似的看他自己。他说了一点大帅的事，也不妨说是他自己的事吧：“大帅烧窑子。北京，大帅走进胡同。一个最红的姐儿。窑姐儿叼了枝烟，（老鲁摆了个架势，翘起二郎腿，抬眉细目，眼角迤斜。）让大帅点火。大帅说，‘俺是个土暴子，俺不会点火。’豁呵，窑姐儿慌了，跪下咧，问你这位，是甚么官衔。大帅说，‘俺是山东梗，梗，梗！’（老鲁翘起大拇指，圆睁两眼，嘴微张开半天。从他神情中，我们知道‘梗，梗，梗！’是一种甚么东西。这个字实在不知道怎么写。大帅的同乡们，你们贵处有此说法么？）窑姐儿说是你老开恩带我走吧。大帅说，‘好唉！’（大帅也说‘好唉’？）真凄惨，（老鲁用了一个形容词。）烧！大帅有令，十四岁以下，出来。十四岁过了的，一个不许走，烧！一烧烧了三条街，都烧死咧。”——老鲁叙述方法有点特别。你也许不大弄得清白。可不是，我也不知道大帅为甚么要烧窑子。我们就大概晓得那么一回事就是了。当然，老鲁也是点火烧的一个了。他是铳子队嘛。另外我们还知道一点老鲁吃过的东西。其一是猪食。军队到了一个地方，甚么都没有了，饿了好几天了，老百姓不见影子，粮食没有一颗。老鲁一看，嗨！有个猪圈，猪是早没有了，猪食盆在呐，没办法，用手捧了一把。嘻，“还有两爿儿整个包谷一剖俩的呢，怪好吃！”老鲁说这比羊肉好吃多了。“比羊肉好吃？”有人奇怪，唉，甚么羊肉，白煮羊肉。“也是，老百姓都逃了，掩到一只羊，杀倒了，架上火呼烂了：没盐！”没盐的羊肉，你没有吃过，你就无法知道那多难吃。何况又是瘪了多少日子的肚子。啧啧，老鲁吃过棉花。那年，（他都说得有时间有地方的，我都忘了。）败了，一阵一阵的退。饿得太凶了，都走不动，一步一步拖，有的，老鲁说，“像个空口袋似的颓下去了。”昏昏糊糊的，“队伍像一根烂草绳穿了一绳子烂草鞋，一队鬼。”实在饿狠了。老鲁他不觉得那是自己。可是得走呀，在那个一眼看不到一棵矮树，一块石头的大平地上走。浑身没有一丝气力，光眼皮那还有点儿劲，不撑住，就搭拉下来了。老鲁看见前头一个人的衣服破了一块，白白的棉花绽出来，“吃棉花！前后肚皮都贴上了，”老鲁的脸上黑了一黑，“棉花啊，也就是填到肚里，有点儿东西。吃下去甚么样儿，拉出来还是个甚么样儿！”这我们知道，纤维是不大溶解的。可是真没想到这点儿智识用到这上头来。这种事情于我们，还是不大“习惯”。生命到耗到最后一点点，居然又能回来。这教你想起小时候吹灯，眼看快灭了，松了口气，它又旺起来了，由青转红，马上就雪亮。此极不可思议。且说这些经验于老鲁本身是甚么意义呢？噫，这问题不大“普通”，我们且不必管他。然而，老鲁不经过这些事仍无损其为一个老鲁？老鲁呢，他是希望能够安安稳稳的过一辈子。

老鲁这一辈子“下来”过好几次。他在上海南京都住过。下来时，大概都有了点钱。他说在上海曾有过两间房子，想来还开个小铺子的。南京他弄过一个磨坊。这是抗战以前的事。一打仗，他摔下就跑了。临走时磨坊里还有一百六十多担麦子。离开南京，他身上还有点钱，钱慢慢花完了，“又干上咧”。老鲁是“活过来的”了。他不大怀念那个过去。只有一次，我见他颇为惘然的样子。黄昏的时候，在那个茶棚前，一队驮马过去。赶马的是个小姑娘，呵叱一声，十头八匹马一起洒开步子，背上一个小木鞍桥郭搭郭搭敲着马脊背直响。老鲁细着眼睛，目送过去，兀立良久。他舌尖顶着牙龈肉打了个滚。但在他脱下军帽，抓一抓光头时，他已经笑了：“南京城外赶驴子的，都是十七八岁大姑娘，一根小鞭子，哈哧哈哧，不打站，不歇力，一劲儿三四十里地，一串几十个，光着脚巴鸭子，戴得一头的花！”这么一来，那一百六十担麦子不能折磨他了。老鲁在他的形容中似乎得到一点快乐。“戴得一头的花”，他说得真好。

可是话说回来了，一百六十担麦子是一百六十担麦子呀，不是别的。一百六十担麦子比起一斗四升豆子，就显得更多了。也难怪老鲁要提起好多次。老鲁爱的是钱。他那么挑水，也一半为钱。“公家用的”水挑完了之后还给几个有家眷自己起火的，有孩子，衣服多，不能给人洗的，挑私用的水。多少可以得一点钱。有人问老鲁，“你要钱干甚么？”意思是“你这么样活了大半辈子，还对这个东西认识不清楚么？”有人且告诉他几个故事。某人某人，赤手起家，弄了三部卡车，来回跑缅甸仰光，几千万的家私，一炮也就完了。护国路有所大洋楼，黄铜窗槛绿绒帘子，颤呀颤的沙发椅子，住了一个“扁担”，这扁担挑了二十年，忽然时来运转发了一笔横财，钱是有了，可是人过的极无意思。到了大场面，大家因他是财主，另眼看待，可是他刘姥姥进大观园，手足无措，一身不自在。就是自己家里白磁澡盒都光滑冰冷用着不惯。从前的车站码头上一块吃猪耳朵闷小肠的朋友又没那个敢来攀附他，孤独寂寞，整天摸他的大手。再说，三十年，一个马车夫得了法，房子盖得半条街，又怎么呢，儿子整天为一块瓦片吵架，一家子鸡犬不宁。老鲁说不是这么说。“眼珠子是黑的，洋钱是白的，我家里挣下的几亩田，一定教叔叔舅舅占了卖了。我回去，我老娘不介意，欢欢喜喜的‘啊，我儿子回来了！’我就是光着屁股也不要紧。别人哝，我回来吃甚么？”是的。于是老鲁要攒钱，找钱。到我们这里来，第一着是买了一斗四升豆子。老鲁这回下来时本有几个钱，约十万多一点。（我们那学期的薪水一月二万五。）他一来的确作了不少次主人，请老校警喝酒。连吃带用，又为一个朋友花了四万元。那个朋友队伍上下来，带了一枝枪，想卖，路上让人查到了，关起来，老鲁得为他花钱。剩下那点钱，他就买了豆子了。他这大概是世界上规范最小的囤积了。他想等着起价，不想甚么都涨，豆子直跌！没法，卖给拉马车的。自己常常看见那匹瘦骨嶙峋的白马，掀动大嘴格蹦格蹦的嚼他的豆子。可真气人，一脱手，价钱就俏起来了。

据我们所知，老鲁后来又把他攒积下来的一点钱"运用"过两次。那是在搬了家以后了。且说我们搬了家。从观音寺搬到白马庙。我是跟老鲁一车子去的。车子，马车。老鲁早已经到那边看过，远远就指给我们看，"那边，树郁郁的，喰，是了，旁边有个红红的大房子的。"他好像极欢喜，极兴奋。原因大半是那边"有一口大井，就在开水炉子旁边。"昆明的冬天也一点都不冷。老鲁那天可穿得整整齐齐。不知谁送了一件旧青呢制服，想还是中学时候的东西，老鲁教洗衣老太婆翻了翻，和新的一样。就是小了点。自搬到那边，我住到另一地方，许多事都不大清楚了。过年了(自然是阴历)，一清早到学校看看，学校各处打扫得干干净净。房子算是洋房了，台阶上还有几盆花。老吴门上贴了副春联：

一夜连双岁

五更分二年

是他自己手笔。我猛然想起从前在家里吃的莲子羹来。而老鲁来了，"汪先生来了！"给我作了个揖算拜年。我想起，掏了一千块钱给他。一会儿老吴也来了，我听说他现在地位高了，介乎工差与职员之间了，刚才见面已打了个招呼，怎么……老吴穿校长送他的咖啡色西服。我没等他表示甚么，又掏出一千，说"我昨天赢了钱，你打酒喝。"我心里一算，一共三千，留一千我自己，刚好！其时我身边有个人望着我笑。本说我请客看电影的，现在只有让她请我，一千元留着买一包吉士斐儿。——自此，老吴以"大总管"自居，常衔了个旧烟斗，各处看来看去。有时在办公室门口大叫"老——鲁！""耳朵上哪去了！""要关照多少次？"老鲁对老吴说得上是恨，除了老吴暴病死了，他才会忘记，且会拿出一点钱为他花一花的吧。而且有一个姓胡的校警写了封信给校长，说，"东西是新的好，人是旧的好，"也回来了。胡，二十几岁，派头很新，全是个学生样子，多少事情都由他办了。老鲁就显得更不重要。老鲁似乎很不快乐。——老鲁是因此而不快乐？我知道的，老鲁有一笔钱“陷住了”。老鲁攒积攒积也有卯二十万样子。这钱为一个事务员借去，合资托一个朋友买了谷子。事情不知怎么弄的，久久未有下文。常见老鲁在他的茶炉间独自吃饭，——这时他离群索居，校警之中只一个老刘还有时带了条大狗到他屋子玩玩，来跟他一处吃饭，老鲁是几乎顿顿喝酒。“吃了，喝了，都在我肚子里，谁也别想。”意思是有谁想他的钱似的。我还是不懂，老鲁哪里来的牢骚呢，这样一个人？后来且见他一来就一盘二三十个包子请客，请厨子，请一个女教员所雇女工。我想，这可不得了，老鲁这个花法！渐渐知道，喝，老鲁做了老板了。这包子是学校旁边一个小铺子来的，铺子有老鲁十几万股本。果然，老鲁常蹲在包子铺门前抽他的烟筒，呼噜呼噜。他拿那个新烟筒向我照了照：

“我买了个高射炮！”

佛笃吹着纸媒，抽了一袋，非常满意的样子。

“到云南来，有钱的没钱的，带两样东西回去。有钱的，带斗鸡。云南出斗鸡。没钱，带个水烟筒，——高射炮！”

我挪过一张小凳子，靠门坐下来。门前是一道河，河里汤汤流水，水上点点萍叶，一群小鸭子叱叱咤咤向东，而忽而折向南边水草丛中。呵，鸭子不能叫小鸭子了，颜色早已都黑了。一排尤加利树直直的伸上去。叶子从各种方向承受风吹，清脆有金石声。上头是云南特有的蓝天，圆圆的覆下来。牛哞，哪里有舂臼声音。八年了，我来到云南。胜利了也快十个月。一起吃灰藋菜豆壳虫的都差不多离去了。我起来，捡了块石头奋力一掷，看它跌在水里。

（原载1947年4月1日《文艺复兴》第3卷第2期）

戴车匠

“戴车匠”在我们不但是一个人，一间小店，还是一个地名。他住在东街与草巷相交地方。东街与草巷相交处大家称为草巷口。但对我们说起来这实在不够精确。虽然东街也还比不上别处的巷子大，但街与巷相交总就有四个“口”，左边右边，这边那边。大人们凡事都含胡，因为他们生活中只须这么含胡即可对付过去。我们可不成。比如：巷口街这边有个老太婆摆摊子，卖的是桃子，杏子，香瓜，柿饼，牙枣子，风荸荠，杨花萝卜，泥娃娃，咽咽鸡；对面也有一个老太婆，卖的是咽咽鸡，泥娃娃（有好多种），杨花萝卜（我在别处虽亦见过这种水红色，粗长如指，杨花飞时挑出来卖，生嚼凉拌都脆爽细嫩无比的萝卜，可是没有吃过；我总觉不是我们故乡的那一种，仅略具形似而已），风荸荠，牙枣子，桃子杏子，香瓜，还有柿饼子，完全一样！你说这怎么办？有时还好，可以随便；在她们生意都还不错，在有新货下市时候，她们彼此也都和颜悦色的时候，亲热得像个老姊妹的时候，那就无所谓，我们买谁的都觉得一样。这边那边，一样。有时，可就麻烦，又要处心积虑，又要临时见机，又要为自己利害打算，又要用自己几个钱和显明的倾向态度来打抱不平。而且我们之间意见常不一样。那就得辩论，甚至出恶言恶声，吵闹起来，麻油拌芥菜，各有心中爱，各走各的路。完了，我们之间有一道鸿沟！要十分钟，或要半点钟，或半天，甚至三两天，时间才填平了它，又志同道合，莫逆无间，不恨，不轻视。这两个老太婆又有时这个显得比那个穷，有时那个显得比这个穷。有时这边得到侄儿一点支助，买了一堆骄傲的货色，盛气凌人，不可一世。有时那个的女儿给她作了件新毛蓝布褂子,她就觉得不屑与裤裆里都有补丁的人相较量。她们老是骂架,一骂一整天,老是那些话,骂骂,歇歇,又骂骂。作一笔买卖,数钱拣货;青菜汤送下一大碗干饭,这就有时间准备新的武器,聚了一堆她们自以为更泼剌淋漓的言语,投过去,抛回来,希望伤人要害。这对我们说起来,未免可厌,因为骂人都不好看。尤其她们相骂时,大都是坏天气,全世界都不舒服的时候。她们的生意都非常坏,摊子上尽是些陈旧干瘪的货品,又稀少可怜。她们的恨毒注浥在颓老之中,像下雨天城门口的泥泞。她们的肝火焚烧她们的太阳穴,她们的头发披下来,她们都无望无助,孤苦凄怆,哀哀欲绝。——为甚么没有人劝劝她们呢?你想想看,手放在口袋里,搓摩着温热的铜钱,我们何以为情?我们立着看了半天,渐渐已忘记了想买的东西;不想吃甚么,也不想玩甚么,为一种十分深沉黏著的痛楚所孕育,所教化。——有时,她们会扭住衣角和一点小小发髻打起来,一面嘶声诅咒一面打。她们都打不动了,然而她们用坚硬的瘦骨相冲撞,撕,咬,抓头发,拉破别人的衣服。一场心长力拙,松懈干枯的争斗。她们会有一天有一个打死的。不是死在人手上,自己站脚不稳,踉跄跄一交掼在石头角上碰破脑袋死去。……啊,不说这个吧。告诉你这些只是借此而告诉你虽是那么一街之隔可是距离多远。所以不能含胡,所以不能含胡的说是"草巷口"。草巷口一边是个旱烟店,另一边是戴车匠店。你看要是有个捏小面人的来了,吹糖人的来了,耍木偏戏的来了,背负韦驮,化缘的游方僧人来了,走江湖挂水碗的来了,各种各样惊心动魄的人物事情在那里出现,我们飞奔着去看,你要是说"草巷口",那多急人。你一说"戴车匠家",就多省事明白。大家就一直去,不需东张西望。"戴车匠","戴车匠",这在我们不是三个字,是相连不可分,成为一体的符号。戴车匠是一点,集聚许多东西,是一个中心,一个底子。这是我们生活中的一格,一区,一个本土和一个异国,我们的岁月的一个见证。我们说“戴车匠家”，不说“戴车匠家门前”。一则那么说太噜嗦，再我们似把门外这一切活动，一切景物情感都收纳到他的那间小店里去，似乎是属于它，为它所有；为他，为戴车匠所有了；虽然戴车匠的铺子那么那么小，戴车匠是不沾蘸甚么的那么一个人。戴车匠是一颗珠子，从水里拿出来，不留一滴。——正因为他是那么一个人吧。

我记得戴车匠的板壁上贴的一付小红春联，每年都是那么两句，极普通常见的两句：

室雅何须大
花香不在多

虽是极普通常见，甚至教人觉得俗，俗得令人厌恶反感，可是贴在戴车匠家就有意义，合适，感人。虽然他那半间店面说不上雅不雅，而且除了过年插一枝山茶，端午菖蒲艾叶石榴花，八九月或者偶然一枝金桂，一朵白荷以外，平常也极少插花——插花的壶是总有一个的，老竹根，他自己车床上琢出来的，总供在一个极高的方几上。说是“供”，不是随便说，确是觉得那有一种恭敬，一种神圣，一种寄托和一种安慰，即使旁边没有那个小小的瓦香炉，后面不贴一小幅神像。我想我不是自以为然，确是如此。我想，你若是喜爱那个竹根壶，想花钱向他买来，戴车匠准是笑笑，“不卖的。”戴车匠一生没有遇过几个这样坚老奇怪的根节，一生也不会再为自己车旋一个竹壶。它供在那里已经多少年，拿去了你不是叫他那个家整个变了个样子？他没有想得太多，可是卖这个壶是他从来没有想到过的。他只有那么一句话，笑笑，“不卖的”。别的问答他不知道，他不考虑。你若是真的去要，他也高兴。因为有人喜爱他喜爱得成了习惯的东西，你就醅新了他的感情。他也感激你，但他只能说：“我给你留意吧，要再遇到这样的竹子。”会留意的，他当真会留意的，他忘不了。有了，他就作好，放在高高的地方，等你去发现,来拿。——你自然会发现,因为你天天经过,经过了总要看一看。他那个店面是真小。小,而充实。

小,而充实。堆着,架着,钉着,挂着,各种各样的东西。留出来的每一空间都是必须的。从这些空间里比从那些物件上更看出安排的细心,温情,思想,习惯,习惯的修改与新习惯的养成,你看出一个人怎样过日子。

当门是一具横放的榉木车床,又大又重,坚硬得无从想像可以用到甚么时候。它本身即代表了永远。那是永远也不会移动的,简直好像从地里长出来的,一个稳定而不表露的生命。这个车床没有问题比戴车匠岁数还要大,必是他父亲兼业师所传留下来的。超过需要的厚实是前代人制作法式。(我们看从前的许多东西老觉得一个可以改成两个三个用。)这个车床的形貌有些地方看起来不大讲究。有的因材就用,不拘小节,歪着扭着一点就听它歪着扭着一点,不削斲太多以求其平直,然而这无妨于它大体的俨然方正。用了这许多年了,许多不光致斧凿痕迹还摸得出来,可是接榫卡缝处吻投得真紧,真确切,仿佛天生的一个架子,不是一块块拼拢来的。多少年了,不摇,不晃,不走一点样!这个车床占了几乎二分之一的店堂,显然这是最重要的东西,其余一切全附属于它,且大半是从这个车床上作出来的。大车床里头是一个小车床。戴车匠作一点小巧东西则在小车床上。那就轻便得多,秀气得多,颜色也浅,常擦摩处呈牙黄色,光泽异常,木理依约可见,这是后来戴车匠自己手制的。再往里去,一伸手是那张供香炉竹壶高几。车床后面有仅容一人的走道。挨着靠墙而放的一条桌向里去,是内室了。想来是一床,一灯案,低梁小窗,紧凑而不过分杂乱。当有一小侧门,通出去是个狭长小天井。看见一点云,一点星光,下雨天雨水流在浅浅的阴沟里。天井中置水缸二口,一吃一用;煮饭烧茶风炉两只。墙阴凤仙花自开自落,砖缝里几丝草,在轻风中摇曳,贴地爬着几片马齿苋,有灰蓝色螟蛾飞息。凡此虽非目睹,但你见过许多这样格局的房子,原是极契熟的。其实即从外面情形,亦不难想像得知。——他吃饭用的碗筷放在那里呢?条桌上首墙上,他挖开了一块,四边钉板,安小门两扇,这就成了个柜子。分成几隔,不但碗筷,他自己的茶叶罐子烟荷包,重要小工具,祖传手绘的图样,订货的底子,跟他儿子的纸笔,女人的梳头家私,全都有了妥停放处。屈半膝在骨牌凳上,可以方便取得。我小时颇希望能有个房间有那样一个柜子,觉得非常有趣。他的白蜡杆子,黄杨段子,桑木枣木梨木材料则搁在高几上一个特制架上,堆得不十分整齐,然而有一种秩序,超乎整齐以上的秩序。(车匠所需木料不多。)架子的支脚翘出如壶嘴,就正好挂一个蝈蝈笼子!

戴车匠年纪还不顶大,如果他有时也想想老,想得还很暧昧,不管惨切安和,总离着他还远,不迫切。他不是那种一步即跌入老境的人,他只是缓缓的,从容的与他的时光厮守。是的,他已经过了人生的峰顶。有那么一点的,颤栗着,心沉着,急促的呼吸着,张张望望,徬徨不安,不知觉中就越过了那一点。这一点并不突出,闪耀,戴车匠也许纪念着,也许忽略了。这就是所谓中年。

吃过了早饭,看儿子夹了青布书包,(知道他的生书已经在油灯下读熟,为他欢喜。)拿了零用钱,跳下台阶,转身走了,戴车匠还在条桌边坐了一会。天气很好。街上扫过不久,还极干净。店铺开了门的不少,也还有没有开的。这就都要一家一家的全打开的。也许有一家从此就开不了那几块排门了,不过这样的事究竟不多。巷口卖烧饼油条的摊子热闹过一阵,又开始第二阵热闹了。烧饼棰子敲得极有精神,(棰子是从戴车匠家买去的。)油条锅里涌着金色泡沫。风吹着丁家绵线店的大布招卷来卷去。在公安局当书办的徐先生埋着头走来,匆忙的向准备好点头的戴车匠点一个头,过去了。一个党部工友提一桶浆子在对面墙上贴标语。戴车匠笑,因为有一张贴倒了。正看到知道一定有的那一张,"中华民国万岁",他那把短嘴南瓜形老紫沙壶已经送了出来,茶泡好了，这他就要开始工作了。把茶壶带过去，放在大小车床之间的一个小几上，小几连在车床上。坐到与车床连在一起的高凳上，戴车匠也就与车床连在一起，是一体了。人走到他的工作之中去，是可感动的。先试试，踹两下踏板，看牛皮带活不活；迎亮看一看旋刀，装上去，敲两下；拿起一块材料，估量一下，眼睛细一细，这就起手。旋刀割削着木料，发出轻快柔驯的细细声音，狭狭长长，轻轻薄薄的木花吐出来。……

木花吐出来，车床的铁轴无声而精亮，滑滑润润转动，牛皮带往来牵动，戴车匠的两脚一上一下。木花吐出来，旋刀服从他的意志，受他多年经验的指导，旋成圆球，旋成瓶颈状，旋苗条的腰身，旋出一笔难以描画的弧线，一个悬胆，一个羊角弯，一个螺纹，一个杵脚，一个瓢状的，铲状的空槽，一个银锭元宝形，一个云头如意形……狭狭长长轻轻薄薄木花吐出来，如兰叶，如书带草，如新韭，如番瓜瓤，戴车匠的背佝偻着，左眉低一点，右眉挑一点，嘴唇微微翕合，好像总在轻声吹着口哨。木花吐出来，挂一点在车床架子上，大部分从那个方洞里落下去，落在地板上，落在戴车匠的脚上。木花吐出来，宛转的，绵缠的，谐协的，安定的，不慌不忙的吐出来，随着旋刀悦耳的吟唱。……

戴车匠上下午各连续工作两个时辰。其中稍稍中断几次，走下来拿点材料，翻翻图样，比较比较两批所作货色是否划一，给车轴加点油。作为了一个货色，握在手里，四方八面端详端详，再修一两刀，看看已经合乎理想，中规应矩了，就放在车床前一块狭狭板上，一个一个排起来。虽然他不赶急，但也十分盼待着把这块板上排得满满的吧。他笑他儿子写字总望一口气写满一张纸，他自己也未始不愿人知道他是个快手。这样的年纪也还有好胜心的。似乎他每天派给自己多少工作，把那点工作作好，即为满意。能分外多作几件就很按捺不住得意了。这点得意只有告诉他女人听，甚至想得到两句夸奖，一点慰劳，哈！他自然可以有时间抽一袋烟，喝两口茶，伸个懒腰；高兴，不怕难为情，也尽管哼两句朱买臣桃花宫老戏，他允许自己看半天洋老鼠踩车推磨，——他的洋老鼠越来越多，它们的住家也特别干净，曲折；逗逗簷前黄雀，用各种亲密陶侃言语。黄雀就竭其所能的唱起来，蓬松了脖子上的毛，耸耸肩，剔剔足，恣酣而矜庄的哢弄了半天，然后用珊瑚小嘴去啄一口食，饮一点水。戴车匠，可又认为它跟叫天子学了坏样，唱不成腔，——初学养鸟人注意：凡百鸟雀不可与叫天子给邻并挂，叫天子是个嗓子冲而无修养训练的野狐禅唱歌家，油腔滑调，乱用表情！在合唱时尤其只听到它的荒怪的逞喉极叫。——一面戴车匠又俯到他的工作上去，有的时候，忽然，他停下来，那就是想到了一点甚么事。或是记一记王老五请的一会甚么时候该他自己首会了；或是儿子塾师过生日，该备一点礼物送去，今年是整五十；或是刘长福托他斡旋一件甚么事，那一头今天该给回话；或是澡堂里听来一个治风湿痛秘方，他麻二叔正用得着，可是六味药中有一味比较生疏，得去问问；或是，哦，老张呀，死了半年多，昨天夜里怎么梦见他了，还好好的，还是那样子，还说了几句话，话可一句也记不得了；老张儿子在湖西屠宰税上跑差，该没有甚么吧？这就教他大概筹计筹计下午该往那里走走，碰些甚么人，作点甚么事，怎么说那些话。他的手就扶上了左额，眼睛眯瞇，不时眨一眨。甚至有时等不及吃饭时再说，就大声唤女人出来商量。有时，甚至立刻进去换了件衣服，拿了扇子就出去了，临走时关照下来，等不等他吃饭；有谁来让候一候还是明天再来；船上人来把挂在门柱上那一串东西交给他拿去，钱或现交或下次转来再带来都可以。……他走了，与他的店，他的车床小别。

平常日子，下午，戴车匠常常要出去跑跑，车匠店就空在那儿。但是看上去一点都不虚乏，不散漫，不寂寞，不无主。仍旧是小，而充实。若是时间稍久，一切，店堂，车床，黄雀，洋老鼠，蝈蝈，伸进来的一片阳光，阳光中浮尘飞舞，物件，空间；隔壁侯银匠的棰子声音与戴车匠车床声音是不解因缘，现在银匠锤子敲在砧子上像绳索少了一股；门外的行人，和屋后补着一件衣服的他的女人，都在等待，等待他回来，等待把缺了一点甚么似的变为完满。——戴车匠店的店身特别高，为了他的工作（第一木料就怕潮），又垫了极厚的地板，微仰着头看上去有一种特别感觉。也许因为高，有点像个小戏台，所以有那种感觉吧。——自然不完全是。

戴车匠所作东西我们好多叫不出名字，不知道干甚么用的。比如二尺长的大滑车，戴车匠告诉我是湖里粮船上用的，因为没有亲身验证，所以都无真切印象。——也许后来，我稍长大，有机会在江湖漂泛，看见过的，但因为悬结得那么高，又在那么大的帆前面，那么大的船，那么大的水，汪洋浩瀚之中，这么一个滑车看上去也算不得甚么了吧。人也大了，不复充满好奇，甚么事多失去惊愕兴趣了。——不过在大帆船上看那些复杂绳索在许多滑车之中溜动牵引，上上下下，想到它们在航行时可起作用，仍是极迷人的。我真希望向戴车匠询问各种滑车号数，好到船上混充内行！滑车真多，一串一串挂在梁上。也许戴车匠自己也没有看人怎样用它吧？不过不要紧，有烧饼槌子，搓烧麦皮子小棒，赶面杖，之字形活动衣架，蝇拂上甘露子形状柄子，……他随处可以看见自己手里作出来的东西在人手里用。老太太们都有个捻线锤，早晚不离手的在巷口廊前搓，一面与人谈桑麻油米，儿女婚嫁。木碗木杓是小儿恩物，轻便，发脾气摔在地下不致挨打挨骂，敲着橐橐的响又可以想它是个甚么他就是个甚么，木鱼，更柝，取鱼梆子，还有你想也想不出的甚么声音的代表。——不过自从我有一次听说从前大牢里的囚犯是以木碗吃饭的（瓷碗怕他们敲破了用来挖空逃跑或以破片割断喉管自杀），则不免对这个东西有了一种悲惨印象。自然这与戴车匠没有甚么关系，不该由他负责。看见有人卖放风筝绕线用的小车子，我们眼中盈盈的是羡慕的光。我们放的是酒坛，三尾，瓦片，不知甚么时候才能使用这么豪侈的器械。阿，我们是忘不了戴车匠的。秋天，他给我们作陀螺，作空钟。夏天,作水枪。春天,竹蜻蜓。过年糊兔儿灯,我们去买轱辘。戴车匠看着一个一个兔儿灯从街上牵过去,在结了一点冰的街上,在此起彼歇锣鼓声中,爆竹硝黄气味,影影沉沉纸灯柔光中。但我最喜欢的还是爬上高台阶向他买"螺蛳弓"。别处不知有无这样的风俗,清明,抹柳球,种荷秧,还吃螺蛳。家家悉煮五香螺蛳一锅,街上也有卖的。一人一碗,坐在门槛上一个一个掏出来吃。吃倒没有甚么(自然也极鲜美),主要还是把螺蛳壳用螺蛳弓一个一个打出去。——这说起不易清楚,明年春天我给你作一个吧。戴车匠作螺蛳弓卖。我们看着他作,自己挑竹子,选麻线,交他一步一步作好,戴车匠自己在小几上蓝花大碗中拈一个螺蛳吃了,螺壳套在"箭"上,很用力的样子(其实毫不用力)拉开,射出去,半天,听得得的落在瓦沟里(瓦匠扫屋每年都要扫下好些螺壳来),然后交给我们。——他自己儿子那一把弓特别大,有劲,射得远。戴车匠看着他儿子跟别人比射,细了眼睛,半晌,又没有甚么意义的摇摇头。

为甚么要摇摇头呢?也许他想到儿子一天天大起来了么?也许。我离开故乡日久,戴车匠如果还在,也颇老了。我不知因何而觉得他儿子不会再继续父亲这一行业。车匠的手艺从此也许竟成了绝学,因为世界上好像已经无须那许多东西,有别种东西替代了。我相信你们之中有很多人根本就无从知道车匠店到底是怎么回事,你们没有见过。或者戴车匠是最后的车匠了。那么他的儿子干甚么呢?也许可以到铁工厂当一名练习生吧。他是不是像他父亲呢,就不知道了。——很抱歉,我跟你说了这么些平淡而不免沉闷的琐屑事情,又无起伏波澜,又无熔裁结构,逶逶迤迤,没一个完。真是对不起得很。真没有法子,我们那里,就是这样的,一个平淡沉闷,无结构起伏的城,沉默的城;城里充满像戴车匠这样的人;如果那也算是活动,也不过就是这样的活动。——唔,不尽然,当然,下回我们可以说一点别的。我想想看。

(原载1947年10月《文学杂志》第2卷第5期)

鸡鸭名家

刚才那两个老人是谁？

父亲在洗刮鸭掌，每个蹠蹼都撑开细细看过，是不是还有一丝泥垢，一片没有刮尽的皮，样子就像是作着一件精巧的手工似的。两付鸭掌，白白净净，一只一只，妥妥停停的一排。四个鸭翅，也白白净净，一只一只，妥妥停停一排。看起来简直绝对想不到那是从一只鸭子身上取下来的，仿佛天生成这么一种好吃东西，就这样生的就可以吃了，入口且一定爽糯鲜甜无比，漂亮极了，可爱极了。我忍不住伸手用指头去捏捏弄弄，觉得非常舒服。鸭翅尤其是血色和匀，丰满而肉感。就是那个教我拿着简直无法下手的鸭肫，父亲也把它处理得极美。他握在手里，掂了一掂"真不小，足有六两重！"用他那把角柄小刀从栗紫色当中闪着钢蓝色的那儿一个微微凹处轻轻一划，一翻，蕊黄色鱼子状的东西绽出来了。"你说脏，脏甚么！一点都不！"是不脏，他弄得教我觉得不脏，我甚至没有觉得臭味。洗涮了几次，往鸭掌鸭翅之间一放，样子名贵极了，一个甚么珍奇的果品似的。我看他作这一切，用他洁白的，熨贴的，然而男性的，有精力，果断，可靠的手作这一切，看得很感动。王羲之论锺张书，"张精熟过人，"又曰"须得书意转深，点画之间皆有意，自有言所不得尽其妙者，事事皆然。""精熟，""有意，"说得真好。我追随他的每一动作，以心，以目，正如小时看他作画。父亲一路来直称赞鸡鸭店那个伙计，说他拗折鸭掌鸭翅，准确极了，轻轻一来，毫不费事，毫不牵皮带肉，再三赞叹他得着了"诀窍"，所好者技，进乎道矣，相信父亲如果落到鸡鸭店作伙计，也一定能作到如此地步的！

这个地方鸡鸭多，鸡鸭店多，教门馆子多，一定有不少回回。回回多，当有来历，是一颇有兴趣问题。我们家乡信回教的极少，数得出来的，鸡鸭店则全城似只一家。小小一间铺面，干净而寂寞，经过时总为一种深刻印象所袭，一种说不出来的东西与别人家截然不同。铺子在我舅舅家附近，出一个深巷高坡，上了大街，拐角上第一家便是。主人相貌奇古，一个非常的大鼻子，真大！鼻子上一个洞，一个洞，通红通红，十分鲜艳，一个酒糟鼻子。我从那一个鼻子上认得了甚么叫酒糟鼻子。没有人告诉过我，我无师自通，一看见那个鼻子就知道了："酒糟鼻子！"日后我在别处看见了类似而远比不上的鼻子，我就想到那个店主人。刚才在鸡鸭店我又想到那个鼻子！从来没有去买过鸡鸭，不知那个鼻子有没有那样的手段？现在那个人，那爿店，那条斜阳古柳的巷子不知如何了。……

一串螃蟹在门后叽哩咕噜吐着泡沫。

打气炉子呼呼的响。这个机械文明在这个小院落里也发出一种古代的声音，仿佛是《天工开物》甚至《考工记》上的玩意了。

一声鸡啼。一个金彩灿丽的大公鸡，一只很好的鸡，在小天井里徘徊顾盼，高傲而冷清。架上两盆菊花，一盆晓色，一盆懒梳妆。——大概多数人一定欣赏懒梳妆名目，但那不免过于雕琢著意，太贴附事实，远不比晓色之得其神理，不落形象，妙手偶得，可遇不可求。看过又画过这种花的就可以晓得，再没有比这更难捉摸的颜色了，差一点就完全不是那回事！天晓的颜色是甚样子么呢，可是一看到这种花叆叆叇叇，清新醒活的劲儿，你就觉得一点不错，这正是"晓色"！心中所有，笔下所无的两个字。

我们刚回来一会儿，买了鸭翅，鸭掌，鸭舌，鸭肫，八支蟹，青菜两棵，葱一小把，姜一块回来。我来看父亲，父亲整天请我吃，来了几天，吃了几天。昨天晚上隔了一层板壁，他睡在外面房间，我睡在里头，躺在床上商议明天不出去吃了，在家里自己作。不要多，菜只要两个，一个蟹，蒸一蒸，不费事，——喝酒；一个舌掌汤，放两个菜头烩一烩——吃饭。我父亲实在很会过日子，一个人在外头，一高兴就自己作饭，很会自得其乐！——那几支蟹买得好，在路上已经有两个人问过，好大蟹，甚么地方买的，多少钱一斤，很赞许的样子，一个老先生，一个女人，全都自然极了，亲切极了，可是我们一点也不认识，真有意思！大都市里恐怕很少这种情形了。

那两个老人是谁呢，父亲跟他们招呼的，在沙滩上？——

街上回来，行过沙滩。沙滩上有人分鸭子。三个，——后来又来了一个，四个，四个汉子站在一个大鸭圈里，在熙熙攘攘的鸭子里，一个一个提起鸭脖子，看一看，分别丢在四边几个较小鸭圈里。看的甚么？——四个人都是短棉袄，有纽子扣得好好的，有的只掖上，下面皆系青布鱼裙。这一带江边湖边，荡口桥头，依水而住，靠水吃水的人，卖鱼的，贩菱藕的，收鸡头芡实，经营芦柴茭草生意的，类多有这么一条青布裙子。昨天在渡口市摊上看见有这种裙子在那儿卖，我说我想买一条，父亲笑笑。我要当真去买，人家准不卖，以为我是开玩笑的。真想看一个人走来讨价还价，说好说歹，这一定是很值得一看的。然而过去又过来，那两条裙子竟是原样放着，似乎没有人抖开前前后后看过！这种裙子穿在身上，有甚么好处，甚么方便，有甚么感情洋溢出来呢？这与其说是一种特别装束，不如说是一种特别装束的遗制，其由来盖当相当古远。似乎为了一点纪念的深心，他们才那么爱好这条裙子，和头上那种瓦块毡帽。这么一打扮，就“像了”，所有的身份就都出来了。“我与我周旋久，宁作我”，生养于水的，必将在水边死亡，他们从不梦想离开水，到另一处去过另外一种日子，他们简直自成一个族类，有他们不改的风教遗规。——看的是鸭头，分别公鸭母鸭？母鸭下蛋，可能价钱卖得贵些？不对！鸭子上了市，多是卖给人吃，养老了下蛋的十只里没有一只。要单别公母，弄两个大圈就行了，把公的赶到一边,剩下不就全是母的了,无须这么麻烦。是公是母,一眼还不就看出来,得要那么捉起来放到眼前认一认么?就几个小圈里分明灰头绿头都有。——沙滩上悠悠窅窅,安静极了,然而万籁有声,江流浩浩,飘忽着一种广大深微的呼吁,一种半消沉半积极的神秘意向,极其悄怆感人。东北风。交过小雪了。真的入了冬了,可是江南地暖,虽已至“相逢不出手”时候,身体各处却还觉得舒舒服服,饶有清兴,不很肃杀。天有微阴,空气里潮润润的。新麦,旧柳,抽了卷须的豌豆苗,散过了絮的蒲公英,全都欣然接受这点水气,很久没有下雨了。鸭子似乎也很满意这样的天气,显得比平常安静得多。脖子被提起来,并不表示抗议。——也由于那几个鸭贩子提得是地方,一提起,就势儿就摔了过去,不致令它们痛苦,甚至那一摔还会教它们得到筋肉伸张的快感,所以往来走动,煦煦然很自在的样子,一摔也看不出悲惨。人多以为鸭子是很会唠叨的动物,其实鸭子也有默处的时候,不过这么一大群鸭子而能如此雍雍雅雅,我还从未见过!它们今天早上大都得到一顿饱餐了罢。——甚么地方来了一阵煮大麦芽的气味,香得很,一定有人用长柄大铲子慢慢的搅和着,就要出糖了。——是称称斤量,分开新鸭老鸭?也不对。这些鸭子全差不多大,没有问题,全是今年养的,生日不是四月就是五月初头,上下差也差不了几天。骡马看牙口,鸭子不是骡马。要看,也得叫鸭子张嘴,而鸭子嘴全闭得扁扁的!黄嘴也扁扁的,绿嘴也扁扁的。掰开来看全都是一圈细锯齿,它的板牙在肚子里,膝囊里那堆石粒子!嘴上看甚么呢?——我已经断定他们看的是鸭嘴。看甚么呢?哦,鸭嘴上有点东西!有一个一个印子,刻出来的。有的是一道,有的两道,有的一个十字叉叉,那个脸红通通的小伙子,(他棉袄是新的,鞋袜干干净净,他不喝酒,不赌钱,他是个好“儿子”,他有个很疼爱他的母亲。我并不嫉妒你!)尽挑那种嘴上两道的。这是记认。这一群鸭子不是一家养的,主人相熟,一伙运过江来,搅乱了,现在再分开各自出卖？对了，不会错的，这个记认作得实在有道理。

江边风大，立久了究竟有点冷，走罢。

刚才运那一车子鸡的夫妻俩不知到了那里。一板车的鸡，一笼一笼堆得高高的。这些鸡算不算他们自己的？算他们的，该不坏了，很值几文呢。看样子似不大像，他们穿得可大不齐整。这是作活，不是上庙烧香，不是回娘家过节，用不着打扮，也许。这付板车未免太笨重了一点，车本身比那些鸡一定重得多。——虽然空车子拉起来一定又觉得很轻松的。我起初真有点不平，这男人岂有此理，让女人在前头拉，自己提了两个看起来没有多大分量的蒲包在后头自自在在的踱方步，你就在后头推一把也不妨呀？父亲不说甚么，很关心的看他们过去。一直到了快拐弯的地方，我们一相视，心里有同样感动了。这一带地怎么那么不平，那么多的坑！车子拉动了之后，并不怎么费力的，陷在坑里要推上来才不容易。一下子歪倒了，赶紧上去救住，不但要气力，而且要机警灵活，压着撞着都不轻。这下子，够受的！他抵住了，然而一个轮子还是上不来。我们走过来，两个老人也跑了过来。我上去推了一把，毫无用处，还是老人之一捡了一块砖煞住一个老往后滑的轮子，那个男子（我现在觉得他很伟大，很敬佩他），发一声喊，车上来了！不该走这条路的，该稍为绕绕，旁边不还稍为平点么。她是没有看到？是想一冲冲过去的？他要发脾气了，埋怨了！然而他没有，不但脸上没有，心里也没有。接过女人为他拾回来的落掉的瓦块帽子，掸一掸草屑，戴上，“难为了，”又走了，车子吱吱吜吜拉了过去。我这才听见，怎么刚才车轴似乎没有声音呢？加点油是否好些？他那两个蒲包里是甚么东西？鸡食？路上“歪掉”的鸡？两包盐？

我想起“打花鼓”：

恩爱的夫妻
槌不离锣

这两句老在我心里唱，我一边走，它一边唱，连底下那个“啊呃哎”。这个“啊呃哎”一声一声的弄得我心里很凄楚起来。小时杂在商贾负贩人中听过庙戏多回，不知怎么记得这么两句“一枝花”。后来翻查过戏谱，曾记诵过打花鼓全出，可是一有甚么感触时仍是这两句，没头没脑的尽是哼哼。

这个记认作得实在很有道理。遍观鸭子全身，还有甚么其他地方可以作记认呢？不像鸡，鸡长大了毛色各各不同，养鸡人全都记得，在他们眼中世界上没有两只同样的鸡，（《王婆骂鸡》曲本中列鸡色目甚繁夥贴当，可惜背不全了！）偷去杀了吃掉，剩下一堆毛，他认也认得清。小鸡子则都给染了颜色，在肩翅之间，或红或绿。有老母鸡领着，也不大容易走失。染了颜色不大好看，我小时颇不赞成，但人家养鸡可不是为的给我看的！鸭子麻烦，身上不能染红绿颜色，它要下水，整天浸在水里颜色要褪。到一放大毛，普天之下的鸭子就只有两种样子了，公鸭，母鸭。所有的公鸭都一样，所有的母鸭也全一样。鸭子养在河里，你家养，他家养，在河里会面打伙时极多，虽然赶鸭人对自己的鸭有法调度，可是有时不免要混杂。可以作记认，一看就看出来的只有那张嘴。（沈石田画鸭，总是把鸭嘴画得比实际的要宽长些，看过他三幅有鸭子或专画鸭子的画，莫不如是。）上帝造鸭，没有想到鸭嘴有这么个用处罢。小鸭子，嘴嫩嫩的，刻起来大概很容易，用把小洋刀，钳子，钉头，或者随便甚么，甚至荆棘的刺，但没有问题，养鸭人家一定专有一个甚么东西，轻轻那么一划就成了。鸭嘴是角质，就像指甲似的没有神经，刻起来不痛。刻过的，没有刻过的，只要是一张嘴，一样的吃碎米，浮萍，蛆虫，虾蚤，猫杀子罗汉狗子小鱼，鸭子们大概毫不在乎，不会有一只鸭子发现了，呱呱大叫出来，“咦，老哥，你嘴上怎么回事，雕了花？”想出这个主意的必然是个伶俐聪敏人。这四个汉子中那一个会发明出来，如果从前从未有过这么一个办法？那个红脸小伙子眼睛生得很美，很撩人的，他可以去演电影。——

不，还是鱼裙瓦块帽做鸭子生意！

然而那两个老人是谁呢！

父亲揭起煨罐盖子看看，闻了闻气味，“差不多了，”把一束葱放下去，掇到另一小火的炉上闷起来，打汽炉子空出来蒸蟹。碗筷摆出来，两个杯子里酌满了酒，就要吃饭了。酒真好，我十年来没有喝过这样好酒。父亲说我来了这几天，他比平常喝得要多些，我很喜欢。——

“那两个年纪大的是谁？”

“怎么，——你不记得了？”

我还以为我的话问得突兀，我们今天看见过好几个老人，虽然同时看见，在一处的，只有那两个；虽然父亲跟他们招呼过，未必像我一样对他们有兴趣，一直存在心里罢。他这一反问教我很高兴，分明这是很值得记得的两个人，我的眼睛没有错，他们确是有吸引人的地方的！我以为父亲跟他们招呼时有种特殊的敬爱，也没有错，我一问，他即知道问的是谁。不问，大概父亲也会谈起的。

“一个是余老五。”

余老五！这我立刻就知道了，是高大，广额方颡，一腮帮子白胡子根的那个。刚才我就觉得似曾相识，那里看见过的，想来想去，找不到那个名字，我还以为又是把在另一处看过的一个老人的影子错借来了。他是余老五，真不该忘记。近二十年了，我从前想过他若是老了该是甚么样子，正是这个样子！难怪那么面熟。他不该上这里来，若在家乡街上，我能不认得？——那个瘦瘦小小，目光精利，一小撮山羊胡子，头老微微扬起，眼角微有嘲讽痕迹，行动不像是六十几的人，是——

“陆长庚。”

“陆长庚？”

“陆鸭。”

陆鸭！不过我只能说是知道他，那时候我还小。——不像余老五那是天天见得到的老街坊。

说是老街坊,余大房离我们家很有一截子路,地名大淖,已经是附郭最外一圈,是这条街的尾闾了。余大房是一个炕房,余老五在余大房炕房当师傅。他虽姓余,炕房可不是他开的,虽然他是这个炕房里顶重要的一个人。老板或者是他一宗,恐怕相当远,不大清楚了。大淖是一片大水,由此可至东北各乡及下河县城水道,而水边有人家处亦称大淖。这是个很动人的地方,风景人物皆极有佳胜处,产生故事极多。在这里出入的,多是那种戴瓦块毡帽系鱼裙朋友。用一个小船在河心里顺河而下,可以看到垂杨柳,脆皮榆,茅棚瓦屋之间,高爽地段,常有一座比较齐整的房子,两边墙上粉得雪白,几个黑漆大字,鲜明醒目,一望可见,夏天外头多用芦席搭一个凉棚,绿缸中渍着凉茶,冬天照例有卖花生薄脆的孩子在门口踢毽子,树顶常飘有做会的纸旛或红绿灯笼的,那是"行"。一种是鲜货行,代客投牙买卖鱼虾水货,荸荠慈菇,芋艿山药,鸡头薏米,种种杂物。一种是鸡鸭蛋行。鸡鸭蛋行旁边常常是一爿炕房。炕房无字号,多称姓某几房,似颇有古意,而余大房声誉最著,一直是最大的一家。

余五整天没有甚么事情,老看他在街上逛来逛去,而且到那里提了他那把紫沙茶壶,坐下来就聊,一聊一半天。而且好喝酒,一天两顿,一顿四两。而且好管闲事,跟他毫无关系的事,他也要挤上来说话。而且声音奇大,这条街上一爿茶馆里随时听见他的声音。有时炕房里差个小孩子来找他有事,问人看见没有。答话人常是"看没有看见,听倒听见的。再走过三家门面,你把耳朵竖起来,找不到,再回来问我。"他一年闲到头,吃,喝,穿,用,全不缺。余大房养他。只有春夏之间,不大看见他影子了。

不知多少年没有吃那种"巧蛋"了。巧蛋是孵小鸡没有孵出来的蛋。不知甚么道理,常常有些小鸡长不全,多半是长了一个小头，下面还是个蛋，不过颜色已变，黄黄的，上面略有几根毛丝；有的甚至连翅膀也全了。只是出不了壳。出不了壳，是鸡生得笨，所以这种蛋也称为“拙蛋”，说是小孩吃不得的，吃了书念不好。可是通常反过来称为“巧蛋”了，念书的孩子也就马马虎虎准许吃了。虽然并不因为带一个巧字而鼓励孩子吃。这东西很多人不吃的。因为看上去有点发酥发麻，想一想也怪不舒服。这大概与性的不洁观念有点关系。对于不吃的人，我并不反对。有人很爱，到时候千方百计的去找。很惭愧，我是吃过的，而且只好老实说，味道很不错。吃都吃过了，赖也赖不掉，想高雅也高雅不起来了。——吃巧蛋的时候，看不见余五了，清明前后，正是炕鸡子的时候。接着，又得炕小鸭子，四月。

蛋先得挑一挑，那多是蛋行里人责任，那一路，那一路收来的蛋，他们都分得好好的，鸡鸭也有“种口”，那一种容易养，那一种长得高大，那一种下得蛋，他们全知道。分好了，剔一道，薄壳，过小，散黄，乱带，日久，全不要。“乱带”是系着蛋黄的那道韧带断了，蛋黄偏坠到一边去了，不那么正正中中的悬着了。

再就是炕房师傅的事了。在一间暗屋子里，一扇门上开一个小圆洞，蛋放在洞上，闭一只眼睛，睁一只眼睛，反覆映着，谓之“照蛋”。第一次叫“头照”。头照是照“珠子”，照蛋黄中的胚珠，看受过精没有，用他们说法，是看有过公鸡，或公鸭没有。没有过公鸡公鸭的，出不了小鸡小鸭。照完了，这就“下炕”了。下炕后三四天，（他们是论时辰的，不会这么含胡，三四天是我的印象。）取出来再照，名为“二照”，二照照珠子“发饱”没有。头照很简单，谁都作得来，不用在门洞上，用手轻握如筒，蛋放在底下，迎着亮，转来转去，就看得出有没有那么圆圆的晕晕的一点影子了。二照比较要点功夫，胚珠是否隆起了一点，常常不容易断定。二照剔下来的蛋拿到外头卖，还是一样，一点看不出是炕过的。二照之后，三照四照，隔几天一次，三四照之后的蛋就变了。到知道炕里蛋都在正常发育，就不再动它，静待出炕“上床”。

下了炕之后，不大随便让人去看。下炕那天照例三牲五事，大香大烛，燃鞭放炮，磕头拜敬祖师菩萨，很隆重庄严。炕房一年就作一季生意，赚钱蚀本就看这几天。但跟余五熟识，尤其是跟父亲一起去，就可以走进炕边看看。所谓“炕”，是一口一口缸，里头涂糊泥草，下面不断用火烘着。火要微微的，保持一定温度。太热了一炕蛋就都熟了，太小也透不进去。甚么时候加点糠或草，甚么时候去掉一点，这是余五职分。那两天他整天不离开一步。许多事情不用他下手，他只须不时看一看，吩咐两句话，有下手从头照着作。余五这可显得重要极了，尊贵极了，也谨慎极了，还温柔极了。他说话细声细气，走路也轻轻的，举止动作，全跟他这个人不相称。他神情很奇怪，像总在谛听着甚么似的，怕自己轻轻咳嗽也会惊散这点声音似的，聚精会神，身体各部全在一种沉湎，一种兴奋，一种极度敏感之中。熟悉炕房情形的人，都说这行饭不容易吃，一炕下来，人要瘦一套，吃饭睡觉也不能马虎一刻，这样前前后后半个多月！从前炕房里供余五抽烟的。他总是躺在屋角一张小床上抽烟，或者闭目假寐，不时就壶嘴喝一口茶，哑哑的说一句甚么话。一样借以量度的器械都没有，就凭他这个人，一个精细准确而复杂多方的“表”，不以形求，全以神遇，用他的下意识来判断一切。这才是目睹身验着一个一个生命怎么完成，多有意思事情！炕房里暗暗的，暖洋洋的，空气里潮濡濡的，笼着一度暧昧含隐的异样感觉，怔怔悸悸，缠绵持续，惶恐不安，一种怀春含情的感觉。余老五也真是有一种“母性”，虽然这两个字不管用在从前一腮帮子黑胡根子，现在一腮帮子白胡根子的余五身上都似颇为滑稽。

蛋炕好了，放在一张一张木架上，那就是“床”。床上垫棉花，放上去，不多久，就“出”了，小鸡子一个一个啄破蛋壳，啾啾叫起来。听到这声音，老板心里就开了花，而余五眼皮一搭拉，已经沉沉睡去了，小鸡子在街上卖的时候，正是余五呼吸大睡的时候。——鸭子比较简单,连床也不用上,难的是鸡。

卖小鸡小鸭是很有意思的行业。小鸡跟真正的春天一起来,气候也暖了,花也开了。而小鸭子接着就带来了夏天。"春江水暖鸭先知,"说的岂是老鸭?然而老鸭多半养在家里,在江水中游泳的似不甚多。画春江水暖诗意画出黄毛小鸭来,是极自然的,然而事实上大概是错的。小鸡小鸭都放在一个竹编浅篰有盖大圆盒子里卖,挑了各处走,似乎没有吆唤的。一路走,一路啾啾的叫,好玩极了。小鸡小鸭皆极可爱,小鸡娇弱伶仃,小鸭常傻气固执。看她们窜跑跳跃,感到生命的欢欣。提在手里,那点微微挣抗搔骚,令人心中砰砰然动,胸口痒痒的。

余大房何以生意最好?因为有一个余老五,余老五是这一行的一个"状元"。余老五何以是状元?他炕出来的小鸡跟别人家的摆在一起,来买的人一定买余老五的鸡,他的小鸡特别大。刚刚出炕的小鸡刚从蛋里出来,照理是一样大小,不过是那么重一个,然而余五鸡就能大些。上戥子称,上下差不多,而看上去他的小鸡要大一套!那就好看多了,当然有人买。怎么能大一套呢?他让小鸡的绒毛都出足了。鸡蛋下了炕,比如要几十个时辰,可以出炕了,别的师傅都不敢到那个最后限度,小鸡子出得了,就取出来上床,生怕火功水气错了一点,一炕蛋整个的废了,还是稳点罢,没有胆量等。余五大概总比较多等一个半个时辰。那一个半个时辰是顶吃紧时候,半个多月功夫就在这一会现出交代,余五也疲倦到达到极限了,然而他比平常更觉醒,更敏锐。他那样子让我想起"火眼狻猊","金眼鵰"之类绰号,完全变了一个人,眼睛陷下去,变了色,光彩近乎疯人狂人。脾气也大了,动辄激恼发威,简直碰他不得,专断极了,顽固极了。很奇怪的,他倒简直不走近火炕一步,半倚半靠在小床上抽烟,一句话也不说。木床绵絮准备得好好的,徒弟不放心,轻轻来问一句"起了罢"摇摇头,"起了罢?"还是摇摇头,只管抽他的烟,这一会儿正是小鸡放绒毛的时候。这是神圣的一刻。忽而作然而起，“起！”徒弟们赶紧一窝蜂取出来，简直才放上床，就啾啾啾啾的纷纷出来了。余五自掌炕以来，从未误过一回事，同行中无不赞叹佩服，以为神乎其技。道理是简单的，可是人得不到他那种不移的信心。不是强作得来的，是天才，是学问，余五炕小鸭，亦类此出色。至于照蛋煨火等节目，是尤其余事了。

因此他才配提了紫沙壶到处闲聊，一事不管，人家说不是他吃老板，是老板吃着他，没有余老五，余大房就不成其为余大房了，没有余大房，余老五仍是一个余老五。甚么时候他前脚跨出那个大门，后脚就有人替他那把紫沙壶接过去了，每一家炕房随时都在等着他。从前每年都有人来跟他谈的，他都用种种方法回绝了，后来实在麻烦不过，他开玩笑似的说“对不起，老板坟地都给我看好了！”

父亲说，后来余大房当真托人在泰山庙，就在炕房旁边，给他谈过一小块地，买成没有买成，可不知道了。附近有一片短松林，我们从前老上那儿放风筝，蚕豆花开得紫多多的，斑鸠在叫。

照说，陆长庚是个更富故事性的人，他不像余五那么质实朴素。余五高高大大，方肩膀，方下巴，到处方，而陆长庚只能算是矮子里的高人，属于这一带所说“三料个子”一型，眉毛稍为有点倒，小小眼睛，不时眨动眨动，嘴唇秀小微薄而柔软，透出机智灵巧，心窍极多，不过乍一看不大看得出来，不仅是他的装束，举止言词亦带着很重的农民气质，安分，卑怯，愿谨，虽然比一般农民要少一点惊惶，而绝望得似乎更深些。就是这点绝望掩盖而且涂改了他的轻盈便捷了。他不像余五那样有酒有饭，有保障有寄托，他受的折磨、伤害、压迫、饥饿，都多。他脸小，可是纹路比余五杂驳，写出更多人性。他有太多没有说出来的俏皮笑话，太多没有浪费的风情，没有安慰，没有吐气扬眉，没有——我看我说得太逞兴了，过了一点分！所以为此，只因为我有点气愤，气愤于他一定有太多故事没有让我知道。余五若是个为人所敬重的人,他应当是那一带茶坊酒座,瓜架豆棚的一个点缀,是一个为人所喜爱的角色,可是我父亲知道他那点事完全是偶然;他表演了那么一回,也是偶然!

母亲故世之后,父亲觉得很寂寞无聊。母亲葬在窑庄。窑庄我们有一块地,这块地一直没有收成,沙性很重,种稻种麦,都不适宜。那么一片地,每年只得两担荒草作租谷,父亲于是想辟成一个小小农场,试种棉花,种水果,种瓜。把庄房收回来,略事装修,他平日即住在那边,逢年过节,有甚么事情才回来。他年轻时体格极强,耐得劳苦,凡事都躬亲执役,用的两个长工也很勤勉,农场成绩还不错。试种的水蜜桃虽然只开好看的花,结了桃子还不够送人的,棉花则颇有盈余,颜色丝头都好,可是因为好得超过标准,不合那一路厂家机子用,后来就不再种了。至今政府物产统计表上产棉项下还列有窑庄地方,其实老早已经一朵都没有了。不过父亲一直还怀念那个地方,怀念那一段日子,他那几年身体弄得很好,知道了许多事情,忘记了许多事情,从来没有那么快乐满足过。我由一个女用人带着,在舅舅家过,也有时到窑庄住几天,或是父亲带我去或是我自己来了,事前连通知都不通知他!

那天我去,父亲正在屋后园子里给一棵礬杏接枝。这不是接枝的时候,不过是没有事情作,接了玩玩。接枝实在是很好玩,两种不同的树木会连在一起生长,生长而又起变化,本来涩的会变甜了,本来纽子大的会有拳头大,多神奇不可思议的事!他不知接了多少,简直看见树他就想接!手续很简单,接完了用稻草一缠就可以了。不过虽是一根稻草,却束得妥贴坚牢,不会松散。削切枝条的,正是这把角柄小刀,用了这么些年了,还是刀刃若新发于硎。我来是请他回家过节,问他我们要不就在这里过节好不好。而一个长工来了:

"三爷,鸭都丢了!"

"怎样都丢了?"

这一带多河沟港汊，出细鱼细虾，是很适于养鸭地方。这块地上老佃户倪二，父亲原说留他，可是他对种棉花不感兴趣，而且怎么样也不肯相信从来没有结过棉花地方会出棉花，这块地向来只长荞麦，胡萝卜，绿豆，红毛草！他要退租，退租怎么维生，他要养鸭；鸭从来没有养过怎么行，他说从前帮过人，多少懂一点；没有本钱，没有本钱想跟三爷借。父亲觉得不能让他再种红毛草了，很对不起他，应当借给他钱。为了好玩，父亲也托他买了一百只小鸭，贴他一点钱，由他代养。事发生手，他居然把一趟鸭养得不坏，父亲高兴，说：

"倪二，你不相信我种棉花，我也不相信你养鸭子，可是现在田里是甚么，一朵一朵白的，那是甚么？"

"是棉花。河里一只一只肥的，是——鸭子！"

"事在人为。明年我们换换手，你还是接这块地种，现在你相信它能出棉花了。我明年也来养鸭！"

父亲是真有这样意思的，地土适于植棉，已经证实，父亲并没有打算一直在这里呆下去，总得有人接过。后来田还是交给倪二了。可是因为管理不善，结出来的朵子越来越伶仃了。鸭，父亲可没有自己去养，他是劝劝倪二也还是放弃水面，回到泥土，总觉得那不大适合他，与他的脾气个性，甚至血统都不相宜，这好像有一种命定安排似的，他离不开生长红毛草的这一片地，现在要来改行已经太晚了。人究竟不像树木，可以随便接枝。即树木，有些接枝也不能生长的。站在庄头场上，或早或晚，沉沉雾霭。淡淡金光中，可以看到倪二喳喳吃吃赶着一大阵鸭子经过荡口，父亲常常要摇头。

"还是不成，不'像'！他自己以为帮人喂过食，上过圈，一窝鸭子又养得肥壮，得意得了不得，仿佛是老行家了，可是样子总不大对。这些鸭子还没有很认得他，服他、依他，他跟鸭子不能那么完全是一家子似的。照理，都就要卖了，应当简直不用拘束，那根篙子轻易不大动了。我没有看见过赶鸭用这种神情赶鸭的!”

他把“神情”两个字说得很重,仿佛神情是个甚么可以拿在手里挥舞的东西似的。倪二老实一点,可是我父亲对他不能欣赏他是也可以感觉到的,倪二不服,他有他的话:

“三爷,您看!”

他的意思是就要八月中秋,马上就可以赶到市上变钱,今年鸡鸭上好市面,到那个时候倪二再说他当初为甚么要改业,看看倪二眼光如何,手段如何。父亲想气他一气,说:

“倪二,你知道你手里那根篙子有多重?人说篙子是四两拨千斤,是不是只有四两?”

这就非教倪二红脸不可了,伤了他的心,他那根篙子搦得实在不顶游刃得体,不够到家。不过父亲没有说,怕太损了他的尊严。

养鸭是很苦的事。种田也是很苦的事,但那是另外一种苦。问养鸭人顶苦是甚么,很奇怪的,他们回答“是寂寞”。这简直不能相信了,似乎寂寞只是坐得太久,谈得太多,抽烟喝茶度日的人才有的感情,“乡下人”!会“寂寞”吗?也许寂寞是人的基本感情之一,怕寂寞是与生俱来的,襁褓中的孩子如果不是确知父母在留心着自己,他不肯一个人睡在一间屋子里。也可能这是穴居野处时对于不可知的一切来袭的恐惧心理的遗传,人总要知觉到自己不是孤身的面对整个自然。种地不是一个人的事情,车水,薅草、播种、插秧、打场、施肥,有歌声,有锣鼓,有打骂调笑,相慰相劳,热热闹闹,呼吸着人的气息。而养鸭是一种游离,一种放逐,一种流浪。一清早,天才露白,撑一个浅扁小船,才容一人起坐,叫作“鸭撇子”,手里一根竹篙,竹篙头上系一个稻草把子或破巴蕉蒲扇,用以指挥鸭子转弯入阵,也用以划水撑船,就冷冷清清的离了庄子,到一片茫茫的水里去了。一去一天,直到天压黑,才回来。下雨天穿蓑衣,太阳大戴笠子,凉了多带件衣裳,整个被人遗忘在这片水里。“连个说说话的人都没有”。这句话似极普通,可是你看看养鸭人的脸，听起来就有无比的悲愁。在那么空寥的地方，真是会引起一种原始的恐惧的，无助、无告、忍受着一种深入肌理，抽搐着腹肉，教人想呕吐的绝望，“简直要哭出来”！单那份厌气就无法排遣，只有拚命叭达旱烟。远远的可以听到一两声人声，可是眼前是这些扁毛畜生！牛羊，甚至猪，都与人切身相关，可以产生感情，要跟鸭子谈谈心实在是很困难。放鸭的如果不是特别有心性，会自己娱悦，能弄一点甚么东西在手上作作，心里想想的，很容易变成孤癖怪物，冷漠而褊窄。父亲觉得倪二旱烟瘾越来越大，行动虽还没看出甚么改变，可是有点甚么东西正在深重起来，无以名之，只有借用又是只通用于另一阶级的名词：犬儒主义。

可是鸭子肥得倪二欢喜，他看定了好利钱，这支持着他。

前两天倪二说，要把鸭子赶去卖了，已经谈好了，行用，卡钱，水脚，全算上，连底三倍利。就要赶，问父亲那一百只鸭怎么说，是不是一起卖。父亲关照他留三十只，送送人，也养几只下蛋，他要看自己家里鸭子下两个双黄玩玩。昨天晚上想起来，要多留二十只，今天叫长工去荡里跟倪二说一声。

“鸭都丢了！”

倪二说要去卖鸭，父亲问他要不要人帮一帮，怕他一个人对付不了。鸭子运起来，不像鸡装了笼子，仍是一只小船，船上准备人的粮食，简单行李，鸭圈一大卷，人在船，鸭在水，一路迤迤逶逶的走。鸭子路上要吃，还是鱼虾水虫，到了那头才不瘦膘减分量，精神好看。指挥拨反全靠那根篙子。有人可以在大江里赶十天半月，晚上找个沙洲歇一歇，这不是外行冒充得来的。

“不要！”

怕父亲还要说甚么，他偷偷准备准备，留下三十只，其余的一早赶过荡，过白莲湖，转到大湖里，到邻县城里去了。长工一到荡口，问人：

“倪二呢？”

“倪二在白莲湖里，你赶快去看看，叫三爷也去看看，——一趟鸭子全散了！”

白莲湖是一口小湖，离窑庄不远，出菱，出藕，藕肥白少渣滓，荷花倒是红的多。或散步，或乘船赶二五八集期，我们也常去的，湖边港汊甚多，密密的长着芦苇。新芦苇长得很高了。莲蓬已经采过，荷叶颜色发了黑，多半全破了，人过时常有翡翠鸟冲过掠过，翠绿的一闪，疾速如箭，切断人的思绪或低低的唱歌。

小船浮在岸边，竹篙横在船上，篙子头上的破蒲扇不知那里去了。倪二呢？坐在一个石辘轳上，手里团着他的瓦块帽子，额头上破了一块皮，在一个人家晒场上，为几个人围着，他好像老了十年。他疲倦了，一清早到现在，现在是下半天了，他一定还没有吃过饭，跟这些鸭子奋斗了半日。他的饭在船上一个布口袋里，一袋子老锅巴。他坐着不动，看不出他心里甚么滋味，不时头忽然抖一抖。好像受了震动。——他的脖子里的沟好深，一方格一方格的，颜色真红，烧焦了似的。那么坐着，脚恐怕要麻了，好傻相的脚！父亲叫他：

“倪二。”

“三爷！”

他像个孩子似的哭起来了。——怎么办呢？

“去找陆长庚，他有法子。”

“哎，除非陆长庚。”

“只有老陆，陆鸭。”

陆长庚在那里？

“多半在桥头茶馆。”

桥头有个茶馆，为的鲜货行客人，蛋客人，陆陈粮行客人，区里，县里，党部里来的人谈话讲生意而设的，卖清茶，代卖烟纸，洋杂，针线，香烛，鸡蛋糕，麻酥饼，七厘散，紫金锭，菜种，草鞋，契卷，小绿颖毛笔，金不换黑墨，何通记纸牌。这一带闲散无事人常借茶馆聚赌玩钱。有时纸牌，最为文雅。有时麻雀，那付牌有一张红中丢了，配了牌九上一张杂七，这杂七于是成为桌上最关心的一张牌了。有时推牌九，下旁注的比坐下来拿牌的要多，在后头呼吆喝六，帮别人呐喊助威的更多。船从桥边过，远远的就看到一堆兴旧忘形的人头人手，走过了一段，还听得到“七七八八——不要九！”“磨一点，再磨一点，天地遇牯牛，越大越封侯！”呼声。常在后来看斜头胡的，有人指点过，那就是陆长庚，这一带放鸭的第一手，浑号陆鸭，说他自己简直就是一只老鸭。——瘦瘦小小，神情总是在发愁的样子。他已经多年不养鸭了，见到鸭就怕了，运气不好，老是瘟。

“不要你多，十五块洋钱。”

十五块钱在从前很是一个数目了。许多人都因为这个数目而回了回头，看看倪二，看看陆长庚，桌面上顶大的注子是一吊钱三三四，天之九吃三道。

说了半天，讲定了，十块钱，看一家地杠通吃，红了一庄，方去。

“把鸭圈全拿好，倪二你会赶鸭子进圈的？我吆上来，你就赶，鸭子在水里好弄，上了岸七零八落的不好捉。”

这十块钱太赚得不费力了！拈起那根篙子，撑到湖心，人仆在船上，把篙子平着在水上扑一气，嘴里啧啧咕咕不知叫点甚么，吓——都来了！鸭子四面八方，从芦苇缝里像来争甚么东西似的，拚命的拍着翅膀，挺着脖子，一起奔到他那只小船的四围来。本来平静寥阔湖面，一时骤然热闹起来，全是鸭子，不知为甚么，高兴极了，喜欢极了，放开喉咙大叫，不停地把头没在水里，翻来翻去。岸上人看到这情形，都忍不住大笑起来，连倪二都笑了，他笑得尤其舒服。差不多过齐了，篙子一抬，嘴子曼声唱着，鸭子马上又安静起来，文文雅雅，摆摆摇摇，向岸边游来，舒闲整齐有致。兵法用兵第一贵“和”，这个字用来形容那些鸭子真恰切极了。他唱的不知是甚么，仿佛鸭子都很爱听，听得很入神似的，真怪！

“一共多少只?”

“三千多。”

“三千多少?”

“三千零四十二。”

他拣一个高处,四面一望。

“你数数,大概不差了。——嗨!你这里头怎么来了一只老鸭!是那一家养的老鸭教你裹来了!”

倪二分辩,分辩也没有用,他一伸手捞住了。

“它屁股一撅,就知道。新鸭子拉稀屎,过了一年的,才硬。鸭肠子搭头的那里有个小箍道,老鸭子就长老了。吃新鸭子,不喝酒,容易拉肚,就因为鸭肠子不老。裹了人家鸭自己还不知道,只知道多了一只!”

“我不要你多,只要两只。送不送由你。”

怎么小气,也没法不送他,他已经到鸭圈里提了两只,一手一只,拎了一拎。

“多重?”

他问人。

“你说多重?”

有人问他。

“六斤四,——这一只,多一两,六斤五。这一趟里顶肥的两只。”不相信,那里一两也分得出,就凭手拎一拎?

“不相信,不相信拿秤来称。称得不对,两只鸭算你的;对了,今天晚上上你家里喝酒。”

称出来,一点都不错。

“拎都用不着拎,凭眼睛看,说得出这一趟鸭一个一个多重。”

不过先得大叫一声才看得出来。鸭身上有毛,毛蓬松着看不出来,得惊它一惊,一惊,鸭毛就紧了,贴在身上了,这就看得出那一个肥那一个瘦。

“晚上喝酒了,在茶馆里会。不让你费事,鸭先杀好。”

他刀也不用,一个指头往鸭子三岔骨处一揿,两只鸭挣扎都不挣扎就死了。

“杀的鸭子不好吃,鸭子要吃呛血的,肉才不老。”

甚么事他都是轻描淡写,毫不大惊小怪。说话自然露出得意,可是得意之中还是有一种对于自己的嘲讽,仿佛这是并不稀奇的事,而且正因为有这点本领,他才种种不如别人。他日子过得很不如意,种一点地,种的是豆子。“懒媳妇种豆”,豆子是顶不要花工夫气力的。从前放过鸭,可是本钱都蚀光了。鸭子瘟起来不得了,只要看见一个鸭摇一摇头,就完了。还不像鸡,鸡瘟起来比较慢,灌得胡椒香油,还可以有点救。鸭,一个摇头,个个摇头,马上,都不动了。比在三岔骨上揿一指头还快。常常一趟鸭子放到荡里,回来时只有自己一个人了。看着死,毫无办法。陆长庚吃的鸭可太多了,他发誓,从此决不再养。

“倪老二,十块钱不白要你的,我给你送到。今天晚了,你把鸭圈起来过一夜,明天一早我来。三爷,十块钱赶一趟鸭,不算顶贵噢?”

他知道这十块钱将由谁来出。

当然,第二天大早他来时仍是一个陆长庚,一夜七戳五在手,输得光光的。

“没有！还剩一块!”

这两个人都老了,时候过起来真快。两个老人怎么会到这里来了呢？现在在作甚么呢？父亲也不大清楚,我请父亲给我打听打听,可是一直还没有信来。——忽然想起来,那个分鸭子的年青小伙子一定是两老人之一的儿子,而且是另一老人的女婿。我得写封信去问问。也顺便问问父亲房东家养在院子里的那只大公鸡不知怎么了。——这只公鸡,他们说它有神经病,我看大概不是神经病。一窝小鸡买进来时本来是十只,次第都已死去,只剩下这个长命。不过很怪，常常它会曲起一只脚来乱蹦乱跳一气，就像发了疯似的。可能是抽筋，不过鸡会抽筋么？它左脚有点异样，脚趾全向里弯，有点内八字，最外一个而且好像短了一截，可能是小时教甚么重东西压的。是这影响它生理上有时不大平衡么？父亲说怕是受刺激太深，与它的同伴的死有关，那当然是开玩笑。——哎哟，一年了，该没有被杀掉风起来罢？这两天正是风鸡的时候。

（原载 1948 年 3 月 15 日《文艺春秋》第 6 卷第 3 期）

异 秉

一天已经过去了。不管用甚么语气把这句话说出来,反正这一天从此不会再有。然而新的一页尚未盖上来,就像火车到了站,在那儿喷气呢,现在是晚上。晚上,那架老挂钟敲过了八下,到它敲十下则一定还有老大半天。对于许多人,至少这在地的几个人说起来,这是好的时候,可以说是最好的时候,如果把这也算在一天里头。更合适的是让这一段时候独立自足,离第二天还远,也不挂在第一天后头。

晚饭已经开过了。

“用过了?”

“偏过偏过,你老?”

“吃了,吃了。”

照例的,须跟某几个人交换这么两句问询。说是毫无意思自然也可以,然而这也与吃饭不可分,是一件事,非如此不能算是吃过似的。

这是一个结束,也是一个开始。

帐簿都已一本一本挂在帐桌旁边“钜万”斗子后头一溜钉子上,按照多少年来的老次序。算盘收在柜台抽屉里,手那么抓起来一振,梁上的珠子,梁下的珠子,都归到两边去,算盘珠上没有一个数字,每一个珠子只是一个珠子。该盖上的盖上,该关好的关好。(鸟都栖定了,雁落在沙洲上。)只有一个学徒的在“真不二价”底下拣一堆货,算是做着事情。但那也是晚上才做的事情。而且他的鼻涕分明已经吸得大有一种自得其乐的意趣,与白天挨骂时吸得全然两样。其余的人或捧了个茶杯，茶色的茶带烟火气；或托了个水烟袋，钱板子反过来才搓了的两根新媒子；坐着靠着，踱那么两步，搓一搓手，都透着一种安徐自在。一句话，把自己还给自己了。白天他们属于这个店，现在这个店里有这么几个人。

每天必到的两个客人早已来了，他们把他们的一切都带了来，他们的声音笑貌，委屈嘲讪，他们的胃气疼和老刀牌香烟都带来了，像小孩子玩“做人家”，各携瓜皮菜叶来入了股。一来，马上就合为一体，一齐度过这个“晚上”，像上了一条船。他们已经聊了半天，换了几次题目。他们唏嘘感叹，啧啧慕响，讥刺的鼻音里有酸味，鄙夷时披披嘴，混和一种猥亵的刺激，舒放的快感，他们哗然大笑。这个小店堂里洋溢感情，如风如水，如店中货物气味。

而大家心里空了一块。真是虚应以待，等着，等王二来，这才齐全。王二一来，这个晚上，这个八点到十点就甚么都不缺了。

今天的等待更是清楚，热切。

王二呢，王二这就来了。

王二在这个店前廊下摆一个摊子，一个甚么摊子，这就难一句话说了。实在，那已[illegible]叫摊子，应当算得一个小店。摊子是习惯说法。王二他有那[illegible]套架子，板子；每天支上架子，搁上板子：板子上一排平放着的七八个玻璃盒子，一排直立着的玻璃盒子，也七八个；再有许多大大小小搪瓷盆子，钵子。玻璃盒子里是瓜子，花生米，葵花籽儿，盐豌豆，……洋烛，火柴，茶叶，八卦丹，万金油，各牌香烟，……盆子钵子里是滷肚，熏鱼，香肠，煤虾，牛键，猪头肉，口条，咸鸭蛋，酱豆瓣儿，盐水百叶结，回肠豆腐干。……一交冬，一个朱红腊笺底下洒金字小长方镜框子挂出来了，“正月初一日起新增美味羊羔五香兔腿”。先生，你说这该叫个甚么名堂？这一带人呢，就省事了，只一句“王二的摊子”，谁都明白。话是一句，十数年如一日，意义可逐渐不同起来。

晚饭前后是王二生意最盛时候。冬天，喝酒的人多，王二就更忙了。王二忙得喜欢。随便抄一抄，一张纸包了；（试数一数看，两包相差不作兴在五粒以上。）抓起刀来（新刀，才用趁手），刷刷刷切了一堆（薄可透亮）；铛的一声拍碎了两根骨头：花椒盐，辣椒酱，来点儿葱花。好，葱花！王二的两只手简直像做着一种熟练的游戏，流转轻利，可又笔笔送到，不苟且，不油滑，像一个名角儿。五寸盘子七寸盘子，寿字碗，青花碗，没带东西的用荷叶一包，路远的扎一根麻线。王二的钱龙里一阵阵响，像下雹子。钱龙满了时，王二面前的东西也稀疏了，搪磁盆子这才现出它的白，王二这才看见那两盏高罩子美孚灯，灯上加了一截纸套子。于是王二才想起刚才原就一阵一阵的西北风，到他脖子里是一个冷。一说冷，王二可就觉得他的脚有点麻木了，他掇过一张凳子坐下来，膝碰膝摇他的两条腿。手一不用，就想往袖子里笼，可是不行，一手油！倒也是油才不皴。王二回头，看见儿子扣子。扣子伏在板上记帐，弯腰曲背，窝成一团。这孩子！一定又是姜陈韩杨的韩字弄不对了，多一划少一划在那里一个人商量呢。

里边谈笑声音他听得见，他入神，皱眉，张目结舌，笑。他们说雷打泰山庙旗杆，这事他清楚，他很想[illegible]，脚下有欲动之势。还是留在凳子上吧！他不愿留下扣子一[illegible]人，零碎生意却还有几个的。

到承天寺幽冥钟声音越来越清楚，拉洋车的徐大虎子，一路在人家墙上印过走马灯似的影子，王二把他老婆送来的晚饭打开，父子两个吃起来。照例他们吃晚饭时抽大烟的烤鸭架子挟了个酒瓶来切扇风。放下碗，打更的李三买去羊尿泡。再，大概就不会有人来了。王二又坐了一会，今天早一点吧，趁三碗饭的暖气未消，把摊子收拾了，一件一件放到店堂后头过道里来。

王二东西多，他跟他扣子两个人还得搬三四趟。店堂里这几位是每天看熟了，然而他们还是看，看他过来，过去，像姑娘看人家发嫁妆。用手用脚的是这两个人，然而好像大家全来合作似的。

自然这其间淡漠热烈程度不同。最后至那块镜框子摘下来，王二从过道里带出一捆白天买好的葱。王二把他的葱放在两脚之间而坐下了。坐在那张空着的椅子上。

“二老板！生意好？”

“托福托福，甚么话，‘二老板！’不要开玩笑好不好！”

王二这一坐下，大家重新换了一遍烟茶：王二一坐下，表示全城再没有甚么活动了。灯火照在人家槅子纸上，河边园上乌青菜叶子已抹了薄霜。阻风的船到了港，旅馆子茶房送完了洗脚汤。知道所有人都已得到舒休，这教自己的轻松就更完全。

谈话承前启后的接下来。

这里并未“多”这么一个王二。无庸为王二而把一套话收起来，或特为搬出一套。而且王二来，说话的人高兴，高兴多了一个人听。不止多了一个人听，是来了个听话的人。王二从不打断别人的话，跟人抬杠，抢别人的话说。他简直没有甚么话，听别人的。王二总像知道得那么少，虚怀若谷的听，听得津津有味，“唉”，“噢”，诚诚恳恳的惊奇动色，像个小孩子。最多，比方说像雷打泰山庙旗杆，他知道，他也让你说，末了他补充发挥几句，而已。王二他大概不知道谦虚这两个字到底该怎么讲，于是他就谦虚得到了家了。

这里的人，自然不会有甚么优越感。王二呢，他自己要自己懂得分寸。这里几位，都是店里的“先生”，两个客人，一个在外地做过师爷，看过琼花观的琼花；一个教蒙馆，他儿子扣子都曾经是他学生。王二知道自己决写不出一封“某某仁翁台电”的信，用他自己的话说，“不敢乱来。”

叫一声“二老板”的，当然有一种调侃的意思在。不过这实在全非恶意，叫这么一声真是欢欢喜喜的。为王二欢喜，简直连嫉妒的意思都没有。那个学徒的这时把货拣完了，一齐掳到一张大匾子里。他看看《老申报》，晓得一个新名词，他心里念“王二是个

‘幸运儿’。”他笑,笑王二是个幸运儿,笑他自己知道这三个字。

王二真的是不敢当。他红了若干次脸才能不红。(他是为“二老板”而红脸。)

王二随时像做官的见上司一样,不落落实实的坐,虽然还不至于“斜签着”。即是跟他儿子,他老婆在一处,甚至一个人,他也从不往椅子背上一靠,两条腿伸得挺挺的。他的胳臂总是贴着他的肋骨。他说话时也兴奋,激动,鼓舞,但跳动的是他的肌肉,他的心,他不指手画脚,有为加重语气而来一个响榧子。他吃饭,尽量甚么事都没有,也是赶活儿一样急急吃了。喝茶,到后头大锡壶里倒得一杯,咕噜噜灌下去,不会一口一口的呷,更不会一边呷,一边把茶杯口在牙齿上轻轻的叩。就说那捆葱,他不会到临走时再去拿吗,可他不,随手就带了来。王二从不缺薄,谢三秀才就是谢三秀才,不是甚么“黑漆皮灯笼谢三秀才”。他也叫烤鸭架子为烤鸭架子,那是因为烤鸭架子姓名久经湮没,王二无法觅访也。

“王二的摊子”虽然已经像一个小店了,还是“王二的摊子”。

今天实在是王二的摊子最后一天了。明天起世界上就没有王二的摊子。

王二赁定了隔壁旱烟店半间门面。旱烟店虽还开着门,这两年来实在生意清淡,本钱又少,只能卖两个泡烟师傅,一个站柜的火食,王二来,自然欢迎。老板且想到不出一年,自己要收生意,一齐顶给王二。王二的哥哥王大是个挑萝的,也对付着能做一点木匠活。(王大王二原不住在一起,这以后,王二叫他搬到他家里来住。)已经丁丁东东的弄了两天,一个小柜台即将完成。王二又买了十几个带盖子的洋油铁箱,一口玻璃橱子,一张小桌子,扣子可以记记帐。准备准备,三天之后即可搬了过去。

能不搬,王二决不搬。王二在这个檐下吹过十几个冬天的西北风,他没有想到要舒服舒服。这么一丈来长,四尺宽的地方他爱得很。十几年来他在一定时候,依一定步骤在这里支开架子,搁上板子,那里地上一个坑,该垫一个砖片,那里一根椽子特别粗,他熟得很。春天燕子在对面电话线上唧唧呱呱,夏天瓦沟里长瓦松,蜘蛛结网,壁虎吃苍蝇,他记得清清楚楚。晚上听里边说话已成了个习惯。要他离开这里简直是从画儿上剪下一朵花来。而且就这个十几年里头,他娶了老婆生了扣子,扣子还有个妹妹。他这些盒子盆子一年一年多起来,满起来。可是就因为多起来满起来,他要搬家了。这么点地方实在挤得很。这些东西每天搬进搬出,在人家那儿堆了一大堆也过意不去。风沙大,雨大,下雪的时候,化雪的时候,就别提多不方便了。还有,他不愿意他的扣子像他一样在这个檐下坐一辈子。扣子也不小了。

你不难明白王二听到"二老板"时心里一些综错感情。

于是王二搬家了。王二这就不再在店前摆摊子了。虽然只隔一层墙,究竟是个分别。王二没事时当然会来坐坐,晚上尤其情不自禁的要溜过来的,但彼此将终不免有一分冷清。王二现在来,是来辞行了。他们没有想到这四个字:依依不舍。但说出来就无法否认,虽然只一点点,一点点,埋在他们心里。人情,是不可免的。只缺少一个倾吐罢了。然而一定要倾吐么?

王二呢?他是说来谈谈的。"谈谈"的意思是商量一点事情,甚么事情王二肯听听别人意见。今天更有须要向人请教的。他过三天,大小开了一爿店。是店得有个字号。这事前些日子大家早就提到过。

"二老板!黑漆招牌金漆字,如意头子上扎红彩。写魏碑的有崔老夫子,王二太爷石门颂。四个吹鼓手,两根杠子,嗨唷嗨唷,南门抬到北门!从此青云直上,恭喜恭喜!"

王二又是"托福托福,莫开玩笑"。自然心里也有些东西闪闪烁烁翻动。招牌他不想做,但他少不了有些往来帐务,收条发单,上头得有个图章。他已经到市场逛了逛,买了两本蓝油夏布面子的新帐本,一个青花方瓷印色盒子。他一想到扣子把一方万胜边枣木戳子蘸上印色,呵两口气,盖在一张粉连子上。他的心扑通扑通直跳,他一直想问问他们可给他斟酌定了,不好意思。现在,他正在盘算着怎么出口。他嘀咕着:“明天,后天,大后天,哎呀!——”他着急要来不及了。刻图章的陈老三认识,赶是可以赶的,总不能弄到最后一天去。他心里有事,别人说甚么事,那么用劲,他没听到。他脸上发热,耳朵都红了。

教蒙馆的陆先生叫了一声,

“王老二!”

“唳,甚么事陆先生?”

“你的那个字号啊,——”

“唉。”

“我们大家推敲过了。”

“承情承情!”

“乾啦,泰啦,丰啦,隆啦,昌啦,……都不大合适,这个,这个,你那个店不大,怕不大称。(王二正想到这个。)你末,叫王义成,你儿子叫王坤和,你不是想日后把店传给儿子吗,我们觉得还是从你们两个名字当中各取一个字,就叫王义和好了。你这个生意路子宽,不限甚么都可以做,也不必底下再赘甚么字,就叫‘王义和号’好了。如何,你以为?”

王二一句一句的听进去,他听王少堂说武十回打虎杀嫂也没这么经心,他一辈子没听过这么好听的声音,陆先生点火吃烟,他连忙:

“好极了,好极了。”

陆先生还有话:

“图章呢,已经给你刻好了,在卢先生那儿。”

王二嘴里一声“啊——”他说不出话来。这他实在没有想到!王二如果还能哭,这时他一定哭。别人呢,这时也都应当唱起来。他们究竟是那么样的人,感情表达在他们的声音里,话说得快些,高些，活泼些。他们忘记了时间，用他们一生之中少有的狂兴往下谈。扣子已经把一盏马灯点好，靠在屏门上等了半天，又撑开罩子吹熄了。

自然先谈了许多往事。这里有几个老辈子，事情记得真清楚。王二父亲甚么时候死的，那时候他怎么瘦得像个猴子，到粥厂拾个粮子打粥去。怎么那年跌了一交，额角至今有个疤，怎么捺了个篮子卖花生，卖梨，卖柿饼子，卖荸荠；怎么开始摆熏烧摊子……王二痛定思痛，简直伤心，伤心又快乐，总结起来心里满是感激。他手里一方木戳子不歇的掂来掂去。

“一切是命。八个字注得定定的。抬头朱洪武，低头沈万山，猴一猴是个穷范单。除了命，是相。耸肩成山字，可以麒麟阁上画图。朱洪武生来一副五岳朝天的脸！汉高祖屁股上有七十二颗黑痣，少一颗坐不了金銮宝殿！一个人多少有点异像，才能发。”

于是谈了古往今来，远山近水的穷达故事。

最后自然推求王二如何能有今天了。

王二这回很勇敢，用一种非常严重的声音，声音几乎有点抖，说：

“我呀，我有一个好处：大小解分清。大便时不小便。喏，上毛房时，不是大便小便一齐来。”

他是坐着说的，但听声音是笔直的站着。

大家肃然。随后是一片低低的感叹。

这时门外一声，

“爹！你怎么还不回去？”

来的是王二女儿，瘦瘦小小，像他爹，她手里一张灯笼，女儿后面是他哥哥王大，王大又高又大，一脸络腮胡子，瞪着两眼。

那架老钟抖抖索索的一声一声的敲，那个生锈的钢簧一圈一圈振动，仿佛声音也是一个圈一个圈扩散开来，像投石子水，颤颤巍巍。数。铛，——铛，——铛，——铛，……一共十下。

王二起来。

“来了来了。这么冷的天,谁教你来的!”

“妈!”

忽然哄堂大笑。

“少陪少陪。”

王二走了一步,又站着:

“大后儿,在对面聚兴楼,给个脸,一定到,早到,没有甚么菜,喝一杯,意思意思,那天早晨我来邀。”

“少陪你老。少陪,卢先生。少陪,陆先生,……”

“扣子!把妹妹手上灯笼接过来!马灯不用点了,我拿着。”

大家目送王二一家出门。

街上这时已断行人,家家店门都已上了。门缝里有的尚有一线光透出来。王二一家稍为参差一点的并排而行。王大在旁,过来是扣子,王二护定他女儿走在另一边。灯笼的光圈幌,幌,幌过去。更锣声音远远的在一段高高的地方敲,狗吠如豹,霜已经很重了。

“聋子放炮仗,我们也散了。”师爷与学究连袂出去,这家店门也阖起来。

学徒的上毛房。

十二月三日写成。上海。

(原载1948年3月《文学杂志》第2卷第10期)

林　蒲

渔夫李矮子

这条蜿蜒多姿的河流，是从高上远处的县份流入来的。当河入口处，恰好是这小乡镇往南去途路的出口。东西两匹高大肥壮的山峰，背后各带着一串大大小小的山群，像两只戏玩着的龙虎将来往出入的过路人限制在一条靠东边山的瘦长小径上，把在村外喧哗着的水声吓住了，缓缓引入村庄来滋润田园，饮喂牲口。所以，这五里内外夹谷中的乡镇，除了偶尔有镇公所派人出来打锣传达官府命令，夜晚间按时按刻的打更声，和两三处河水下坝的欢呼声，说得上和平，寂静。谷中居民，也遵守着古老人摆下来的："打鼓卖糖，各做一行。"庄稼人耕种了平地洋田，也参用着火耕办法，把自己分不完精力，用来对付不听话的恶山霸石，山上山下开拓得整整齐齐，在有土有地种得出东西的地方，到时候撒荞子，点番薯，把几匹山点缀得黄华盖一把，绿华盖一把，热闹非凡，让自以为壮游览胜，可以开拓心胸的骚人墨客，摄印在脑子里，写他们"梯山帆海"那一类糊涂文章去了。

在乡镇里，不是春耕秋收的季节，就连气候都很少有人关心到。当人们在茶馆子里，无事时嗑嗑葵花子，彼此常常以今天，昨天或明天的天气，来互相打招呼煞话尾，但那是口头禅，客气话，谁也不把它放在心上；既然不是自己家里的老母鸡抱蛋，谁有关心的闲暇呀？切切实实注意到天气变迁的，应该说是属于四大懒人之一的渔人，他们天天蹲岸边，和地上水里的生活打滚，恶斗，阴晴雨雪，黑云浓雾蔽天的日子，明了大小鱼群的嗜好，选择鱼饵，方位。他们最爱的，是昏昏的太阳天，要大不大，要细不细，鱼儿像刚懂事的黄花女，肯吃钓得老火。冬月间也不怕，天气冷，人遭受不了，水吗，水是温的，鱼儿缩埋在一起，懒得到处跑动，要钓多少是多少；欠缺的是耐性，而人既被目为懒时，则耐性便有的是。这样，得失间，便无怪人常快乐，而鱼儿常遭殃了。

油菜开花，天下响雷的时候，河中母鱼撒春放子，成堆成群往水源处逛着飘着，快乐得像新娘子出嫁远方，一路山高水长，样样都因自己才有的新意义。但遇到母鱼懒心散意，到时候不撒春养儿，人们就将木桶放水面上咚咚咚咚敲打起来，拿一包包火药或者请打铁佬沿河边撒铁花，母鱼认为闪电来了，裤子都会来不及穿的出来撒种摇尾巴；河面上荡漾着鱼儿跳跃的圈圈，地面上弥漫着此起彼落的歌声，大人小孩大家都像完成一件许愿已久的心事。渔人们，不再说："不是迫于生活，那个参鱼作对！"这一类话，他们出色地满处撞，到处幌，像是屋里头有一把米下锅，应验着穷女人爱哭，穷小子们总得哼哼瞎自编起的调调儿："老子生来芥子命呀……撒在荒山遍地生！"他们野声野调的，让人家听来不知道是说河中被撒出的鱼种呢？还是提名挑姓咒骂着自己？

这些穿男人长衫，五幅到底，不去种姜养羊，却要无本生利学做懒人的家伙们，拚生拚死，一味向水里找生活，水里的事情却是晓不得的。一天钓多钓少，不容易说。两边都是生死的玩艺，如果码得到的话，照他们说，天下个个人都想钓鱼了，可不是？天天雨来了雨淋，太阳大了太阳晒，六月里斑鸠，不知春秋地，不是生活累人，谁愿意像庙里头的佛爷菩萨，一辈子船上的桅杆打单儿来参鱼作对？是的，每个人都要有一个家呵，水吗，水是鱼的家，人那能一辈子打单身而没有捉口儿的对对？

"那么，老张，你呢？你讨过婆娘？"

被问的老张，合不拢来张开着的无表情的嘴，看惯浮标的眼睛，仿仿佛佛，日边带雾的："我呀，三月首，再'播秧'了——'婆娘'！"越无所谓越想放弃的，心中越箍越紧越执着。人这东西，就是这样。

有着诙谐性格的老刘，他伸出长长的手臂，像赶鸭子的，伸着长长的竹篙，概括同伴们："我们几个打单身啦！从小就没闻得×味！没得婆娘。有婆娘嘁嘁喳喳，晚上睡不着，白天瞌睡完啦！……你瞌睡来了，她吗，她喊缠你……"他说时是那么认真，颈边两条大筋浮肿起来，脸上笑丝儿没有一道的。有经验的人，看得出，他的拒绝恰好表明了渴望。

他们中在这点上始终无法同道的是李矮子。逢人谈到婆娘，矮子全身火辣辣的，脱下瓜皮小帽，抓抓头皮，心想：这不是跟老子为难，怎样呢？明明是老子女人……到底他女人如何，在心里他没有继续描绘下去，更不便说出口。

团转六六三十六寨子，那个不晓得李矮子勤谨耐劳，为人好，三烟不沾。同样是钓鱼，人家一辈子闻不到×味，他，李矮子，人矮心计长，鸟在天上飞，自由算是自由了，归结还得有鸟窠；一切牲畜，冬天来了，身上的毛都要长厚；鱼呢？鱼鳞子从一小点慢慢向沿边伸长扩大的，冬天生长的没有夏天来得宽，来得亮，较窄，较灰暗，较保温，凡从自然间来的，都得顺服自然的次序。鱼在急流中，总尽力争上游，人在女人旁边，在那指导着感情轮廓的胸脯起伏间，总有点事情做，人不能单让船头上载太阳——度日而已呀？他，矮子，在别人的恭贺声中，在同伴的嫉妒心中，他花费了历年的积蓄，建置下一个家。家是有女人的。

女人是不折不扣的十七十八黄花女。白白胖胖，人材标致。常是沉入自己的回忆里，露出一种梦幻似的本质。不常笑，笑着领狮狮，又娇嫩，又逗人爱；常使好些已失精力安分守己的老年人见到了，发生嫉妒，后悔自己的青春已是虚度。她唯一的缺点是近视。但近视怕什么呢？鱼也是近视的。而鱼是活泼鲜美的。在她那对美丽眸子顾盼中，大家可以看到美的本身是怎样像鱼在晨光中沐浴……而这些，都是留下给矮子一人的。人们说：没有福分享受女人温情的，老天爷才派定他独木单身钓大鱼。矮子，他：大鱼钓得，女人享受得。能够突破职业的安排，才能享有例外呀！……

这无数个九九八十一湾的长河里，流过这乡镇的一段，属于最平稳，产鱼最多的一段，除坝下的地土被水流的方向，划分开无数个各自独立的小岛屿之外，这段河恰好是这弯弓内划分东西村庄的界线。河岸从没有变动过，因之也少有跟水转动的石头；形式虽有内地大河的形式，却绝无沙滩。沿河边稀疏长着几丛石竹，最多的是榕树，和柳树。榕树把它那庞大的身影，投入碧蓝色河流中，早上阳光来时，嬉游的鱼群，便穿织在那疏密有致，枝子上须根的倒影里。一根躺卧水面的粗树干，挡水的一面，结集黄白相间的水沫，渔人们常爬到枝桠处，坐着钓河中心的细鳞鱼，冷天用猪肠子做饵，大太阳天用糯米糍粑加香料，有时用葵花或者青菜，这要看钓那样鱼，分季节来的。如在春夏涨浑水钓鲫鱼，涂瑟，用曲蟺，秋水瘦时，钓白鲦鱼，青鱼，用虾子，豆腐；装娃娃鱼，则用罔罟和炒过的米糠。……当车竿圆圆甩下鱼饵，河里鱼已上钩的时候，总是尽量放完了竿头小车上的鱼绳子，让水中来回摆动着的大鱼随处走耍，然后，绳子慢慢收缩来，鱼出水面惊慌到什么似的拨动着，张大着嘴在接它离水的靴网里；网底的水珠和金色的鱼鳞，阳光中闪烁辉煌的生命。……鱼儿像是在眨眨眼，向上弯曲着尾巴，嘴唇吞吐着像要叫喊出来的样子。有时，真有一两声像小孩子吹木叶似的被幽幽地叫将出来。这使渔人们觉得很奇怪，世界上的声音很多，没有一样是没有意义的，比方豺狼獐子叫着是饿饭，黄鳝叫叫，是想宰，想遭通，鱼儿叫来为那样呢？为快乐？为悲哀？他们想过，他们不懂，他们不想了。

他们最爱的是静，是孤单。在岸边钓鱼，岸上的脚步声，水中听来格外清楚，响亮；鱼既然是近视，听觉发展得特别灵敏，一丝儿突起的风吹草动，都可以吓跑了的。话虽这样说，他们不见得时时保留着沉默，当鱼儿不来吃钓，隔河洗衣女人，又歌声夹杂着砧声撩拨引逗到心儿软软溶溶，他们便不注意竿尾动不动，鱼上钓不上钓，会用加倍宏壮的声音唱出来：

“大河涨水沙浪沙，一对鲤鱼摆尾巴。那天得鱼来下酒？那天得妹来当家？”

这正是他们的需要。他们虽以鱼儿譬喻对方，甘心上钩，却是不折不扣的自己。

以前矮子最爱坐在榕树椏枝上和女人们对嘴。人矮声音出自丹田的，特别响亮，浑圆。但自从当家以后，他老爱一个人躲芦苇深藏的岸边，替自己造一座释迦盘坐的位置，对钓竿看水草像鱼鳞子，有序地纡馀沦漪，澹荡漫衍；河流中小鱼翻转飘流的木叶，坐禅入定，样样都无心做。家像一根无形的绳子，系住他。起首，和婆娘不相见的时候，似乎影响了心中的安静，相对面时，一种表面上的淡扯淡扯，又常变为心中不静的泉源。一种对另一个人关心，升高到须以焦虑、控制来平衡自己日常生活的时候，痛苦是十分痛苦的。

每逢夏天，太阳热辣辣地，矮子带一口袋石头向河的四面扔散着，然后全身脱一个精光，潜入水底，摸着吓坏胆子，脑壳藏入洞里的黄尾巴，白鲦鱼，把它们含嘴里像水老鸦浮出水面来。碰到涨大水，在夏夜，抬一个燃烧着的炭盆，遮盖住熊熊的火光，时时开关向河面的火卡子，从一派火海里，叉刺斯斯文文的大青鱼，扁嘴的涂瑟自浑浊的洪流中。——说时迟，那时快，那玩艺儿，惹得乡镇中的姑娘，老大眼睛都发光了。

“哼，狗入的，算是叉到你了！”矮子说时，脸上常是浮起胜利的微笑，对着涂瑟鱼准备用鳃边的两根刺尖防卫自己时，他敲敲它的头，告诫说：“你再扭，就对不起你了！”

这些一辈子忘不了不想丢的活路，矮子这下也无心去做。在他脑子里，想起婆娘时——偏又是无时无刻不在想，连带出现的是常到他家里走动的保长。保长平时是鼻孔朝天，说三句话摆三个脸孔；纵然有意讨好人，都是舌头软软，专吃骨头，不让别人占便宜的；有人说保长肚子像煽炉，熔化得铜铁；而人，像十二月风一样的尖钻。当保长和矮子表示亲昵的时候，善意的邻居，总用一些暗示的话来点醒矮子。在学校当校役的老罗，矮子自小把他当做老大哥的，坦白叫矮子提防后，又怕矮子太老实了，附在矮子耳边细声说："保长，哼！六月芥菜！——假有心啊！老弟，你不要上当！"

提防当然要提防。但在老婆的行动中总找不到一丝证据。婆娘的小脚，迅疾地踩在石板铺砌的街道上，像河上升起的晚雾流滑过烂水田或深塘沼地，隐隐有生命在中间呼吸着一样。一对会说话的大眼睛，默默凝视着像远处黛色的峰顶吸饮着河山，使不太合适的带了一层厚灰尘的服装，显出洁净的光泽；她穿哪样衣裳都称腰身。说话时适切的语调，还是迎接着他的一询一问，完整到无任何破绽。要说在这光耀的青春的色彩与形态里，包藏着罪恶，那是挑拨和侮辱呵！她曾经大声细说过？曾经假猫哭耗子正经饮泣过？泼辣婆娘偷汉子——那没有例外，九不离十；顺从妻子会反叛丈夫呀？……矮子脑子里，无数蜜蜂在采花酿蜜，保留存储过冬的成分，多过充作眼前粮食的成分。——他倾向保留和保守。

但流言掩盖不住的，像风吹叶子四面八方喧哗着，密合了来。

含着恶意的小伙子，幸灾乐祸地尾着矮子唱："……白得田地水冲沙，白得婆娘不坐家。"矮子听了心想："不对，这不是指我。我的婆娘是拿钱买来，红轿子抬来，不是'白得'的。"

小孩子们当着矮子的面：

"矮子婆娘嫩呦呦，"

——"摸到咯哇？"像合唱似的问。

“中间一条小大沟，”
——“宽呢窄呀？”
“一条泥鳅来上水，”
——“见鬼！见鬼！”
“两个螺丝帮着抽。”
——“抽呀抽！”

矮子暗地里吐一口痰，自己跟自己生气。他相信婆娘的清白。他们间龃龉都未曾有过。“妈！老虎不吃人——硬是恶名在外。”但那一个曾经打锣打鼓宣布婆娘不得这样那样是清白贞洁的？他的郁闷凝在心里，像冬月间的冻雨，迟疑而不即下来。

有一回，北风倒刮着，河水起逆波，鱼儿受惊一样跳跃着，望不到车竿扭，看不准浮标，天气一阵寒似一阵，这是渔人最感觉头痛的“跳鱼不吃钓”的时节，矮子在河边蹲得腿子都昏了，三次甩鱼丝出河面，三次都像水草似的给倒扭在河心。矮子直觉到：“今天硬是鸡爪神抱蛋——要出鬼！”约摸点完一炷香的光景，雨和雹一根根咆吼着从天而下了，打得榕树像遭鬼打一样吱吱叫着，贴壁藤，金狗毛，垂头丧气的。矮子赶到家门口，已是满身湿淋淋，脚干打抖擞，叫半天门，婆娘才慢条斯理地打开来，保长也在座，两个人脸孔，红到耳后根，全屋子充满了生火的干木枝味和淡淡的酒味。婆娘还假镇定地问着刚才和保长谈论未完的话语：

“……又通了，开钱不开呀？”好奇的像说故事一样。矮子一边换衣服一边想：“这些话可以拿到屋头来讲，狗入的，太横逆了，眼中无人！”

“开那样钱？”保长极力压下才刚虚惊过的表情，态度做得雍雍穆穆地：“补锅匠栽筋斗——倒贴二文参咧！开她软面钱！夜晚黑疙疸的事情，莫非大家不知晓？”后面的话好比对婆娘说，间杂着头顶雨雹打屋瓦声，街上怒叫着的风雨声，与偶然飘来的修钉马蹄声，像是合适的拍子。

大家僵持着沉默。婆娘东摸摸西摸摸,装做一点不关心什么的样子。保长静静抽着叶子烟,时时在火炉边磕去了烟灰另装上烟草,一面出力叭着。不长不短的胡子,在火光中映照着金黄的颜色,疏密有序横列着,没有太特别的姿势,反而增加了悦人的性质。他的下巴,实际说来,稍嫌短缩了点,越显出脸蛋的圆,但一种适度的表情和下颏周围表示讨好人的综合轮廓,把几乎是丑角的丑脸美化了;回应女人不避嫌疑的饥饿的眼光,起始有点顾忌,无目的地虚幌着,后来,勇敢地固定地凝视她。有经验的人,看他们那种失魂落魄的神色,会明了这屋子里曾经发生过什么事。他们间,又找到一段对矮子来说几乎是隐语的话头所代替。最后,不是矮子不耐烦,给保长一点颜色看。"这些不要脸的东西,一水车子的话,真是可以摆到有天无日头。"矮子想。

保长走后,女人反常地数着矮子祖宗高声嚷:"你？矮地陀螺,猪屎高？牛屎大？草籽比菅芒？人家是拔了乳齿换金牙,你呀？照照镜子看！敢跟人比!"

矮子阴着不做声。他觉得女人这样对自己,单骂和打是不够的,黄鳝吐泡泡,吱吱叫时——想遭刀通。硬是要通了才带劲,不要脸的东西们!

第二天天一发亮,矮子去学校找老罗,把他眼见的全部事实和可能臆测的部分,全都告诉他。这讲起话来,嘴歪一边的好老人,将自己一生的经历,好的坏的,当做劝慰也当做教训讲说给矮子听,几乎是带了几分矫情:

"个别女人算不得那样毬事!"他说,"人最要紧是职业。我自己干过军队,当过公务员。这下不能捱得,跑得,转来学校当听差。学校里你想没有事呀？我在学校里要负卫生责任,收信送信,事情多得很！一天到黑忙个不完。不过不必肩挑负重,事情轻了点,责任却重了点咯。这便是职业。好比教书老师,他们得钱教书,也是职业。你钓鱼捉鳖,也是职业。"他接着说明负的责任有大小,职业并没有高低贵贱之分。他极力避免提出“保长”的字眼,只说:“他们负行政工作的,就是搞行政职业。把事情搞脱了,就叫失业。一样事不做的,就是无业游民。”失业,无业是可耻的。“……天下间,无文墨写不出文章。无职业不得称为公民。”所以他说:小事不必跟人计较,人要有海量——船多不碍江就叫海量;大事不能随人马虎——要针过线不过就叫做不马虎。“个把女人算那样!找女人不算是职业。丢个把女人吗,好比丢几支破草鞋。……你记住这点,样式可以宽心散意了。”他结论说。

同老罗在一道的,还有个吃了二三十年粮子的王大牛。

王大牛此次从队伍中拉下来,自己称自己什么“荣誉军人”,人家总认为他和过去几十次开小差一样,回转家乡来当几回稻草人——吓吓小麻雀,赶场天骂骂乡下人,不久便会回到生活给他安排下来的固定的地方去,像空气中的灰尘一样,随世浮沉。虽然,他这次回来,真是挂了彩,人已是夹子贡(缺手)提开水壶——独手——的了。他过去给人的印象是:

“儿啊,你给老子少歪点,在那些军长旅长军事长官面前,那些背老德造枪的,我老子都没得看上眼咧!”

“儿啊!在外圈跑的人,吃得活得,灯笼要挂高点——你把眼睛放亮点!你鸡鸡鸭鸭吼那样?那处由得你撒野?”

这些是他的口头禅,也是他的权威。一般不知道他履历的,让他的大话吓住了。知道他履历的,想想自己的身份,不值得和他较量,无形中他占了上风,由得他毛房里脱帽子——出臭风头了。

王大牛,他这次回来,却怪得很,作为和从前全不一样。一回来,便瞎编山歌,到茶馆子里,不要钱,天天义务唱大鼓书,宣传打东洋鬼子,打国仗,嘴就像报纸嘴。还发动慰劳,办合作社,筹开识字运动呀这些个名堂。他找老罗就是找这里学生去做识字班的小先生的。

他听完老罗和矮子的话后,起初是奚落矮子,讪笑矮子。他看到矮子那样认真地铁青着脸孔，慢慢同情了矮子，劝慰矮子说：“打完了国仗，女人剩下来，老弟想要多少是多少。一个女人算得那样毬事！”……

但人总是爱面皮的，鼓响咚咚地就全凭着一张皮。矮子虽是不接受女人悔过似的献给他的比平时加倍的殷勤，在老张他们面前，对女人的行为，却不愿作正面的承认。一天晚上，他和老张穿行西山群中一段林荫路中，背上负网罟到水口长潭湾装娃娃鱼。月亮从山椏处慢慢爬升上来，昏昏黄黄像撒水面上的米糠，沉浸云雾里，近得出处就像在对山背后一样，人们伸手可以摸到她的潮湿。东西村庄怕亮光的鱼群似的，躲藏在阴暗的山脚下。他们坐在一块过路人用做打火石上面歇脚。老张兜一个大弯探询着，叶子间筛下来月光慢慢明亮起来，照在那六十多岁的人的一部整洁的胡须上，一根根蠕动着毛毛虫似的，说明问话人的心情，一步步急剧地在改变。矮子听着，默不作声，顺手捡一块石头扔到脚下的林子里去，沉重的回声惊起了夜鸟盲目地在头顶上盘旋，停落又飞起，发出的翅膀打击树枝的声音，和老张咻咻的话语一样。老张说一些“牛不吃水难摆歪脑壳”，“蚂蚁不叮无缝砖”。他怕矮子会惹是非，罪过移给女人一方时，又不敢下判断。听着这年岁已过半百，仍“未曾闻过×味”的人，说着毫无经验的热心话，矮子若非当事人，一定会大声笑他一阵子的。……

离老张在林子里谈话不久的一个夜晚，同样是如水的月光，河面上山与树的倒影黑白相间着，矮子像田螺掩盖一样藏缩在芦苇丛中，村中高处景物，清晰得如诗如画。鱼绳子虽已甩到河中心去，心绪仍十分凌乱。他下意识地把芦叶分剥下来，揉作小团子，扔到水面上，让水纹一圈一圈地划破水中的圆月和闪烁不定的星子。四野寂静，不断和谐的蛙声，在他与世界间筑一道高墙，里里外外。

不久，“特！特！”卷舌头的呼唤女人的密号，静止了田中一角蛙声，像掀起一角剧幕。

两只狗跑到池塘柳树边，撒完尿彼此亲昵地闻着，假咬着。

“矮子婆娘走耍喽！矮子婆娘！”有人向他的后门压尖嗓子喊，听来像是保长。

他屏息静听，心定到像一尊菩萨只一个念头：“这下你可跑不脱了，等走近点，给你一石头，先打后问。”一想面对面和他拚个你死我活，人就轻快得多。

来的人是两个。一个果然是保长，穿一件白汗衣，只盖完腰，大包头，大裤子，这种装束，使保长显得雄伟英俊。另一个十多岁的小伙子，是镇长的报应儿子，麻子脸蛋，欠钱不还，专讲皇帝话的。当他父亲未做镇长的时候，人家拿他编入歌谱：“麻子麻精怪，下河洗青菜，青菜遭水打，麻子遭鬼打。”他气得眼泪屁流，鼻涕拉扰，说话嘴上尽是疙瘩结舌的不干净。

他们在池塘上，找不到什么动静。保长说：“唉！真倒霉，棉被不盖，跑来蠔壳襄翻筋斗！”

“安……是安逸叻！硬是——喽！”麻家伙疯狂地跑来抱住保长的脚干，差点没把他摔一交。

“滚开！你是见鬼！”保长推开他。“害怕不安逸，你想她是第一次的原头货呀？”秽亵的笑着。

“……得……咯！……哈！哈！”

“唔！是三下就要罢黄，你想她是匹红缎子——贞洁的仅仅属于矮子一人哇？”

“是你约起——来的？在……在床上不好……？”麻家伙问。

“你懂个屁！在外头田坎上，满株株的两颗大奶子！……”

沉默了一会儿。

“矮子呢？晓得不得？”

“他呀？牛屎三寸高，矮地陀螺！晓得不晓得满盘是一样。”

“我说，保长，你提防他点。二天，他……养大了，老罗，王大牛他们背起他,个把保长他还看得起!”

“是嘛,不讲——……她们来咯!”

走田坎上过来的,一个是自己的婆娘,一个是隔壁杨家的么妹。

“哝呀!”婆娘闪了一足,差点滚落田地上,“今天真是见鬼喽!”

鬼跑迎上来:“别吼! ……”

麻家伙说:“我们一个抱一个!”

女人一阵叹息的叫声。“疯狗短命! 疯狗短命! ……”声音越来越低越细腻。……

“妈的! 人家公事在手!”矮子料得打草惊蛇喊出的话是够大声了,实际声音并没有叫出口,话是对自己说的。临到这里,他昏乱到疑心自己是在梦中。四野的蛙声,重又以池塘那边为中心,在月光中筑起一根白濛濛的柱体。两只狗儿无事做,巡逻似的跑到河边来,舐舐矮子的宽衣袖。

“妈! 毬运不来,狗子都要欺人咧!”矮子赶走它,两手痛苦地挂颈子上,头儿勾着,眼睛闭起,身子斜斜依在刺丛边,芦叶覆盖着,像一个诗人所写芦花被诗:“青绫莫为鸳鸯妒,欸乃声中别有春”似的。……

他后来想到河边那一夜,不知是怎样过来的。大约就那样弯弯像虾米一样睡着了,人家说他清早经过镇上大街的时候,全身露水,脚上草鞋不挂一支的,眼睛红红地,样子就像疯狗一样地怕人。

而使他固执地活下来,不至于杀人或自杀的,是王大牛的积极的生活方法和话语。记得那事发生以后,他曾找过老罗借刀子,那一位好人正跟王大牛下象棋,听完全部故事,把前一次所说的话又覆述了一遍,附带还提出一个“理”,他叫矮子去和保长讲“理”——和保长有那样理讲,一些现成的例子,像强行霸占房屋之类,矮子说不出道理来,见却见过的,全乡镇人都见过,有什么理讲？——老罗真的是老糊涂——像王大牛当面说他的，或是生活过得太有规律，变成天上人不知人间事，全说的是一些机器话，天顶话了；人吗，当然是好人，在教训和劝解矮子时，还一把鼻涕，一把眼泪，凡老实人都爱哭，这，矮子是晓得的。但好人有那样用场？哭有那样用场？

王大牛的话，印在矮子脑中的。他首先把女人骂了一顿，把保长大骂了一顿，再则以游戏为例，他说像下象棋：马行日，车走直，炮翻山，卒仔步步行向前不向后，各有各的道理，不这样，不能成为游戏。人为人间的道理，他劝矮子把拴婆娘的缰绳放松点，像河中钓到的大鱼，尽可以放它去浪游一阵子，归结是神回庙，是鬼吗归坟，这是一种办法。要不，鱼儿不要一竿竿的钓，费精神花眼力；要吗，用网一网打尽它，用炸弹炸归一它。这些道理，矮子懂得的。矮子心软，对鱼不能用炸弹，对老婆不忍用刀子，但他也无法和老婆和解。本来"夫妻无隔夜恩怨"，矮子把保长秽亵的笑声，和老婆平时野性的有力的手臂结联着，回味着，焙炙着，老婆给他的是一个晴天霹雳骤下的雨雹，打得他全身湿漉漉了，灵魂深处都觉得冰凉起来，一切记忆加起来都组成了对婆娘敌对的观念。他甚至无法原谅自己啊！

幸好，他热中了王大牛从事的事业。王大牛初回到家乡时，夜晚间拉一群小孩子唱流行的小调，等大人、小孩围成一寨子人那么多时，他就讲东洋鬼子欺负中国人，边唱边说：

"月亮弯弯——哟咿哟；照坡头——呵哟咿哟，
日本鬼子——是哥而梭，斯而梭，梭咯美，
宰耕牛——啰喂；
杀了牲口——哟咿哟；杀人口——呵哟咿哟，
男女老幼——是哥而梭，斯而梭，梭咯美，
都不留——啰喂！"

“婆娘给糟塌了也不留。”他添着说，指着年青的一群。

最初，林中鸟雀不习惯这突如其来的歌声，满林子起飞着。娘儿们一面骂他不要脸，一面耐心听，有的来赶热闹，有些来检新调子。唱歌原是本地人的副业，得闲就要唱，分别只是在山上或是田坎野地里唱出，不在大庭广众当中。起初单王大牛蚂蚁赶场，嘴巴接屁股——拉成线线，自个儿自拉自唱，后来，人听多了，熟了，他唱时，人家跟他唱；他休息了，人家独自儿唱下去。有一回，那是和矮子来往密切交做朋友以后，曾为着一件镇公所的事情，王大牛当面骂了保长一顿，回头和大家唱：“向阳桃子个个红，背阴核桃个个空，日本鬼子个个狠，”大家就截住他，跟他说“喔！喔！王大牛，不唱了：‘矮子婆娘个个×！’”矮子很为王大牛抱不平，他最明白王大牛，心想：“个把女人，在他，算毬事！”却不觉说出了声。直到很久以后王大牛以他自己的正直来替矮子洗脱，矮子这句脱口话还是供人取笑的话柄。当话传到婆娘的耳边时，婆娘睁开大大的眼睛楞半天，跟着，好容易没笑破滑溜溜的肚皮子。

王大牛的洋玩意儿真多。刚发起布鞋劳军运动，把筹备已久的成人识字班也搞起来了。本领相当有两手，学堂里的学生爷，平常不知天高地厚，走起路来，脚下蚂蚁都要多踩死几个的，他请了他们来当先生，义务教课。祠堂里一盏舌尖大的洋油灯，点得亮汤汤，无事时，人们乐得去走要走要，读出兴味来了，吹洋烟似的逃也逃不脱。对出征军人家属，他十分注意，有什么事，只有他一个人，敢到镇公所去拍碰椅桌。镇上人个个传说省里头曾下过公事，叫镇长帮助王大牛积极推行各种工作，这传说实在不实在，谁也无法从各方得到证实。有人大胆问过镇公所的户籍干事，那小子吞吞吐吐，无知的程度和问话人差不厘的；一些保长孙子们，当王大牛面屁也不敢多放一个，背地里，散播王大牛不久就要“滚蛋”之类的谣言，又说他是“休养院”或是“修养院”的王爷兵，委员长都敬仰他们三分，鬼也不敢碰一碰的，说话之中，说明自己的暂时潜伏，正属于“能屈能伸”一类的大丈夫，同时对乡人还不无威吓警告的成分。

不管怎样说，连络，他和省城是有连络的。他创办的合作社开幕那天，城里来了几等几样的人物。他劝大家加入，说是“生产消费合作”，自己钱自己赚，不必经过奸商的剥削，说了一套又一套，谁也听不懂，谁也不信他的。后来合作社的东西，盐比人卖得便宜，油比人卖得便宜，糖也是这样，而且称头足，斤两旺，有人加入，到时候真分到了红利。有时，店中更买了一些成药像万金油，八卦丹，鹧鸪菜来送乡下人医治小孩子。赶场天，城里的医生就假铺面免费看病人。这样，人们便由笑他怀疑他改为信任他，对他的事出心出意地帮着做了。

不单矮子本人对他的事热心，矮子婆娘也是一样。当矮子婆娘把她响应布鞋劳军加倍交上她认捐的份额时，对那整齐的手工，王大牛悄悄附矮子耳边说：“你的婆娘很能干！”后面一句：“你匹敌她不过。”没有说出来，这，矮子是知道的。矮子十分感激他。

有一次，庆祝某省城保卫战什么第三次大捷的，镇子里开了个游艺会，叫矮子婆娘加入，说来说去，脸孔和果子铺一样，顶死也不答应。矮子想给婆娘一点颜色看，扮演一出“打渔杀敌”的故事，他很怕将敌人引到江心拔刀取命时，会做得不像——他从未杀过人，想想都害怕的；当着台下那么多的观众，他怕台词念错了，或是台词念完，戏做完，布幕没有及时放下来，要怎样办？演出那天，他接着王大牛被敌人斫断手臂的节目后，成绩十分好，他原本便是渔人，演来样样逼真。王大牛演时，赢得了同情的气愤与热泪，矮子的紧张情节，激发了高度的热情和无数的掌声——戏是做了，认真上火线，是否有勇气呢？面对敌人肉搏起来的时候，情景跟夏夜刺鱼一样紧张吗？王大牛说演戏是一种准备，矮子把经验过和未经验过的事想了个遍，认为这句话对极了：如果事事有个充分的准备，不会失败的……他想来想去，想得很深很远。

事情一天天繁重，工作一天天加多。王大牛用人又大胆，一无忌惮。镇子上平时一些爱吃懒做的“街蛇”，“恶霸”，专钉女人尾梢的“在地蛇”，“镇港沙（鱼）”，个个变成了合作社“出色的战斗员”——王大牛说的，凭良心讲，他们工作做起来实在是狠。矮子除晚上装装娃娃鱼，鱼早不钓了，他要管三个磨坊米麦的出货，得点空闲，还要上夜学读读书，认认字——婆娘认字是第一，矮子他是倒数第一，这虽无相关，但成何比例，不提了，提起就丢人的。王大牛自己，他带了乡人挖村路，以前只容两个单身人擦肩经过的小路，顺宽到可以通过一部牛车，或三部并肩齐行的单轮车。他还在乡间立了个借工还工制：脚手单的人，无事时拿劳力出借，农忙起来，欠他工的集合起来还了他，原先是一个人做十天才完得了的事，现在十个人一天就做完，快当而有乐趣；这样，无形中把老祖宗传下来：“人工钱，皇帝殿，洗白手，要给钱。”雇工佣工，借债筹款的事，一笔勾消，既省钱，又不费气力，好处是天下人共见，像乡下人所说。到该完钱粮时，他又不放心乡下人单独挑谷子去完纳，在未请准于镇上设立仓库以前，他总得设法伴他们进城去，常惹征收员发脾气，他也不管。这些个忙，还不够，他又是喜欢当众演讲，茶馆里说完一段大鼓书，附带就专讲的打鬼子，抗日本，人家给他一个“抗日神出世”的诨号，他不但不在乎，看样子还乐得要命。有一晚，还说些“人生以服务为目的”，又是“只问工作，不管收获”咧，人家听得什么都不明瞭，等到慢慢问到一点头绪，老刘那些从未闻过×味的缺德家伙们，以婆娘偷汉子打譬维妙维肖把汉子可笑尴尬情形形容了一番，再用笑来遣散自己粗野的渴望。王大牛也由笑的圈子外笑到圈子内，笑得死去活来。且故意像跑惯江湖的拱拱手：“婊子养儿——全靠众人咧！”逗得已将停歇的笑声，重又像刚停止树梢的飞鸟被突然枪声惊起了，“呼”的一声，迸飞出来。

对矮子个人，也是这样，王大牛总是跟他提一些看来是莫测高深的问话。记得有一晚,离矮子向老罗借刀子有一个多月的光景,矮子在坝下一个岛上钓夜鱼。夜色已深沉,远处山峰只能领略到庞大的轮廓,岸草浮大起来,一切距离都拉得接近了,河面又瘦又长,河中星子给水流的颤动拉得闪熠粼粼,挂竹竿颠的玻璃灯,向河面平行伸出去,为使不让鱼群见到光线而走避,往外的一面用黑色纸遮盖着,车竿,灯竿和蹲着的人儿沐浴在亮光中,竿影涟漪在水上,人影深深描刻在草上,树干上,远远看来,恰如镶在岩边的一颗晶莹美丽的蓝宝石,平静而有生命呼吸于和谐里。坝上石桥,偶而晚归的村人,手上的灯光,在河中拖着一条长长的尾巴,迷离如鬼火。矮子溶化在这景色里,动也不动地叭着叶子烟,烟雾默默吐出,笼罩在亮光里,也像是固定的,不可缺少的。王大牛本是为着一件乡镇合作社的事来找矮子,他在矮子背后站着,凝思着,仿佛自己也走入这梦境中,心里有一种难于分析的情绪,低低地像唤醒自己的唤醒矮子,并排坐下来,把好久盘旋在心中的问题开始问矮子:按照古人的说法,小鱼种初被撒出母体未变成小鱼时,假如有什么碰到它,会射到水草里粘起和虾子共同过一段生活,对不对?既然是实在,为什么小鱼大了吃虾子?这样吃法应该不应该?人拿虾子做饵钓到了大鱼又是什么道理?这些问题,矮子想着,又想:"这——这——"吱吱地是思想进行中苦涩的步履声。"……什种!"两字却是对水中跑脱的鱼说的。当时矮子想破了脑壳还得不到结论,现在也得不到。但矮子朦胧里却得到某种暗示的力量了。他自己问自己:"女人是不是虾子?女人当然不是虾子,但确确实实女人是叫男人上当的香饵。没出息的人,才沾惹女人。"矮子想。说也奇怪,也因为这想法,不知道怎样的矮子女人渐渐从他的心目中变得无所谓了,这是千真万确的。为什么?不知道。或者老罗老糊涂说得对:人有相当职业,工作多了,一天忙都忙不过来,个把女人还放在心里呀?所以,人家提到婆娘时,他不怎样难受了——而婆娘那方面会怎样想呢?他不知道,不愿知道。

近来矮子忙,矮子婆娘也忙。婆娘当选了成衣部主任,矮子又是什么生产委员。还有老张,老罗他们个个都官阶随身,神气非常。背着王大牛——没有当他面——大家笑说:“山僻无君——各自封王!”

而王大牛呢,大体说来,是乐观的。他对任何事,都没有抱怨,只有一回,那是宣传兵役时,为一件事,他到镇公所和镇长拍完桌子回来的时候,气色败坏面容枯槁地:“这下,村镇都枯竭了。鱼是鱼尾!钱是钱尾!壮丁是壮丁尾!”平时他总是精神奋发和人谈抗日话,进城替合作社办短缺的货物,人快乐得像一匹毛驴,到处顽皮地踢他一两脚的。有人问他的行为为什么前后判若两人,他说,生与死瞬间得来的教训,是最让人不能一刻忘记的。个人因残废而觉醒,正如弱者应以全部生命所有来保护生命:一个国家反抗外来侵略,也是一样。

一天,他照例去省城回来,比预定更多地押回一车盐巴,还带来一个消息:那使他断了一只手——他日日夜夜痛恨着的日本鬼子的军队已窜到本省边界来了。省城已开始疏散人口和物资。他多运盐巴回来,有必要,本乡镇要变成一个游击战的根据地。他忙碌布置一切,思考一切……幸好平时还有点头绪,才使不同方向的每朵叶子流下的水滴,点点归根到底不漏散,存储着肥沃田地。

王大牛回来的第二或第三天,有一支赴援前线的急行军,开到镇上来,个个异常严肃,铁色的脸幅上写下坚决的意念。新来者与旧居人间俨然有纪律与散漫间无从取得和协的距离。慢慢,动作比动作,话对话交谈下来,大家对土地上秋收冬藏,人事上你来我往,发觉并无两样。下河钓鱼,上山打猎,手法同样纯熟。青年男女关系上痴愚与腼腆处,一样是“山歌易唱口难开”。瞒长官躲树荫里和乡人掷色子,掷三颗骰子在碗中,于输赢得失间有点小不如意,照样鼓着眼珠子金鱼似的,问人家:“格老子——你算么算六?”管膳食的伙伕,和娘儿们打交涉,借菜刀还菜刀,借草还草,动作笨重,说话欠周到时,被七嘴八舌揶揄了一阵;过后,娘儿们想到那傻头傻脑的老实处,又彼此窃笑作乐,说着玩话耍。大家心里拌得暖洋洋地。马儿嘶鸣着,亲切呼应着。河水缓慢地流着。桔子林红得出血在燃烧着落日的余晖。整个和平村子,热闹一团;大家忙着宰牛杀鸡忙招待。矮子他们,和兵爷们说得心儿痒痒的,更有种说不出的道理,使他马上组织一个志愿队,请求加入前线,恰好队伍中也需要熟识本地情形的充当领路,所以他们的请求,经过王大牛一提,便马上被准许了。

次晨,队伍整装出发,村里人全部列队放火炮欢送。矮子拖在队伍的尽尾,枪长人短,时不时用手肘纠正枪杆的歪斜,走三步带跑追两步,那种慎重,认真,仍然是打鱼人扛靴网下河坎的神气,真像是全队伍一条未修饰过的有力的尾巴。

小孩子眼最尖,发现了矮子,高声亲切喊:“矮子!矮子!”

矮子绷着脸头也不回,庄重地走他的路。

他的女人在欢送人群中,看他穿上合作社赠送,——由她亲手联缝的簇新军装下露出一小角补钉过的黑色旧卫生衣,痛苦地倒吸一口气,脸颊抽搐着,眼眶不由簌簌地滴下诚实的泪珠……搅混在火炮声里。

(原载1947年10月《文学杂志》第2卷第5期)

邢楚均

棺　材　匠

被人译成中文的西班牙作家阿左林的《三宝盒》那篇文章中有一段说:“如果人家要把我童年在那些阴沉暗淡的城市里所有的感触概括地述一遍,我一时总不能置答。我一定只写下三句话:

‘多晚了!’

‘我们可以干甚么呢?’

‘现在他就要死了!’

这三句话在读者看来会觉得生疏吧;可是实在一点也不奇怪;它们把西班牙民族的心理概括住了;它们表明了听天由命、悲哀、逆来顺受、令人寒心的死感。”我读完了就深深地感动着,因为我由此便记起一个消磨我的童年的小小江城。这城的南关正对长江,夏天水涨,江水间或入城,于是城外河街和城脚人家都纷纷铺搭跳板。朝北望,也有山,只不过是淡淡的几笔青翠,是大别山的尾巴,早已没气势了。这城,大路用长条花岗石(当地人管它叫麻石)铺垫;小路用青石条铺垫。不是路的地方尽是石子、瓦片、和爬上爬下的黄土坡坡。很不容易看见古老高大的乔木,就是一棵葱茏的树和一小片绿草,除掉在那些偏僻的靠城根的地方,其实也就很不容易看见了,“地老天荒”是绝好的形容话。登“晒楼”而一望,满城都是屋顶;喝,真是叫“鳞次栉比”,连成一片单调沉闷的屋顶的海。所以你可以想像得到:城里大街小巷,人烟稠密——做官做府的,挑箩扛轿的,做买做卖的,拆字算命的,打拳卖艺的,牙婆，鸨母，和尚，道士，变把戏的猴子，咬破衣的狗……凡是在别的小城里能看到的，这里都有，但是，他们全都像是些影子，为别人而存在的影子。晴朗的月望夜，月色透进千门万户，隐隐约约，苍苍凉凉，就更其像是影子底国了。

十几年来，虽然在各处走动着，可是只要有甚么引起我想到那小城，那小城的人民的模样便像黄昏时候从屋角突然飞出来的蝙蝠，扇着翼膀，一只接一只地扑进我的心，我就深深地悲哀着了。

于是有一个脸孔便从模糊中浮现而且扩大：一个剃了光头的大脑袋，凸额头，大腮巴，瘪瘪嘴，黄黄的两撇鼠须，眼珠子也是黄黄的，但却闪闪地射着光；下面是一个五短身材。他捧了一个白铜水烟袋把纸媒夹在手里，挪开八字步慢慢移动了。他就是我所说的棺材匠，其实他只是个漆匠，也兼做木工；只因为现在正做着棺材生意，所以大家都这样喊他罢了。他似乎在生气。他穿过堂屋，又穿过小小破烂厨房，开开后门，一低头，看见猪潲缸里还浮起一块洗碗布，就愈加生气了。他昂起头，朝着屋后高高的城墙呼喊：

“带弟！带弟！”

城头抹了一层金黄的无力的阳光，于百静中也轻轻地呼喊回来：

“带弟！带弟！”

等了一会，却没有甚么反响，棺材匠气冲冲地冲出大门，穿过院子，院子里有两个木匠师傅，一个年长的新剃了一个光光头，坐在堆集的木料上吸水烟；另外一个年青的围了一块白布围巾，坐在剃头担子上正剃着，他把涂满肥皂沫的嘴朝上伸着，凸成一个烧卖模样，仿佛想剃头师傅和他接吻似的。棺材匠没有理会这些，他一直冲出院门。院门外，横过一条鹅卵石铺成的小路；路的那边，隔着二三棵柳树，便是一个大水塘。两个青石埠头上，各据一个女人，一个洗衣，一个洗青菜。水面上有两组巨大的圆圈，一波接一波地朝塘心展开着，但是等到两个圆一相切，那波纹便逐渐散乱了。

“带弟！带弟！你给我死回来！”

柳树梢上抹了一层金黄的无力的阳光，水塘里有发亮的白云的影子，于百静中也细声细气地呼喊回来：

“带弟！带弟！你给我死回来！”

仿佛从甚么地方有了答应的声音，棺材匠四面一看，却发现挂在院门旁边的“三高齐材会”的招牌上，被哪家小孩子扔上一团烂泥。他心里想；“且找着带弟，叫她拿抹布来把它揩掉。”

跟棺材匠的屋平排，有一个尼庵，庵前有一棵柳树，掩映着开了两个圆洞的红墙。庵门紧紧地闭着，门上有块横匾，上写“宝月庵”三个大字。宝月庵的那一边，还有一座小屋子，圆门上加了锁，门上有一块写着“斗母宫”的匾额，里面存了些客死的人的棺柩，宝月庵和棺材匠的屋之间有一个菜园，这菜园和斗母宫以及棺材匠的屋子都是宝月庵的庵产。现在，棺材匠已经走进了菜园的篱笆门，这才真正发现了那个所谓“带弟”的了。这是一个仍然裹着小脚的女孩子，约莫十二三岁的光景，凸额头，凹眼睛，嘴瘪的像一个八十岁的老太婆似的，脑后还斜翘着一条小辫子。带弟手里举着一个钉鎚，正在把一根钉子打进篱笆的木柱里去。全世界的小孩子，如果遇见了钉鎚，而同时又拾到一根钉子的话，那么随他是哪一国的人，都是要把这钉子打进木头或是砖缝里去的。可是棺材匠哪管这些，他冲上去喊道：

“狗娘养的！七十二行都不学，单学讨人嫌。”

泼的就是一个嘴巴子，打得那孩子把脸一转，举手护着头，一瘸一瘸地朝家走。棺材匠说：

“太阳都快落水了，还不给我烧饭去！”他早忘了揩烂泥的事。

棺材匠离开他的妻子已经有两年多了。两年前他在山口镇很不得意。后来他的一个开木行的亲家和一个在石灰行里管事的妻舅就共同写了一封信，叫他进城，说我们三人可以合伙开一个“材会”，赚多赚少，暂且莫管，只要生意有个起色，日后自能发达。棺材匠见了信，心中十分喜欢。就跟他的妻子说：“带弟的妈！你带着孩子们暂且住在乡下，只要生意得法，我就接你进城。”他的妻子就说：“那么你就带了带弟先去，她也还可以替你烧烧煮煮，洗洗浆浆，免得把饭搭在别人家里。”两年以来，也许是棺材匠的指望过大吧，他只觉得这生意是不死不活的吊着，勉强顾个嘴罢了。亲家提过来的料子都是很好的莲花根子，他们自然不做“四块板”，四块板是说不上“搁”字的。他们搁的都是些“十角”和“三底”。只要料子一运到，他就把那两个木匠帮手找来，锯木、砍柱、做榫、刨光、做墙子、做天花板、涂漆灰，一道一道地加漆，起早歇晚，忙得没有一会儿闲空。两年之间，他总是梦想着，有那么一天，停在家里的货，都完全脱了手，因此就又回到山口镇，接他的妻子进城来住了。现在他走进菜园，看到这三大畦绿油油的菜，不由地就想起山口镇。而他的梦想，却不知哪天才能实现。他摸摸自己刚剃光的头，向尼庵的侧墙上扫了一眼，却不料从侧墙的窗眼里也伸出一个白胖脸的光光头出来。棺材匠连忙低下头，偷偷吐了一口吐沫。可是那一个光头却隔了窗子说起话来：

“老板老板！你可是想偷菜？”

“小师父小师父！菜我倒是不偷……”

那边赶快截断他的话，说：

“世上要是发场人瘟，老板的财也好放放账。可是如今家家都得了仙丹似的，尽让老板又是官，又是财，挤满了一屋子，压断了楼柱子。”

棺材匠心头火直冒，说：

“想必小师父怀里就有那个仙丹了。算了算了，世道太坏，我也要做和尚去了。我做了和尚再问你来要。”

说着，弹一弹纸媒子的灰，转身就大踏步回到自己的院子里来了。院子里那两个木匠的头都已剃完，年青的那个坐在马架上吸

烟;年长的那个把手掌虚虚掩在头顶上,仿佛一个人把手伸在火炉上烤火的那种样子,说:

"诘!我这火气可真大,朝上直冒,火毬儿似的。要不剃这头,可全给闷到心里去了。'秋里伏,热的哭。'听这知了儿竟是越叫越响了。"

棺材匠捧了水烟袋也和他并排坐到木料上来。棺材匠举手试试自己的头,发觉头上也是火气直冒的,他想起那个可恨的小尼姑,就觉得那火气越加沸腾而上了。

天色已渐昏黑,带弟捧了一只碗从屋里瘸出来,她问她爹要了十个铜子儿,预备去打麻油,正跨出院门,他爹就骂开来:

"狗娘养的!你要打破了碗,老子就斩断你的手!"

带弟顺着鹅卵石路朝前走,这路在宝月庵的门前便沿着塘边折成一个直角;等到经过一个水作坊的门前时,便换成青石铺垫的路了。夹着路便有许多瓦房和水作坊对峙着,其中特别醒目的便是新盖的张家公馆和一家杂货店了。带弟瘸进这店,打好了油,双手捧着碗,重行走上街时,后面却跟上了一群孩子,他们把脚尖翘起来,用脚跟一瘸一瘸地走着,笑着,齐声撇着山口镇的土腔唱一支嘲弄的歌(山口镇的人把"他"说成"克(渠)";把"敲"说成"敲敲(念殼)";把"讲"说成"赶"。):

克打克!
克骂克!
克拿烟袋头子敲克!
克赶克不好!
克个妈妈殼!

他们一遍一遍地唱着,又一遍一遍地笑着,带弟把性命放在碗上,小辫子一翘一翘地走着,哪敢回嘴!终于最后一个孩子和身朝前一撞,撞在另一个小孩子的身上,"长江后浪催前浪,世上新人趟旧人。”就像这样，带弟连人带碗跌翻在地，孩子们一哄便散，而街上却爆炸开快活的笑声了。而带弟自然就坐在地上大哭，她觉得这回真地糟透了。她看看舞着许多蚊虫蜢虫的橙红的街灯，和街灯之上的阴沉古怪的长天。她想：若是这个天慢慢地掉下来就好，那么，爹就跑来跟她说：带弟！快跑吧！天快掉下来了！快跑吧！快跑吧！于是爹就来牵她的手。带弟看看自己的手，手上全都是血，她就被自己的血吓呆了，立刻站起来朝家走，走了几步，却又转回来把那砸成两半的碗重又拿到手上。

院子里，年青的木匠正在讲着关于盖造张家公馆的话：

“张家公馆完了工，已经谢过土地，全家都搬进新房子了。包这生活的王老板有一天就叫我去清工钱的尾数。我进了门，一直走到厅堂的台阶底下，朝上一看，四扇隔门打得大开，厅堂当中摆了一盆清水，全家男妇老幼，排成一个队，每人手里都拿了一枝杨柳枝儿。蘸蘸盆里的水，一面洒着，一面绕着屋子打圈圈，嘴里还一面唱着歌：

木郎木和尚，
远远走他方，
作者自己受，
为者自己当，
所有魇和魅，
跟我不相干。

“不明白这一家子发的是哪种疯。”

“道理大着哩！”年长的木匠拔出烟碗杆儿，吹出烟灰，又摸摸他的冒火气的头说：“那个不是歌儿，是咒，咒的就是我们做木活的。他怕我们使了魇镇法儿，比方说倒安木柱，根朝上，梢向下，叫他家无上无下，做事颠倒。怕我们前梁移做后梁，死掉他的老娘。怕我们‘卯眼放竹，不动自哭’。怕我们在柱础底下压进纸人纸马;怕我们雕制木人,写下生辰八字,用长钉钉进心窝,悬上大梁,叫他家家主,不出百日之内,心痛而死。因此他们就洒水破法,把那些魇镇全给咒回来,咒到我们身上来。”

“可是我们并没有使甚么魇镇法儿呐!”

“哎!存心害人的人,可不总疑心人在害他的么?”

“狗娘养的!”棺材匠说。

年长的木匠对棺材匠说:

“张家发迹只不过是前两年的事,十年以前,住在花石牌坊第三家,叶家剃头店的脚屋里的时候,那个‘老太太’还正半老不少的,可是老公一倒头,就只能靠选茶叶、划蜜枣、洗衣浆衫、说媒拉线度日,一心就守着那个小的。那个小的好吃懒做,东游西荡,手脚又不干净,还说自己是个顶天立地的好汉。那种整天唱黄梅调的好汉:

“昨日里,闲无事,花街走过;
我不免,到他家,戳吃戳喝。”

木匠说着说着,自己也唱了起来,但是听的人却被他弄懵懂了。一直唱到煞尾,听的人一齐明白他是在唱戏的时候,便都齐声给他帮腔起来。帮完了腔,大家都抿着一张要笑不笑的嘴,半天没有做声。年青的木匠终于开口:

“底下呢?”

“底下我唱不来了。”老木匠说。

“我是说那个小的后来呢?”

“阿!还不是吃吃喝喝,扒扒偷偷么。那个做娘的虽然勤俭发狠,可是手脚也本就很毛糙,出名的偷鸡婆。有一次动手,却被人瞧见,她倒反而先骂开来:‘砍头的!你看见老娘偷的么?鸡在哪里?鸡在哪里?老娘拳头上能走马,肚子里能撑船,老娘敲起来叮叮当当响;站起来能顶天。老娘不跟你杂种计较。’这婆娘指望抽身就走，听话的可全都火儿了，有一个多事的就拿棍子来就打她的屁股，意思是说听起来可是叮叮当当响。那婆娘红了脸，说：‘小人动手，你敢碰老娘不方便的地方！’可是自从这小的荡进京城之后，不上几年，就掌上印把子，做了大官回来。回来之后，正说自己是包文拯，是曾文拯，却被人在京里参了他一本。他家里‘驴驮钥匙马驮锁’，老话说：‘有钱能使鬼推磨’，他怕甚么？他反而又参了那个参他的人一本，原来那个人也是长了歪辫子的。这回你瞧人家有里有面，买田买地，盖大房子……”

院子里已经昏黑，年青的木匠站起身把那些大刨、二刨、斧头、凿子、钉鎚、钻车，收进家俱篮子；又把横丝锯和直丝锯放松弦绳，扎在一块，连着家俱篮子，一齐搬进堂屋。老木匠也站起身，放下烟袋，把磨刀石顺到墙角落里，那年青的就跟他说：

“诘！你也进京去，进京去荡他几年，发个财回来。回来之后，就不用自己搬磨刀石了，只要四平八稳地坐着，叫一声：‘跟班的！把我那块金子打的磨刀石拿来！’”

两个木匠把白小褂子披在身上，笑着，正待出门；棺材匠也站起身来相送；于是，他们就在门后发现带弟了。棺材匠一看情形，就知道了所有的事，他就发一声吼，奔了过去，眼睛睁的像个牛卵子，正待举手要打时，老木匠就说：

“算了！‘虎毒不食儿’，你待要把她杀掉么？打也打不出一个碗来了。算了算了！”

棺材匠看着哆嗦在门后的矮小的昏暗的影子，心里忽然说不出地怅惘起来。

几场连绵雨之后，秋风是一天凉比一天，人们都穿上夹衣了。新搁的货，白胚子都已完工，棺材匠闲着无事，镇天坐在矮凳上抚弄着一只小猫。那猫盘身睡在他的膝上，很舒服地打着啂噜。棺材匠看看户外的黄昏的天，心里不觉郁闷起来，想着：人说“七个和尚变只猫”，这猫可是不容易修的哩，不怪他睡着了都在哼着经。可是,可是七个尼姑又变成个甚么呢?想着想着,不觉打起瞌睡起来。棺材匠家里的活物除去他们父女俩之外还有两个,一个就是那只猫,另外一个就是一只鹅。所以带弟每天该做的事,除去烧锅饭、料灶、洗衣、浆衫之外,还要拌饭喂猫,抱鹅进屋。带弟看看太阳,太阳又快要下山了。宝月庵附近,近来又驻了一些兵,所以家家门户都关的早。带弟预备先抱鹅进来,关好大门,然后再点灯做饭。她拿了根叉叉棍走出大门,一看满塘新涨的水,心头不觉松快起来。她就扶着叉叉棍,一屁股坐在门前的石级上。柳树已经开始落叶了,水面薄薄地浮了一层嫩黄的叶子。塘中心正是那白鹅。人家都已在烧饭了,炊烟在屋顶上凝成了一片——空气里湿度很大,还怕有雨哩!因而,塘面上也薄薄地浮了一层蓝色的烟。带弟站起来找石子,打算扔那鹅上岸,可是一看那澄然的水,雪白的鹅,忽然有一支歌在她心里响着:

姐姐门前一道河,
郎放鸳鸯姐放鹅;
郎放鸳鸯十八对,
姐放白鹅飘满河。

带弟没敢唱出来,抬头看看,柳树梢头的夕阳已经渐渐淡没了。然而从水面分明又飘过另外一支歌来。带弟慢慢地听,这是从一支铜喇叭里吹出来的。带弟便知道在她们屋后的城头上,现在一定有三两个兵士,坐在雉堞上,有一个就拿着"小马号"对着城外的平畴、荒丘、土地庙和古道上寥落的行人吹。这是一支进行曲,带弟自然是不懂的,不过这调子使人忧悒,却又使人奋发;使人怀恋家园,却又壮人远游之志;两种力量的错综,辛苦和灾祸的纠缠的中间,若是居然也有一点茫然的苍白的幸福的话,则这神秘而又凄然的声音,正好说明着它。带弟自然不明白这些,她只是觉得有一点想念她的妈妈和弟弟,她只觉得有一点东西像发了酵的面似地紧紧地贴到心上罢了。

冬至一过,有些畏寒的人已经穿上棉袄了,可是棺材匠的货始终还没有脱手的。人越闲,心越烦,有一天晚上,他孤独地坐在灯下,猫在他的膝上打着鼾,带弟在帐子里打着鼾,夜静如海,不觉心绪萦绕起来。他决定明天一清早就调漆,把那两副只刮上漆灰的白胚子且加上头道。正盘算着,他忽然听见架在堂屋里的寿板轧扎一响,接着就是一阵冷风扑进房里,煤油灯闪了一闪,起了一阵烟子,终于熄灭了。黑暗中,他不觉毛骨悚然;慌忙立起身来,膝上的猫,在沉睡中猛然摔在地上,就惨叫了一声逃开了。棺材匠心里又恐惧、又喜欢,拱着两手,默默地祝祷着:

"客人!你挑罢!堂屋里有四副,厢房里有六副,都是为了你的。我们的货,着着实实,不比街上那些把洋钉挂挂的戳头货。你看,我们凡是完工的,哪一副不是漆了十几道,敲起来当当响的?哪一副不是上好的莲花根子?睡下去不进潮气,不生白蚁,子孙昌旺,大富大贵。放手挑罢!客人!"

棺材匠站了一会,也不再点灯,就上床睡了。

第二天清早,棺材匠就披衣起来了,清晨的风扑在身上很有些寒意。棺材匠捧着漆钵,拿着刷子,走到堂屋里,就在一个白胚子前蹲下来了。棺材匠闷闷地工作着,不时回头看进小院子,他奇怪为甚么太阳老不出来。不一会,他看见带弟捧了一只碗一瘸一瘸地走出堂屋。

"狗娘养的!……"

他想骂出来,可是他心里烦得厉害,就是一个字也懒得吐了。于是他就看着带弟寂寞的后影,一瘸一瘸地穿过院子,开开院门出去了。他这才发觉,院子里已经开始潇潇地下起小雨来。他把刷子扔在钵里,把钵搁在架寿板的条凳上,觉得心里从来没有这样烦过,便吁了一口气站起来,走到院门外。他站在"三高齐材会"的招牌前,远远看见宝月庵前的鹅卵石路上转出两个人来,这两人用粗木杠抬了一个大东西，用席子包裹着，一晃一晃地像条大海鱼。不一会便到了面前，他便看见两只黄蜡似的脚，硬硬地伸到席子外面来。经过墙边的电线杆时，那黄蜡脚还碰了一下，划了个半圆，便顺着鹅卵石路，朝北关过去了。棺材匠吐了一口吐沫，便转身回家。

棺材匠工作着，只是不起劲，他想："世道是有些变了。"

午饭吃了小半碗就饱了，晚饭简直没有吃，因为他没有起劲做工，所以也不很饿。他心头只是闷闷的。到了傍晚的时候，他觉得身上麻苏苏的，便扔掉刷子站起来，眼前金花一迸，"敢是太累了么？"他想，"那么睡一觉吧！"他就倒在床上睡了。可是却又睡不着，只觉得头重脚轻，四肢无力。

"敢是病了吗？"他想。

于是他就睡在床上没有起来了。

头几天，雪老鸦在黄昏时候聒噪得厉害，接着西北风就呼呼镇天吹着，横过屋顶上的电线也就不断地嗡嗡响着，终于朝无尽的远方伸展开来的铅色的天宇下纷纷地飘下鹅毛似的雪片来。

而棺材匠倒底是病了，脸上烧得红扑扑的，小黄胡子痛苦地扯动着。

有一天，他试一试呻吟着，觉得这样可以使心里头轻松些，于是他从此就呻吟着了。

有一天，他正呻吟的时候，却瞥见堂屋的门里探进一个光光头，不一会便现出全身来，那光头穿着一身灰布海青，是宝月庵里当家的老尼姑。终于她跨进房门来，四面巡视着，道：

"老板！你病了么？不要紧吧？阿弥陀佛！平安清吉！不要紧的！"

"我敢是要死了哩！"

"不要紧的！不要紧的！"老尼姑朝门外许多寿板看了一眼说："就是怎样，也是不要紧的！不愁的！"

棺材匠转身向着床里边，不再理她。那老尼姑就走了。

看看冬尽春来，接连几场雨之后，太阳就常常露面了。从冲着菜园的窗户里，飘进春天泥土的香味来。园里的白菜已经开着小黄花，就是园径里和鹅卵石的路旁，也纷纷长满地儿菜，马郎头，枸杞头，无儿肠，灯笼棵儿……以及其他种种野菜，把清新的春天底滋味从泥土中带出来。棺材匠已经能够吃点稀饭了。带弟就在门前剪些野菜，加点油盐，炒了给他爹下饭。

棺材匠已经想吸水烟了，带弟扶他下床，居然坐在院子里吸水烟了。

有一天晚上，棺材匠捧着水烟袋坐在矮凳上，心里又烦起来，他的货始终还没有脱手的。他猛然听见"猫乌……"一声长叫，接着就是一阵瓦响，这是他的猫在叫春，他的猫是从来都不像这样叫春，是很规矩的。他就放下烟袋站起来，开门出去，拿了一根长竹篙，想把那猫赶下屋。可是他没有力气舞动那篙子，因此就叫带弟来赶；可是带弟是一个小脚，也舞不动那篙子，于是只好让它们"猫乌！猫乌！"地叫着，屋瓦一路一路地响着了。

"狗娘养的！世道竟是变掉了！"

靠近清明，风雨渐多。

"清明时节雨纷纷"。棺材匠踏着木屐，走在鹅卵石的路上，听着红油纸伞上的潇潇雨，心里想着："可是世道是变掉了。"沿着塘转了一湾，慢慢便过了水作坊，侧头看了一看张公馆，却看见有一张很长的白纸贴子贴在门旁，上面写道："刘母张太夫人治丧委员会"，不觉触动了他的心思。他便停下脚来，在门口张望了一下，却见那年青的木匠变了个斯斯文文的样子从张公馆的门房里走出来。他低着头走到门口，一抬头时，便看见了棺材匠：

"哟！是你么？"

"哟！是你么？"

"你怎么这样消瘦？你敢是病了吗？"

"病了一场,天保佑,已经好了。你如今在张公馆干差事么?财气很好吧?"

年青木匠迷细着眼睛,微微笑着,很得意地把头朝后一仰,意思又好像是说:莫打趣了,老兄老弟的。但是他没有说甚么,伸手拉他走进门房。坐在床铺上,跟他说:

"人生在世,我说呀,就是一点命,一点缘法。我在这里,老太太、老爷,都很喜欢我;就是太太、少爷、小姐,也都瞧得起我。这里工钱虽不多,难得缘法好,"他又放低声音说:"何况外水上面也是很可图的呢! 这就比整天拉锯子,敲斧子要强得多啦!"

"不过,老弟呀! 自古君子顾本,爬得高,可跌得痛啊!"

"本自然要顾,可是输下去的,也得翻回来呀! 老兄! 你过得好吗? 本翻回来了吗?"

"莫提了! 西望长安不见佳。我且问你,你们公馆里老太太可是不在了吗?"

"正是啊! 前天晚上的事情。老太太精明一世,就是有一点儿甚么的,有一点儿那个,有一点儿好意思得,就是比方说左邻右舍,不管哪家的鸡跑进家,老太太就提了文明棍,从上房追下来——别看她年纪大,跑起来还挺溜速的哩! 嘴里嚷着:'快点快点! 抓起来! 抓起来宰了!'后来嘛,老爷也笑了,太太也笑了,少爷小姐都笑了,大家都围起来捉。老爷哩,这回又快了,又快要挂牌上任了。"

"老弟!"棺材匠很紧张:"你可要给我在老爷面前多多美言几句,你说我们那儿的货好,料子都是上好的莲花根子;漆水又厚,敲起来当当响,赛过铜磬;睡下去不沾湿气,不生白蚁,子孙昌旺,老爷高升。就是搁在堂屋里,也觉得大头大脑的,配上一根分金红线,多大气! 多威武!"

"不行呐,老兄! 老爷现在已经很新派。他已经说过,他不要那种老锋剑,老腐稗。他已经招呼人到上海去定购美国货的寿板去了，总在这天把两天就会运到。说那是一种全身紫铜的、方方的样式哩！老爷说：‘那是一种民主寿板’。”

正说到这里，忽然有声音“门房！门房！”地喊了几声；接着就听见橐橐的皮鞋响。年青木匠扯了扯棺材匠的袖子，说：

“老爷来了！”

棺材匠正疑心木匠不替他帮忙，因此就壮着胆子，走出门房，垂手喊道：

“老爷！”

这才看清这老爷梳着西装头，架了金丝眼镜，鼻子底下留了两小撮胡碴子，穿了一身西服，袖子上系了一个黑布条。这老爷愣了半天，仿佛说，为甚么门房今天衣服、相貌、年纪，全都变了呢？棺材匠上前一步说：

“老爷！我是问问老太太可要寿板来的。我们那儿的货……”

“出去！”

“那么你就出去吧！”年青木匠也板着脸说。

于是棺材匠就出去了。他沿着鹅卵石路朝回走，木屐的铁齿敲着石头叮叮地响着，雨在红油纸伞上潇潇地下着，忽然一阵风来，棺材匠把持不住那伞柄，那伞便滴溜溜地车轮似地在地上滚开了。棺材匠赶忙就去追，几回到手边，只一霎就又逃走了。一个人在风里捕捉一件本不会动的东西的样子是很可笑的，迭更斯在他的《匹克威克传》里描写那个道貌昂然的伦敦绅士在风里捕捉他的帽子的滑稽样子，和我们的棺材匠是完全一样的。其实全世界人都一样，这里不必仔细描写的。可是那个伞却终于滚到塘里去了，它倾侧一下，翻了一个身，便安安稳稳地浮在水面上，就像是一匹红颜色的大荷叶。棺材匠在塘边呆呆地坐下来，开始感到自己的衰弱，他轻轻骂了一句：

“狗娘养的！世道竟是变掉了！”

棺材匠又接着想：

“我们可以干甚么呢？”

三六，七，三一，天津。

（原载1947年11月《文学杂志》第2卷第6期）

中国文库·文学类

（已出书目）

【第一辑】

鲁迅选集　鲁迅著 …………………………… 人民出版社
郭沫若选集　郭沫若著 …………………………… 人民出版社
茅盾选集　茅盾著 …………………………… 人民出版社
巴金选集　巴金著 …………………………… 人民出版社
老舍选集　老舍著 …………………………… 人民出版社
曹禺选集　曹禺著 …………………………… 人民出版社
冰心选集　冰心著 …………………………… 人民出版社
朱自清选集　朱自清著 …………………………… 人民出版社
徐志摩选集　徐志摩著 …………………………… 人民出版社
萧红选集　萧红著 …………………………… 人民出版社
赵树理选集　赵树理著 …………………………… 人民出版社
郁达夫选集　郁达夫著 …………………………… 人民出版社
沈从文小说选　沈从文著 …………………………… 人民出版社
子夜　茅盾著 …………………………… 人民出版社
家　巴金著 …………………………… 人民出版社
倪焕之　叶圣陶著 …………………………… 人民出版社
围城　钱锺书著 …………………………… 人民出版社
财主底儿女们（上下卷）　路翎著 …………………………… 人民出版社
太阳照在桑干河上　丁玲著 …………………………… 人民出版社
暴风骤雨　周立波著 …………………………… 人民出版社
青春之歌　杨沫著 …………………………… 中国青年出版社
林海雪原　曲波著 …………………………… 人民出版社
红旗谱　梁斌著 …………………………… 中国青年出版社
红日　吴强著 …………………………… 中国青年出版社
冬天里的春天（上下卷）　李国文著 …………………………… 人民出版社
沉重的翅膀　张洁著 …………………………… 人民出版社
活动变人形　王蒙著 …………………………… 人民出版社
白鹿原　陈忠实著 …………………………… 人民出版社
毛泽东诗词选　毛泽东著 …………………………… 人民出版社
艾青诗选　艾青著 …………………………… 人民出版社

贺敬之诗选　　贺敬之著 …………………………… 人民出版社
郭小川诗选　　郭小川著 …………………………… 人民出版社
余光中诗选　　余光中著 ………………………… 中国青年出版社
沈从文散文选　　沈从文著 ………………………… 人民出版社
白洋淀纪事　　孙犁著 ……………………………… 人民出版社
可爱的中国　　方志敏著 …………………………… 人民出版社
随想录　　巴金著 ………………… 生活·读书·新知三联书店
文化苦旅　　余秋雨著 …………………………… 东方出版中心
欧洲文论简史　　伍蠡甫　翁义钦著 ……………… 人民出版社
欧洲文学史(上下册)　　杨周翰著 ……………… 人民出版社
中国文学史(共四册)　　游国恩等主编 …………… 人民出版社

【第二辑】

丁玲选集　　丁玲著 ………………………………… 人民出版社
戴望舒选集　　戴望舒著 …………………………… 人民出版社
沙汀选集　　沙汀著 ………………………………… 人民出版社
艾芜选集　　艾芜著 ………………………………… 人民出版社
林徽因选集　　林徽因著 …………………………… 人民出版社
骆驼祥子　　老舍著 ………………………………… 人民出版社
懒寻旧梦录(增补本)　　夏衍著 ……… 生活·读书·新知三联书店
胡风回忆录　　胡风著 ……………………………… 人民出版社
保卫延安　　杜鹏程著 ……………………………… 人民出版社
野火春风斗古城　　李英儒著 ……………………… 人民出版社
上海的早晨(共四部)　　周而复著 ……………… 人民出版社
烈火金刚　　刘流著 …………………………… 中国青年出版社
一代风流(共四册)　　欧阳山著 ………………… 人民出版社
创业史　　柳青著 ……………………………… 中国青年出版社
李自成(第一卷:上下册)　　姚雪垠著 ………… 中国青年出版社
青春万岁　　王蒙著 ………………………………… 人民出版社
将军吟　　莫应丰著 ………………………………… 人民出版社
野葫芦引:南渡记　东藏记　　宗璞著 …………… 人民出版社
钟鼓楼　　刘心武著 ………………………………… 人民出版社
尘埃落定　　阿来著 ………………………………… 人民出版社
白门柳(全三册)　　刘斯奋著 ………………… 中国青年出版社
梁遇春散文选　　梁遇春著 ………………………… 人民出版社
孙犁散文选　　孙犁著 ……………………………… 人民出版社
季羡林散文选　　季羡林著 ………………………… 人民出版社

周涛散文选　周涛著 ………………………………………… 人民出版社
史铁生散文选　史铁生著 ……………………………………… 人民出版社
北京乎——现代作家笔下的北京(上下册)
　姜德明编 ……………………………… 生活·读书·新知三联书店
臧克家诗选　臧克家著 ………………………………………… 人民出版社
舒婷的诗　舒婷著 ……………………………………………… 人民出版社
海子的诗　海子著 ……………………………………………… 人民出版社
张天翼童话选　张天翼著 ……………………………………… 人民出版社
高士其童话选　高士其著 ……………………………………… 人民出版社
中国俗文学史　郑振铎著 ……………………………………… 商务印书馆
中国鲁迅学通史(共六册)　张梦阳著 …………… 广东教育出版社
论红楼梦思想　冯其庸著 ……………………………… 黑龙江教育出版社
中国现代小说史(全三册)　杨义著 ……………………………… 人民出版社

【第三辑】

废名选集　废名著 ……………………………………………… 人民出版社
陈映真自选集　陈映真著 ……………… 生活·读书·新知三联书店
京华烟云(上下册)　林语堂著 ………………………… 现代教育出版社
大波(共三部)　李劼人著 ……………………………………… 人民出版社
六十年的变迁(共三部)　李六如著 …………………………… 人民出版社
小城春秋　高云览著 …………………………………………… 人民出版社
苦菜花　冯德英著 ……………………………………………… 人民出版社
黄河东流去　李凖著 …………………………………………… 人民出版社
平凡的世界　路遥著 …………………………………………… 人民出版社
芙蓉镇　古华著 ………………………………………………… 人民出版社
浮躁　贾平凹著 ………………………………………………… 人民出版社
绿化树　张贤亮著 ……………………………………………… 人民出版社
曾国藩　唐浩明著 ……………………………………………… 人民出版社
古船　张炜著 …………………………………………………… 人民出版社
第二十幕(上中下册)　周大新著 ……………………………… 人民出版社
刘以鬯小说自选集　刘以鬯著 ………………………… 百花文艺出版社
金牧场　张承志著 ……………………………………………… 人民出版社
红高粱家族　莫言著 …………………………………………… 人民出版社
梦家诗集　陈梦家著 …………………………………………… 中华书局
穆旦诗文集(一、二)　穆旦著 ………………………………… 人民出版社
周作人散文　周作人著 ………………………………………… 人民出版社
何其芳散文选集　何其芳著 …………………………… 百花文艺出版社

上海屋檐下法西斯细菌　夏衍著 …………………… 人民出版社
风雪夜归人闯江湖　吴祖光著 …………………… 人民出版社
王国维文学论著三种　王国维著 …………………… 商务印书馆
中国小说史略　鲁迅著 …………………… 人民出版社
咀华集咀华二集　李健吾著 …………………… 人民出版社
现代中国文学史　钱基博著 …………………… 中国人民大学出版社
中国文学批评　中国散文概论
　方孝岳著 …………………… 生活·读书·新知三联书店
鲁迅和中国文化　林非著 …………………… 南开大学出版社
唐代科举与文学　傅璇琮著 …………………… 陕西人民出版社
中国诗学　叶维廉著 …………………… 人民出版社
迦陵论诗丛稿　叶嘉莹著 …………………… 中华书局
台湾文学史
　刘登翰　庄明萱　黄重添　林承璜主编 ……… 现代教育出版社

【第四辑】

马烽小说选　马烽著 …………………… 作家出版社
周立波小说选　周立波著 …………………… 湖南文艺出版社
玛拉沁夫小说选　玛拉沁夫著 …………………… 作家出版社
王愿坚小说选　王愿坚著 …………………… 中国青年出版社
李凖小说选　李凖著 …………………… 人民文学出版社
王蒙小说选　王蒙著 …………………… 人民文学出版社
汪曾祺小说选　汪曾祺著 …………………… 人民文学出版社
林斤澜小说选　林斤澜著 …………………… 人民文学出版社
李国文小说选　李国文著 …………………… 人民文学出版社
邓友梅小说选　邓友梅著 …………………… 人民文学出版社
陆文夫小说选　陆文夫著 …………………… 江苏文艺出版社
高晓声小说选　高晓声著 …………………… 江苏文艺出版社
茹志鹃小说选　茹志鹃著 …………………… 江苏文艺出版社
王安忆小说选　王安忆著 …………………… 人民文学出版社
铁凝小说选　铁凝著 …………………… 人民文学出版社
史铁生小说选　史铁生著 …………………… 人民文学出版社
闻捷诗选　闻捷著 …………………… 人民文学出版社
昌耀诗选　昌耀著 …………………… 人民文学出版社
食指诗选　食指著 …………………… 人民文学出版社
天安门诗抄　童怀周编选 …………………… 人民文学出版社

朦胧诗选　　杨克　陈亮编选 ………………………… 中国青年出版社
杨朔散文选　　杨朔著 ……………………………… 人民文学出版社
秦牧散文选　　秦牧著 ……………………………… 人民文学出版社
刘白羽散文选　　刘白羽著 ………………………… 人民文学出版社
萧乾散文选　　萧乾著 ……………………………… 人民文学出版社
柯灵散文选　　柯灵著 ……………………………… 人民文学出版社
杨绛散文选　　杨绛著 ……………………………… 人民文学出版社
贾平凹散文选　　贾平凹著 ………………………… 人民文学出版社
邵燕祥散文选　　邵燕祥著 ………………………… 人民文学出版社
1949～2009 剧作选　　老舍等著 …………………… 人民文学出版社
1949～2009 报告文学选　　刘白羽等著 …………… 人民文学出版社
1949～2009 儿童文学选　　冰心等著 ……………… 中国青年出版社
周扬文论选　　周扬著 ……………………………… 人民文学出版社
陈涌文论选　　陈涌著 ……………………………… 人民文学出版社
张光年文论选　　张光年著 ………………………… 人民文学出版社
唐弢文论选　　唐弢著　刘纳编选 ………………… 人民文学出版社
王瑶文论选　　王瑶著　陈平原编选 ……………… 人民文学出版社
钱谷融文论选　　钱谷融著 ………………………… 上海文艺出版社
王元化文论选　　王元化著 ………………………… 上海文艺出版社
蔡仪美学文选　　蔡仪著　杜书瀛编 ……………… 河南文艺出版社
1949～2009 文论选
　　钱锺书等著　贺绍俊编选 ……………………… 人民文学出版社